suhrkamp taschenbuch 2005

Nach dem Erscheinen des Bandes *Über Ödön von Horvath* vor neun Jahren ist es nun an der Zeit, eine neue Sammlung vorzulegen, die die wichtigsten neuen Fakten und Erkenntnisse in Beiträgen namhafter Wissenschaftler gesammelt präsentiert. Besondere Akzente liegen dabei auf der Prosa Horváths, auf der Frage nach seiner thematischen Beeinflussung, auf Spätwerk und Rezeption: Probleme, die erst in letzter Zeit verstärkt ins Blickfeld getreten sind, Fragestellungen, die das Horváth-Bild wieder aus vorschnellen Festlegungen gelöst haben. Ein ausführlicher Anhang mit der auf den letzten Stand gebrachten Zusammenstellung »Daten und Dokumente« sowie einer ausgewählten Bibliographie unter Berücksichtigung der wichtigsten Sekundärpublikationen bis zum Sommer 1981 schließen den von Traugott Krischke edierten Band ab.

Ödön von Horváth

Herausgegeben von Traugott Krischke

suhrkamp taschenbuch materialien

Suhrkamp

suhrkamp taschenbuch 2005
Erste Auflage 1981

Satz: LibroSatz, Kriftel/Ts.
Druck: Nomos Verlagsgesellschaft, Baden-Baden
Umschlag nach Entwürfen von Willy Fleckhaus und Rolf Staudt
Printed in Germany

Inhalt

Benno von Wiese

Ödön von Horváth

Ödön von Horváth, am 9. Dezember 1901 bei Fiume an der Adria geboren, war ein deutsch schreibender Schriftsteller ungarischer Herkunft; er ist nur 36 Jahre alt geworden. Sein Vater, Edmund Josef von Horváth, war im diplomatischen Dienst tätig, übersiedelte bald nach Belgrad, 1908 nach Budapest und wurde ein Jahr später nach München versetzt. Der Sohn blieb zunächst noch in Budapest und erhielt dort im Erzbischöflichen Internat eine intensive religiöse Erziehung. Erst 1913 wurde er von den Eltern nach München geholt, und er berichtet von sich selbst, daß er nicht früher als mit vierzehn Jahren »den ersten deutschen Satz« geschrieben habe. Am Wilhelmgymnasium in München hatte er ernste Differenzen mit seinem Religionslehrer Dr. Heinzinger, und es mag noch auf seine Jugendjahre zurückgehen, daß er sich auch später immer wieder eindringlich mit metaphysischen und religiösen Problemen auseinandergesetzt hat, wenn auch mehr in seiner Spät- als in seiner Frühzeit. An die Zeit vor 1914 hat er sich nur »wie an ein langweiliges Bilderbuch« erinnert.[1] Im Herbst 1919 immatrikulierte sich Horváth an der Universität München und belegte Vorlesungen der philosophischen und der germanistischen Klasse; 1920 entstand sein erstes literarisches Werk *Das Buch der Tänze* auf Anregung des Komponisten Siegfried Kallenberg, das wenige Jahre später, 1926, von ihm aufgekauft und vernichtet wurde. Das Landhaus seiner Eltern in Murnau vertauschte Horváth 1924 mit Berlin, weil er die stärkeren Eindrücke, die die Großstadt vermittelt, für einen Schriftsteller zum Verständnis der Zeit für wichtiger hielt als das isolierte Idyll auf dem Lande.

In Berlin entstanden die dramatischen Werke, die Horváth »Volksstücke« genannt hat und die ihn vorübergehend berühmt gemacht haben. Für sein erfolgreichstes Bühnenstück *Geschichten aus dem Wiener Wald* – die Uraufführung fand am 2. November 1931 am Deutschen Theater in Berlin statt – erhielt er auf Vorschlag von Carl Zuckmayer den Kleist-Preis. Aber dennoch war sein Ruhm nur von kurzer Dauer; im Ganzen gesehen blieb seine

Wirkung auf kleinere literarische Kreise beschränkt, und erst seit den letzten Jahren wird er zunehmend, zum Teil auch durch Fernsehaufführungen, einem breiteren Publikum bekannt. Die bei Suhrkamp 1970/72 erschienenen Gesamtausgaben mit vielen bisher unbekannten Vorarbeiten zu seinen Dichtungen tragen wesentlich dazu bei, daß die bisher recht spärliche Horváth-Forschung eigentlich erst jetzt in Fluß kommt und dieser eigenwillige Autor als einer der wenigen bedeutenden deutschen Dramatiker der nachexpressionistischen Zeit erkannt wird. Auch seine Prosa ist wichtig, erreicht aber nicht den Rang des dramatischen Werkes.

Schon vor 1933 setzte der scharfe Konflikt Horváths mit den Nationalsozialisten ein, in Murnau wurde er 1931 in einem Saalschlachtprozeß als Zeuge vernommen und von den Nazis öffentlich angegriffen; 1933 wird Heinz Hilpert gezwungen, Horváths Drama *Glaube Liebe Hoffnung,* das er zur Uraufführung angenommen hatte, wieder abzusetzen; ein SA-Trupp durchsuchte das Haus der Eltern, der Protest dagegen blieb vergeblich. Horváth verläßt Deutschland, fährt nach Salzburg und anschließend nach Wien. Am 27. Dezember 1933 schließt er dort mit der Sängerin Maria Elsner die Ehe, um ihr auf diese Weise zu einem ungarischen Paß zu verhelfen, bereits im nächsten Jahr erfolgt die Scheidung. 1934 kehrt Horváth vorübergehend nach Berlin zurück, weil er den Nationalsozialismus an Ort und Stelle für ein Theaterstück studieren will. Offensichtlich unterschätzte er die Gefahr, die ihm selber drohte. Jedoch leiten die Nationalsozialisten neue Untersuchungen gegen ihn ein, und so benutzt er die Uraufführung seiner Posse *Hin und her* in Zürich am 13. Dezember 1934, die das Thema von Ausweisung und vergeblichem Grenzübertritt auf humoristisch satirische Weise behandelt, um gemeinsam mit der Schauspielerin Wera Liessem Deutschland so schnell wie möglich zu verlassen. Die nächsten Jahre, von ruheloser literarischer Produktion erfüllt, lebt er meist in Wien oder in Henndorf bei Salzburg. Als er im Sommer 1936 seine Eltern in Possenhofen besucht, wird ihm mitgeteilt, daß er binnen 24 Stunden Deutschland zu verlassen habe, da ihm die Aufenthaltserlaubnis entzogen sei.

Am 1. März 1938 fliehen seine Freunde aus Wien, Walter Mehring geht nach Zürich, Hertha Pauli nach Paris, Franz Theodor Csokor nach Polen. Horváth selbst emigriert am 31. März und durchlebt in der nächsten Zeit ein wechselvolles, auch von finanziellen Sorgen geplagtes Reiseleben, das ihn in den Osten und in den Westen Europas führt. In Amsterdam prophezeit dem stets zum Mystizismus neigenden Horváth eine Wahrsagerin, daß er in Paris sein größtes Erlebnis haben würde. Sie behielt recht, freilich in ebenso zweideutiger Weise wie das Orakel von Delphi. Am 1. Juni 1938 fand Horváth, kurz vor der geplanten Weiterreise nach Zürich, durch einen im Gewitter getroffenen Baum in Paris einen frühen unerwarteten Tod.

Horváth blieb, darin und auch in anderen Zügen Heinrich Heine vergleichbar, ein Dichter zwischen den Zeiten und hat sich auch selber als solcher empfunden. Ohne jüdischer Abstammung zu sein, hat er die Nationalsozialisten von Anfang an gehaßt und schon frühzeitig direkte Verfolgungen von ihnen erfahren. Von früh an lebte er mit dem Gefühl der Heimatlosigkeit, hat aber nicht darunter gelitten, da es ihn frei von sentimentalen Bindungen machte, die er für überflüssig, ja für schädlich hielt. Das Verlangen nach schriftstellerischer Unabhängigkeit und Wahrhaftigkeit verstärkte seinen kritischen Scharfsinn, brachte ihm aber auch zahlreiche Schwierigkeiten. Mit der Kriegserklärung versinkt für immer seine Kindheit. Hingegen werden der Weltkrieg und seine Folgen, die Wirtschaftskrise, die Inflation und der Rechtsradikalismus die bestimmenden Faktoren für seine Auseinandersetzung mit einem verworrenen Zeitalter. Jede Brücke zum alten Österreich-Ungarn hat er, darin ganz anders als Joseph Roth, radikal abgebrochen; er erlebt sich selbst als Angehöriger einer skeptischen und mißtrauischen Generation, die der morschen Vorkriegsdoppelmonarchie keine Träne nachweint.[2] Konsequent hält er an seiner Absage an jede Form des Nationalismus fest, des Antisemitismus, des Rassenwahnes, der kapitalistischen Ausbeutung und der Kriegsvergötzung. Ebenso entschieden wendet er sich gegen verlogenes Pathos, unwahre Empfindsamkeit und konservativen romantischen Idealismus. Dennoch ist Horváth weit mehr ein Beobachter als ein Mitgestalter seiner Zeit. In einem Brief an seinen Freund Franz Theodor Csokor vom 23. März 1938 schreibt er: »Gott, was sind das für Zeiten! Die Welt ist voller Unruhe, alles drunter und drüber, und noch weiß man nichts Gewisses! Man müßte ein Nestroy sein, um all das definieren zu könnnen, was einem undefiniert im Wege steht!«[3] *Ein Kind unserer Zeit,* dieser weitgehend kritisch gemeinte Titel von Horváths letztem Roman paßt trotzdem auch auf ihn selbst. Er sah sich dieser Zeit ausgesetzt, versuchte sich von ihr zu distanzieren und konnte sich doch nicht eigentlich gegen sie wehren. »Wir leben in einer Zeit, in der ein großer Teil der Welt von Verbrechern und Narren beherrscht wird.«[4] Sein dichterisches Ziel war nicht poetische Verklärung, sondern Desillusionierung, die Demaskierung des Bewußtseins, vor allem des Klein- und Spießbürgers, nicht aber, wie man gelegentlich in Verwechslung mit Brecht gemeint hat, die Veränderung des Bewußtseins. Horváth lag es völlig fern, »Lehrstücke« zu schreiben; aber vielleicht spiegelt sich eben darum in seinen sprunghaften Dialogen oft noch mehr von der Verwirrung und Hilflosigkeit des Menschen in der Gesellschaft als in denen von Brecht.[5] Das schließt freilich nicht aus, daß Horváths dramatische und epische Personen wiederholt Prozesse der Veränderung durchmachen können, ja sogar durchmachen müssen. Schon in seiner Frühzeit erkennt er sehr genau die gesellschaftliche Bedingtheit aller menschlichen Existenz und ist sich darüber im klaren, »daß die Ausrottung der nationalistischen Verbrechen nur durch die völlige Umschichtung der Gesellschaft ermöglicht werden wird«.[6] Jedoch bewahrt ihn sein Mißtrauen in alle Ideologien davor – nicht nur in die, die von rechts kommen, sondern auch in die von links –, zum intoleranten Dogmatiker oder zum Vorkämpfer einer abstrakten Doktrin zu werden. Stets sieht er die mögliche Umschichtung der Gesellschaft in der Spannung zum einzelnen Individuum, dessen unzerstörbaren Wert er in wachsendem Maße gegen jede Herrschaft des »Kollektivismus« verteidigt hat. Zwar hat in seinen Anfängen dieses Wort für ihn noch einen positiven Gehalt, er schwärmt sogar gelegentlich von einer kommenden »proletarischen Romantik«[7], aber dies ändert sich, sobald sich Rechtsradikalismus und Kollektivismus miteinander verbunden haben. In seiner Frühzeit vertrat er die unromantische, skeptische, antiindividualistische und materialistische Denkweise seiner Generation gegen den erstarrten bürgerlichen Konservativismus und den sentimentalen »Idealismus« der »Väter«. Damals stand er dem Marxismus immerhin nahe, wenn auch in mehr linksliberaler Weise.[8] Der erdrückende Vormarsch des Rechtsradikalismus drängte ihn jedoch immer mehr auf eine humane Position mit metaphysischen Neigungen und einem freilich sehr eigenwilligen Christentum zurück. Das alles machte ihn nunmehr zum Gegner der jungen fanatisierten Generation und genau umgekehrt zum Anwalt der Älteren.

Horváths Anfänge wurzeln literarisch im Expressionismus und in der ihm nachfolgenden sogenannten »neuen Sachlichkeit«. Aber bereits sein erstes Volksstück *Revolte auf der Côte 3018* (1926/27, 1927 umgearbeitet unter dem Titel *Die Bergbahn*), das noch auf dem Gegensatz von klassenbewußten Proletariern und ausbeutenden Unternehmern, von Arbeitskraft und Kapital aufgebaut ist, stellt in den Mittelpunkt die Figur des Ingenieurs, der als typischer, von seinem Werk besessener Intellektueller keiner der beiden Klassen angehört und an diesem Widerspruch zugrunde geht. Sozialkritisch gewiß, aber keineswegs revolutionär ist auch Horváths frühe bittere Komödie *Zur schönen Aussicht* (um 1926 entstanden), die eine morbide und entwurzelte Gesellschaftsschicht mit bösem Blick demaskiert und ihr nur in der einfach naiven, aber etwas törichten Christine einen Menschen gegenüberstellt, der sich diesem Sumpf von Korruption und Verlogenheit gerade noch entziehen kann und dabei zugleich in aller Unschuld die niederträchtige, gegen sie gerichtete Intrige völlig wirkungslos macht, so daß die Betrüger als Betrogene zurückbleiben. Wenn in der Posse *Rund um den Kongreß* (1929), in der die rein theoretische Erörterung der Prostitution auf einem internationalen Kongreß lächerlich gemacht und ihr die fatale, ins Groteske überzeichnete Wirklichkeit eines Einzelschicksals gegenübergestellt wird, gefragt wurde: »Was verstehst du unter lieber Gott?«, und die Antwort lautete: »Zweitausend Mark«[9], so könnte dieser knappe Dialog bereits als Motto über der Komödie *Zur schönen Aussicht* stehen.

Horváth, der wiederholt die »Gemütlichkeit« zu seinem Thema gemacht hat, war selber ein höchst »ungemütlicher« Schriftsteller. So bereits in seinen Anfängen. Das hat bis heute seiner Popularität im Wege gestanden. Seine Produktion vor der Machtergreifung durch den Nationalsozialismus hat in Drama und Prosa nicht nur die Symptome, sondern auch die tiefer liegenden Ursachen dieses Prozesses mit erstaunlicher Hellsicht durchschaut und vorweggenommen. Dazu gehörte auch der 1930 beendete Roman *Der ewige Spießer*, ferner die kurze scharfsinnige Analyse zum Romanentwurf *Der Mittelstand* wie auch die beiden Fassungen des 1928 abgeschlossenen Dramas »Sladek« (*Sladek oder Die schwarze Armee*, umgearbeitet unter dem Titel *Sladek der schwarze Reichswehrmann*).

Horváth nennt dieses Drama zwar eine »Historie«, aber gerade dies ist es nicht, sondern ein politisches Zeit- und Problemstück aus einer nur wenig zurückliegenden Vergangenheit. Die Hauptfigur, so bemerkt der Dichter selbst, sei »ein völlig aus unserer Zeit geborener und nur durch sie erklärbarer Typ«, ein Vertreter jenes Jahrgangs 1902, »der in seiner Pubertät die ›große Zeit‹, Krieg und Inflation mitgemacht hat« und nunmehr als Traditionsloser, Entwurzelter »zum Prototyp des Mitläufers wird«.[10] Dieser Sladek, weder ein Woyzeck noch ein Schweyk, nach dem von Horváth zitierten Urteil eines Berliner Verlegers angeblich eine Figur zwischen diesen beiden, wird als Angehöriger der schwarzen Armee in einen sog. »Fememord« verwickelt, der in Wahrheit völlig sinnlos ist, weil die Ermordete, eine nicht mehr ganz junge Witwe, die als Sladeks Wirtin und Geliebte ihn aushält und mütterlich betreut, weit davon entfernt ist, politische Geheimnisse auszuplaudern. Jede Schwarz-Weiß-Zeichnung seiner Figuren hat Horváth ausdrücklich auch für das soziale Drama abgelehnt.[11] Dennoch ist in der Konfrontation des rechtsradikalen Sladek mit dem Pazifisten und Sozialisten Franz dieser die eindeutig positivere Figur. Sladek argumentiert ideologisch mit dem abgestandenen Klischee: »In der Natur wird gemordet, das ändert sich nicht. Das ist der Sinn des Lebens, das große Gesetz.«[12] Einer solchen Position, die sich vormacht, das Ergebnis des eignen Denkens zu sein, den Kultus des Vaterlandes jedoch nur zur persönlichen Selbstbestätigung braucht, stellt der »Idealist« Franz den Glauben an den Einzelnen, an Völkerversöhnung (»wenn es keine Versöhnung gäbe, so müßte man sie erfinden«[13]) und das Eintreten für den entrechteten vierten Stand gegenüber.

Im Verlauf des Dramas kehren sich jedoch diese Positionen beinahe um. Sladek kommt von der Vorstellung der »Gerechtigkeit« nicht los, »obwohl es sie nicht gibt«.[14] Der »Terror der schwarzen Armee« zwingt ihn in eine Abhängigkeit hinein, durch die sein eigenes Ich im Namen des zum Götzen gewordenen Vaterlandes entwertet wird. Dafür freilich nimmt ihm die über ihn verfügende Autorität jede Verantwortung für sein Tun wieder ab. »Du hast nicht selbständig zu denken! Du bist Soldat . . . Du bist nur ein Teil. Selbständige Teile sind überflüssig, also schädlich, also werden sie vernichtet.«[15]

Dennoch kann diese erneute Verwechslung von Ich und Vaterland und die damit angebotene Entlastung für den Mord an Anna Sladek nicht vor der Komplikation schützen, daß auch das dem »Teil« befohlene Handeln das Bewußtsein des individuellen Unrechts nicht auslöschen kann. So sieht er sich im Verlauf des Dramas mehr und mehr um seine Identität mit sich selbst betrogen. Am Ende wird er als Einzelner für etwas zur Rechenschaft gezogen, was er als »Teil« getan hat. Damit erlebt er sich »zu guter Letzt« nur noch als »ein sogenanntes Gespenst«. Sein Appell an die Richter in der zweiten Fassung des Dramas: »Ich bitte mich als Menschen zu betrachten und nicht als Zeit« kommt zu spät; denn diese »Zeit« hat ihn bereits völlig entindividualisiert.

Wenn Sladek als Verfolgter nunmehr selbst zum Opfer der Gewalt geworden ist und er das »Gesetz« des Lebens jetzt ein »schlechtes Gesetz« nennt[16], so kann umgekehrt der Gegenspieler Franz seine Apologie des Einzelmenschen und seine Absage an den Terror nicht durchhalten. Hieß es bei ihm zunächst: »Ich bekämpfe jeden Terror, auch den roten«[17], so ist er nunmehr Terrorist, weil er es sein muß.[18] Seine »Ehrfurcht vor der einzelnen Kreatur« scheint ihm angesichts der »verfassungsmäßig organisierten, moralisch verkommenen Kreaturen« als übertrieben, und der Idealist und Revolutionär, der Fürsprecher des einzelnen Menschen, endet bei der bitteren Einsicht: »Der Glaube an die Unantastbarkeit jedes lebendigen Wesens führt in die Labyrinthe des Betruges.«[19]

Sladeks Pseudo-Idealität, das angebliche Handeln für das Vaterland, seine Aufopferung als »Teil« für das »Ganze« läßt ihn schließlich nur vergeblich fragen: wo bleibe ich, der Sladek? Franz' echter Enthusiasmus für die Kraft der Idee, sein Eintreten für das Volk als »Millionen Einzelne«, sein Glaube an einen »Weltstaat gegen den verbrecherischen Wahnsinn der Raubstaaten«[20] mündet umgekehrt in ein durch die Realität erzwungenes Bekenntnis zum Terror und in eine realistische Verachtung der organisierten Kreaturen. Horváth nimmt hier keineswegs Partei. Er bewahrt sich die kritische Distanz zu jeder politischen Ideologie und deckt statt dessen die gesellschaftlichen Voraussetzungen der verschiedenen politischen Standpunkte auf. Auf diesem Wege dramatisiert er das als Zeitschicksal erlebte Spannungsfeld im unlösbaren Widerstreit von humanen Forderungen und inhumaner Wirklichkeit oder auch von inhumanen Forderungen mit ihren fatalen Konsequenzen für diese Wirklichkeit.

Mit seinem politischen »Volksstück« *Italienische Nacht* (1930) verläßt Horváth das zu Abstraktionen neigende Problemstück zugunsten der zwar immer noch bitteren, aber weit bühnenwirksameren Komödie. Politische Auseinandersetzung mit der eigenen Zeit findet auch hier statt, ja sogar in verstärktem Ausmaß. Horváth durchschaut nicht nur die ebenso dumme wie gefährliche Brutalität der rechtsradikalen Nationalsozialisten, die hier bereits in Uniformen mit Hakenkreuz auf der Bühne aufmarschieren, sondern zugleich auch die Schwächen der Weimarer Republik. Dafür steht in erster Linie die Gestalt des ebenso ahnungslosen wie spießigen Stadtvaters stellvertretend, der es so trefflich versteht, seine Frau zu tyrannisieren – »draußen Prolet, drinnen Kapitalist« –, und der seine italienische Nacht als kleinbürgerlichen, kitschigen Stimmungszauber ablaufen läßt, im übrigen aber trotz oder wegen seines großmäuligen Selbstbewußtseins mit politischer Blindheit für die Gefahren, die der Republik drohen, geschlagen ist. Aber nicht nur der Gegensatz der mehr spießigen älteren und der weit militanteren jüngeren Generation weist auf die verborgenen Widersprüche im republikanischen Lager hin, auch die Ambivalenz zweier Figuren aus der Reihe der Jüngeren, Martin und Karl, ist dafür charakteristisch. Horváth konfrontiert den revolutionären klassenbewußten Arbeiter und Marxisten Martin mit dem politisch weit indifferenteren, kleinbürgerlichen Karl. Hier geht es nicht mehr wie im »Sladek« um die jeweilige Tragweite von weltanschaulichen und politischen Überzeugungen; hier wird vielmehr die politische Gesinnung vor die menschliche Bewährungsprobe gestellt. Martin bleibt der konsequente Ideologe, der »historische Gesetze« für weit wichtiger als Privatschicksale hält. Immerhin bringt er am Ende den hart bedrängten Republikanern der älteren Generation durch die rebellierende junge noch die rechtzeitige Rettung. Aber die Art und Weise, wie er seine ihm so ergebene Anna zum Ausspionieren der Faschisten benutzt und dabei selbst unfreiwillig in Eifersucht gerät, verrät wiederum das Unzulängliche in seiner allzu eingleisigen, ganz von der politischen Doktrin beherrschten Führernatur. Karl, ein wenig künstlerisch und intellektuell veranlagt, ist zweifellos der differenziertere. Allerdings macht ihm die Gebrochenheit seines eigenen Ichs auch mancherlei zu schaffen. Von einem rasch gegebenen und ebenso rasch gebrochenen politischen »Ehrenwort« hält er nicht allzuviel, wenn er statt dessen mit seinem Mädchen tanzen kann. Für Martin ist er nur ein »halber Mensch«, und auch er selbst meint deprimiert von sich: »Nur die eine Hälfte hat Sinn für das Gute, die andere Hälfte ist reaktionär«[21], wobei »reaktionär« hier etwa mit »bürgerlich« gleichzusetzen wäre. So ist er für den politischen Kampf nicht recht brauchbar. Wichtiger ist ihm eben doch das »Private«, die »Erlösung« durch das Weib, und in der Praxis heißt das: die von seiner Lene vorgeschlagene gemeinsame Kolonialwarenhandlung als Weg in die Zukunft.

Dennoch hat Horváth nicht eigentlich für Martin und gegen Karl Partei genommen. Der, wenn auch redliche, Ideologe Martin behält Züge des Fanatischen und damit Unmenschlichen; der schwache, aber liebenswerte Karl bleibt wiederum so sympathisch, daß man ihm nicht böse sein kann. Schon hier wird deutlich, daß Horváth nicht nur nach den gesellschaftlichen Voraussetzungen fragt, die das jeweils typische menschliche Handeln bestimmen, sondern ebenso sehr nach der Art und Weise, wie der Mensch als Mensch, das heißt als Einzelner sich zu ihnen verhält und auf sie antwortet. Dafür braucht Horváth Kriterien aus dem Bereich des Persönlichen und Humanen, die immer mehr bei ihm an Bedeutung gewinnen und die sich unmittelbar auf die menschliche Existenz, nicht aber bloß auf ihre gesellschaftliche Situation und erst recht nicht auf die Fragwürdigkeit von »Prinzipien« beziehen. Man mag darin einen Rückfall des Materialisten Horváth in Individualismus, Romantik, ja sogar in Innerlichkeit und Idealismus sehen, in Wahrheit war es für ihn die einzige Möglichkeit, dem Phänomen einer totalen Politisierung, die zugleich Barbarisierung bedeutete, als Dichter Widerstand zu leisten. So sehr Horváth ein gesellschaftlich engagierter Schriftsteller war, der wußte, daß »ein wirklicher Dramatiker kein Wort ohne Tendenz schreiben kann«[22], er blieb zugleich der Dichter, der nicht Theorien, Programme und fertige Rezepte anbot, sondern Produkte seiner dramatischen und epischen Phantasie, die sich immer wieder mit dem »gigantischen« und hoffnungslosen Kampf zwischen Individuum und Gesellschaft beschäftigt hat.[23] Er behandelte dieses Thema mit Ironie und Ernst, oft auch rein komödiantisch oder satirisch. Das ändert jedoch nichts daran, daß für ihn, wie er 1937 bekannt hat, »das menschliche Leben immer ein Trauerspiel, nur im einzelnen eine Komödie ist«.[24] Auch und gerade, wo man bei ihm lachen darf, ist das Unheimliche auf der Lauer, das zu der ihrem Wesen nach tragischen Struktur des menschlichen Lebens gehört.

Daher reichen Kategorien wie Tragödie, Komödie, Tragikomödie und Posse zum Verständnis Horváths eigentlich nicht mehr aus. Am erfolgreichsten war er in jener Gattung, die er selber »Volksstücke« genannt hat. Dieser Ausdruck hat zu manchen Mißverständnissen geführt. Außerdem hat die Einengung Horváths auf die Kategorie »Volksstück« seinem Verständnis bis heute geschadet. Zwar versteht es sich eigentlich von selbst, daß man bei ihm keine Blut- und Bodenideologie findet. Aber seine Stücke sind auch nicht im schlichten Sinn des Wortes »volkstümlich«, kein Theater, das sich auf anschauliche und verständliche Weise an das Volk wendet, sondern es sind sehr komplizierte schwierige Gebilde, die bereits in ihrer Thematik weit ab von der Überlieferung des Volksstückes liegen. Nicht eine handfeste Wirklichkeit bei zugleich irrationaler Verklärung des Volkslebens wird hier gezeichnet wie noch in Zuckmayers Lustspiel *Der fröhliche Weinberg* (1925), sondern der in der Sprache sichtbar gewordene »ewige Kampf zwischen Bewußtsein und Unterbewußtsein«.[25] Dieser latente Widerspruch mußte die Sprache immer wieder bis an die Grenze der Sprachlosigkeit führen, Augenblicke, die mit Vorliebe vom Dichter mit der szenischen Zwischenbemerkung »Stille« charakterisiert werden. Mit Anzengruber mag Horváth noch die sozialkritische Tendenz verbinden, aber seine eigentlichen Vorläufer sind Nestroy, Tschechow, Schnitzler und Wedekind, ja auch noch der frühe, von ihm durchaus bejahte Gerhart Hauptmann. Über den intellektuellen Charakter dieser Volksstücke mag zunächst ihre Sprache und das Unliterarische, betont Naive in Horváths eigenem Wesen, wie es sich in seiner Sympathie für Rummelplätze, Volksgärten, Vorstadtkneipen, aber auch in seiner Neigung zum Aberglauben äußerte, hinwegtäuschen. Jedoch ist die Sprache der Personen, trotz ihrer meist süddeutsch-österreichischen Färbung, keineswegs Dialekt, und Horváth hat selbst darauf hingewiesen, daß es um »heutige Menschen aus dem Volke« geht, bei denen der Dialekt bereits durch den Bildungsjargon zersetzt ist.[26] Diese Sprache gehört freilich auch nicht in die Tradition des gehobenen oder gar pathetischen Sprechens, sie geht der »Poetisierung« geradezu bewußt aus dem Wege und scheint sich lässig, fast könnte man sagen nachlässig, in saloppen Wendungen zu geben, verdeckt damit jedoch nur die stilisierende Kunst ihres Autors, der seine Kunstmittel sehr bewußt einsetzt.[27] Auch darin erinnert er an Heine oder auch an Tucholsky. Horváths Volksstücke spielen in einem kleinbürgerlichen oder auch proletarischen Milieu, und sie stellen

Menschen als »soziale Wesen« dar, die weitgehend durch ihre jeweilige Situation determiniert sind. Aus einer weit mehr skeptischen als positiven Einstellung heraus sucht der Dichter sie so zu schildern, wie sie sind, und zerstört auch formal das alte überlieferte Volksstück zugunsten eines Realismus, den er selber als »eine Synthese von Ernst und Ironie« bezeichnet hat.[28]

Das Horváthsche Volksstück will aber auch nicht parodieren und nur in Ausnahmefällen karikieren. Die Parodie als dramatische Form hat er mit Nachdruck für sich abgelehnt. Hingegen sind seine Äußerungen zur Satire widerspruchsvoll. Zweifellos bleibt diese ein Element in seinem Schaffen. Außerdem schließt sein Realismus das Mittel der Stilisierung keineswegs aus, und diese ist für ihn als Dramatiker um so notwendiger, je mehr der Einzelmensch entindividualisiert ist und nur in seiner stellvertretenden sozialen Funktion gesehen werden soll. Die Stilisierung geht dann mit einer bewußt gewollten Typisierung Hand in Hand. Horváths Schilderung seiner Personen gibt nur in Umrissen und in epischen Szenenangaben die äußere Situation. Ein bloß beschreibender und dem Detail nachgehender Realismus gehört nicht zu seinem Stil. Vielmehr entwickelt er die Personen von innen, das heißt von ihrer Sprache her. Eben dies erschwert, wie er selber gewußt hat, die Wirksamkeit seiner Stücke auf der Bühne. Der Zuschauer muß sehr genau hinhören und kann sich nirgends dem kulinarischen Sinnengenuß des Theaters überlassen. Dieses Sprechen bedeutet aber nicht, daß die Personen Einsicht in ihre Situationen haben und diese Situationen bewußt reflektieren. Es ist meist ein Sprechen aneinander vorbei, sehr oft auch ein fetzenhaftes und verworrenes Sprechen, in dem egoistische Triebwünsche vor sich selbst und vor anderen durch verschlissene Klischees verschleiert werden, ohne daß dies den Personen selbst bewußt wird. Dazu gehört der immense Raum, den bei Horváth sowohl im Drama wie in der Prosa die Dummheit und der Kitsch einnehmen, und zwar der Kitsch als ein bewußt eingesetztes Stilmittel.[29] Über die *Geschichten aus dem Wiener Wald* hat er das Motto gesetzt: »Nichts gibt so sehr das Gefühl der Unendlichkeit als wie die Dummheit.« Dummheit existiert gleichsam im Grenzenlosen, weil sie nicht zu unterscheiden und damit auch nicht zu erkennen vermag. Wer nur in der Dummheit oder mindestens überwiegend in ihr lebt, vermag sich nicht zu wandeln, es sei denn, er wird dazu von außen direkt gezwungen.

Dummheit bedeutet häufig das Sich-Einkapseln in eine Idylle, die in Wahrheit gar keine ist, aber in der Dummheit als solche verklärt werden kann, so vor allem in der von Horváth mehrfach entlarvten Daseinsform des »ewigen Spießers«. Spießertum ist für ihn nicht eine Sache der Vergangenheit; es wandelt sich mit den geschichtlichen Situationen, so daß sich der eigentlich gefährliche »Spießer der Zukunft« erst allmählich herauskristallisiert.[30] Ihn aber, nicht den mehr harmlosen Spießer von einst, gilt es zu treffen und zu entlarven. Er gehört nicht nur, aber auch zur Genese des Nationalsozialismus und des Mitläufertums, und sein gesellschaftlicher Ort ist meist der »Mittelstand«.

Dafür bemüht Horváth das Ausdrucksmittel des Kitsches; unter Kitsch versteht der Dichter eine Verlogenheit, die bis in das Gefühlsleben hineinragt, ohne dem Sprechenden selbst als solche bewußt zu sein.[31] Kitsch äußert sich dann im Sprechen der Personen als Unangemessenheit zwischen dem, was sie sagen, oft unter Verwendung von stereotypen abgeblaßten Bildungsklischees, und dem, was sie als Befriedigung »asozialer Triebe« eigentlich wünschen und wollen. Diese Diskrepanz durchschaut nur der Autor und stellt dar, was sie für den dramatischen Prozeß der Personen bedeutet und welche Folgen sie für die Charaktere und ihre Situationen hat.

Ein Schriftsteller, der es gewagt hat, das unendliche Phänomen der Dummheit darzustellen, mußte seinerseits über einen ungewöhnlich hohen Grad von Intelligenz verfügen. So sehr auch im einzelnen die dargestellte Diskrepanz komisch sein kann, im Ganzen hat Horváth dabei das Übergewicht des Tragischen betont. »Die Welt, wie sie halt leider ist«[32], das ist nirgends eine heile oder auch nur einigermaßen funktionierende Welt, es ist vielmehr eine, die von sozialen Widersprüchen und menschlichen Unzulänglichkeiten beherrscht wird. Horváth traut sich nicht etwa zu, sie ändern zu können. Er bleibt mißtrauisch gegen alle, die sich das anmaßen. Aber er nimmt eindeutig die Partei der Schwachen und Entrechteten und nicht die der Reichen und Herrschenden. Von daher dringt in der Tat die sozialkritische Tendenz in seine Dramen ein. Als Dichter begnügt er sich jedoch mit dem unbestechlichen Durchschauen, das sich nirgends etwas vormachen läßt, aber sich auch keinerlei Richterfunktion über die Menschen seiner Dramen anmaßt. Wenn er für seine Zuschauer »phantasiert« und sie gleichzeitig die Produkte dieser Phantasie erleben läßt[33], so ist dieser Vorgang keineswegs ein bloßes Vergnügen. Denn Horváth durchschaut auch seine Zuschauer, die sich auf der Bühne oft wiedererkennen müßten und dann eigentlich über sich selber empört sein sollten. Die Abrechnung mit den asozialen Trieben der Menschen bleibt zwiespältig. Als Theater bedeutet sie gewiß auch Genuß und »Erbauung«[34], aber als illusionslose Aufdeckung der Wahrheit – und das Streben nach Wahrheit und Gerechtigkeit ist für Horváth nicht nur eine ethische, sondern auch eine künstlerische Forderung, die er kompromißlos an sich selbst stellt – hat sie etwas höchst »Ungemütliches«, weil sie oft und mit Vorliebe die kleinbürgerliche Sphäre der sogenannten »Gemütlichkeit« ihrer Harmlosigkeit beraubt und nicht nur deren Borniertheit, sondern auch deren versteckte Brutalität und Grausamkeit demaskiert. Damit hat der Dichter bereits jene »Trivialität des Bösen« (Hannah Arendt) vorausgeahnt, die sehr bald in schauerlicher Weise zur Signatur unseres Zeitalters gehören sollte.

Die *Geschichten aus dem Wiener Wald* (1931) suchen am Ende nur eine Situation wiederherzustellen, die bereits am Anfang vorgegeben war. Zwei Paare, Alfred und Valerie, beziehungsweise Oskar und Marianne, werden in ihrer Paarbeziehung durch Dritte gestört und kehren dann doch wieder zueinander zurück. Es sieht so aus, als ob fast nichts geschehen wäre. Dennoch hat sich in Wahrheit ein unwiderruflicher, tragischer Ablauf abgespielt, von dem freilich nur die Hauptgestalt, Marianne, betroffen ist. Alle anderen arrangieren sich schlecht und recht mit den gegebenen Verhältnissen. Sogar Marianne muß sich schließlich mit ihnen abfinden, aber der Zuschauer weiß, daß das Weiterleben in einer Ehe mit Oskar für sie eigentlich nur noch schlimmer als der Tod sein kann. Direkt oder indirekt bleibt der Tod im ganzen Stück Mitspieler in einer Welt, die mit ihm so wenig wie möglich zu tun haben will. Am deutlichsten schlägt er zu, als die böse Märchenhexe dieses Stückes, die ebenso verblödete wie gerissene Großmutter, ihren Urenkel, den unehelichen Sohn von Alfred und Marianne, auf perfide Weise umbringt und damit die junge Mutter ihres Lebensinhaltes beraubt. Aber auch der Schlaganfall des Vaters deutet auf das memento mori hin. Trotzdem spielt das Stück in einer scheinbar heiteren Welt. Allerdings wird die stereotype Redewendung von der »schönen blauen Donau« bereits durch die allzu häufige Wiederholung bewußt entwertet. Im ganzen Drama wird gelacht, gegessen und getrunken, vor allem gesungen und musiziert: »In der Luft ist ein Klingen und Singen – als verklänge irgendwo immer wieder der Walzer ›Geschichten aus dem Wiener Wald‹ von Johann Strauß.«[35] Auch sind die Gestalten des Stückes keineswegs im landläufigen Sinne böse, selbst die Großmutter ist nicht von sich aus verbrecherisch. Hinzu kommt, daß die erotische Thematik: das sich emanzipierende junge Mädchen mit dem Verführer, der fast gegen seinen Willen zum Verführer wird, die alternde, relativ begüterte Witwe, die ihre weit jüngeren Liebhaber durch finanziellen Beistand an sich zu binden sucht, ja selbst noch der autoritäre Vater, der bedenkenlos über seine Tochter wie über ein Eigentum verfügen will, weit eher in die Sphäre des Lustspiels als in die der Tragödie hineingehören. Dennoch ist der Ablauf des Ganzen gerade darum so quälend, weil er sich in einer solchen Sphäre bornierter Fröhlichkeit abspielt. Das Komische, oft an der Grenze des Grotesken stehend, wird zum Element des Tragischen. Bereits die Szenenangabe »Stille Straße im achten Bezirk«, dem oft wiederkehrenden Schauplatz, deutet auf das Widerspruchsvolle voraus, das sich hier abspielen wird. Neben der gediegenen hausbackenen Fleischhauerei steht die Puppenklinik mit dem Firmenschild »Zum Zauberkönig«. Die verspielte Scheinwelt der Scherzartikel enthält auch die versteckte Drohung von »Totenköpfen«, »Raketen«, »Zinnsoldaten«, vor allem aber das symbolhafte »Skelett« im Fenster, um dessen Betreuung Marianne sich bereits bei der ersten, noch stummen, nur mimischen Szene mit Alfred bemüht. Sogar die Ansichtspostkarten vor der Tür der kleinen Tabak-Traffik der Valerie haben vordeutenden Charakter. Als der Zauberkönig später seine Tochter im Bums-Kabarett überraschend als nackte Gestalt erblickt, wie sie als Allegorie des Glückes mit einem Bein auf einer goldenen Kugel steht, in Wahrheit aber damit nur einen Tiefpunkt ihres Unglückes erreicht hat, da reagiert er so: »Ich bin in einer Untergangsstimmung ... Jetzt möcht ich Ansichtskarten schreiben, damit die Leut vor Neid zerplatzen, wenn sie durch mich selbst erfahren, wie gut daß es mir geht!«[36] Das ist ein Festhalten am Schein bis zur Absurdität, bloß um der Wirklichkeit nicht ins Auge sehen zu müssen.

Zum Szenenbild gehört auch der oft wiederkehrende und immer wieder abbrechende Walzer von Strauß, den die Realschülerin im zweiten Stock – sie tritt im Stück selbst nirgends auf – auf einem »ausgeleierten« Klavier spielt. Die Musik repräsentiert die Sphäre der Illusion, in der fast alle Figuren gefangen sind, am wenigsten vielleicht Valerie, die mit ihrem auf das Reale eingehenden Verstand die Schäbigkeit ihrer jungen Liebhaber durchschaut, aber trotzdem aus uneingestandener sexueller Bedürftigkeit immer wieder nach ihnen verlangt. Immerhin sucht auch sie durch ihre Neigung zur kitschigen Verklärung das fatale Mißverhältnis wieder auszugleichen. Nicht nur der Straußsche Walzer klingt durch das Stück, ein Glockenspiel wird zum Klingelzeichen an der Puppenklinik, ein Reisegrammophon spielt im Wiener Wald Puccini, Marianne singt am Spinett, die Großmutter spielt die Zither, Valerie summt beim Schminken den Trauermarsch von Chopin, beim Heurigen hören wir Schrammelmusik, im Kabarett den Hoch- und Deutschmeistermarsch usw., aber auch die sogenannte gute Musik von Strauß, Puccini, Chopin und Schumann bekommt hier Kitsch-Funktion durch den Gebrauch, der von ihr gemacht wird. Sie unterstreicht nur die der Person selbst nicht bewußte Verlogenheit in ihrem sentimentalen Gefühlsleben. Am deutlichsten wird diese negative Funktion der Musik in der Kabarettszene, in der die »Träumerei« von Schumann zur Kulisse geschäftstüchtiger Grausamkeit werden kann. Und selbstverständlich wird eben dort auch vom national und sexuell gefärbten Kitsch reichlich Gebrauch gemacht.

Was die Musik an heiler, »gemütlicher« Welt vortäuscht, steht im niederdrückenden Kontrast zu dem, was sich an Lieblosigkeit und brutalem Egoismus zwischen den Personen abspielt. Die Täuschungsfunktionen der Musik korrespondieren mit den Täuschungsfunktionen der Sprache. Genau dort, wo die Personen sich durch ihren jeweiligen Partner gestellt sehen, beginnen sie in hochtrabende Gemeinplätze auszuweichen. Bezeichnenderweise sprechen sie dann meist hochdeutsch. Die wiederholt bei Horváth auftauchende Redewendung von »Schicksal« oder »Notwendigkeit« charakterisiert fast immer das Sich-Drücken der Personen vor Verantwortung oder auch nur die mangelnde Einsicht in ihre Situationen. Als Marianne die Trivialität ihres Verhältnisses mit Alfred eigentlich durchschauen müßte, flüchtet sie statt dessen in das leere Pathos: »Über uns webt das Schicksal Knoten in unser Leben –«[37], und sie hört als Antwort von Alfred heraus, was dieser gar nicht gesagt hat: »dummes Kalb«. Die Dialogstelle zeigt besonders deutlich, wie sich Bewußtsein und Unterbewußtsein bei Horváth widersprechen können.

Je dümmer die Personen sind, um so weniger tritt dieser Kontrast in ihr Bewußtsein. Sie sind auf hoffnungslose Weise unbelehrbar. Am krassesten gilt das von Mariannes Vater und ihrem Bräutigam. Man versteht, daß sie aus dieser Situation herausdrängt, herausdrängen muß. Oskar, der Fleischhauer, ist seinem Naturell nach roh, sentimental und sadistisch. Eine Ehe mit ihm muß für jeden, auch nur etwas differenzierteren Partner unerträglich sein. Sobald er aber zu reden beginnt, spricht er, ebenso wie sein zukünftiger Schwiegervater von »christlichen Grundsätzen«, zitiert sogar berühmte Verse des alten Goethe[38], die in seinem Munde geradezu zu Pamphleten werden. Scheinbar tiefsinnig läßt er sich über das Weib als »Sphinx«, als »Engel« und über die »große Liebe« aus. Ja, er schwelgt sogar im Selbstgenuß des Verzeihens, ohne dabei zu bemerken, daß er es war, der Mariannes Scheitern und ihrer erzwungenen Rückkehr zu ihm mit grausamem Vergnügen genossen hat. Die Komik seiner Figur darf bei Aufführungen nicht darüber hinwegtäuschen, daß von Oskar in seiner brutalen und sentimentalen Primitivität etwas Erschreckendes und Vernichtendes ausgeht. Er wird immer so bleiben, wie er ist: in einer scheinbar wohlgeordneten kleinbürgerlichen, gemütlichen Welt von asozialen, ihm selbst nicht bewußten Instinkten beherrscht.

Aber auch um den »Zauberkönig« steht es nicht viel besser. Valerie verklärt ihn zu einem »dämonischen Menschen«.[39] An anderer Stelle bezeichnet sie ihn hingegen als »bescheiden und anständig«, als »echten Bürger vom alten Schlag«.[40] Beides ist nicht richtig, aber dennoch steckt in diesen beiden, sich widersprechenden Aussagen ein, freilich von Valerie nicht durchschauter, Kern von Wahrheit. Der »Zauberkönig« ist gewiß kein Magier, eher das ironische Gegenteil davon. Aber er hat etwas von der Dämonie des Spießbürgertums, nicht nur in der Triebhaftigkeit des »alten Hirschen«, die sich mit jedem beliebigen Objekt bei jeder beliebigen Gelegenheit einläßt, sondern mehr noch in seiner geordneten Existenz als Kleinbürger, der sich auf moralische und christliche Grundsätze beruft, auf seinen patriarchalischen Konservativismus in einer, wie er meint, »verkehrten« Welt, aber trotzdem damit nur den schrankenlosen Egoismus und die völlige Lieblosigkeit seiner Vaterfigur verdeckt, die zu jeder Grausamkeit fähig ist, ohne auch nur zu wissen, daß es Grausamkeit ist. Das Böse braucht hier keine Märchenfigur wie die Großmutter, sondern präsentiert sich wie bei Oskar in der Trivialität und Geschraubtheit des Banalen. Großspurige Verlobungstiraden und die Neigung zu sentimentalen Anwandlungen ändern nicht das Geringste daran. Und doch würde es Oskar und den Zauberkönig sehr verwundern, wenn man ihnen vorwerfen würde, böse zu sein. Eben darin liegt noch ihre Komik, aber auch ihre Dummheit, auch ihre »Dämonie«.

Der windige Liebhaber Alfred steht außerhalb dieses kleinbürgerlichen Rahmens. Er ist die sozial entgleiste Existenz, die trotzdem immer wieder wie ein Stehaufmännchen zu reagieren weiß. Seine Verlogenheit hat den Vorzug, daß sie mehr oder weniger beabsichtigter Zynismus ist wie z. B. in seinen »freundschaftlich-geschäftlichen Beziehungen«[41] zu Valerie. Mit seinem schäbigen Charme weiß er sich überall herauszureden. Wo er in Verlegenheit gerät, spricht er vom »Prinzipiellen« und von moralischen Pflichten[42], obgleich er gar nicht daran denkt, sich danach zu richten. Bereits in der ersten (und einzigen!) Liebesszene mit Marianne verlangt er die »vernünftige« Liebe von ihr, das heißt eine Liebe, die für ihn keine Schwierigkeiten und Konflikte bringt. Später hält er Marianne für »dumm« und sie ihn für einen bloßen Verstandesmenschen. Mehr oder weniger verschachert er sowohl seine Geliebte wie sein Kind; aber ihm ist keineswegs wohl dabei, und er ist recht froh, daß er am Ende wieder bei seiner Valerie unterschlüpfen kann. Mit Vorliebe bedauert er sich selbst, hat aber noch nicht einmal ganz unrecht, wenn er findet, er sei »an dieser ganzen Geschichte« mit Marianne »eigentlich unschuldig«[43], weil er eben nicht nein sagen konnte und in das Ganze wie in ein »unüberlegtes Abenteuer« hineingetrieben worden sei. Schuld haben bei ihm immer nur die anderen, und die anderen, das sind in seinem speziellen Falle – die Frauen.

Trotzdem ist Marianne in Horváths Stück eindeutig das Opfer. Zwar ist sie es, die sich Alfred geradezu anbietet. War es die »große Liebe«, die »große Leidenschaft«? Marianne, die aus ihrem Milieu herausdrängt, sucht im Grunde nicht die Liebe, sondern die Freiheit. »Was ist Liebe?« fragt sie bereits skeptisch im ersten Dialog mit ihrem unerfreulichen Bräutigam. Als sie Alfred trifft, glaubt sie, es zu wissen. Jedoch zeigt gerade die Liebesszene, wie sehr sie sich selbst etwas vormacht. In dem Dialog zwischen den beiden mischen sich auch bei ihr die echten mit den falschen Tönen: am Anfang große, leerlaufende Worte, dann ein Pathos des Gefühls, das um die kitschige Ausdrucksform nicht herumkommt: »Du – wie der Blitz hast du in mich eingeschlagen und hast mich gespalten –« und gleich danach die Gewißheit, auf die es ihr eigentlich ankommt, daß sie ihren schrecklichen Oskar nicht heiraten wird. »Jetzt bricht der Sklave seine Fesseln« – und schließlich wieder die gefühlvolle Tirade »Laß mich aus dir einen Menschen machen – du machst mich so groß und weit –«.[44] Dennoch darf Marianne auf keinen Fall karikiert werden. Ihr Radikalismus, ihre Unbedingtheit, mit der sie sich einsetzt und alle Brücken hinter sich abbricht, ist Alfreds feiger Bereitschaft zum Kompromiß weit überlegen. Jedoch wird das Positive ihrer Figur erst auf ihrem Leidensweg voll sichtbar. Aus der entflohenen Enge gerät sie in ebenso schlimme, ja noch schlimmere Enge. Der väterliche Despotismus wiederholt sich fast wörtlich im trivialen Dialog mit Alfred[45], nur, daß jetzt auch noch die wirtschaftliche Misere hinzugetreten ist. Sie will sich ihr eigenes Bild von der Welt entwerfen, aber die Welt richtet sich leider nicht danach. Darin besteht auch Mariannes spezifische »Dummheit«, mag sie auch sonst der öden Borniertheit ihrer Umwelt weit überlegen sein. Sie versucht ihre verschwommene Vorstellung von der Liebe mit der Realität auf einen Nenner zu bringen, was ihr gründlich mißlingen wird. Das ist gewiß nicht ohne komische Züge, führt aber dann eine Krise herbei, die jenseits des Komischen liegt. Das bürgerliche Mädchen wendet sich vergeblich an Gott. In der Szene mit dem Beichtvater wird die Kirche sozialkritisch gesehen, nicht aber die junge Mutter, die hier durchaus sie selbst ist und eine schlichte, unpathetische Sprache spricht.[46] Am Ende dieser Szene mündet das Volksstück bereits in die Tragödie: »Wenn es einen lieben Gott gibt – was hast du mit mir vor, lieber Gott? – Lieber Gott, ich bin im achten Bezirk geboren und hab die Bürgerschul besucht, ich bin kein schlechter Mensch – hörst du mich? – Was hast du mit mir vor, lieber Gott? –« Diese Marianne spricht so, wie sie ist, und überwindet damit den Zwiespalt von Bewußtem und Unbewußtem, von Lüge und Trieb. Das ist einer jener Augenblicke bei Horváth, die nicht stilisiert, sondern realistisch gespielt werden müssen, weil hier nicht das typisch Soziale, sondern das Individuelle zum Durchbruch gelangt. Nach Horváths eignen Worten in seiner »Gebrauchsanweisung« sind das jene Stellen im Dialog und Monolog, »wo ganz plötzlich ein Mensch sichtbar wird – wo er dasteht, ohne jede Lüge, aber das sind naturnotwendig nur ganz wenige Stellen«.[47] Gleiches gilt von den Sätzen gegen Ende des Stückes: »Ich hab mal Gott gefragt, was er mit mir vorhat. – Er hat es mir aber nicht gesagt, sonst wär ich nämlich nicht mehr da. – Er hat mir überhaupt nichts gesagt – Er hat mich überraschen wollen – Pfui!«[48] Inmitten der »Versöhnungsszene«, wo alle anderen sich weiterhin mit Redensarten behelfen, und später angesichts des toten Leopold ist Marianne die einzige, die wirklich gelitten hat und die nun einer Zukunft entgegengeht ohne Glaube, ohne Liebe und ohne Hoffnung. Das Volksstück mit soviel Musik, mit soviel lässiger Sünde, mit Komik und Spektakel, aber auch mit soviel versteckter, unbewußter Bosheit und unbeirrbarer Starrheit endet eindeutig als Tragödie, freilich zugleich auch mit Ironie. Die Frage nach Gott ist ohne Antwort geblieben.

Im gleichen Jahr wie die *Geschichten aus dem Wiener Wald* entstand das Volksstück *Kasimir und Karoline* (Uraufführung am 18. November 1932). Mit Recht hat Horváth dagegen protestiert, als fast die ganze Presse es für eine Satire auf das Münchner Oktoberfest hielt. Statt dessen nennt es der Dichter »eine Ballade vom arbeitslosen Chauffeur Kasimir und seiner Braut mit der Ambition, eine Ballade von stiller Trauer, gemildert durch Humor, das heißt durch die alltägliche Erkenntnis: »Sterben müssen wir alle!«[49] Zum Verständnis des Stückes kann aber auch sein Motto dienen: »Und die Liebe höret nimmer auf.« Jedoch ist dieses Motto ebenso zweideutig wie der Titel des 1932 abgeschlossenen Stückes *Glaube Liebe Hoffnung*. Es verkehrt sich ironisch in sein Gegenteil, wenn die Liebe zwischen Kasimir und Karoline zerbricht, aber es behält auch wieder seine Gültigkeit, weil ja dennoch, wenn auch mit anderen Partnern, die Liebe weiter fortdauert: Kasimir findet Erna, Karoline tröstet sich vorerst mit Schürzinger.

Der rasche Ablauf zahlloser kleiner Szenen inmitten des Vergnügungswirbels, der durch das ganze Stück hindurchgeht, von Zeppelinbegeisterung, Achterbahn, Monstrositätenkabarett, Hippodrom usw. hat etwas Karussellhaftes. Die Luft ist voller Wiesenmusik, die hier die gleiche stellvertretende Bedeutung hat wie die Musik An der schönen blauen Donau. Das Leben dreht sich um die Menschen, und die Menschen drehen sich um das Leben. Alles geht vorüber und bleibt doch das Gleiche. »Kaum fängt man an, schon ist es vorbei«, sagt die sympathische, von ihrem rohen kriminellen Freund Merkl Franz unterdrückte Erna über das Leben.[50] In mancher Hinsicht erinnert diese Ballade vom arbeitslosen Chauffeur an die Ballade vom »armen« Soldaten Woyzeck, die Büchner fast hundert Jahre vorher geschrieben hat. Schon im Grundmotiv lassen sich die beiden Stücke vergleichen. Sowohl Kasimir wie Woyzeck werden um ihre Liebe betrogen. Beide Male wird das in einer rasch wechselnden Szenenfolge gestaltet, wenn auch das eine Mal als tragischer Ablauf, das andere Mal mehr im Zwielicht von Komik und Melancholie. In beiden Fällen spielt die wirtschaftliche Misere eine entscheidende Rolle. Die Figuren der Oberschicht werden bei Büchner zu böse karikierten Masken, bei Horváth tritt die soziale Anklage zurück, aber sowohl der zweiundsechzigjährige Kommerzienrat Rauch, der sich noch als Schürzenjäger betätigen möchte, wie sein zu sexuellen Perversionen neigender Freund, der Amtsgerichtsrat Speer, die sogenannten »besseren« Leute, sind auch bei Horváth Vertreter der wohlhabenden, aber völlig lieblosen bürgerlichen Klasse. Gemeinsam ist auch die Vorliebe für das Abstruse und das Phantastische, für Jahrmarktsmonstrositäten, mag auch Büchner das weit stärker als Instrument der Satire verwenden, während es bei Horváth etwas vergnügt Spielerisches behält. Dennoch sind bei beiden die »Monstren« Phänomene, die für eine bereits entindividualisierte kollektive Gesellschaft stellvertretend stehen.[51]

Vor allem bleibt die Hauptgestalt auf ähnliche Weise determiniert. »Ideale« und »Gefühle« müssen vor der bitteren Tatsache kapitulieren, daß die Verhältnisse stärker sind als die Menschen. Erna bemerkt: »Aber die Menschen wären doch gar nicht schlecht, wenn es ihnen nicht schlecht gehen tät. Es ist das eine himmelschreiende Lüge, daß der Mensch schlecht ist.«[52] Kasimir, keineswegs ein Grübler wie Woyzeck, aber in seiner Art ebenso anständig, treu und hilfsbereit[53], reflektiert seinen Verlust nicht so sehr als »Schuld« seiner Braut – er würde niemals auf den Gedanken kommen, sie umzubringen –, sondern als Konsequenz seiner sozialen Situation:

Und dennoch hab ich harter Mann die Liebe schon gespürt – und die ist ein Himmelslicht und macht deine Hütte zu einem Goldpalast – und sie höret nimmer auf, solang du nämlich nicht arbeitslos wirst. Was sind denn das schon überhaupt für Ideale von wegen dem seelischen Ineinanderhineinfließen zweier Menschen? Adam und Eva! Ich scheiß dir was auf den Kontakt – da hab ich jetzt noch ein Kapital von rund vier Mark, aber heut sauf ich mich an und dann häng ich mich auf – und morgen werden die Leut sagen: Es hat einmal einen armen Kasimir gegeben –[54]

Gewiß, auch diese Stelle zeigt im Sprechen gefühlvollen Kitsch und eine gehörige Portion Selbstmitleid, ist aber wiederum in dem Durchschauen der eigenen sozialen Situation erbarmungslos ehrlich. Hieß es über das Kind im Märchen, das die Großmutter erzählt, und das noch stellvertretend für Woyzeck stand: »Und war ganz allein«, so gilt das gleiche Schicksal der Isolierung auch für Kasimir. Am Anfang spricht daraus noch Trotz und Stolz: »Ich bin nicht zu zweit! Ich mag nicht zu zweit sein! Ich bin allein«[55], später ergibt sich als eine Art Lebensbilanz: »Ja, man ist ziemlich allein.«[56]

Kasimir und Erna sind die einzigen positiven Figuren des Dramas, beide mehr oder weniger »Opfer« ihrer Situation. Sie sprechen eine einfache Sprache; wo Kasimir dennoch metaphorisch redet wie in seinem bizarren Vergleich der Frau mit einem Auto[57], da wurzelt diese Metaphorik immerhin noch in den realistischen Erfahrungen seines Berufes, Erna wiederum gerät gelegentlich ins gefühlvoll Kitschige[58], aber dennoch sind beide mit sich selbst identisch und auch im abgeleiteten indirekten Sprechen noch glaubhaft. Aber Kasimirs Gegenspielerin ist nicht Erna, mit der er sich immerhin am Ende trösten kann, es ist Karoline, die ihm um des Oktoberfestes willen davonläuft.

Horváth hat diese in einer geistvollen Skizze als die »Wiesenbraut« charakterisiert.[59] Zur Wiesenbraut gehören das bloße Existieren im Augenblick, das hemmungslose Amüsieren, aber auch die unbestimmte »Sehnsucht«, die vergebliche Suche nach dem »Prinzen«, den sie niemals bekommen wird, und das Erlöschen aller rasch geknüpften Kontakte, sobald das Oktoberfest verklungen ist. Diese »Wiesenbraut«, die nicht denkt, sondern nur lebt, trägt, wenn auch nur vorübergehend, Unordnung in das soziale Leben hinein. Alles, was Karoline sagt, ist im Grunde belanglos. Auch hier ist das Unbewußte die Triebkraft, nicht aber das bewußte Sagen, das in seiner ungewollten Lüge vom Autor demaskiert wird. Zu Beginn des Stückes erklärt Karoline geradezu pathetisch: »Eine wertvolle Frau hängt höchstens noch mehr an dem Manne, zu dem sie gehört, wenn es diesem Manne schlecht geht.«[60] Kein Wort in diesem Satz entspricht der Wahrheit. Aber das ist ihr selber nicht bewußt. Auch am Ende, als sie ihren Kasimir durch eigenes Verschulden endgültig verloren hat und der Rummel des Oktoberfestes vorüber ist, langt es nur zu einer halb richtigen Reflexion:

Ich habe es mir halt eingebildet, daß ich mir einen rosigeren Blick in die Zukunft erringen könnte – und einige Momente habe ich mit allerhand Gedanken gespielt. Aber ich müßte so tief unter mich hinunter, damit ich höher hinauf kann.[61]

In ihrer Selbststilisierung schwingt ebenso ahnungslose Melancholie wie unfreiwillige Komik mit: »Man hat halt oft eine Sehnsucht in sich – aber dann kehrt man zurück mit gebrochenen Flügeln und das Leben geht weiter, als wär man nie dabeigewesen. –«[62]

Der Weg ist nicht weit, der von der »Wiesenbraut« Karoline zu jenen von Horváth immer wieder herangezogenen Fräulein-Schicksalen führt, die in den Niederungen der Prostitution enden, wie die als Variante zu *Der ewige Spießer* überlieferte *Geschichte vom Fräulein Pollinger*. Die Kehrseite ihres empfindsamen Selbstmitleides und ihrer hemmungslosen Sucht nach Genüssen aller Art ist eine soziale Welt, in der man sich Gefühle nicht leisten kann[63], in der reiche Kommerzienräte meinen, »Zukunft« sei »eine Beziehungsfrage«[64] und in der die »beiden Komplexe«, der »allgemeinen Krise und das Private«, »unheilvoll miteinander verknüpft« sind.[65] Karoline möchte »höher« hinauf, erreicht aber damit nur, daß sie am Ende das Beste, nämlich ihren treuen, wenn auch arbeitslosen Bräutigam endgültig verloren hat und ihr selbst vermutlich nur der Weg in das tiefer Hinab bevorsteht. Zwar gestattet Horváth seiner schmerzlich traurigen Ballade ein bescheidenes Happy-End. Der dürftige, etwas triebschwache Scherzinger darf Karoline mit einem langen Kuß umarmen, und Kasimir findet eine Erna, die den Galgenhumor aufbringt, zu sagen: »Solange wir uns nicht aufhängen, werden wir nicht verhungern.«[66] Aber mit diesen beiden neuen Paaren geht im Grunde das Leben nur einfach weiter, sie werden zum zufälligen Glied in der Kette des Totentanzes, von dem gilt: Sterben müssen wir alle.

Die Auseinandersetzung mit der Grenzsituation des Todes gewinnt in Horváths Spätwerk zunehmend an Raum. Aber ebenso bleibt die verzweifelte Lage des Einzelmenschen in einer grausamen, von abstrakten Prinzipien beherrschten Gesellschaft sein weiteres Thema. *Glaube Liebe Hoffnung* (1932) hat er selber den Untertitel gegeben: »Ein kleiner Totentanz in fünf Bildern«. Das in der Alltagssphäre spielende Drama behandelt den vergeblichen Kampf der mittellosen Elisabeth mit einer verantwortungslosen, unmenschlichen Welt der Bürokratie und der Paragraphen. Selbst die tapfere Haltung, selbst scheinbare vorübergehende Rettung kann am Ende nicht vor dem Tod durch Selbstmord schützen. Gerade das sogenannte »geordnete« Staatswesen läßt die Unschuldigen leiden, und der Appell der Elisabeth, »es könnt doch auch ein bißchen weniger ungerecht zugehen«[67], bleibt vergeblich. Horváth betont besonders für dieses Stück das »Formproblem der Bestialität«, »die bekanntlich weder gut ist noch böse«, und seinen entschiedenen Willen, »rücksichtslos gegen Dummheit und Lüge« vorzugehen.[68]

Diese Thematik setzt nur fort, was bereits die dramatische Skizze *Der Fall E.*[69] begonnen hatte. Die dem Kommunismus nahestehende Lehrerin Elisabeth erleidet dort das Martyrium staatlicher und bürokratischer Verfolgung. Das bedeutet jedoch kein Eintreten Horváths für die kommunistische »Ideologie«, wohl aber bezeugt es sein leidenschaftliches Interesse an den verzweifelten Situationen, in die das schutzlose Individuum in unserer Gesellschaft geraten kann. Es ist gewiß kein Zufall, daß in diesen beiden Dramen die Hauptperson den gleichen Vornamen hat.

Diesen vielleicht bittersten Stücken von Horváth folgt 1933 die »Komödie« *Die Unbekannte aus der Seine*. Aber ist es eine Komödie? Horváths eigene Äußerungen über dieses Stück als »ausgesprochenes literarisches Experiment«[70] zeigen uns, wie vorsichtig man mit den dramatischen Gattungsbegriffen bei ihm verfahren muß. Dennoch trifft seine Behauptung: »Alle meine Stücke sind Tragödien, – sie werden nur komisch, weil sie unheimlich sind«[71], keineswegs überall zu. »Possen« wie *Hin und her*, die Komödie *Mit dem Kopf durch die Wand* (1935), die er selber mit Recht für ein falsches Zugeständnis an den Modegeschmack hielt, auch die satirische Posse *Rund um den Kongreß* oder das nach dem Roman von Coloman von Mikszá gestaltete bühnenwirksame Lustspiel *Ein Dorf ohne Männer* (1936), das einen legendären Stoff recht amüsant behandelt, sind zwar alle dramatische Dichtungen, in denen ein ernsterer Hintergrund nie ganz fehlt, aber die Freude am Komischen, burlesk Grotesken oder auch rein Theatralischen überwiegt eindeutig in solchen Fällen. Das gilt jedoch nicht für *Die Unbekannte aus der Seine*, auch nicht für *Figaro läßt sich scheiden* (1936) oder für *Don Juan kommt aus dem Krieg* (1936), ebensowenig wie für Horváths letztes Bühnenstück, die »Komödie eines Erdbebens« *Pompeji* (1937), der als Vorstudie *Ein Maskenball* vorausgegangen war. Ausgesprochen düster ist auch das gespenstische und verwickelte Schuldprobleme aufwerfende Schauspiel aus Horváths Spätzeit *Der jüngste Tag* (1936). Es beginnt fast idyllisch mit einem provokativ gemeinten, flüchtigen Kuß, aber die Folgen sind entsetzlich: nicht nur ein Zugunglück mit vielen Toten und Verletzten, sondern auch die Zerstörung des bisher rechtschaffenen Bahnwärters, der radikale Umschlag von Volksgunst in Verachtung und ein sich daran anschließender Mord führen in eine Kette des Verhängnisses. Die verdrängte Schuld rächt sich nur um so mehr am Schuldigen, und das Stück mündet schließlich in jenes jüngste Gericht, bei dem die Toten von einst als Gespenster zurückkehren. Es ist zwar heute üblich geworden, den früheren zeitkritischen Horváth gegen den späteren nach der Emigration auszuspielen, der angeblich »moralistisch« und »metaphysisch verschwommen« sei und sich auf die antiquierte Poesie von einst zurückgezogen habe[72], aber dieses Urteil folgt nur einem heute Mode gewordenen Trend. Horváths Sinn für das Unheimliche und Irrationale und für die Dialektik moralischer Probleme darf ihm nicht als ein künstlerisches Versagen angerechnet werden, nur, weil es zu seiner skeptischen und rationalen Zeitanalyse kontrastiert. Die Verfremdung ins Märchenhafte und nur scheinbar Zeitlose spricht nicht gegen seinen Spätstil.

Wie sehr sich Phantasie und Parodie bei ihm verbinden können, verrät das 1934 entstandene dramatische Märchen *Himmelwärts*. Trotz Horváths grundsätzlicher Ablehnung der Parodie werden hier sowohl der Himmel wie die Hölle auf witzige Weise parodiert. Das Dasein des Menschen auf Erden ist nur als Kompromiß zwischen beiden zu leben. Zugleich greift Horváth das Motiv der Wiederholung von schon abgelaufenen Lebensläufen auf und verknüpft es mit dem für ihn so wichtigen Problem der Bewährung des Menschen, die nur auf humaner Ebene gelingen kann. An einer Stelle dieses so ambivalenten Märchens dichtet Horváth eine kurze komische Liebesszene[73] von zwei Liebenden, Luise und Lauterbach – eigentlich ist es nur eine kurze Unterbrechung ihres Schlafes –, in der er Luise zu dem bereits wieder müden und schnarchenden Partner sagen läßt: »Auch wenn du müd bist, ruht sich bei dir meine Seele aus!« Hier ist ausnahmsweise, mitten im Alltag, ein poetisches Sprechen erreicht, in dem die Sprechende gefühlvoll und doch ohne jeden Kitsch redet. Das konnte ihr nur gelingen, weil sie eine rein irdische Freiheit der Liebe noch jenseits von Himmel und Hölle gefunden hat. Allerdings geschieht das erst, als der Lebenslauf noch einmal abrollen durfte.

Der Reichtum dieser, freilich in ihrem Rang oft ungleichen dramatischen Produktion kann hier nicht im einzelnen gezeigt werden. Zwei Dramen scheinen uns jedoch trotz mancher Schwächen so bedeutsam, daß wir sie wenigstens in Umrissen charakterisieren wollen: *Die Unbekannte aus der Seine* und *Don Juan kommt aus dem Krieg*. Für das erste Stück hat Horváth selbst den wichtigen Hinweis auf Wedekinds »Musik« gegeben. Wie Wedekind will auch er »das Komische und Groteske der Tragik« aufzeigen. »Ich werde keineswegs verwundert sein, wenn das Publikum bei den erschütterndsten und tragischsten Stellen in Gelächter ausbricht. Es soll gezeigt werden, wie die tragischen Ereignisse sich im Alltagsleben oft in eine komische Form kleiden.«[74] Tragikomödie sollte dieses dramatische Experiment aber auch nicht sein. Vielmehr ist es »ein ganz und gar tragischer Stoff« mit der realistischen Komik aus dem Alltagsleben. Horváth hat die Thematik von der Unbekannten, die aus der Seine als schöne Leiche herausgezogen wurde und von deren »Geschichte« man nichts weiß – nur der berühmt gewordene, wenn auch kitschige Gipsabguß ihres Kopfes mit dem rätselhaften Mona-Lisa-Lächeln überlebt sie – später noch für die Komödie *Mit dem Kopf durch die Wand* (1935) benutzt, hier freilich nur als Anlaß, um eine bloße Kolportage-Dramatik, einen raffiniert angelegten Schwindel und dessen Entlarvung in Szene zu setzen.

Die Vorgänge in der »Unbekannten« sind banal. Die Geschäftsfrau und Inhaberin einer Blumenhandlung, Irene, hat ihrem Freund Albert, einem ehemaligen Angestellten einer Speditionsfirma, der auf die schiefe Bahn geraten ist, den Laufpaß gegeben und sich statt dessen mit dem langweiligen und spießigen Geschäftsreisenden Ernst eingelassen. Albert wiederum, der sich allein nicht zu helfen weiß, wird durch zwei Kriminelle zu einem Einbruch in einen Uhrmacherladen verführt und erschlägt, als er sich unerwartet entdeckt sieht, den alten Uhrmacher, einen Sonderling. Um die Moritat herum gruppieren sich verschiedene alltägliche Figuren, die auf herzlos komische oder geradezu groteske Weise darauf reagieren. Am Ende findet Irene wieder zu Albert zurück, das Geschehen schließt ab mit einem »Epilog«: beide führen jetzt eine normale, wirtschaftlich durch eine Gärtnerei gesicherte Ehe; Ernst seinerseits, der zum mindesten ahnt, daß

Albert den Mord begangen hat, tröstet sich inzwischen mit Lilly; der zu Beginn zusätzlich eingeführte Bräutigam Emil hat den Laden des erschlagenen Uhrmachers als bescheidene Buchhandlung übernommen; auch er lebt dort mit seiner »etwas korpulenten Gattin« Lucille in einer offensichtlich trivialen Ehe. In der Auslage des Geschäftes hängt die Totenmaske aus der Seine. Der Mord von einst aber bleibt ein unaufgeklärter Fall.

Den entscheidenden Kontrast zu dieser kleinbürgerlichen, zufriedenen Spießerei, die den damaligen schauerlichen Mord restlos verdrängt hat, bildet die zentrale Figur des Stückes, die Unbekannte, die durch die meisten Szenen wie ein fast unwirkliches Wesen hindurchgeistert. Sie kommt aus dem Dunkel und geht ins Dunkel. Sie ist namenlos, wenn sie auch von sich selbst sagt, sie habe »einen seltenen Namen«.[75] Betrachtet man sie unter einer realistischen Perspektive, so ergibt sich das Bild eines etwas verschrobenen zwanzigjährigen Mädchens, das einmal eine unglückliche Liebe gehabt haben muß, jetzt aber nur einsam bettelnd oder auch als gelegentliche Zechprellerin herumvagabundiert, ohne Geld, ohne Zuhause. Aber gerade in ihrer völligen Vereinzelung, in ihren sehr unbestimmten Selbstaussagen, ihrer freischwebenden bindungslosen Existenz und in ihrem mysteriösen Selbstmord kann sie zum Kristallisationspunkt für mythische Aussagen werden: als »Schutzengel«, als Inkarnation des Todes[76], als ein Wesen, das nicht von dieser Welt ist[77], als »arme Seele«, die für das »ewige Leben«, freilich in einem sehr irdischen Sinne, stellvertretend steht, oder auch genau umgekehrt als »ein Engel«, »der zur Strafe auf unser irdisches Jammertal hat hinabmüssen und dann durch den Tod erlöst worden ist«.[78] Kommt diese Unbekannte bereits als wieder auferstandene Tote aus der Seine, die dann am Ende des Stückes wieder in die Seine zurück muß? Wiederholt sich mit ihr das alte Märchenmotiv von Melusine–Undine?

Jedoch Horváth hat sie auch wieder mit Nachdruck entmythisiert, ohne ihr freilich das Geheimnisvolle dabei rauben zu wollen, sie bleibt eine mysteriöse Figur, wenn auch in grotesker Verkleidung. Sie ist die ganz und gar Liebende, von ihrer unbestimmten »Sehnsucht«[79]getrieben; sie steht außerhalb aller sozialen und moralischen Sinngebungen, sie identifiziert sich statt dessen mit der von Albert geschenkten, vorübergehend verlorenen und dann wieder gefundenen Rose, die dieser freilich nur aus Irenes Blumenladen geklaut hat. Das alles rückt sie in die Nähe des empfindsam rührenden Kitsches. Aber Horváth will hier nicht ein falsches Bewußtsein in seinem Sprechen entlarven, sondern ein an sich positives Phänomen, die unbedingte Liebe, in seiner komischen Brechung gestalten. Die Sprache der Unbekannten bleibt wie bei Wedekinds Klara Hühnerwadel hinter dem zurück, was sie eigentlich ist und erfährt. Dadurch gerät die eindeutig tragisch angelegte Gestalt in das Zwielicht des Lächerlichen. Obgleich sie zu dem einzigen Zeugen des Mordes geworden ist, ignoriert sie das Faktum dieser Tat[80] und schafft dem Manne, den sie kaum kennt, der ihr aber die Rose gegeben hat, ein erlogenes Alibi. Der Trieb, alles zu vergessen, »wer ich bin und was ich bin«[81], gibt ihr zugleich die Freiheit, auch den mehr erträumten als wirklichen Partner ohne jeden Bezug auf seine reale Situation und auf seine, ihr ja durchaus bekannte, aber für sie gegenstandslos gewordene Schuld zu lieben. Von der Wirklichkeit aus gesehen ist das komplette Narrheit; aber Horváth ist nicht nur der mißtrauische Skeptiker, sondern ebenso ein heimlicher Romantiker, darin wiederum Heine verwandt, mit einer Sympathie für dieses verspielte Wesen, das keine Grenze zwischen Spiel und Ernst zu kennen scheint und in der einzigen, stark unter Alkohol stehenden Liebesszene so wirr poetisch über das Elementare zu phantasieren weiß.[82] Sie redet »konfuses Zeug«, aber man versteht den Polizisten, der die verblüffende Frage an sie stellt: »Schreiben Sie manchmal Gedichte?«[83]

Die Vermengung von Kitschsprache und poetischer Phantasie ist unerläßlich für eine Gestalt, die Horváth unter diese doppelte Beleuchtung des Tragischen und des Komischen gestellt hat. Ihre Liebesgeschichte mit Albert ist nur »Episode«, ja fast noch weniger als Episode; sie verschwindet spurlos aus seinem Leben in den Tod, nachdem sich der Alltag wieder stabilisiert hat und Irene den extravaganten Abenteurer und unentdeckten Mörder in die geordnete soziale Welt zurückgeholt hat. Jetzt spielt es keine Rolle mehr, daß der unbekannte, ein wenig masochistische Engel diesen Albert vor Selbstmord und Aufdeckung seiner Tat bewahrt hat. Selbst die Totenmaske, die an die Unbekannte erinnern könnte, hinterläßt keine eigentliche Spur: »Bist du es? – Hm. Ich weiß es nicht, es war damals immer so dunkel, ich hab dich eigentlich nie richtig gesehen –.«[84] Wo Tod und Schuld verdrängt werden, bleibt nur die nackte Banalität übrig. Die Tragödie ist zum grotesken Lustspiel geworden, ein genau umgekehrter Ablauf wie in den *Geschichten aus dem Wiener Wald*. Horváth hält sich dabei von allem Moralisieren frei, er erträumt sich nur die romantische, freilich bloß vorübergehende Anwesenheit einer ganz auf ihre abseitige Individualität gestellten Liebenden inmitten einer lieblosen Welt, in die sie nicht hineinpaßt und deren Menschen im Grunde froh sind, als sie sang- und klanglos daraus verschwindet. Auch die Unbekannte gehört in die Reihe der weiblichen Opferfiguren, deren Rang nicht nur darin besteht, daß sie aufgeopfert werden, und zwar stets von den Männern, sondern auch bereit sind, sich selbst zum Opfer zu bringen. Horváth selbst dürfte sie wohl kaum für einen »Engel« gehalten haben, sondern nur für ein Menschenkind, das wie das Leben selbst zugleich gut und böse, zugleich fromm und verdorben war; aber das damit geschaffene gleichnishafte Bild war von ihm gewiß nicht nur ironisch, sondern auch utopisch und apologetisch gemeint.

In Horváths späten Stücken geht es mit wachsendem Nachdruck um den Einzelmenschen und um die Behauptung seines schwer gefährdeten Wertes und Ranges in einer brüchig gewordenen Gesellschaft. Damit bekommen ethische und religiöse Gesichtspunkte das Übergewicht über die rein politischen und sozialkritischen. Dennoch bleibt die Spannung zwischen den beiden Polen ständig erhalten. Die Komödie *Figaro läßt sich scheiden* behandelt zwar die Probleme der Revolution, nicht so sehr der französischen, sondern der Revolution in einem zeitlosen Sinne[85], aber das Schwergewicht liegt auf der Menschlichkeit, die sich noch gegen jede Form von Ideologie, sei sie nun revolutionär oder konterrevolutionär, zu behaupten hat. Eine Verherrlichung des revolutionären Klassenkampfes ist dieses Stück gewiß nicht. Im chaotischen Gegen- und Durcheinander von absteigendem Adel, domestiziertem Bürgertum und vorübergehend nach oben gelangtem Proletariat sucht Horváth die un- und überpolitische Position der rein menschlichen und damit für ihn auch sittlichen Bewährung durchzuhalten. Ein geläuterter, durch mancherlei Wandlungen hindurchgegangener Figaro spricht sie am Ende zum geretteten Grafen Almaviva in einer keineswegs ironisch gemeinten Weise aus: »Jetzt erst hat die Revolution gesiegt, indem sie es nicht mehr nötig hat, Menschen in den Keller zu sperren, die nichts dafür können, ihre Feinde zu sein.«[86]

Seit 1937 distanziert sich Horváth von seinem bisherigen Werk und faßt den Entschluß, eine »Komödie des Menschen« zu schreiben.[87] Nicht nur *Pompeji*, das die untergehende Antike mit dem frühen Christentum kontrastiert und dabei die Rechtfertigung des Einzelmenschen durch das Christentum gegenüber einer auf »Sklaven« aufgebauten Gesellschaft in den Mittelpunkt rückt, gehört zu diesem Plan, auch das Schauspiel *Don Juan kommt aus dem Krieg* deutet zum mindesten schon auf ihn hin. Zwar hat dieses Stück weit weniger Anerkennung gefunden als Horváths Volksstücke. Seine Schwäche liegt in erster Linie darin, daß die Figur des Don Juan völlig auf die Ausstrahlung angewiesen ist, die von ihm auf dem Theater ausgeht, da er weniger durch seine Worte, wohl aber durch seine bloße Erscheinung die Frauen fasziniert. Das Vorwort von Horváth hebt hervor, daß Don Juan, der große Verführer, »immer und immer von den Frauen verführt wird«, ohne das eine einzige von den 35 Frauen, die in diesem Stück auftreten, ihn wirklich geliebt hat.

Don Juan ist für Horváth eine tragische Figur. Es geht hier nicht so sehr um die bloße männliche Sexualität, sondern weit mehr »um die besonders innige und ausschließlich ausgeprägte metaphysische Bindung dieser Sexualität, deren Wirkung sich die Frauen nicht entziehen können«.[88] Don Juan sucht das Vollkommene, das es auf Erden nicht geben kann: seine Frauen wollen ihm beweisen, daß es das Vollkommene dennoch gibt, und erst, als sie spüren müssen, daß Don Juan in Wahrheit nicht das Leben sucht, sondern sich nach dem Tode sehnt, weichen sie schaudernd vor ihm zurück.

Diese zeitlose Auseinandersetzung des zweideutigen und dadurch auch zynischen Don Juan mit den Frauen, die sich von ihm immer wieder betrogen fühlen, weil sie nur den irdischen Horizont der Vollkommenheit anerkennen, wird für Horváth wie so vieles, was er schreibt, zugleich zum Zeitproblem. Sein Don Juan, der als besiegter und entwurzelter Soldat aus dem Kriege kommt, gerät in den Strudel der großen Inflation von 1919-23, in der sich alle Werte verschoben haben. Aber der Dichter weiß, dies ist nur scheinbar eine vergangene Zeit, wir leben »noch immer in der Inflation, und es ist nicht abzusehen, wann sie zu Ende gehen wird«.[89] Das Zitat ist wieder eine der vielen Stellen, die Horváths erstaunliche Hellsichtigkeit für das Kommende beweisen. Inflation bedeutet den Ersatz von Werten durch Scheinwerte, eine Verunsicherung der Wertvorstellungen überhaupt.[90] Don Juan, der aus dem Kriege kommt, hat sich nur scheinbar geläutert. Er möchte zurückkehren zu einer Geliebten, die er einst verlassen hat. Er möchte sühnen und wieder gutmachen. Diese Geliebte von damals, ein junges, unschuldiges Mädchen, steht stellvertretend für die höchste Vollkommenheit in weiblicher Gestalt. Aber sie lebt nicht mehr. Sie ist bereits identisch mit dem Tod, ohne das Don Juan dies weiß. So wird seine Suche nach dem höchsten, nicht mehr relativierbaren Glück zu einer unbewußten Suche nach dem Tod.

Horváths Filmexposé *Ein Don Juan unserer Zeit*[91] variiert das gleiche Thema auf freilich vergröbernde Weise. Auch hier ist es die »einzige große Liebe, noch lange vor dem Kriege«, der Don Juan mit der »dämonischen Wucht seiner Sehnsucht« nachjagt. »Er ist der Mann, der in dem Leben nur die Frau sieht, der sich aus dieser Frau ein Götterbild machte und dessen ganzes Sinnen und Trachten danach gerichtet ist, dieses Bild zu besitzen.« Die verschiedenen nachfolgenden Lebensstationen: Don Juan als »gehobener Kammerdiener«, dann in einem »Spielklub der Inflation«, ferner als Schauspieler beim Stummfilm, als Abgeordnetenkandidat, als Reisender in Damenwäsche, als Angeklagter, der angeblich eine weibliche Angestellte vergewaltigt hat usw. zeigen das gleiche, wenn auch im einzelnen etwas abgewandelte Prinzip der abenteuerlichen Reihung wie im Drama. Nur der Schluß des Exposé weicht ab. Don Juan, der immer nur seiner Erinnerung lebte, findet die Geliebte wieder, aber als »eine alte, sehr alte Frau«. »Es dämmert ihm langsam auf, daß es kein Ideal gibt, das unvergänglich ist. Die wirklichen Werte liegen jenseits des Lebens.«[92] Aber auch im Exposé bleibt der Tod Mitspieler. In einem armseligen Billardcafé spielt ein unheimlicher hagerer Fremder, er symbolisiert den Tod, mit Don Juan eine Partie mit 56 vorgegebenen Punkten. Die Zahl entspricht den Lebensjahren Don Juans. Dieser verliert die Partie und stirbt.

Das Drama verzichtet auf einen solchen kolportagehaften Schluß. Es betont weit mehr die geistige Problematik, den Widerspruch von Ideal und Wirklichkeit, wirkt dadurch aber auch streckenweise recht abstrakt. Jedoch auch hier wird Don Juan abgelenkt, auch hier gibt es nur Szenen mit Frauen und dennoch keine einzige Liebesszene, noch nicht einmal konkrete sexuelle Abenteuer. Vielmehr sucht Horváth von Szene zu Szene die im Vorwort beschriebene Dramatik auf die Spitze zu treiben. Es geht ihm um die Auseinandersetzung der Geschlechter, zugleich aber auch um die Stellung der Frau im heutigen gesellschaftlichen

System. Sowohl Wedekind wie Strindberg sind hier die Vorläufer gewesen. Das Pornographische tritt ganz, das Empfindsame meist zurück. Die Spannung liegt in den wechselnden dramatischen Variationen innerhalb eines dennoch konstanten Spielfeldes. Don Juan braucht nur aufzutreten, und er wird zum Verführer, oft noch gegen seinen eigenen Willen. Paradoxerweise ist er trotzdem treu. Er liebt nur die eine, die es in Wahrheit gar nicht mehr gibt, alle anderen partizipieren nur an dieser Liebe, soweit sie eine Ähnlichkeit mit der einen zu haben scheinen. Jedoch droht das Ziel der Suche nach der einen Frau über der relativierenden Vermischung der Werte in Vergessenheit zu geraten.

Don Juan als zeitgeschichtliche Gestalt ist zugleich der Held der Inflation, von der er auch wirtschaftlich, immer mit Hilfe der Frauen, vorübergehend nach oben gespült wird. Viel Aktivität braucht er dabei nicht zu entfalten. Selbst Lesbierinnen und Sufragetten erliegen seiner Suggestion. So sehr das jeweilige Milieu auch karussellhaft wechselt, stets ist weit mehr vom Haß, gelegentlich auch von der Eifersucht der Frauen die Rede, weit weniger von der Lust, die Don Juan ihnen bringt. Sie hassen ihn jedoch nicht so sehr wegen seiner Treulosigkeiten, sie hassen ihn, weil er »sich seine große Liebe stückerlweise« zusammensucht[93]; sie hassen ihn, weil sie ihn brauchen und sich trotzdem durch ihn erniedrigt fühlen; sie hassen ihn vor allem, weil er ihnen aufs Ganze gesehen nicht das Glück, sondern das Unglück bringt.

Aber das hat auch seine Kehrseite. Don Juan ist zwar ein schrankenloser Individualist, der jeder Art von Bindung aus dem Wege geht, weil er sich nur an die eine, in Wahrheit längst Tote gebunden glaubt, wenn auch nur in der Erinnerung. Denn er hat ja auch sie einst betrogen und verlassen. Wo die Frauen ihn beherrschen wollen, meist auf dem Wege der Geldzuwendung, fühlt er sich seinerseits erniedrigt und will sich frei machen. Er ist zwar ein Abenteurer, aber trotzdem nicht eigentlich gewissenlos oder böse. Was die Frauen an ihm als »seelenlos« oder als zynisch empfinden, ist – sieht man genauer hin – nur seine eigene Enttäuschung über das nicht realisierte weibliche Ideal. Hierin ist Don Juan extrem eingleisig. Mit allgemeinen Interessen vermochte sich auch der durch den Krieg hindurchgegangene Don Juan nicht zu identifizieren. Paradoxerweise erfährt er sich als den »Ausgebeuteten«[94], ausgebeutet durch die Weiber. Daraus nährt sich sein Haß auf alle, die ihm »nicht gefallen können« und damit für ihn keine Menschen sind.[95] Eigentlich gefallen ihm ja auch die anderen nur auf sehr vorübergehende Weise.

Ruiniert Don Juan die Frauen, nicht so sehr durch Verführung, weit mehr durch Beleidigung[96], so ruinieren diese auch wieder ihn. Die falsche Anschuldigung eines halbwüchsigen hübschen Schulmädchens, das sich an ihm rächt, nicht etwa weil er sie, sondern weil er sie gerade n i c h t verführt hat, löst die soziale Katastrophe aus. Erst der bereits herzkranke und flüchtige Don Juan gelangt am Ende zur toten »Braut«, deren Leben er restlos vernichtet hat. Die letzten Szenen des Dramas steigern den realistisch expressionistischen Episodenstil ins Symbolhafte. Zweimal benutzt Horváth das Motiv des Schneemanns. Zwei Schulmädchen zerschlagen diesen, obgleich er ihnen nichts getan hat, aber sie reagieren an ihm die auf den Mann, den Bruder, gerichteten Aggressionen ab. Am Ende wird der alte, müde und krank gewordene Don Juan am winterlichen Friedhof bei der dort begrabenen Geliebten selber eingeschneit wie ein Schneemann, aber kaum so schuldlos wie dieser, zumal er die tote Braut dazu auffordert, sich an ihm zu rächen. Angesichts der raschen Vergänglichkeit eines Schneemanns dürfte das kaum einen über das Rhetorische hinausgehenden Sinn haben. Dieser fast elegisch lyrische Schluß enthält keinerlei Anklage, keinerlei »Gericht«. Der Widerspruch der Geschlechter, der in diesem Drama bis ins Extreme getrieben wurde, ist wie ausgelöscht vor der alles relativierenden Kraft des Todes. Zwar hat Horváth Don Juan als tragischen Charakter konzipiert, dessen Existenzproblem unlösbar bleibt, weil weder die Frauen im Plural, noch die eine, nicht mehr vorhandene, ihm die Erlösung bringen können. Aber der Ablauf des Ganzen bleibt locker und fragmentarisch, wenn auch mit manchen komödiantisch ausspielbaren Szenen. Eine Tragödie ist dieses Drama freilich nicht. Der Don Juan Horváths ist zwar ein sozial Entgleister und Entwurzelter, aber längst nicht mehr ein Heros aus dem Bereich des tragischen Mythos.[97]

Neben seinem dramatischen Werk hat Horváth noch eine ausgedehnte Prosa von Skizzen, Romanentwürfen, Filmexposées, Fragmenten und drei abgeschlossenen Romanen hinterlassen. Nur die Lyrik tritt bei ihm so gut wie ganz zurück. Diese bis heute noch recht wenig entdeckte Prosa kann auch hier nicht angemessen gewürdigt werden. Hingewiesen sei wenigstens auf das Fragment eines »romantischen Romans« *Schlamperl*[98], das die Tradition der barocken Abenteurer-Erzählung wieder aufnimmt und in den verschiedenen Stationen eines phantastischen Lebenslaufes noch die Probleme des eigenen Zeitalters sehr einfallsreich durchspielt, ferner auf die »Revue« *Magazin des Glücks*[99], in der, ebenso wie im *Schlamperl,* Illusion und Realität, Utopie und Desillusionierung miteinander konfrontiert werden. Es ist ein Zeichen für Horváths umfassende Weite, daß er beide Pole in ihrer Spannung zu sehen vermag. Er blieb zwar stets ein skeptischer Realist, war aber auch ein moderner Romantiker, mochte in seiner Frühzeit auch der eine Pol, in seiner Spätzeit der andere überwiegen. Ähnliches gilt bei ihm von der durchaus ambivalenten Verwendung von Märchenmotiven, z. B. in dem meisterhaften Stück Prosa, dem schonungslos entzaubernden *Märchen von Fräulein Pollinger*[100], das man eigentlich als ein Anti-Märchen bezeichnen müßte. Sowohl die Figur wie der Text tauchen in erweiterter Form in dem Roman *Der ewige Spießer* erneut auf. Horváths Realismus verbindet sich schon in seinen früh entstandenen *Sportmärchen*[101] mit einer Phantastik, die den verborgenen Widersprüchen der Wirklichkeit auf die Spur kommen will und dafür bereits die Stilmittel des Surrealen einsetzt.

In Horváths letzten Jahren entstanden die beiden Romane *Jugend ohne Gott* (1937) und *Ein Kind unserer Zeit* (1937). Dem ersten war noch einmal ein großer internationaler literarischer Erfolg beschieden. Thomas Mann schrieb damals an Zuckmayer, daß er dieses Buch für den besten Roman der letzten Jahre hielte. Das Ganze ist eine spannende Kriminalerzählung, die unter Jugendlichen spielt und von der Aufdeckung eines psychologisch komplizierten Mordes erzählt, zugleich aber mit der Gestalt des liberalen, freilich auch bereits unsicheren Lehrers, der sich mit einer schon fanatisierten und nationalistischen jungen Generation konfrontiert sieht, das für Horváth so drückende Zeitproblem wieder aufrollt. Die Fragestellung geht aber nunmehr über das Politische hinaus und bezieht auch den gesamten Horizont des Sittlichen, ja des Theologischen mit ein. Der Roman endet melancholisch mit der mehr oder weniger erzwungenen Emigration des Lehrers, der sich zum freien Bekenntnis der »Wahrheit« durchgerungen hat und darüber seine Stellung verliert, nach Afrika zu den »Negern«.

Mindestens ebenso bedeutend dürfte Horváths letzter, weniger bekannter Roman *Ein Kind unserer Zeit* sein. In der Form einer Icherzählung wird hier die Wandlung eines jungen Soldaten beschrieben, der längere Zeit völlig von der Kriegsideologie des Nationalsozialismus beherrscht wird, das eigene Denken bewußt ausschaltet und alles Private zugunsten des Kollektiven verdrängt. Darüber verliert er sein Traumreich, das »verwunschene Schloß« mit der Traumgeliebten, dem jungen Fräulein an der Kasse. Am Ende will der durch den Krieg verstümmelte und wurzellos gewordene Soldat dorthin zurückkehren. Ihm ist, als ob er etwas verloren hätte, was er nie richtig besaß. Aber das verwunschene Schloß existiert nicht mehr, an seiner Stelle steht »eine Autohalle oder irgend etwas dergleichen« mit einem ganz anderen Fräulein an der Kasse. Das verwunschene Schloß hatte sich als zu »altmodisch« erwiesen, »es paßte nicht mehr in unsere Zeit«. Und auch das Fräulein hat nicht in diese Zeit gepaßt oder war allzu sehr noch ein Kind dieser Zeit gewesen; sie wurde die Geliebte eines anderen Soldaten, der sie verließ, erwartete von ihm ein Kind, wurde fristlos entlassen, ließ sich das Kind fortnehmen und wanderte für zwei Jahre ins Gefängnis. Der entzauberte Traum bewirkt die bereits vorbereitete, aber jetzt endgültige Absage des Soldaten an den Staat des Führers. Die Welt ist für ihn zum Zuchthaus geworden, und die Ideologie von der Gesellschaft und dem Staat, in dem der Einzelmensch keine eigene Rolle spielen darf, erweist sich nunmehr als durch und durch falsch. Statt dessen hält er dem Buchhalter der Firma, die das Mädchen entlassen hat, seine neue, die Horváthsche Wahrheit entgegen. Kein Vaterland darf als weißer Mantel für Untaten dienen. »Für das Gute und das Böse, da hat sich nur der einzelne zu verantworten und keinerlei Vaterland zwischen Himmel und Hölle.«[102] In der Wut über die gleichgültige Lieblosigkeit des Buchhalters bringt er diesen im Affekt um: »Denn jeder, der da sagt, auf den einzelnen kommt es nicht an, der gehört weg.« Der Mord bleibt unentdeckt. Der Roman endet in müder und bitterer Melancholie. Der Soldat, der vorwegnehmend von seinem eigenen Tode berichtet, erfriert ebenso wie Don Juan als eingeschneiter Schneemann. Wieder steht hier »Kälte« symbolisch stellvertretend für Erstarrung, Egozentrismus und Grausamkeit. Auch der zur Einsicht gelangte Soldat, der trotzdem zum Mörder wurde, kann sich aus dieser Umklammerung durch das Böse nicht befreien. »Er wußt sich nicht anders zu helfen, er war eben ein Kind seiner Zeit.«[103]

Deutlicher konnte Horváth seine definitive Absage an jede Form des politischen Kollektivismus, vor allem aber an den totalen

Anspruch des Nazistaates, nicht mehr aussprechen. Sein letztes Vermächtnis ist das Bekenntnis zum Einzelmenschen und zu dessen unersetzbarem Wert. Wer, so wie der junge Soldat, das Private und damit den Bereich des Traumes, des Glückes und der Liebe zugunsten einer vaterländischen Kollektivmoral verdrängt und aufopfert, endet als verlorener Mensch. Aber Horváth macht daraus keine bloße Anklage. Er sieht das Schicksal des Soldaten als Symptom, als Resultat einer verworrenen Zeit, die über ihn und seine Generation verfügte, und er begreift auch noch seine eigene, vergeblich protestierende Existenz als ausgeliefert an dieses Zeitgeschehen, dessen sinnlose Furchtbarkeit kaum einer so deutlich und hoffnungslos gespürt hat wie dieser immer wieder neu und illusionslos um den Menschen und seine Wahrhaftigkeit bemühte junge Dichter. In einer kurz vor seinem Tode geschriebenen Skizze stehen die erstaunlichen Sätze: »Warum mußte ich eigentlich weg von zuhause? Wofür bin ich denn eingetreten? Ich hab nie politisiert. Ich trat ein für das Recht der Kreatur. Aber vielleicht wars meine Sünde, daß ich keinen Ausweg fand?«[104]

1975

Anmerkungen

»Unter Mitwirkung zahlreicher Fachgelehrter« erschien 1965, herausgegeben von Benno von Wiese, im Verlag Erich Schmidt, Berlin, der Band *Deutsche Dichter der Moderne* mit vierundzwanzig wissenschaftlichen Essays. Es war, wie Benno von Wiese im Vorwort zur ersten Auflage schreibt, ein »früher und vorläufiger Versuch, die Dichtung unseres Jahrhunderts in Einzeldarstellungen bedeutender Repräsentanten zu erfassen und Anregungen zu historischer Einordnung und ästhetischer Wertung zu geben«.

Die »3. überarbeitete und vermehrte Auflage« zehn Jahre später, 1975, wies auch den Namen Ödön von Horváth (S. 593–622) auf. Benno von Wiese schrieb im Vorwort zur dritten Auflage über Horváth (S. 11): »Er steht in vieler Hinsicht zwischen den Zeiten und schließt daher diesen Band ab, um zur Dichtung unserer Gegenwart überzuleiten. Er ist der einzige Autor dieses Bandes, der bereits im 20. Jahrhundert geboren ist, aber er starb zu früh, um sich in unserem Jahrhundert voll entfalten zu können. Dennoch hat er in seiner Zeitkritik und in seinem entlarvenden Umgang mit der Sprache erstaunlich viel vorweggenommen, so daß seine eigentliche Wirkung in mancher Hinsicht erst heute begonnen zu haben scheint.«

Zitiert wird nach Ödön von Horváth, *Gesammelte Werke* (in acht Bänden). Hg. Traugott Krischke und Dieter Hildebrandt. Frankfurt/Main 1972 (werkausgabe edition suhrkamp). Die erste Zahl bezieht sich auf den jeweiligen Band, die zweite nach dem Komma auf die Seite.

1 Vgl. *Materialien zu Ödön von Horváth*. Hg. Traugott Krischke. Frankfurt/Main 1970, S. 181 f.
2 5,10.
3 8,680 f.
4 8,670.
5 So auch Peter Handke, in: *Materialien zu Ödön von Horváth*, S. 180.
6 5,10.
7 So in *Gebrauchsanweisung* (8,661): »je stärker der Kollektivismus wird, um so größer wird die Phantasie«.
8 Das hat Axel Fritz in seinem Buch *Ödön von Horváth als Kritiker seiner Zeit* (München 1973) sehr überzeugend herausgearbeitet. Leider übertreibt er jedoch die Nähe Horváths zu Brecht und zum Marxismus und muß dann selbst seine Thesen immer wieder einschränken.
9 3,92.
10 *Materialien zu Ödön von Horváth*, S. 184 f.
11 Ebd., S. 185.
12 2,413.
13 2,414.
14 2,447.
15 2,436.
16 2,470.
17 2,442.
18 Vgl. 2,463.
19 2,462.
20 2,444.
21 1,144.
22 *Materialien zu Ödön von Horváth*, S. 185.
23 Vgl. ebd., S. 188.
24 Ebd., S. 192.
25 Ebd., S. 151. Für den Vergleich Zuckmayer – Horváth vgl. die ergiebige Studie von Erwin Rotermund, *Zur Erneuerung des Volksstückes in der Weimarer Republik: Zuckmayer und Horváth*. In: *Volkskultur und Geschichte. Festschrift für Josef Düninger*. Berlin 1970. Auch in: *Über Ödön von Horváth*. Hg. Dieter Hildebrandt und Traugott Krischke. Frank-

furt/Main 1972, S. 18-45.

26 Vgl. 1,11.

27 Ich verstehe nicht, wie ein sonst so kluger Kritiker wie Reich-Ranicki hier von »Dürftigkeit der Sprache« usw. sprechen kann; in: *Über Ödön von Horváth,* S. 85.

28 1,12.

29 Zu Kitsch vgl. die vorzügliche Analyse von Horst Jarka, *Ödön von Horváth und das Kitschige.* In: ZfdPh 91 (1972), S. 558-585; zu Dummheit die von Wilhelm Emrich, *Die Dummheit oder das Gefühl der Unendlichkeit. Ödön von Horváths Kritik.* In: W. E., *Geist und Widergeist.* Frankfurt/Main 1965. Auch in: *Materialien zu Ödön von Horváth,* S. 139-147.

30 Vgl. *Materialien zu Ödön von Horváth,* S. 185 f.

31 Vgl. ebd., S. 188: »Wer wachsam den Versuch unternimmt, uns Menschen zu gestalten, muß zweifellos feststellen, . . . daß ihre Gefühlsäußerungen verkitscht sind, das heißt: verfälscht, verniedlicht und nach masochistischer Manier geil nach Mitleid, wahrscheinlich infolge geltungsbedürftiger Bequemlichkeit . . .«

32 1,13.

33 8,660 f.

34 Vgl. 1,14 f.

35 1,159.

36 1,230.

37 1,197.

38 1,246.

39 1,223.

40 1,227.

41 1,163.

42 Vgl. 1,189.

43 1,240.

44 Vgl. 1,189-191.

45 Vgl. 1,196 f.

46 Vgl. 1,215 ff.

47 8,664.

48 1,251.

49 8,660.

50 1,319.

51 Vgl. dafür auch die kluge Studie von Peter Michelsen über Günter Grass *Oskar oder das Monstrum.* In: Neue Rundschau 83 (1972), S. 722-740, mit dem Motto von Rudolf Kassner: »Im Kollektiv, unter dessen Herrschaft, bilden die Monstra die Mitte.«

52 1,308.

53 Vgl. dafür den Vorfall mit dem Pferd (1,311).

54 1,290 f.

55 1,263.
56 1,291.
57 1,318.
58 1,264 f.
59 Vgl. 2,659 f.
60 1,267.
61 1,321.
62 1,322.
63 Vgl. 1,300.
64 Vgl. 1,305.
65 1,272.
66 1,323.
67 1,360.
68 *Materialien zu Ödön von Horváth*, S. 188.
69 7,21-52.
70 4,650.
71 8,664.
72 3,323.
73 Das geschieht z. B. in: *Über Ödön von Horváth* bei Axel Fritz, vgl. S. 48, bei Hansjörg Schneider, S. 65, am krassesten bei Urs Jenny, S. 73 ff., bei Reich-Ranicki, S. 86 ff. Paradoxerweise kommt dann oft auch noch der jüngere Horváth in das Zwielicht, in das man den älteren hineingeraten läßt. Solche sich widersprechende Werturteile bleiben den Dichtern z w i s c h e n den Zeiten niemals erspart.
74 4,650.
75 3,159.
76 Vgl. 3,185.
77 3,196.
78 3,197.
79 3,184.
80 3,173 und 179.
81 3,159.
82 Vgl. 3,185.
83 3,173.
84 3,198.
85 *Materialien zu Ödön von Horváth*, S. 192. Für Horváths Stellung zur Revolution könnte aus der Prosa noch herangezogen werden *Die stille Revolution* (5,129-140).
86 4,464.
87 *Materialien zu Ödön von Horváth*, S. 192.
88 2,592.
89 2,591.
90 Vgl. dazu Walther Huder *Inflation als Phänomen der Existenz*. In: *Materialien zu Ödön von Horváth*, S. 173-179.

91 8,636-642.
92 8,641.
93 2,260.
94 2,634.
95 2,634.
96 Vgl. die Szene mit der ersten emanzipierten Tochter (2,633-635).
97 Vgl. Hans Mayer *Don Juans Höllenfahrt*. In: *Untersuchungen zur Literatur als Geschichte. Festschrift für Benno von Wiese*. Berlin 1973, S. 182-198.
98 8,418-455.
99 8,604-628.
100 5,75 f.
101 5,25-55.
102 6,507.
103 6,515.
104 Aus unveröffentlichten Aufzeichnungen im Horváth-Archiv in Berlin, zitiert bei Axel Fritz, *Ödön von Horváth als Kritiker seiner Zeit*. München 1973, S. 24.
[Anmerkung des Herausgebers: Auch enthalten in Ödön von Horváth, *Die stille Revolution. Kleine Prosa*. Hg. Traugott Krischke. Frankfurt/Main 1975, S. 89.]

Hellmuth Himmel

Ödön von Horváth und die Volksstücktradition

Es besteht wohl kein Zweifel darüber, daß die Volksstücke Horváths das Zentrum seines Werkes bilden, zumal volksstückhafte Elemente auch die nicht so bezeichneten Dramen durchziehen. Der Entwicklung der Gattung gegenüber wird allerdings die Rolle dieses Autors häufig so gesehen, als habe man ihm das sogenannte »schwarze« Volksstück zu danken. Dies aus der ungeprüften Überzeugung heraus, ein Volksstück sei etwas Heiteres, Unverbindliches – spricht doch etwa Friedrich Luft vom »arglos sinnigen Volksstück« vor Horváth.[1] Aber die Geschichte dieser Gattung, die in ihren Anfängen Parallelen zur ebenfalls immer wieder falsch eingeschätzten Dorfgeschichte zeigt[2], belehrt bald eines besseren. Volksstücke waren gewiß vom Rezipientenkreis her die Stücke des Alt-Wiener Vorstadttheaters; doch scheint man damals die Bezeichnung nicht gekannt zu haben. Brukner und Rommel faßten in ihrer Nestroy-Ausgabe eine Reihe von Possen und Lebensbildern unter diesem Gattungsnamen zusammen, ohne damit mehr als einen Hinweis auf die Vorgeschichte der Gattung zu geben.

Sicher entwickelt sich das Volksstück nicht so sehr aus den eigentlichen Possen als vielmehr aus der von Friedrich Kaiser geschaffenen Gattung des moralisierenden »Lebensbildes«.[3] Zum Volksstück wird es aber erst unter dem Einfluß des Liberalismus, dessen Begriff von »Volk« die Bezeichnung festhält. Anzengruber ist sein wirklicher Begründer, und es ist schwer einzusehen, wieso Nagl-Zeidler-Castle ihn den »letzten Klassiker des Volksstücks« nennen.[4] Wie jedoch bei diesem Autor neben den Kulturkampf-Stücken *Der Pfarrer von Kirchfeld* und *Die Kreuzelschreiber* und einer Charakterkomödie wie *Der Meineidbauer* auch leichtere Ware mitläuft – man denke an den *Ledigen Hof* –, so zeigt auch weiterhin das Volksstück dieses doppelte Gesicht, steht es abwechselnd im Dienste der Gesellschaftskritik und der bloßen Unterhaltung.

Nicht zu unterschätzen ist, was Anzengruber mit der Vorstadttragödie *Das vierte Gebot* geleistet hat: neben das dörfliche Milieu tritt das städtische, und damit ist ein krisenanfälliger Sozialbereich entdeckt, der in der Folge, besonders um die Jahrhundertwende, oft dargestellt wird. Anzengruber starb 1889, und schon bald danach werden in Österreich zahlreiche Volksstücke geschrieben, die ob ihrer Zeitgebundenheit heute von den Bühnen verschwunden sind, aus ebendiesem Grund aber die Aufmerksamkeit des Literarhistorikers beanspruchen dürfen. Für die Ernsthaftigkeit des sozialen Anliegens innerhalb und trotz des Unterhaltungscharakters ist Karl Morres Volksstück *'s Nullerl* (1884) ein Beleg: hier popularisierte der Autor das Problem der Altersversorgung auf dem Lande, dem er später als Abgeordneter eine Studie widmete. Doch im Volksstück n a c h Anzengruber werden die Konflikte in zunehmendem Maße den städtischen Verhältnissen entnommen, vor allem denen Wiens, wo große Teile des Bürgertums, das seinen Ehrgeiz bis dahin noch an der Feudalwelt orientieren konnte, nun in den Sog der Industriegesellschaft gerieten und um die Bewahrung ihres Status kämpften.

Die Gattung des Volksstücks, häufig auch »Arme-Leut-Stück« genannt, hat aber nicht nur ihre eigenen Autoren wie Franz Adamus (= Ferdinand Bronner) mit *Familie Wawroch* (1899), Joseph Bendel mit dem Stück *Der Werkmeister* (1899), Franz Schamann mit *Liebe* (1901), Rudolf Hawel mit *Mutter Sorge* (1902) oder Karl Schönherr etwa mit *Karrnerleut* (1905), sondern sie lockte auch Schriftsteller wie Marie Eugenie delle Grazie (*Schlagende Wetter,* 1899), Felix Dörmann (*Zimmerherren,* 1900), Felix Salten (*Der Gemeine,* 1901) und noch 1913 den jungen Anton Wildgans (*In Ewigkeit Amen*). Wenig bekannt ist, daß Arthur Schnitzler seine *Liebelei* (1894) zuerst als Volksstück konzipierte; Hermann Bahr schrieb 1893 gemeinsam mit C. Karlweis (= Karl Weiss) das Volksstück *Aus der Vorstadt*.[5]

Es würde zu weit führen, allen Schattierungen nachzugehen, in denen die einzelnen Autoren die Möglichkeiten des Volksstücks zwischen Tragik und Sentimentalität, zwischen Satire und Amüsement erproben. Optimistisch gibt sich C. Karlweis in seinem Volksstück *Das grobe Hemd* (1901); schwärzer aber malt Julius von Gans-Ludassy, der Sohn eines nach Wien eingewanderten Ungarn mosaischer Religion, die Verhältnisse.[6] *Der letzte Knopf* (1901) rief im Volkstheater bei der Premiere einen Theaterskandal hervor; Rudolph Lothar schrieb darüber: ». . . der gesittete Mensch liebt es nicht, an die Bestie, die in ihm schlummert, erinnert zu werden.«[7] Auf genau dieses Rezeptionshindernis wird man stoßen, wenn man die Wirkungen Ödön von Horváths verfolgt. Gans-Ludassy hatte übrigens die Voraussetzungen seiner sozialen Anklagen gewissenhaft studiert und selbst monatelang in einer Knopfdrechslerei gearbeitet.

Die wertvolleren unter den Volksstücken dieser Zeit bevorzugen sehr deutlich Randschichten der Gesellschaft bzw. sozial absinkende Gruppen, meist im Kontrast zu einer etablierten und gesicherten Schicht, welche auch die Machtmittel des Staates auf ihrer Seite hat. Wie weit dabei die Gefahr der Schwarz-weiß-Malerei vermieden wird, kann als Maßstab der künstlerischen Leistung gelten. Auf alle Fälle bleibt eine treibende Spannung, wie sie etwa zwischen Schönherrs *Karrnerleuten* und der Gendarmerie, zwischen Gans-Ludassys kleinen Handwerkern und dem Händler Stadinski sowie dem bürgerlichen Emporkömmling Kaltenböck auf der anderen Seite (*Der letzte Knopf*) typisch ist und noch zwischen dem Angeklagten und dem verhörenden Richter bei Wildgans (*In Ewigkeit Amen*) als Klassengegensatz spürbar bleibt.

Gans-Ludassy verwendet bereits den Effekt, den Horváth durch die Begleitmusik in *Geschichten aus dem Wiener Wald* erzielt – allerdings nur punktuell: die aussichtslose Lage der Figuren durch fröhliche, optimistische Klänge zu kontrastieren; im Volksstück *Der goldene Boden,* das 1902 gedruckt, wegen Zensurverbots aber erst 1904 gespielt wurde, singt am Ende des 2. Aktes der Musikant Balderer das Couplet vom goldenen Boden des Handwerks, nachdem dem Zuschauer die aussichtslose Lage der Schneider (darunter Balderers Sohn) klargeworden ist.[8] Eine einzelne Dialogwendung des Stückes nimmt geradezu die soziale Anklage Horváths in der *Bergbahn* voraus: »Enk muaß ma die Arbeit verkaufen. Schön. Dafür kriegt ma wenigstens a Geld. Aber d'Arbeitskraft, die G'sundheit, das ganze Leben ist die Zuwag'.«[9] Dazu vergleiche man Horváth: »Da liest überall vom Fortschritt der Menschheit ... A jede Schraubn werd zum ›Wunder der Technik‹, a jede Odlgrubn zur ›Heilquelle‹. Aber, daß aner sei Lebn hergebn hat, des Blut werd ausradiert!« (1,33)

Das Volksstück des beginnenden 20. Jahrhunderts beschränkt sich jedoch nicht auf Wien, nicht einmal auf die deutschsprachigen Teile der Donaumonarchie. Wir wollen von parallelen Erscheinungen in Bayern absehen, da dort – bei Joseph Ruederer oder Ludwig Thoma – noch die ländlichen oder kleinstädtischen Verhältnisse bevorzugt werden; innerhalb Österreich-Ungarns bzw. seiner Nachfolgestaaten finden wir jedoch zwei besonders eindrucksvolle Beispiele für das am Rande der städtischen Gesellschaft angesiedelte Volksstück: Ferenc Molnárs *Liliom* (1909) und František Langers *Periferie* (1925). Vielleicht ist es nicht zu gewagt, das Milieu Lilioms im Városliget als Vorausnahme des Schauplatzes von *Kasimir und Karoline* aufzufassen; bei Horváth bleiben freilich die Leute des Schaugeschäftes auf der Oktoberwiese bloße Hintergrundfiguren. Immerhin sind sie Teil der Gesellschaftsdarstellung und lassen erkennen, daß das inhumane Profitdenken auch in dieser Gruppe herrscht. In der Ausgestaltung einer solchen Nebengruppe über bloße Staffage hinaus drückt sich Horváths Streben nach einem großflächigen Ausschnitt aus der Gesellschaft aus, das dem älteren Volksstück noch fremd war.

Bereits František Langer führte Elemente des expressionistischen Dramas in das Volksstück ein; *Periferie* ähnelt formal dem Stationendrama, in dem die Szenen gewissermaßen durch Leerräume voneinander getrennt sind, so daß man die dazwischen liegenden Geschehnisphasen erraten muß. Horváth macht von dieser Technik in *Geschichten aus dem Wiener Wald* Gebrauch, doch dürfte er auf sie weniger durch expressionistische Vorbilder als durch Wedekinds *Franziska* gekommen sein – das Werk, das Wedekind 1911 seinem späteren Biographen Artur Kutscher widmete. Bei Kutscher studierte Horváth von 1919 ab Theatergeschichte; auf die Bedeutung der dortigen Anregungen hat Doppler hingewiesen.[10] Daß Horváth die Stationenform weiterzuentwickeln wußte, geht aus zwei Fassungen der Nachtlokalszene in *Geschichten aus dem Wiener Wald* hervor. Die ursprüngliche Fassung endet mit einem surrealistischen Auftritt: Mariannes Vater hat einen Schlaganfall erlitten; der allein zurückbleibende Rittmeister ruft nach seinem Offiziersdiener, und dieser kommt, als ob man 1913 schriebe, obwohl er im Krieg gefallen ist und dies auch weiß. (Grundsätzlich ist eine solche Transzendierung der Realität auch im älteren Volksstück möglich, wie Hawels *Mutter Sorge* zeigt.) Bei Horváth beleuchtet dieser Szenenschluß (7,189 ff.) die Unfähigkeit des ehemaligen Offiziers, sich mit den neuen Verhältnissen abzufinden: eine reizvolle Episode, aber letztlich unnötig, da der Charakter des Rittmeisters längst exponiert ist. In der endgültigen Fassung gibt der angeblich bestohlene Amerikaner Marianne eine

Ohrfeige; die andern kommen dazu, Marianne »reißt sich vom Mister los« und ruft: »Ihr sollt mich nicht mehr schlagen! Ich will nicht mehr geschlagen werden!« (1,234) In diesem Augenblick erscheint die »Baronin«; »Marianne schreit entsetzt«, und der Vorhang fällt. Bei den beiden Sätzen Mariannes denkt man zunächst wohl nur an die Ohrfeige, die sie eben erhalten hat; das »Ihr« fällt kaum auf. Aber ihr Entsetzen beim Erscheinen der »Baronin« macht deutlich, was seit dem »II. Teil« des Dramas geschehen ist: die »Baronin« mit ihren Leuten hat Marianne durch Mißhandlungen gezwungen, sich in dem Nachtlokal zu produzieren. Eine solche Technik des Schlaglichts, das am Szenenschluß nicht vorwärts weist, sondern das schon zu Szenenbeginn Vergangene erhellt, ist zweifellos neu.

Eine noch entschiedenere Neuerung aber ist die Sprache der Figuren. Das ist schon früh bemerkt worden, zumal sich Horváth selbst dazu geäußert hat. Freilich stehen diese Kundgaben nicht in einem systematischen Zusammenhang; die Tatsache, daß sie anläßlich bestimmter Stücke gemacht wurden, könnte sogar daran zweifeln lassen, ob es überhaupt so etwas wie eine Horváthsche Sprachauffassung gibt. Die Literatur zu diesem Thema ist bereits ziemlich reichhaltig.[11] Wir versuchen, einen eigenen Weg zu gehen, indem wir wiederum auf die Volksstücktradition blicken. Das Volksstück der Jahrhundertwende ist in seinem Wesen naturalistisch, und demgemäß strebt seine Sprache danach, gesprochene Sprache wiederzugeben, ohne über deren Beschaffenheit zu reflektieren. Natürlich spiegeln die Abstufungen den sozialen Status der jeweiligen Figur, doch dem Personal entsprechend herrscht in den hier in Betracht kommenden Vorstadtstücken eine Mittellage zwischen Mundart und Umgangssprache vor. Sowohl die beiden Extreme als auch die Zwischenstufen unterliegen dabei einer gewissen Stilisierung, die dem Schauspieler den Spielraum gibt, seine persönliche – gleichfalls naturalistische – Auffassung der Figur einzubringen. Zu diesem Grundbestand kommt – etwa bei Gans-Ludassy – das national eingefärbte Deutsch von Angehörigen anderer Völker der Monarchie.

Horváth ist nicht darin Neuerer, daß er die Sprache stilisiert, sondern in der Art, in der er stilisiert. Das Verbot: »Es darf kein Wort Dialekt gesprochen werden« (8,663), gilt für *Kasimir und Karoline,* nicht etwa für sämtliche Volksstücke Horváths, und auch für dieses Stück hat der Dichter Grade des »stilisierten

Spieles« festgelegt (8,664 f.). Aber er gibt keine Begründung für seine Forderung: »Jedes Wort muß hochdeutsch gesprochen werden, allerdings so, wie jemand, der sonst nur Dialekt spricht und sich nun zwingt, hochdeutsch zu reden.« (8,663) Man kommt der Sache näher durch eine andere Äußerung Horváths: »Der Verfasser . . . versuchte, Dialekt als eine Charaktereigenschaft der Umwelt des Individuums oder auch nur einer Situation zu gestalten.«[12] Wenn in *diesem* Fall der Dialekt mit der Umwelt des Individuums zusammenhängt, darf man wohl auch das gezwungene Hochdeutsch in *Kasimir und Karoline* mit der Umwelt verbinden. Natürlich ist es nicht die »Situation« auf der Oktoberwiese; diese würde eher eine sprachliche Nivellierung nach unten rechtfertigen. Aber eine »Umwelt«, die von den Figuren ein Aufgeben des Dialekts erzwingt – und sie dabei, wie sich zeigt, sprachlich überfordert –, eine solche Umwelt ist denkbar.

Vergegenwärtigen wir uns die Gliederung nach den gängigen (wenn auch nicht immer glücklichen) Bezeichnungen: die Reihe Mundart – Umgangssprache – Hochsprache steckt gewissermaßen innere und äußere Bereiche ab. Die äußeren sind identisch mit dem jeweiligen Geltungsbereich, dessen Umfang von der Mundart zur Hochsprache zunimmt; die inneren stellen die in ähnlicher Weise zunehmenden Anteile am Bildungsgut dar. Nun besteht zwischen diesen Bereichen ursprünglich auf jeder Stufe eine Wechselbeziehung; das Wort »erfahren« bedeutet ja zunächst: durch Reisen (faran) Kenntnisse erwerben. Noch die Wanderungen der Handwerksburschen, aber auch der Wechsel der Universitäten durch die Studenten standen im Dienste dieser Art Bildung. Der Zusammenhang wird nun im Laufe der Zeit gestört: an die Stelle der selbst »erfahrenen« Information tritt die durch Medien. Die Medien schaffen dem Individuum eine künstliche Umwelt, deren Gefahr bereits Karl Kraus erkannte, als er vom »Untergang der Welt durch schwarze Magie« sprach, womit er die Druckerschwärze der Zeitungen meinte. Natürlich ist diese zweite Art Erfahrung nicht zu vermeiden; nur sollte man sich des Unterschieds bewußt sein: die eigene Erfahrung geschah am Gegenstand und mußte vom Individuum in Sprache umgesetzt werden, um »Bildung« zu sein – die Information »aus zweiter Hand« erfolgt bereits in sprachlicher Form und zwingt dem Individuum die Mediensprache auf. Infolgedessen verwenden die Individuen nunmehr Sätze, die zu ihrer persönlichen sprachlichen Welt und durch diese zur Wirklichkeit keine Beziehung haben; ja, die eigene Sprachlichkeit verkümmert schließlich. Vielleicht läßt sich kühn formulieren: in dieser Situation übersteigt die Performanz des Individuums seine Kompetenz.

Die »vorgefertigten« Sätze sind zu Klischees erstarrte Aussagen, deren referentielle Funktion verblaßt ist; sie werden auf keine gemeinte Wirklichkeit hin befragt, häufig auch in bloß phatischer Funktion verwendet, um den Schein der Kommunikation zu wahren. Ihnen entspricht dann auf einem anderen sozialen Niveau die »Konversation«, welche von Hofmannsthal im *Schwierigen* entlarvt wurde. Die Scheinkommunikation besteht dort darin, daß die Sprechenden sich nicht über die Dinge einig sind, sondern darüber, was man von den Dingen sagen kann und darf. Derart enthalten vorgefertigte Sätze auch moralische Direktiven, fungieren sie jenseits ihrer Wörtlichkeit conativ. Diese Aufgabe erfüllen auch die Sätze in dem von Horváth so genannten »Bildungsjargon«, wie uns ein Beispiel lehrt.

Der Zauberkönig erinnert in seiner sentimentalen Festrede zur Verlobung seiner Tochter mit Oskar an Mariannes Mutter: »... sie steht jetzt sicher hinter einem Stern droben in der Ewigkeit und schaut auf uns herab.« (1,179) Mittels dieses »Suggerierens von Bedeutsamkeit« (Doppler)[13] wird die Aussage über ein Fortleben nach dem Tod und über eine Anteilnahme der Toten am irdischen Leben zu einem moralischen Gebot, dem Verlobten Treue zu halten. Das »Mutterl« muß denn auch herhalten, Marianne in der Nachtlokalszene anzuklagen (1,231 f.), und folgerichtig fällt auch auf das Andenken der Verstorbenen ein Schatten, da die Tochter ihrer Pflicht nicht genügt; beim Heurigen sagt der Zauberkönig zur Trafikantin: »... dich hätt ich heiraten sollen, mit dir hätt ich ein ganz anderes Kind gekriegt –« (1,223). Daß diese Platitüde selbst eine erotische Annäherung ausdrückt, also auch ihrerseits conative Funktion hat, bedarf keiner Erklärung.[14]

Wie eine scheinbare Tatsachenfeststellung, die wiederum zugleich erotische Annäherung ist, die Moral eines Menschen indirekt formuliert, zeigt eine Stelle aus der *Italienischen Nacht*. Der Faschist sagt zu Anna: »Fräulein, ich kann Sie ja kaum mehr sehen – Ihr Blondhaar –« Sie korrigiert ihn: »Ich bin doch gar nicht blond, sondern brünett.« Aber seine referentielle Ungenauigkeit weiß er zu überspielen: »Dunkelblond, dunkelblond – Hüte dich,

Blondmädel, hüte dich! Du weißt, vor wem –« (1,123) Die Warnung wird durch den Kontext entlarvt als ebenso realitätsfremd wie der Befund »blond«. Die Ideologie, der der Faschist anhängt, liefert ihm die Sprachklischees, von denen er sich nicht lösen kann – selbst dort nicht, wo (wie in dieser Liebesszene) persönlicher Ausdruck zu erwarten wäre.

Diese Beispiele mögen genügen; sie stärken die These Noltings, daß »der dargestellte Jargon . . . sich selbst als Wirklichkeit setzt«, also der Bezug der Sprache auf eine Realität außer ihr in sich zusammenfällt.[15] Was Horváth erreicht – und was vor ihm dem Volksstück verschlossen war –, ist die Wiedergabe einer sprachlichen Situation, in der die Figuren die Zwiespältigkeit ihrer sozialen Lage heilen zu können vermeinen: der Jargon bietet für jeden Fall die vorgefertigte Reaktion, den vorgefertigten Kommentar. Nur vermag er an der Realität, welche er höchstens zufällig erreicht, nichts zu ändern: Sprache und Geschehen verlaufen wie auf zwei getrennten Ebenen, deren Diskrepanz für den Außenstehenden erst recht den sozialen Zustand in seiner Sprachlosigkeit als heillos erkennbar macht. Der Rezipient durchschaut, wie sich die Figuren sprachlich über ihre Lage hinwegtäuschen, wie er es ähnlich – aber auf anderer sozialer Stufe – an Schnitzlers *Leutnant Gustl* erfährt.

Für seine Dialogführung hat Horváth sicherlich auch von Wedekind gelernt, dessen Figuren häufig in eine ähnliche Diktion verfallen oder einen semantisch nicht schlüssigen Dialog führen. Dafür ein Beispiel aus *Erdgeist*. Schwarz zeigt Schön das Kostüm, in dem er Lulu malt. Schön: »Und transparente Strümpfe?« – Schwarz: »Die wollen nämlich gemalt sein.« Scheinbar beschäftigt sich Schwarz nur mit einem maltechnischen Problem; Schön geht darauf ein: »Oh, das können Sie.« Da springt Schwarz plötzlich auf das Modell über: »Dabei von einer Koketterie!« Schön erwidert, indem er durch das Epitheton überakzentuiert und so seine bereits persönliche Betroffenheit verrät: »Wie kommen Sie auf den entsetzlichen Verdacht?« Und nun schließt Schwarz das Gespräch: »Es gibt Dinge, von denen sich unsere Schulweisheit nichts träumen läßt.«[16] Das Hamlet-Zitat spielt hier keine andere Rolle als die »Kalendersprüch« bei Horváth[17]; es paßt nur sehr ungefähr als Entgegnung, sichert jedoch dem Sprecher die Überlegenheit. Aber auch die für Horváth typischen semantischen Verdoppelungen sind bei Wedekind bereits zu finden; so sagt der

Gymnasiast Hugenberg: »Ich wünschte lieber, du borgtest mir deinen Schnurrbart.«[18] Die Irrealität des Wunsches konkurriert mit seiner Intensität, deshalb wird dem einfachen Irrealis ein Bestandteil der gleichfalls irrealen Wendung »mir wäre lieber« hinzugefügt, als ob der Wunsch dadurch der Verwirklichung näherkäme. Einen ähnlichen Fall bei Horváth hat Nolting hervorgehoben; im Stück »Zur schönen Aussicht« sagt Strasser: ». . . ich will zu anständig sein.« (8,22)[19]

Die Ausblicke auf Hofmannsthals *Schwierigen,* auf Schnitzlers *Lieutenant Gustl* und auf Wedekinds Dramen scheinen uns zu bestätigen, daß Horváth etwas in das Volksstück eingeführt hat, das in anderen Gattungen bereits praktiziert war: es ist der Figurentext, der nur für den Rezipienten transparent ist, während die Sprecher in ihm gleichsam gefangen sind. Horváth beseitigt das Vorurteil des alten Volksstücks, daß jedem Menschen eine seiner Lage angemessene Sprache gegeben sei, und macht das Sprechen schlechthin problematisch. Was er am gezwungenen Hochdeutsch, am Bildungsjargon und an soziologisch gleichgearteten Sprachstufen demonstriert, läßt sich aber auch auf die Mundart oder die Hochsprache zurückübertragen: die Gefahr der Verselbständigung der Sprache gegenüber der Realität. Im besonderen erhält die Mundart eine Qualität, die sie im älteren Volksstück nicht hatte: nur unzureichender Ausdruck zu sein für die faktischen Emotionen der Figuren. So wird für die Entwicklung des Volksstücks *nach* Horváth, die infolge der politischen Ereignisse erst nach einer Pause von rund dreißig Jahren einsetzt, der negative Aspekt seiner Neuerung maßgebend, die Sprachnot der Figuren, die in den Volksstücken der letzten Jahre nur mehr zum Teil durch Mundart und Jargon eine scheinbare Überbrückung findet. Auch wo die Figuren naiv Dialekt zu sprechen scheinen, steht ihnen der Autor heute mit jener Ironie gegenüber, die Horváth angesichts des Jargons übte. Unmittelbar in der Horváth-Nachfolge steht wohl *Der Herr Karl* von Carl Merz und Helmut Qualtinger (1962), dessen monologische Form rückweisend den Zusammenhang zwischen Schnitzlers *Lieutenant Gustl* und den Horváthschen Figuren klarmacht. Bei Peter Turrini – wie auch bei dem Bayern Franz Xaver Kroetz – wird die Sprachnot zum entscheidenden sozialen Handicap der Figuren und fallweise selbst Thema des Stückes. Offen mag bleiben, inwieweit Kroetz eine eigene bayerische Tradition fortsetzt, die sich an Horváths

Zeitgenossin Marie Luise Fleißer knüpfen könnte, von der hier zu reden nicht Raum war.

Weit davon entfernt, das alte Volksstück zu »zerstören«, wie er einmal meinte (8,663), hat Horváth es vielmehr durch Weiterentwicklung vorhandener Ansätze und durch Neuaufnahme eines bis dahin übersehenen sprachlichen Moments gewissermaßen neu zentriert, ihm – wie er ein anderes Mal sagt (1,11) – eine »Fortsetzung« gegeben, die sich für die Zukunft als tragfähig erwies.

1979

Anmerkungen

Hellmuth Himmel, Professor an der Universität Wien, einer der Referenten des Horváth-Symposions in Budapest, November 1979, veröffentlicht an dieser Stelle seinen Beitrag zum ersten Mal im Druck.

Seiner Arbeit lag die achtbändige Werkausgabe (1972) zugrunde. Innerhalb des Textes werden die Werke Horváths nach der 2. verb. Aufl. der achtbändigen Werkausgabe (1978) zitiert.

1 *Theaterkritik* zit. nach: Hajo Kurzenberger, *Horváths Volksstücke. Beschreibung eines poetischen Verfahrens*. München 1974, S. 100.

2 Vgl. die einsichtige Ehrenrettung dieser Gattung durch Uwe Baur, *Dorfgeschichte. Zur Entstehung und gesellschaftlichen Funktion einer literarischen Gattung im Vormärz*. München 1978.

3 Vgl. dazu Wendelin Schmidt-Dengler, *Die Unbedeutenden werden bedeutend. Anmerkungen zum Volksstück nach Nestroys Tod. Kaiser, Anzengruber und Morre*. In: *Die andere Welt. Aspekte der österreichischen Literatur des 19. und 20. Jahrhunderts. Festschrift für Hellmuth Himmel* . . . Hg. Kurt Bartsch u. a. Bern und München 1979, S. 133-146.

4 Nagl-Zeidler-Castle III, 828. – Vgl. ferner Monika Bärnthaler, *Der gegenwärtige Forschungsstand zum österreichischen Volksstück seit Anzengruber*. Diss. Graz 1976 (masch.).

5 Dagegen ist die Bezeichnung »Arme-Leut-Stück« für das kleine Drama *Unter sich* (1904) von Bahr satirisch gemeint, wie schon aus der Ortsangabe »An der Riviera« hervorgeht.

6 Vgl. Paula Kremsner, *Julius Gans von Ludassy. Beiträge zu einer Monographie*. Diss. Wien 1952 (masch.).

7 Rudolph Lothar, *Vom Theater*. In: Die Wage 3 (1900). H. 1, S. 262.

8 Julius von Gans-Ludassy, *Der goldene Boden*. Wien/Leipzig 1902, S. 82.

9 Ebd. S. 67 f.

10 Alfred Doppler, *Bemerkungen zur dramatischen Form der Volksstücke Horváths*. In: *Horváth-Diskussion*. Hg. Kurt Bartsch u. a. Kronberg/Ts. 1976, S. 11-21; hier S. 11. – Zum Thema allgemein ferner: Reinhard Hummel, *Die Volksstücke Ödön von Horváths*. Baden-Baden 1970.

11 Vgl. besonders Wolfgang Boelke, *Die »entlarvende« Sprachkunst Ödön von Horváths. Studien zu seiner dramaturgischen Psychologie*. Diss. Frankfurt/Main 1970. – Dieter Hildebrandt, *Der Jargon der Uneigentlichkeit. Zur Sprache Ödön von Horváths*. In: Akzente 19 (1972), S. 109-123. – Winfried Nolting, *Der totale Jargon. Die dramatischen Beispiele Ödön von Horváths*. München 1976.

12 Zit. nach Jenö Krammer, *Ödön von Horváth. Leben und Werk aus ungarischer Sicht*. Wien 1969, S. 43.

13 Doppler, *Bemerkungen zur dramatischen Form der Volksstücke Horváths*, S. 16. – Zum Verhältnis des Zauberkönigs zur Verstorbenen vgl. auch die Worte Mariannes 1,188.

14 Hinsichtlich der komischen Wirkung, die von solchen Stellen ausgeht (hier dank der Zweideutigkeit von »anderes«), vgl. Gerhard Melzer, *Das Phänomen des Tragikomischen. Untersuchungen zum Werk von Karl Kraus und Ödön von Horváth*. Kronberg/Ts. 1976.

15 Nolting, *Der totale Jargon*, S. 172.

16 Frank Wedekind, *Gesammelte Werke* (in neun Bänden). Bd. 3. München 1924, S. 16.

17 Vgl. Horváth 1,246. Der Terminus sollte aber nicht verallgemeinert werden.

18 Wedekind, *Gesammelte Werke*. Bd. 3, S. 83.

19 Nolting, *Der totale Jargon*, S. 147.

Wendelin Schmidt-Dengler

Ödön von Horváths »Geschichten aus dem Wiener Wald« und der triviale Wiener Roman der zwanziger Jahre

Horváths *Geschichten aus dem Wiener Wald* werden von der Forschung meist unter jenen Aspekten betrachtet, die der Autor selbst nahelegte: als neues Volksstück, in dem nicht der Dialekt, sondern der »Bildungsjargon« verwendet wird, als episches Drama und als gesellschaftskritisches Zeitstück. Für Horváths Volksstück wird durchgehend nach Vergleichspunkten innerhalb der Gattung Drama gesucht.

Hier soll nun ein anderer Weg gegangen werden, indem wir versuchen, das Drama innerhalb der Wiener Literatur der zwanziger Jahre zu orten. Damit ist freilich kein allein verbindlicher Ausgangspunkt gegeben. Zunächst ist zu zeigen, daß Horváths Stück in seinen Grundmustern damals häufig angewendeten Klischees entspricht und man sich nicht nur von der Formel leiten lassen sollte, die der Autor selbst im Cronauer-Interview[1] gegeben hat, er wolle die Menschen realistisch schildern.

Wenn wir zum Vergleich Wiener Romane der zwanziger Jahre heranziehen, d. h. Texte, die heute so gut wie vergessen sind, sich einst aber großer Popularität erfreuen konnten, so nicht, um Horváths Abhängigkeit von diesen zu zeigen, sondern eine Verwandtschaft vor allem in bezug auf das Personeninventar und die Handlungsführung sichtbar zu machen. Die überraschenden Übereinstimmungen machen die Unterschiede noch deutlicher bemerkbar, wodurch auch die Qualität des Horváthschen Dramas besser bestimmbar wird. Es geht uns nicht darum, eine Quelle aufzuzeigen, die Horváth benützt haben könnte, sondern jene Strukturelemente zu benennen, die als typisch für diesen Zeitraum gelten können. Es ist zum gegenwärtigen Zeitpunkt nicht mit Sicherheit zu sagen, ob Horváth diese Romane gekannt hat oder nicht. Wichtig ist, daß in den *Geschichten aus dem Wiener Wald* zahlreiche Strukturelemente begegnen, die bereits ähnlich gestaltet worden waren. Die Beziehung von massenhaft verbreitetem epischen Lesestoff zum Volksstück ist aus vielen Beispielen bekannt; etwa die Vorlagen, die Nestroy bei Weisflog und Dickens fand, oder die Dorfgeschichten Auerbachs, die für Friedrich Kaiser und Anzengruber wichtig wurden. So läßt sich in dieser Hinsicht Horváths Drama der Entwicklung des Volksstücks im bayerisch-österreichischen Raum zuordnen.

Bei der Musterung einer Reihe von sogenannten Wiener Romanen aus der Zeit nach 1918 fällt selbst bei oberflächlichem Lesen die Fülle von Motivparallelen zu Horváths *Geschichten aus dem Wiener Wald* auf. Die Frage ist nun, wie diese Parallelen zu benennen sind und welche Bedeutung dem Phänomen dieser Koinzidenz zukommt. Zunächst ist festzuhalten, daß die meisten dieser Wiener Romane ein Grundschema einlösen, indem sie die Menschen vor der tristen ökonomischen Situation dieses Zeitraums zeigen. Diese Romane sind keineswegs dem Komplex des »habsburgischen Mythos« in der Literatur zuzuschlagen, sondern thematisieren die politische Aktualität ihrer Zeit und können manchmal sogar als Schlüsselromane gelten.[2] Im Zentrum steht meist ein junges Mädchen, dessen Schicksal dadurch gegeben ist, daß es an einen Mann gerät, der typisches Produkt seiner Zeit sein soll. Die Frau wird zum Opfer von Umständen, für die sie nichts kann. Die vertraute Umwelt ist zerstört, damit auch die vorgegebene Lebensbahn. Die durch die Umwälzung mögliche Emanzipation erweist sich als trügerische Hoffnung. Der Versuch, aus dem anerzogenen Rollenverständnis auszubrechen, scheitert. »Die Frau verliert ihre politische Unschuld«, proklamierte Albert Paris Gütersloh und stellte fest, daß es der Frau nicht mehr gegeben sei, »im Grunde ihrer Seele unberührt von der alten Welt, rein in die neue zu treten«.[3] Die Frauenfiguren in den Romanen sind ihrem Schicksal, ihrer Herkunft nach miteinander verwandt. Ihre Emanzipationsbestrebungen, von der zeitgenössischen Intelligentsia argwöhnisch betrachtet, stehen im thematischen Zentrum der Romane. (Inwieweit das dargestellte Scheitern nicht auch der Wunschvorstellung der Autoren entspricht, sei dahingestellt.)

Um nun die Parallelen zwischen Horváth und diesem Wiener Roman der zwanziger Jahre herauszustellen, sei ein Beispiel aufgegriffen, und zwar der 1925 erschienene Roman Felix Dörmanns[4] mit dem Titel *Jazz*. In der Folge soll auch kurz auf einige Texte des Erfolgsautors Hugo Bettauer[5] eingegangen werden sowie auf andere vergleichbare Produkte.

Dörmann hatte bereits 1891 mit den *Neurotica,* einer Sammlung nervös ekstatischer Gedichte, Aufsehen erregt. Allerdings schien die Schaffenskraft des ursprünglich dem Jung Wien zugerechneten Autors zu versiegen. Er, der als einer der ersten Baudelaire übertragen hatte, mußte sein Dasein durch Operettenlibretti fristen; das für Oskar Straus' *Walzertraum* (1907) ist von ihm.

Schon eine Inhaltsangabe zeigt die Parallelen zu Horváths Volksstück *Geschichten aus dem Wiener Wald* auf. Die Heldin heißt Marianne, allerdings ist sie eine Baronesse, Tochter eines k. u. k. Generals, also nicht die eines Kleinbürgers. Der Vater Mariannes stirbt unmittelbar nach dem Krieg. Damit setzt die Handlung ein. Ihren Charakter und damit auch ihre Biographie will die Heldin auf ihre Eltern zurückführen, auf den strengen, aufrechten Vater und auf die leichtfertige und heißblütige Mutter. Sie ist nun völlig verarmt, weiß nichts mit sich anzufangen. Sie verspricht sich Hilfe von einem Freund ihres Vaters, einem Rechtsanwalt, der auch prompt ein Nachtmahl mit einem Finanzmagnaten namens Leo Wiesel organisiert. Dieser stellt gleich bei der ersten sich bietenden Gelegenheit einen unsittlichen Antrag an Marianne. (Es versteht sich von selbst, daß dieser Magnat häßlich und widerwärtig in einem ist.) Marianne gerät in die Hände des aus Ungarn flüchtigen Revolutionärs und Horthy-Gegners und Béla-Kun-Freundes Ernö Kalmar, der nach verschiedenen Versuchen in Wien eine große Karriere anpeilt und zu einem erfolgreichen Spekulanten wird. Aber bevor es dazu kommt, weiß er auch für Marianne zu sorgen. Er vermittelt ihr den Zugang zu einer Tanzschule, zu einer »Meisterin«. Eindrucksvoll wird die Vorstellungsszene gestaltet. Sie ist der bei Horváth ziemlich ähnlich; in einer Vorfassung ist es Alfred, der mit dieser »Meisterin« spricht, auch dort muß die Heroine, die da noch Agnes heißt, vorzeigen, was sie kann.[6] (Allerdings ist die »Meisterin« bei Horváth nicht so begeistert wie bei Dörmann; sie sagt bloß »gut«.) Dörmanns Marianne wird zur Komplizin des Schiebers und Schmugglers Ernö. (Sie schmuggelt als Begleiterin eines Kinderhilfszuges in einem Teddybären Schmuck ins Ausland!) In zunehmendem Ausmaß stellt sich eine Entfremdung zu dem einst geliebten Ernö ein. Als russische Prinzessin mit dem Namen Natascha wird Marianne zur Sensation einer Revue im Varieté Ronacher. Ihre Tanzkunst und die Schönheit des Körpers faszinieren das Publikum. Sie lernt einen jungen Grafen kennen, in den sie sich verliebt und mit dem sie vor Kalmar flieht. Dieser will jedoch seine Beute nicht auslassen, Marianne lebt für kurze Zeit in Tirol und findet dort zu ihrem besseren Ich. Der junge Graf und Marianne organisieren eine Veranstaltung, bei der Marianne von der Weltversöhnung sprechen will. Das Unternehmen scheitert kläglich. Marianne wirkt als Verkünderin des neuen Evangeliums unglaubwürdig. Ein Zwischenruf – er kommt von Kalmar, der sich im Publikum befindet – fordert, daß Marianne tanzen und sich entkleiden solle. Nach dem Fiasko erschießt sich Mariannes Geliebter, der junge Graf. Sie kehrt nun, innerlich völlig bankrott, zurück zu Ernö. Marianne und Ernö heiraten. Ernö zieht es nach der Hochzeit nach Paris. Die Entfremdung zwischen den beiden wird immer größer. (Marianne unterhält sogar eine Beziehung zu einer Ostagentin, einer ehemaligen Gräfin, die sich nun Dr. Olga Heffter nennt ...) Marianne faßt den Entschluß, Ernö zugrunde zu richten. Um dies zu bewerkstelligen, verbündet sie sich sogar mit Wiesel. Freilich nur zum Scheine: Wenn es Wiesel gelingt, Kalmar zu vernichten, dann will sie ihm gefügig sein. Kalmar geht pleite, er muß ins Gefängnis; Wiesel war nicht bereit, ihm aus der Patsche zu helfen. Ernö wandert ins Gefängnis, und Wiesel erscheint bei Marianne, um sich den erwarteten Lohn zu holen. Man reist mit dem Auto ab, Marianne chauffiert. Ihr ekle, so erklärt sie, vor allen Männern. Wiesel beharrt auf seiner Forderung: »Der brutale Geldmann und erfolggewohnte Emporkömmling ist sichtbar geworden. Eine sprungbereite Bestie, der man den Fleischbrocken wegschnappen will, liegt auf der Lauer.«[7] Marianne fährt immer schneller. Wiesel erreicht das Gaspedal nicht. »Krachend fährt der Wagen gegen die Mauer an – und schleudert zwei Körper weit in die Luft – und stürzt ihnen nach – über die Felsen in die Schlucht der Felizon, die unten, zweihundert Meter tiefer, ihren hungrigen Rachen weit aufsperrt.«[8] Ende.

Dörmanns Marianne ist freilich keine Kleinbürgerstochter so wie die Tochter des Zauberkönigs bei Horváth. (In einer Vorfassung ist diese Heroine allerdings Tochter eines Hofrats, die da im Maxim auftritt!) Alfred ist ein einfacher Strizzi und keineswegs ein so erfolgreicher Spekulant wie Ernö, der den von den Zeitumständen emporgespülten Machtmenschen verkörpert. Doch ist gerade dieser Typ für Alfred das nachahmenswerte Vorbild.

Die »patria potestas« wirkt auch bei Dörmanns Marianne, selbst nach dem Tod des Vaters. Die Laufbahn als Tänzerin scheint ihr Verrat an dem vom Vater ererbten Prinzip zu sein, und die

Ursache für diesen Verrat schreibt sie der Leichtlebigkeit der Mutter zu.

Der Titel der beiden Werke scheint auf ein musikalisches Moment anzuspielen. Die Wiener Walzermusik gibt die kontrastierende Folie für das Schicksal Mariannes bei Horváth ab; die junge Baronesse bei Dörmann wird aufgerieben zwischen Jazz und diskreter Kammermusik. (Es verdient hervorgehoben zu werden, daß die erzählende Literatur dieses Zeitraums meist durch konkrete Nennung eines Musikstückes sich gewissermaßen eine Art durchgehender Begleitmusik schafft. Hans Castorps Plattenauswahl im *Zauberberg* ist das vornehmste Beispiel.)

Die auffallendste Parallele liegt aber wohl darin, daß die Mariannen Horváths und Dörmanns gezwungen werden, ihre Existenz durch die Bloßstellung ihres Körpers zu fristen. Nur um diesen Preis ist der Frau die Emanzipation gestattet. Ein Seitenblick auf Schnitzlers *Fräulein Else* sei erlaubt. Else wird von ihren Eltern gezwungen, sich an Herrn von Dorsday zu wenden. Daß sie um die möglichen Konsequenzen wissen müßten, steht außer Zweifel, sie schrecken aber davor zurück, daran zu denken. Else entblößt sich nicht nur vor dem Herrn von Dorsday, der dies forderte, sondern vor der versammelten Hotelgesellschaft, deren Doppelmoral solchermaßen entlarvend. Der nackte weibliche Körper, die Ware also, die man sonst im Nachtlokal Maxim »erhalten« kann, wird da zu Aggressionen wider eine Gesellschaft verwendet, die ihre Wünsche verbirgt, wo sie diese für unsittlich hält und in eigens dafür geschaffene Reservate abdrängt.

Die Mariannen Dörmanns und Horváths entrinnen ihrem Schicksal in der Gestalt des Finanzmagnaten nicht. Bei Dörmann ist es noch dazu doppelt gemoppelt: sie entgeht zwei Männern nicht. Nachdem ihr Geliebter, der junge Graf, Selbstmord begangen hat, geht sie wieder zu Kalmar: »Das war Mariannes Wiederkehr und Heimfall an ihren Herrn . . .«[9] Um nun Kalmar entkommen zu können, muß sie sich mit Wiesel einlassen. Das Ende ist ganz anders als bei Horváth. Der Schlußstrich mit letalem Ausgang soll besonders kräftig sein. Es verdient angemerkt zu werden, daß Horváth in einer Vorfassung ebenso einen kräftigen Schluß, allerdings revueartig und versöhnlich nach dem Volksstückschema vorgesehen hatte[10] und erst später in der Endfassung der Schluß sich auf jenen »befremdenden und verwirrenden Schwebezustand«[11] einpendelte. Aus der Fülle von Romanen, die sich zum Vergleich anboten, habe ich Dörmanns *Jazz* deshalb ausgewählt, weil sich darin die Elemente in einem auffallend ähnlichen Arrangement finden. In anderen Texten, z. B. in den Romanen Hugo Bettauers, wird man viele Lokalitäten und Figuren, die aus Horváth vertraut sind, wiederfinden. Auch die Stellung des Amerikaners entspricht einer gängigen Klischeevorstellung. In Bettauers *Der Kampf um Wien* (1923) gerät die Baronesse Hilde Wehningen an den reichen Amerikaner Ralph O'Flanagan, den Sohn einer Wienerin; sie bekommt ihn schließlich auch zum Mann. Der Amerikaner repräsentiert Reichtum schlechthin. Erhofft man aber von O'Flanagan, daß er mit seinem Geld Wien, ja Österreich retten werde können, so ist man bei Horváth realistischer: der »Mister« zahlt alles bei der Heurigenpartie und im Maxim. Geradezu umgekehrt wird das Klischee; nichts mehr von Großzügigkeit, als er Marianne beim Diebstahl ertappt.

Die Heroinen Bettauers sind Frauen, denen der Versuch der Emanzipation bisweilen gelingt, die aber meist von der Männerwelt zu einem Schicksal verurteilt werden, das in wichtigen Punkten dem Mariannes gleicht. Else Doran in Hugo Bettauers Roman *Das entfesselte Wien* (1924) begeht Selbstmord – ein Opfer der Pseudomoral ihrer Zeit. Maria Lechner aus dem Roman *Die freudlose Gasse* von Bettauer (später mit Greta Garbo von G. W. Pabst verfilmt) erwürgt eine Rivalin, die durch glückliche Fügung zur Gattin eines reichen Rechtsanwaltes wurde. Nicht die Mörderin, die Ermordete ist schuldig. Für Horváths Marianne gilt: nicht die Diebin, der Bestohlene ist schuldig. Horváth selbst hat auf die kriminalistischen Elemente in seinen Stücken hingewiesen. Alle Wiener Romane sind in ihrem Handlungsablauf um ein oder mehrere Verbrechen konzentriert.

In den Romanen Bettauers wimmelt es von Spekulanten, Bankdirektoren, heruntergekommenen Offizieren, die sich als Eintänzer oder Vertreter versuchen, und von älteren Frauen, die es auf junge Männer abgesehen haben. Der weibliche Widerdämon ist bei Bettauer einmal die lesbische Gräfin Huttwitz (Geschwitz heißt sie bei Wedekind in der *Büchse der Pandora*), bei Dörmann ist es die polnische Kommunistin und Exgräfin Dr. Heffter. Da ist die Valerie (oder Luise oder Mathilde, wie sie in den Vorfassungen heißt, harmloser), eine daemuncula bestenfalls, die den Mund nicht mit politischen Maximen vollnimmt, die Juden auch nicht mag, aber selbst von dem Geliebten Erich sich nicht zu weiteren

Proklamationen hinreißen läßt.

Die Romane Dörmanns, Bettauers und vieler anderer weisen durchgehend Parallelen in bezug auf Motive, Figuren und Personen auf. In Joe Lederers[12] *Musik der Nacht* (1930) reißt sich Sybil von ihrem Konstantin plötzlich los, um dem zu folgen, den ihr Herz begehrt: nur geht da alles gut aus. Es ist müßig, alle Parallelen aufzuzählen, obwohl eine genauere Untersuchung der Bezüge sich der Forschung gewiß empfehlen würde.

Es ist zuletzt angebracht, sich zu fragen, ob der hier vorgenommene Versuch auch heuristisch sinnvoll ist. Ich versuche, auf diese Frage einige Antworten zu geben:

1) Zunächst ist auf die Beziehung Horváth-Wiener Roman überhaupt nicht verwiesen worden. Zwar hat man besonders auf die Sprachklischees aufmerksam gemacht, nicht aber auf die Klischees bei den Figuren und Motiven. In einer Fußnote weist Kurzenberger zwar darauf hin, daß die »›Grundmuster‹ Schemata der Trivialliteratur sind, die im Arbeitsprozeß aufgefüllt und verwandelt werden«.[13] Wir möchten jedoch behaupten, daß durch unseren Versuch diese Grundmuster konkret und literarhistorisch genau fixierbar sind. Die Parallelen sind so auffallend, daß mittelbare oder unmittelbare Bezugnahme nicht ausgeschlossen werden kann.

2) Die Funktion des Klischees wird damit bei Horváth auch besser beschreibbar. Ähnlich wie rund vierzig Jahre später Peter Handke verwendet auch er Klischees und macht dadurch Realität besser bewußt, als wenn er Wirklichkeit angstvoll abbilden und Klischees behutsam meiden wollte. Horváths Einsicht besteht nicht zuletzt darin, daß er die Notwendigkeit des Klischees erkennt. Der dargelegte Verfremdungsvorgang und die Reduktion bestimmen die Eigenart dieser Stücke.

3) Horváth löst mit seinen Volksstücken nicht die Muster des traditionellen Volksstückes ein, sondern verwendet Themen und Stoffe, die zu seiner Zeit oder knapp davor episch gestaltet wurden, und bettet sie in den Kontext der von ihm anvisierten Erneuerung des Volksstückes ein. Was im epischen Werk durch Distanzlosigkeit zur kolportageartigen naiven Gestaltung des Zeitgeschehens wird, kann durch die von Horváth vorgenommene Reduktion auf der Bühne Gültigkeit erhalten.

4) Während der Wiener Roman so tut, als könnten seine Figuren an den Gang der großen Geschichte heranreichen, haben

sich die Figuren des Horváthschen Volksstückes davon entfernt. Es gibt ein aufschlußreiches Gegenbeispiel zur Transposition dieser Elemente Horváths in den Bereich des Volksstückes in dem »Romanepos« des später zum nationalsozialistischen Paradeautor avancierten Erich August Mayer.[14] Dieses Werk heißt *Paulusmarkt 17* (1933) und ist nach Wildgansscher Manier in altfränkischen Hexametern mit Einsprengseln im Wiener Dialekt geschrieben. Auch da reicht die große Geschichte nicht unmittelbar an die Bewohner des Hauses Paulusmarkt 17 heran. Die Figuren sind denen bei Horváth ähnlich. Auch da das junge Mädchen, das sich als Tänzerin versuchen will, der junge Mann, der politische Zukunftsvisionen nährt, die Trafikantin als Umschlagplatz für Neuigkeiten, der ausgediente Offizier, der Haltung bewahren will, der gewissenlose Schieber und Schmuggler, der sich mit einem Delikatessenhändler verbrüdert, einem echten Verwandten des Fleischhauers Oskar. Dieser Greisler wird nun in Hexametern so beschrieben:

Auch schon längst ist allen am Markt zum eklen Tyrannen,
Haßvoll verachtet, geworden der riesengestaltete Greisler.
Dem Elefanten gleich an Gestalt, so ragt er zur Decke
Seines schmutzigen Ladens, es formen zu riesigen Schaufeln
Sich seine fleischigen Hände, sobald er bedient seine Kunden.
Ihm hat Hunger und Not kein Gramm vom Körper genommen,
Wülste von Fett am Hals entquellen dem engenden Kragen,
Ein gewaltiger Bauch sprengt fast die spannende Weste,
Deren Knöpfe mit Not ihr Amt des Verschließens erfüllen.[15]

Horváths Umwandlung des Paradigmas »Wiener Roman« ist dem Versuch Mayers geradezu konträr. Horváth popularisiert das Grundmuster absichtlich, indem er es in einem Volksstück verwendet; Mayer nobilitiert es, indem er es in ein Epos transplantiert: ein mißglückter Rettungsversuch. Während bei Mayer den Figuren die Masken fest auf der Visage sitzen, entlarvt Horváth seine Dramatis personae.

5) Wir unterstellten nicht, daß Horváth gegen diese Klischees aus den Wiener Romanen angeschrieben, wir wissen nicht, ob er solche Texte übrhaupt vor Augen hatte.[16] Durch diese Romane können wir aber den Erwartungshorizont des Publikums bestimmen, für das auch Horváths Stück gedacht war. Die Klischees lösen das ein, was der Titel verspricht. Die Entstehung des Stückes wieder manifestiert deren Auffüllung und Verwandlung

und damit auch den Prozeß, in dem ein neues Kunstwerk entstand und anderes der Trivialität überführte.

1979

Anmerkungen

Wendelin Schmidt-Dengler ist als Professor an der Universität Wien tätig. Sein Referat anläßlich des Horváth-Symposions in Budapest, November 1979, wurde unter dem Titel *Horváth und der triviale Wiener Roman,* leicht gekürzt, in Pannonia. Magazin für europäische Zusammenarbeit 8 (1980), H. 1, S. 34-36 abgedruckt. Der Text wurde von ihm für diesen Abdruck neu durchgesehen.

1 Ödön von Horváth, *Interview*. In: Ödön von Horváth, *Gesammelte Werke* (in acht Bänden). Frankfurt/Main ²1978 (werkausgabe edition suhrkamp); hier 1,7 ff.
2 Vgl. dazu Verf., *Die erste Republik in der Literatur. »Wiener Roman« und Feuilleton*. In: *Staat und Gesellschaft in der modernen österreichischen Literatur*. Hg. F. Aspetsberger, Wien 1977, S. 65 ff.
3 Die Rettung 1 (1919), Nr. 5, S. 48.
4 Felix Dörmann d. i. Felix Biedermann (1870-1928), österr. Lyriker, Erzähler, Bühnenschriftsteller und Verfasser zahlreicher Textbücher für Operetten.
5 Hugo Bettauer (1872-1925). – Vgl. hierzu Hugo Bettauer, *Gesammelte Werke* (in sechs Bänden: *Kampf um Wien / Das entfesselte Wien / Die freudlose Gasse / Die Stadt ohne Juden / Faustrecht / Hemmungslos*). Salzburg 1980. – Murray G. Hall, *Der Fall Bettauer*. Wien 1978.
6 Horváth, *Gesammelte Werke,* 7, 159 ff.
7 Dörmann, *Jazz*. Wien 1925, S. 323.
8 Ebd., S. 325.
9 Ebd., S. 229.
10 Vgl. Hajo Kurzenberger, *Horváths Volksstücke. Beschreibung eines poetischen Verfahrens*. München 1974, S. 106 f.
11 Ebd., S. 108.
12 Joe Lederer, geb. 1907, Verfasserin zahlreicher Romane, lebt heute in München.
13 Hajo Kurzenberger, *Horváths Volksstücke,* S. 162.
14 Erich August Mayer (1894-1945), österr. Erzähler.
15 Zitiert nach einem Abdruck Wien 1943, S. 46.

16 In dem Film *Tagebuch einer Verlorenen* nach dem gleichnamigen Roman von Margarethe Boehme (1905) hat die Heldin Thymiane ein ähnliches Schicksal wie Horváths Marianne: Auch sie wird aus dem Haus gejagt, weil sie schwanger ist, wird zur Hure und sieht ihren Vater in einem Nachtlokal wieder. Der Film wurde im Sommer 1929 mit Louise Brooks von G. W. Pabst gedreht. Vgl. dazu Kenneth Tynan, *Das Mädchen im schwarzen Helm. Louise Brooks – Rekonstruktion einer stummen Karriere*. In: Transatlantik 1981, Nr. 5, S. 66 ff. – Parallelen dieser Art gilt es weiterhin zu suchen.

Meinrad Pichler

Von Aufsteigern und Deklassierten Ödön von Horváths literarische Analyse des Kleinbürgertums und ihr Verhältnis zu den Aussagen der historischen Sozialwissenschaften

I.

In dem Zeitraum, in dem die hier zur Diskussion stehende Literatur geschrieben wurde, nämlich in der Zeit zwischen 1929 und 1931, »verringerte sich das deutsche Volksvermögen von 75,9 auf 57,5 Millionen RM«.[1] Diese Zahlen dokumentieren zwar das allgemeine Ausmaß der ökonomischen Krise, verschweigen aber die zahllosen privaten Tragödien, die damit verbunden waren. Auch vermelden sie nichts über die sozialen, psychischen und moralischen Depravierungserscheinungen im Gefolge dieser krisenhaften Entwicklung. Solche bloße historische Faktizität mit Leben zu erfüllen, könnte die historiographische Leistung von Literatur sein. Ödön von Horváths schriftstellerischer Tätigkeit lagen jedenfalls solche Intentionen zugrunde, die besonders bis ca. 1933 in seinen Arbeiten verwirklicht werden. Ohne hier die Unterschiede zwischen Horváths früherem und seinem späteren Werk diskutieren zu können[2], sei zur Erklärung festgestellt, daß die folgende Untersuchung sich ausschließlich auf Texte stützt, die vor 1933 entstanden sind, weil in diesen ein kohärentes Bild von Mensch und Gesellschaft entworfen wird. Besondere Beachtung soll dabei der frühen Prosa geschenkt werden, die wegen ihres zum Teil fragmentarischen Charakters und wegen ihrer vermeintlichen sprachlichen Unzulänglichkeit bisher zu wenig beachtet wurde. Thematisch zentrieren sich diese Prosatexte[3] wie die sogenannten Volksstücke um die Begriffstrias: Mittelstand, Kleinbürger, Spießer, um jene soziale Gruppe also, die durch die ökonomische Entwicklung nicht nur ihre materielle Basis, sondern ihren sozialen Status überhaupt zu verlieren bedroht war. Mit diesen drei zentralen Begriffen ist jedoch nicht nur das beschriebene Personal definiert, sondern sie enthalten eine ganze

Reihe konstanter Implikate, den gesellschaftlichen Kontext betreffend.

Zu vermeiden ist jedenfalls die synonyme Verwendung dieser Begriffe, wie das in Sekundärliteratur bisweilen geschieht. So ist etwa das Wort »Spießer«, das in seiner etymologischen Frühzeit eine durchaus soziale Disqualifikation bedeuten sollte (Adelige zu Bürgern), bei Horváth als Kategorie zur Klassifizierung psychischer und charakterlicher Dispositionen zu verstehen. »Der Spießer ist bekanntlich ein hypochondrischer Egoist, und so trachtet er danach, sich überall feige anzupassen und jede neue Formulierung der Idee zu verfälschen, indem er sie sich aneignet« (5,147). Zugleich distanziert sich Horváth von der Überheblichkeit jener Avantgarde, die das Spießertum »heute noch verhöhnt«, denn wer sich darin genügt, so Horváth, »ist bestenfalls ein Spießer der Zukunft« (5,147).

Spießerisches Verhalten findet im Kleinbürgertum seinen kräftigsten, aber keineswegs ausschließlichen Nährboden. Wenn Horváth dagegen vom Mittelstand spricht, wie das etwa in seinem Romanentwurf *Der Mittelstand* dezidiert geschieht, so ist darunter ausnahmslos eine ideologische Kategorie zu verstehen. Der Mittelstand ist für Horváth ein Sammelbecken aus aufgestiegenen Proletariern, »Überbleibseln aus dem alten Mittelstand« (Gewerbe, Kaufleute, höhere Beamte usw.), »Degradierten aus [der] Bourgeoisie«, »Degradierten aus [der] Aristokratie« und schließlich den »Angestellten«, die für ihn als »Produkt aller Degradierungen« figurieren (8,648).

Von einem selbstbewußt zur Schau getragenen Klassenbewußtsein, wie dies dem mittelständischen Bürgertum in seiner Aufbruchsphase zu eigen war[4], ist hier freilich nichts mehr zu bemerken, es wird höchstens noch über den Bedeutungsschwund lamentiert.[5] Weder ein gemeinsames Vertrauen in die eigene Tugendhaftigkeit und Leistungsfähigkeit noch die Hoffnung auf wirtschaftliche Prosperität machen Horváths Mittelstand zu einer einigermaßen homogenen sozialen Schicht, sondern seine unfreiwillige ökonomische und ideologische Zwischenlage; Mittelstand als Durchhaus des Aufstiegs und der Deklassierung. Und im Gegensatz zu marxistischen Positionen sieht Horváth im Mittelstand »doch eine Klasse, kein[en] Übergang, eine Klasse mit eigener Ideologie« (8,646). Ob diese Einschätzung einer historisch-soziologischen Analyse standhält, soll später untersucht werden.

Bleibt noch der dritte Begriff zu klären: Nirgends in Horváths literarischen oder theoretischen Arbeiten finden sich zum Komplex Kleinbürgertum direkte definitorische Äußerungen wie etwa zu den Phänomenen Spießertum und Mittelstand. Wenn aber schon nicht zur Qualität, so gibt Horváth doch einen recht aufschlußreichen Kommentar zur Quantität des Kleinbürgertums, wenn er meint, »Deutschland, wie alle übrigen europäischen Staaten [bestehe] zu neunzig Prozent aus vollendeten oder verhinderten Kleinbürgern, auf alle Fälle aus Kleinbürgern« (8,662). Diese »große Klasse« zu »schildern« sei seine Aufgabe, »als treuer Chronist seiner Zeit« (ebd.). D. h. worin sich Kleinbürgerlichkeit für Horváth manifestiert, ist mittels der Eigenschaften seines literarischen Personals zu rekonstruieren. Zweifelsohne ist die Bezeichnung Kleinbürger für Horváth ein äußerst komplexer Terminus, der sich aus sozialpsychologischen, ökonomischen, ideologischen und moralischen Komponenten konstituiert. Kleinbürger und Spießer sind jedenfalls nicht ohne weiteres gleichzusetzen[6], auch gehören nicht alle Kleinbrüger (etwa die »Verhinderten«) dem Mittelstand an. Die Deckungsflächen allerdings sind bedeutsam: die personelle Basis des Mittelstandes rekrutiert sich nämlich aus Kleinbürgern, deren Allgemeinzustand mehr oder weniger von Spießereigenschaften bestimmt wird. Horváth hat mit einer geradezu manischen Ausschließlichkeit diesen Mittelstand in allen seinen Facetten beschrieben, als die breite politische Diskussion über ihn noch nicht begonnen hatte.[7] Heraus kam kein episch-heroisches Großgemälde, denn Größe gab es nicht darzustellen, sondern ein vielschichtiges Kaleidoskop des kleinbürgerlichen Überlebenskampfes.

II.

Vieles schon wurde über das Spezifische der Horváthschen Dramentechnik gesagt und geschrieben. Wichtigste Erkenntnis dieser Diskussion scheint jene zu sein, daß Horváth seine erklärte Absicht, nämlich »Demaskierung des Bewußtseins« (8,660), dadurch erreicht, daß er dialogische Gesprächssituationen konstruiert, in welchen der jeweils zu Wort Gekommene sich selbst charakterisiert. Horváths Figuren, besonders die der Volksstücke, richten sich allesamt selbst.[8] Äußerungen, getätigt zur Politur des Scheins, werden zu Indizien für das Elend des Seins.

In analoger Technik charakterisieren sich auch einige Figuren in den frühen Prosatexten selbst. Die Gespräche zwischen Schmitz und Kobler im *Ewigen Spießer* sind Musterbeispiel derart mißglückter Selbstdarstellung. Daneben verfügt aber Horváth als Prosaist über eine ganze Reihe weiterer spezifischer Erzählstrategien, die seine Absicht, »möglichst rücksichtslos gegen Dummheit und Lüge« (1,328) vorzugehen, erfolgreich realisieren helfen.

- Die gezielte Indiskretion: Besonders im *Ewigen Spießer* macht sich der Erzähler ein Vergnügen daraus, jene Personen zu desavouieren, die in der Öffentlichkeit sich anders geben, als sie in ihrem Wesen tatsächlich sind. Dies geschieht etwa, indem sich eine neugierige Zimmerwirtin ans Schlüsselloch begibt und den vom Erzähler als »elegante Erscheinung« (5,157) vorgestellten Graf Blanquez beobachtet:

Sie sah, wie er sich aufs Sofa setzte und in der Nase bohrte, das Herausgeholte aufmerksam beobachtete und es dann gelangweilt an die Tischkante schmierte. Dann starrte er Koblers Bett an und lächelte zynisch. Hierauf kramte er in Koblers Schubladen, durchflog dessen Korrespondenz und ärgerte sich, daß er nirgends Zigaretten fand ... (5,157 f.)

Auch andere ehrenwerte Herren werden nicht schonungsvoller behandelt; so etwa der »seriöse Herr« im Reisebüro:

Er nannte sich Demokrat und las gerade in seiner ungarischen Zeitung, daß die Demokratie Schiffbruch erleide, und nickte beifällig. (5,164)

Ebenso indiskret verfährt der Erzähler dort, wo er nicht für die Öffentlichkeit Bestimmtes, nämlich nur Gedachtes, zitiert: so etwa, nachdem sich Kobler und Schmitz einander offiziell vorgestellt haben und daraufhin ein Moment des Schweigens eintritt: »Während dieser Pause dachte jeder über den anderen nach. Ich hab bisher eigentlich nur einen einzigen Mann der Feder gekannt, dachte Kobler, das war ein Poet, der nie bei sich war. [...] Vielleicht kann mir dieser Mann der Feder was nützen, vielleicht kann ich ihn sogar ausnützen.« (5,196).

- Tritt in den genannten Fällen der Erzähler quasi als Berichterstatter auf, der zwar imstande ist, unterdrückte Äußerungen in vernehmbare zu transponieren, so finden sich gerade im *Ewigen Spießer* nicht wenige Situationen, wo der Erzähler seine referierende gegen eine kommentierende Haltung vertauscht: »›Ich hab noch nie was erwischt‹, meinte Kobler, und das war gelogen. ›Ich hab auch noch nie was erwischt‹, nickte Schmitz, und das war auch gelogen.« (5,211).

Solcherart gelingt es zwar den beiden Protagonisten, die mühsam errichtete Fassade voreinander aufrechtzuerhalten, für den Leser allerdings hat der Erzähler sie einstürzen lassen. Dem Horváthschen Spießer selbst ist der permanente Kollisionskurs zwischen deklariertem Anspruch und gelebter Wirklichkeit zur Selbstverständlichkeit geworden, einer Klärung entzieht er sich durch Verdrängung, Anpassung oder Lüge. Vor einer Reflexion über seine Lage hat er Angst, denn »Denken tut weh«.[9]

● Wer vor dem Denken sich ängstigt, gibt gern sich zufrieden mit bereits Fertigem und Vorgestanztem: seien das nun Versatzstücke aus dem bürgerlichen Bildungskanon oder aus dem Zusammenhang gerissene und unreflektiert übernommene Ideologiepartikel. Verzicht auf eigenes Denken erübrigt konsequenterweise die Notwendigkeit einer individuellen sprachlichen Ausdrucksfähigkeit. Bereit steht das, was Horváth als »Bildungsjargon« (8,663) bezeichnet hat, jenes Konglomerat aus verleugnetem Dialekt und mißglückter Hochsprache. Wenn primär triebgesteuerte Subjekte ihren vermeintlichen sozialen Aufstieg dadurch zu beschleunigen oder abzusichern versuchen, daß sie zu einer Sprache greifen, die alles Triebhafte wegsublimiert hat, so kommt es des öfteren zu Sprachnot oder zum Rekurs aufs überwunden Geglaubte. Der sozialen Unsicherheit des Aufsteigers entspricht eine sprachliche Situation, die von einem permanenten Hinaufklettern und Abstürzen gekennzeichnet ist. Ebenso versuchen Degradierte aus höheren Schichten, ihren Abstieg zumindest mit einem überbetonten kulturellen Verhalten zu kaschieren, das der neuen materiellen Basis nicht mehr entspricht. So heißt es etwa von der verarmten Arztwitwe Perzl: »Je härter sie ihre materielle Niederlage empfand, umso bewußter wurde sie ihrer ideellen Überlegenheit. Diese ideelle Überlegenheit bestand vor allem aus Unwissenheit und aus der natürlichen Beschränktheit des mittleren Bürgertums.« (5,156)

Perzl und Kobler, Deklassierte und Aufsteiger also, wohnen unter einem Dach und verkehren miteinander auf der brüchigen Ebene einer fremden Sprache. Via »Bildungsjargon« heucheln sie sich Achtung, zu der sie auf Grund ihrer defekten Persönlichkeitsstrukturen nicht fähig sind.

Daß diese synthetische Sprache nicht wirklich leistungsfähig ist, zeigen aber nicht nur die Redeanteile der sprechenden Personen selbst, sondern jene Technik des Erzählers, durch Verwendung von Jargonbestandteilen auch in seiner Rede das leere Pathos und die kommunikative Inkompetenz dieser Sprechweise zu markieren.

Die Verunsicherung des Lesers geht oft soweit, daß die Frage nicht unberechtigt ist, ob dieser Autor schlichtweg mit der deutschen Sprache Schwierigkeiten hatte oder ob mit »die wo« eingeleitete Relativsätze und dergleichen künstlerische Absicht sind.[10] Richard Schaukal hat 1931 die bis in unsere Tage herauf kolportierte Ansicht begründet, daß ersteres der Fall sei, wenn er meinte, Horváth sei ein »Balkanliterat, der mit seinem gebrochenen Deutsch die Ohren eines perversen Berliner Publikums kitzelt«.[11] Dieser Traditionslinie folgt auch Reich-Ranicki mit der Ansicht, Horváths Prosa sei »in einem farblosen und sterilen Deutsch geschrieben, dessen gelegentliche Unbeholfenheit mitnichten beabsichtigt«[12] gewesen sei.

Gibt man sich aber mit einer – auf Grund von Horváths Biographie – durchaus plausibel erscheinenden, allerdings mit nationalistischen Ressentiments besetzten Erklärung nicht zufrieden, sondern versucht sich über den Effekt einer solchen Technik klarzuwerden, erweist sich die Sache dann doch nicht so simpel wie von Schaukal und seinen Epigonen aus dem sprachpuritanischen Lager behauptet. Zuverlässigere Auskunft gibt der Autor selbst, wenn er betont, daß jedes Wort dieses Jargons eine »Synthese zwischen Realismus und Ironie« (8,663) darstelle. Nichts war Horváth gerade in dieser frühen Periode verhaßter als Idealisierung, die er besonders dort wuchern sah, wo in Wirklichkeit Verelendung übertüncht werden sollte. Wertfreie mimetische Darstellung des kleinbürgerlichen Alltags war ihm zuwenig, da er neben seinem literarischen Gegenstand auch den potentiellen Leser im Auge hatte, den er qua Literatur zur Reflexion der eigenen Existenz zwingen wollte. Die laufende Gefahr, durch einen bloß abbildenden Realismus das Abgebildete zu legitimieren, unterläuft Horváth durch stete Relativierung. Als Erzähler setzt er den Leser der durchgehenden Unsicherheit aus, ob denn das Gesagte und das Gemeinte sich tatsächlich decken.

Wo Literatur sich nicht um künstliche Harmonisierung bemüht, sondern bestehende Widersprüche thematisiert, muß sich das auch in den künstlerischen Mitteln niederschlagen. Horváth wagt eine Gratwanderung zwischen »Realismus und Ironie«, die einerseits der Instabilität des Dargestellten adäquat ist, andererseits Behaglichkeit beim Leser kaum aufkommen läßt, im Gegenteil laufend inkommodiert. Wenn ironisiert wird, geschieht das niemals in der erzählerischen Absicht, dem Leser auf Kosten der mit ihrer Borniertheit ohnehin bestraften Kleinbürger ein schadenfreudiges Lachvergnügen zu bereiten. Wo diese Gefahr dennoch droht, wird der Erzähler aktiv und zwar dergestalt, daß er unvermittelte Zäsuren setzt, plötzlich die Erzählperspektive wechselt oder gar den Leser persönlich attackiert. Das groteske Romanfragment *Schlamperl* etwa beschließt der Autor mit einer direkt an den Leser gerichteten Aufforderung: »Werdet aufrichtig, erkennt euch selbst! Nehmt euch nicht zu ernst, es steht euch weder an noch gut.« (8,428) Solche und ähnliche Appelle an den Leser sind aber nicht nur das Programm eines Moralisten, sondern ebenso nachgetragene Kurskorrekturen eines Satirikers, dem die Gefahr des Zynischwerdens stets bewußt ist und der einer lachenden Zustimmung aus der falschen Ecke vorbeugen möchte. Horváth beschreibt nämlich nicht nur Kleinbürger, er schreibt auch für eben diese Kleinbürger, denen er zur Einsicht in ihre Situation verhelfen möchte; ein nicht einfaches Unterfangen, denn »kleinbürgerlich ist man gelegentlich in der Fremdeinschätzung, äußerst selten hingegen in der Selbstzuordnung«.[13]

Diese Fehleinschätzung transparent zu machen, ist eine grundsätzliche Intention Horváths.

III.

Ein Autor, dessen literarische Praxis darauf abzielt, sein Publikum zu verunsichern und durch Vorhalten eines Spiegels zu »demaskieren«, hat sein Ziel vermutlich dann erreicht, wenn er selbst jene ratlos macht, die sonst mit akademischer oder medialer Autorität allen Texten ihren jeweiligen Platz in der literarischen Ewigkeit zuweisen. Zwar wurde Horváths dramatisches Werk inzwischen auf Fürbitte der Theaterleute kanonisiert, sein Prosawerk dagegen provozierte bisher größtenteils ausweichende Kommentare, Reich-Ranicki allerdings hat es der »damnatio« überantwortet.[14] Ebenfalls auf dem Weg über die Sprachkritik gelangt Hellmuth Karasek[15] zu einer zwar vorsichtig umschriebenen, aber doch negativen Wertung der Horváthschen Prosatexte, weil Horváth den Jargon seines dramatischen Personals »auch unreflektiert als seinen Erzählstil« gebrauche. Ob sich der Vorwurf in dieser Form angesichts der oben erwähnten Funktion und Leistung dieser Erzählweise halten läßt, scheint fraglich, wenn nicht geradezu seinerseits unreflektiert. Aber selbst die Urteile dieser journalistischen Schnellrichter sind als Fortschritt zu betrachten, wenn man bedenkt, wie lange dieser Autor schlechterdings nicht zur Kenntnis genommen wurde. Noch in der 14. Auflage (1965) von Fritz Martinis *Deutscher Literaturgeschichte* scheint der Name Ödön von Horváth beispielsweise nicht auf. Die lange Mißachtung für diesen erst wieder seit dem Ende der sechziger Jahre Interesse erweckenden Autor hat ihre Ursachen jedoch höchstens zu einem Teil im ästhetischen Bereich. Vielmehr scheinen politische und soziale Entwicklungen der neuerlichen Wertschätzung für das literarische Œuvre Ödön von Horváths entgegengearbeitet zu haben.

Karl Mannheim konstatierte 1929 für die zweite Hälfte der zwanziger Jahre eine »Aufsaugung der Utopie«, wodurch besonders im Expressionismus das optimistisch-utopische Wandlungsdrama einer Komödie der resignierend-zynischen Sachlichkeit habe weichen müssen.[16]

Daß nach Jahrzehnten des stürmischen Wiederaufbaus auch in unseren Tagen viele Zeichen auf Ernüchterung stehen und ökonomische Krisensymptome wieder sichtbar werden, sind nicht die einzigen Parallelen zwischen der Entstehungszeit unserer Texte und der heutigen Zeit. Und gerade in der Einschätzung dieser Signale bevorstehender Veränderungen unterscheidet sich Horváth von ideologisch fixierten Zeitgenossen (etwa von Brecht) durch sein fehlendes Vertrauen in die umgestaltende Kraft des Proletariats, das er in seinem Klassenbewußtsein durch kleinbürgerliche Wünsche und Vorstellungen weitgehend korrumpiert sah. Schließlich haben sich Horváths pessimistische Analysen darin bewahrheitet, daß die materielle Verelendung – oder zumindest die Angst vor derselben – weniger der Wiedererstehung eines proletarischen Klassenbewußtseins als vielmehr faschistischen Positionen förderlich war. Gerade dieses mangelnden revolutionären Optimismus wegen und weil Horváths realistische Darstellung nicht durch ein dogmatisches Monokel getrübt war, wird sein Werk beispielsweise heute in der DDR nur fragmentarisch publiziert. Ebenso unbequem war dieser unerbittliche Analytiker natürlich dort, wo man der jungen Generation weismachen wollte, der Faschismus sei eine einmalige historische Entgleisung und Hitler die Inkarnation des Bösen. Einer solchen Mythenbildung steht Horváths Frühwerk im Wege, da hier in Einzelbildern all jene Denkstrukturen, Verhaltensweisen und Bewußtseinszustände bereits 1930 gezeichnet werden, die in Summe Auschwitz doch eher als Konsequenz denn als Zufall erklärbar machen. In einer frühen Variante (1928 od. '29) des *Ewigen Spießers* empfiehlt ein deutscher Chauvinist namens Kakuschke dem Herrn Kobler, sein ergaunertes Geld in eine »Giftgaserfindung« zu investieren, denn, so Kakuschkes Zukunftsvision: »Jeder Franzose und jede Französin gehören vergast! Ich mach' auch vor den Weibern nicht halt, ich nicht!« (8,470) Horváth hielt also die wildgewordenen Kleinbürger für fähig, wozu sie zehn Jahre später tatsächlich imstande waren. Besonders Horváths frühe Prosa, die vollendete und die fragmentarische, ist durchsetzt mit solchen und ähnlichen prognostischen Aussagen, die aber nicht aus einer visionären Fähigkeit des Autors resultieren, sondern Ergebnis genauer Beobachtung und rationaler Analyse sind. Wer immer sich mit einer moralischen Erklärung des Faschismus nicht zufrieden gibt, sondern seine Ursachen im ökonomischen und politischen Bereich sieht, wird in Horváths Prosa eine Fundgrube literarischer Exempla für die personelle Basis des Nationalsozialismus finden.

Wenn und wo deshalb wissenschaftliches Erkenntnisinteresse darauf gerichtet ist, die ideologischen Strukturen des und die ökonomischen und sozialpsychologischen Voraussetzungen für den Faschismus freizulegen, kann gerade Horváths frühe Prosa einen kaum zu überschätzenden Quellenwert besitzen. Die Korrelation zwischen ideologiekritischer Faschismusforschung und Interesse an der Literatur Horváths hat besonders Erwin Rotermund erkannt und zu datieren versucht: »Erst die Sozialtheorie im Gefolge von Horkheimers und Adornos ›Dialektik der Aufklärung‹ hat eigentlich den Blick für die bei Horváth dargestellten Phänomene geschärft. Die Wiederentdeckung dieses Autors in den letzten Jahren [. . .] hängt mit der Breitenwirkung der ›Kritischen Theorie‹ eng zusammen.«[17]

Angenommen, Horváths Bedeutung liege in seiner klaren Gesellschaftsanalyse, in seiner »Darstellung von sozialen Strukturen und Verhaltensweisen, in einer ökonomisch von Kapitalismus und ideologisch vom Bewußtsein des Kleinbürgertums geformten Gesellschaft«[18], so scheint es auch für die Literaturwissenschaft nicht unerheblich, Horváths literarisch formulierte Einsichten an den empirischen Ergebnissen und theoretischen Erkenntnissen der historischen Sozialwissenschaften zu überprüfen. Denn ein Autor, der über seine Arbeit selbst bemerkt, er schreibe »historisch-soziologische Skizzen« (5, 157) oder er beabsichtige, »in Form eines Romans einige Beiträge zur Biologie dieses werdenden Spießers zu liefern« (5, 147), muß natürlich auch danach beurteilt werden, wie genau und wahrhaftig diese »Skizzen« und »Beiträge« sind. Zugleich wirft eine solche Gegenüberstellung von literarischen und wissenschaftlichen Aussagen interessante Schlaglichter auf Rezeptionsbedingungen, Funktion und Wirkungsabsichten des Horváthschen Frühwerkes.

IV.

Zur Kontrolle der historischen Relevanz der Horváthschen Mittelstandsbeschreibung sollen vier Bereiche exemplarisch untersucht werden:

1. Die ökonomische Situation des Mittelstandes.
2. Die demographische Zusammensetzung des Mittelstandes.
3. Die Ideologie des Mittelstandes plus der bedingenden und perpetuierenden Faktoren.
4. Psychologische Dispositionen der Kleinbürger.

Ad 1. Horváths Figuren, die zum »alten Mittelstand« gerechnet werden dürfen, ist die ökonomische Deklassierung zum stets präsenten Problem geworden, das auf unterschiedliche Art und Weise im »ideellen Bereich« kompensiert werden soll. Der »eigene-Herr-Standpunkt« (8,648) ist unhaltbar geworden. Krieg, Inflation und Wirtschaftskrise sind die immer wieder genannten Ursachen des ökonomischen Ruins. Grundsätzlichere Erklärungsversuche finden sich kaum. Horváths Mittelstand ist keine ökonomisch bedingte Klasse, sondern ein im Verhältnis zu den Produktionsmitteln heterogenes Gebilde. Nicht die ökonomische Situation, sondern eine »eigene Ideologie« ist für den Mittelstand signifikant, zumal er sich aus Selbständigen und Lohnabhängigen rekrutiert.

Der wissenschaftliche Diskurs über die ökonomische Situation des Mittelstandes bzw. die Frage, ob die ökonomische Position denn überhaupt ein tragfähiges Kriterium zur Klassifizierung des Mittelstandes sei, ist so ausführlich geführt worden wie unentschieden, zumal sich an diesem Punkt die grundsätzlichen Unterschiede zweier Gesellschaftstheorien manifestieren. Einerseits die von Marx formulierte Polarisierungsthese, wonach der Mittelstand (= das Kleinbürgertum) durch die neue industrielle Produktion seiner ökonomischen Basis beraubt sei und dadurch über kurz oder lang zwischen den beiden neuen Klassen aufgerieben werde und bis dahin in seiner Politik zwischen den beiden Klassen zu lavieren versuche; andererseits die von Teilen besonders der Nachkriegssoziologie vertretene Ansicht, der Mittelstand sei ein eigenes, kräftiges soziales Gebilde, das die politische Mitte der Demokratie repräsentiere, indem er die gesellschaftliche Dichotomie von Bourgeoisie und Proletariat neutralisiere und sich nach Einkommen, Bildung und Selbstzuordnung in Schichten gliedern lasse.[19]

Diese letztere Beurteilung des Mittelstandes blendet somit die ökonomische Situation weitgehend aus und setzt an ihre Stelle Indikatoren, die eher dem Bereich des Konsums als dem der Produktion entnommen sind.

Zwar ist nun dieses Kleinbürgertum nicht in der von Marx prognostizierten Weise bedeutungslos geworden, aber ebenso wenig wie es die politische Mitte markiert, ist es vorm Abgleiten in einen beispielsweise faschistischen Extremismus gefeit.

Beide Theorien sind also von der tatsächlichen Geschichte korrigiert worden. In jüngster Zeit hat besonders Annette Leppert-Fögen mit Erfolg Ordnung in diese nicht nur terminologisch diffuse Problematik zu bringen versucht. Sie versteht unter »Kleinbürger« ausschließlich das, was Horváth als »alten Mittelstand« bezeichnet, nämliche jene ehemals selbständigen Warenproduzenten, die durch die Entwicklung des Industriekapitalismus aufs ökonomische Abstellgleis gerieten. Diese Gruppe wurde weder aufgerieben noch zur politischen Mitte; vielmehr gab sie sich mit dem Angebot der Großindustrie zufrieden, in Hinkunft in fiktiver Selbständigkeit »als Reparatur- oder Hilfsgewerbe, als Händler oder Agenten«[20] deren Geschäft zu besorgen. »Während so der alte Interessengegensatz zwischen Bourgeoisie und Kleinbürgertum schwindet, wird dieses gerade in der Furcht vor eigener Proletarisierung zu einer politischen Schutztruppe des Großkapitals.«[21]

Demgegenüber erscheinen Horváths Vorstellungen ungenau. Der Eindruck täuscht. Er war sich nämlich dessen bewußt, daß der »alte Mittelstand« zu jener Zeit seinen ökonomischen und damit auch politischen Standort noch nicht mit aller Bestimmtheit gefunden hatte, wenn er auch die Entwicklungsrichtung ahnte. Horváths präzis formulierte Frage: »Wird er [der »alte Mittelstand«] sich zu einem neuen Typ konsolidieren, oder wird er aufgehen im Proletariat und in der Leibgarde der Bourgeoisie?« (8, 648) antizipiert in ihrer dritten Möglichkeit jene Entwicklung, wie sie die heutige Geschichtswissenschaft auf Grund empirischer Befunde rekonstruiert hat.

Ad 2. Wie einleitend bereits angedeutet, fand sich in Horváths Nachlaß ein Exposée zu einem Roman mit dem Titel *Der Mittelstand*, das nicht nur Horváths theoretische Position erhellt, sondern in erster Linie ein komplettes Inventar all jener Bevölkerungsgruppen darstellt, die Horváth dem Mittelstand zurechnet. Dies sind:

1. Überbleibsel aus der Schieberzeit.
2. Aufstieg aus dem Proletariat (Funktionäre, Studenten).
3. Überbleibsel aus dem alten Mittelstand (Gewerbe, Kaufleute, höhere Beamte, freie Berufe, Intellektuelle).
4. Degradiert aus Bourgeoisie.
5. Degradiert aus Aristokratie.
6. Die Angestellten (8,648 f.).

Zwar ist dieser geplante Roman nie geschrieben worden, Vertreter dieser 6 Gruppen stellen dennoch das gesamte Personal der frühen Prosa.

Was nun an dieser demographischen Mittelstandsanalyse aus dem Jahre 1929 besonders frappiert, ist die Tatsache, daß sie mit der nach 1945 empirisch erhobenen Massenbasis des Faschismus praktisch identisch ist, denn »Angestellte, Handwerker, Kaufleute, Beamte, freie Berufe waren prozentual in der NSDAP fast doppelt so stark vertreten wie in der Gesamtheit der Berufstätigen«.[22] Und daß »der überwiegende Teil« dieser »vielfach auf proletarischer Stufe« Lebenden, »sich aber zum Mittelstand gehörig« Fühlenden im Jahre 1932 die NSDAP wählte, kann heute ebenso als erwiesen angesehen werden.[23]

»Als bloße Sammelbewegung deklassierter Sozialgruppen, die mit dem Übergang zu den Lebensformen der Friedenszeit nicht fertig wurden, hätte der Faschismus niemals eine so große Bedeutung erlangen können«[24], wenn zu diesen Kadern nicht jene Masse von »vollendeten oder verhinderten Kleinbürgern« (8,662) sich gesellt hätte.

Ad 3. Wie eben gezeigt, ist Horváths Mittelstand sowohl in ökonomischer als auch in sozialer Hinsicht ein uneinheitliches Gebilde. Das Einheitsstiftende ist ausschließlich die »gemeinsame Ideologie« (vgl. 8,646). Des Kleinbürgers Ideologie ist aber keine einheitliche weltanschauliche Konzeption, sondern der soziologischen Stratifikation seiner Vertreterschaft entsprechend aus unterschiedlichen Partikeln, sprich Schlagworten, zusammengesetzt, die emotional besetzt, unkonkret und abgestanden, also leicht rezipierbar sind.

Das Tragische solch unkontrollierter Gesinnungsübernahme besteht darin, daß die akzeptierten Ideologiefragmente weitgehend den eigenen Interessen und Bedürfnissen zuwiderlaufen. »Falsches Bewußtsein« nennt Horváth diesen fatalen Zustand, »Fremdbestimmung« die moderne Soziologie. Die Angst davor, gerade erreichte oder noch gehaltene Respektabilität zu verlieren, führt zu irrationalen Kettenreaktionen, aus deren Verstrickungen Selbstbetrug und Feindprojektionen befreien sollen. Und das Arsenal der nationalistisch-rassistischen Propaganda ist reich an fertigen Feindbildern.

Wo die Rücken der Franzosen und Juden nicht ausreichen, um die Schuld an der Misere abzuladen, müssen eben noch die Arbeiterorganisationen herhalten. Solche ideologische Reduktionen ersparen dem Kleinbürger nicht nur eine eigene politische Analyse, sie ersetzen ihm eigene Moral und persönliche Verantwortung, beides Hindernisse im täglichen Kampf gegen die drohende Proletarisierung. Anstelle von Moralität tritt »Bigotterie als ideeller Zuckerguß«.[25]

Wo die Interessen einer Gruppe dermaßen bedroht sind, ist Liberalismus kaum mehr praktikabel, ein gefährlicher ›Mittelstandsmachiavellismus‹ beginnt das private und öffentliche Handeln zu dominieren. Nur so wird Horváths Empörung verständlich, wenn er meint, »Mittelstandspolitik ist Verbrechen an der Menschheit«, weil sie »den Gang der Befreiung der Menschheit aufhalte«.[26]

Daß Mittelstandspolitik, wenn sie zum Faschismus eskaliert, ohne Übertreibung zum »Verbrechen an der Menschheit« werden kann, auch darin haben die historischen Ereignisse Horváths pessimistische Prognose leider bestätigt. Dies nicht zuletzt deshalb, weil das Proletariat kein geschlossenes Bollwerk gegen die Faschisierung des Staates darstellte. Die Ursache dafür ist aber bestimmt nicht ausschließlich in der verfehlten Politik der Arbeiterorganisationen zu suchen, wie das von Historikern immer wieder festgestellt wurde.[27] Mindestens ebensosehr scheint die von Horváth an zahlreichen Beispielen dargestellte Infizierung weiter Teile des Proletariats von mittelständischem Bewußtsein dieser Entwicklung förderlich gewesen zu sein. Die hier beschriebenen Vertreter des Proletariats sitzen der bürgerlichen Propaganda vom individuellen Aufstieg und Glück auf. Der Traum von einer »reichen Heirat«[28] steht stellvertretend für eine dumpfe Aufstiegshoffnung, die, obwohl von der Realität nur ausnahmsweise bestätigt, stets präsent ist. Was die Wirklichkeit zu bieten hat, sind vornehmlich Surrogate vom schöneren Leben, das ist die Vergnügungsindustrie in ihren verschiedensten Varianten, die rauschhaftes Glück verspricht und den Kater verschweigt: Auf dem Oktoberfest oder beim Heurigen, in Amüsierlokalen oder beim Sport suchen Horváths Kleinbürger Ablenkung, nähren sie ihre irrationale Hoffnung auf ein wenigstens kurzfristiges Glück.

Den illusionierenden Höhepunkt dieser industriellen Glücksproduktion schildert Horváth in seiner Revue *Magazin des Glücks* (8, 604 ff.), wo der Besucher an einem und demselben Abend in einem und demselben Lokal eine Reise an folgende Kulissenschauplätze antreten kann: »Neapel mit Vesuv, Nachtclub in Amerika, Südsee, Wien-Grinzing, Orient, Nordpol, Rhein mit Lorelei« und schließlich ins »Paradies« (8,604 ff.). Wer aber glaubt, Horváth habe mit dieser Revue das Angebot der Unterhaltungsbranche parodistisch überzeichnet, der irrt insofern, als solche Lokale zu Horváths Berliner Zeit tatsächlich existierten; nachzulesen bei Siegfried Kracauer, dessen Dokumentation über *Die Angestellten*[29] Horváths Beobachtungen bestätigen und das Zerstreuungsbedürfnis in seiner Genese zu erklären versuchen. Denn, so Kracauer, »je mehr die Monotonie den Werktag beherrscht, desto mehr muß der Feierabend aus der Nähe entfernen; vorausgesetzt, daß die Aufmerksamkeit von den Hintergründen des

Produktionsprozesses abgelenkt werden soll. Der genaue Gegenschlag gegen die Büromaschine aber ist die farbenprächtige Welt. Nicht die Welt, wie sie ist, sondern wie sie in den Schlagern erscheint. Eine Welt, die bis in den letzten Winkel hinein wie mit einem Vakuumreiniger vom Staub des Alltags gesäubert ist.«[30] Diese Funktionsbestimmungen der Unterhaltungsindustrie, sowohl die Horváths als auch die Kracauers, schienen allerdings verdrängt oder vergessen, bis ähnliche Überlegungen zu Beginn der sechziger Jahre von Adorno in die soziologische Diskussion über die Massenmedien eingebracht wurden, wenn er die »Kulturindustrie« für jene Deformationszustände des menschlichen Bewußtseins verantwortlich macht, in denen Einsicht in die eigene Lage verstellt und Selbstfindung blockiert sind.[31] »Anpassung«, resümiert Adorno, »tritt kraft der Ideologie der Kulturindustrie anstelle von Bewußtsein«.[32] Wenn die Erwähnung solcher Zusammenhänge heute geradezu wie wissenschaftliche Trivialität sich anhören mag, so hat diese Einsicht trotz alledem kaum etwas von ihrer Gültigkeit eingebüßt, auch wenn in jüngster Zeit wieder vermehrt die These zu hören ist, daß das jeweils herrschende Bewußtsein sich eben in den Produkten der Kulturindustrie reflektiere. Diese Reflexionstheorie scheint allerdings eher eine Apologie der gegenwärtigen Bewußtseinsindustrie, denn eine wissenschaftlich lautere Position zu sein.

Der amerikanische Psychologe Ernest Dichter hat in einer empirischen Studie nachgewiesen, daß insbesondere »neue Mitglieder der Mittelklasse Wertbegriffe, Einstellungen und Verhaltensweisen« fast ausschließlich aus den kulturindustriellen Medien beziehen, während die »permanenten Angehörigen der Mittelklasse« sich vornehmlich am engeren Verwandten- und Bekanntenkreis orientieren.[33] Im Lichte solcher Erkenntnisse erhellen sich auch die Verhaltensweisen der bei Horváth beschriebenen Kleinbürger; besonders jener, die dem »neuen Mittelstand« zuzurechnen sind und als solche der Manipulation von seiten der Bewußtseinsindustrie kaum Abwehrkräfte entgegenzusetzen imstande sind.

So sehr sich die ökonomische Situation der Angestellten von der des »alten Mittelstandes« unterscheidet, ist hier der mittelständischen Ideologie eine Reservearmee erwachsen, die mit Hilfe der Bewußtseinsindustrie gegen die eigenen Interessen und Bedürfnisse mobilisiert wird.

Ad 4. »Der Kleinbürger, wie ihn Horváth schildert«, meinte Franz Werfel, »ist weniger der Angehörige einer Klasse als der dumpf-gebundene, dem Geiste widerstrebende, als der schlechthin verstockte Mensch. [...] Er ist der Statthalter des Teufels auf Erden, ja der Teufel selbst.«[34] Horváth sei dazu geboren gewesen, »dem deutschen Roman die erschöpfende ›Dämonologie des Kleinbürgertums‹ zu schenken«.[35] Damit artikuliert Werfel nachdrücklich jene Position, die den Faschismus und sein Fußvolk als Teufelswerk bzw. Besessene einer rationalen Erklärung zu entziehen versucht. Horváth ist vor solcher Zuordnung in Schutz zu nehmen, ganz ausdrücklich zumindest, was sein frühes Werk betrifft. Seine Kleinbürger sind weder Teufel noch Dämonen, es sind ökonomisch Deklassierte und sozial Verunsicherte. Daß ein solcher Status für die Psyche des einzelnen dieser Bedrängten nicht folgenlos bleiben kann, das versucht die gesamte »Spießer-Prosa« zu dokumentieren. Die Perspektive, unter welcher hier die kleinbürgerliche Psyche gesehen wird, ist eine historische, die versucht, Kausalzusammenhänge sichtbar zu machen.

Am besten sind diese psychischen Defizienzerscheinungen an der deformiertesten Variante des Kleinbürgers, nämlich am Spießer, erkennbar. Der Katalog an Negativeigenschaften ist umfangreich: Der Spießer ist feig und verlogen, weil in steter Angst um seinen Status, ohne Standpunkt, weil die Verhältnisse nicht mehr durchschauend, egoistisch wie die ihn beherrschende Ökonomie, autoritär, weil ohne Selbstvertrauen, gemütlich, wenn betrunken, und lethargisch, weil ohne Perspektive. Daß Dispositionen dieses Zuschnitts ungünstige Voraussetzungen für demokratisches Verhalten sind, ist evident und von der historischen Realität hinlänglich belegt.

Was Horváth an charakterlichen Einzelzügen zusammengetragen hat, erweist sich gesamtheitlich als Ausfluß jenes Zustandes, den Leppert-Fögen als »kollektive Ich-Schwäche«[36] kennzeichnet. Wenn man den Einsichten der Massenpsychologie glauben darf, so korreliert dieser mittelständische Identitätszerfall unmittelbar mit dem Rückgang der Produktivkräfte dieser Bevölkerungsgruppe.[37] Je instabiler aber das Ich, umso bereitwilliger läßt es sich fremdbestimmen. An Horváths »Fräulein«-Figuren wird dieser Zustand exemplarisch sichtbar. Und daß der Ich-Abbau nicht Zufall, sondern Folgeerscheinung der ökonomischen Destabilisierung ist, versucht Horváth dadurch zu bekräftigen, daß all seine

Spießerfiguren in einem familiengeschichtlichen Kontext beschrieben werden. Er liefert somit nicht nur Momentaufnahmen zur Gesinnungslage des Kleinbürgertums, sondern eine ausführliche Pathogenese der psychisch-charakterlichen Verkümmerung der Mitglieder einer ganzen Klasse.

V.

So punktuell und verkürzt diese Überprüfung des Horváthschen Gesellschaftsbildes notwendigerweise durchgeführt werden mußte, hat sie hoffentlich doch eines deutlich werden lassen: Horváths Bedeutung besteht zu einem wesentlichen Teil darin, daß seine Analyse des Kleinbürgertums, wie episodisch sie auch bisweilen erscheinen mag, in ihrer grundsätzlichen Gütltigkeit von einer kritischen Gesellschaftswissenschaft durchaus bestätigt wird. Und aus der Tatsache, daß die gesellschaftlichen Verhältnisse heute zwar graduell, aber nicht prinzipiell von denen sich unterscheiden, die Horváth beschreibt, resultiert die Aktualität dieser Literatur.

In einer Rezension der oben mehrmals erwähnten »Geschichte des Kleinbürgertums« wird die folgende Kritik formuliert: »Annette Lepperts Studien sind profund und materialreich. [. . .] Über weite Strecken der Lektüre indes möchte man mehr Fleisch, Konkretionen also, Sinnlichkeit und Erfahrung. Ich wünschte mir, daß man in einer historisch politischen Arbeit über das Kleinbürgertum nicht nur die angemessene Systematik fände, sondern auch narrative Einschübe, in denen man soziale Wirklichkeit wiedererkennt.«[38] Mit diesen Einwänden ist nicht nur die Differenz zwischen Horváths Kleinbürger-Beschreibung und jener Geschichtswissenschaft umrissen, sondern zugleich darauf aufmerksam gemacht, welches wissenschaftliche Manko ein Autor wie Horváth zu beseitigen imstande wäre, denn seine Texte sind »Konkretionen« voller »Sinnlichkeit und Erfahrung«. Damit aber nicht genug: Horváth begnügt sich nicht mit der Nachzeichnung konkreter Situationen, durch die Art seiner Darstellung versucht er diese bewußt und damit überwindbar zu machen, obwohl er die Möglichkeit der Veränderung von sozialen Wirklichkeiten durchaus nicht rosig einschätzte. Pessimismus bedeutet für Horváth aber nicht Hoffnungslosigkeit.

Realistisch-pessimistisch, aber nicht resignativ wie in seiner Gesellschaftsanalyse erweist sich Horváth auch in der Einschätzung der Wirksamkeit seiner Literatur, wenn er im Vorwort zum *Ewigen Spießer* – programmatisch für sein ganzes Frühwerk – schreibt: »Der Verfasser wagt natürlich nicht zu hoffen, daß er durch diese Seiten ein gesetzmäßiges Weltgeschehen beeinflussen könnte, jedoch immerhin.« (5, 147)

1979

Anmerkungen

Meinrad Pichler ist Professor am Bundesrealgymnasium Dornbirn-Schoren. Seine Arbeit wurde zuerst in den »Schriften des Instituts für Österreichkunde: 35« *Österreichische Literatur seit den zwanziger Jahren. Beiträge zu ihrer historisch-politischen Lokalisierung.* Hg. Friedbert Aspetsberger. Wien: Österreichischer Bundesverlag 1979 (S. 55–67) veröffentlicht.

Der Arbeit lag die vierbändige Suhrkamp-Ausgabe (Ödön von Horváth, *Gesammelte Werke.* Frankfurt/Main 1970/71) zugrunde. Innerhalb dieses Abdrucks werden die Werke Horváths nach der 2. verb. Aufl. der achtbändigen Werkausgabe (1978) zitiert.

1 Helmut Böhme, *Prolegomena zu einer Sozial- und Wirtschaftsgeschichte Deutschlands im 19. und 20. Jahrhundert.* Frankfurt/Main [4]1972, S. 121.
2 Siehe dazu: Urs Jenny, *Horváth realistisch – Horváth metaphysisch.* In: Akzente 4 (1971), S. 289-295.
3 Die wichtigsten davon sind: *Der ewige Spießer* (5, 145 ff.), *Der Stolz Altenaus* (5, 70 ff.), *Fräulein-Erzählungen* (5, 75 ff.), *Die stille Revolution* (5, 133 ff.), *Vom kleinen Beamten* (5, 90), *Der Tod aus Tradition* (5, 91 ff.), *Großmütterleins Tod* (5, 98 ff.), *Nachruf* (5, 113 f.), *Lachkrampf* (5, 115 ff.), *Charlotte* (8, 409 ff.), *Elisabeth, die Schönheit von Thüringen* (8, 601 ff.), *Magazin des Glücks* (8, 604 ff.), *Der Mittelstand* (8, 646 ff.) und die beiden im »Anhang« zur 2. verb. Aufl. (1978) abgedruckten Prosatexte: *Wie der Tafelhuber Toni seinen Hitler verleugnet hat* (6, 529 ff.) und *Der mildernde Umstand* (6, 532 ff.).
4 Vgl. etwa Defoes Loblied auf den Mittelstand im *Robinson Crusoe.*
5 Vgl. z. B. 5, 531.
6 Das wird nachdrücklich getan bei: Angelika Steets, *Die Prosawerke Ödön von Horváths. Versuch einer Bedeutungsanalyse.* Stuttgart 1975, S. 59.
7 Vgl. Wilhelm Reich, *Die Massenpsychologie des Faschismus.* Köln 1971, S. 65.

8 Vgl. Winfried Nolting, *Der totale Jargon. Die dramatischen Beispiele Ödon von Horváths*. München 1976, S. 118.
9 Vgl. 5, 261 und 5, 292.
10 Vgl. Steets (= Anm. 6) S. 246, Anm. 16.
11 T. Krischke, H. F. Prokop (Hg.), *Ödön von Horváth. Leben und Werk in Dokumenten und Bildern*. Frankfurt/Main 1972, S. 77.
12 Marcel Reich-Ranicki, *Horváth, Gott und die Frauen. Die Etablierung eines neuen Klassikers der Moderne*. In: Hildebrand/Krischke (Hg.), *Über Ödön von Horváth*. Frankfurt/Main 1972, S. 83-90; hier S. 85.
13 Annette Leppert-Fögen, *Die deklassierte Klasse. Studien zur Geschichte und Ideologie des Kleinbürgertums*. Frankfurt/Main 1974, S. 21.
14 Reich-Ranicki (= Anm. 12), S. 85.
15 Hellmuth Karasek, *Das Prosawerk von Ödön von Horváth*. In: *Über Ödön von Horváth* (siehe Anm. 12), S. 79-82.
16 Karl Mannheim, *Ideologie und Utopie*. Frankfurt/Main [5]1969, S. 214 f.
17 Erwin Rotermund, *Zur Erneuerung des Volksstückes in der Weimarer Republik: Zuckmayer und Horváth*. In: *Über Ödön von Horváth* (siehe Anm. 12), S. 18-45; hier S. 41.
18 Axel Fritz, *Ödön von Horváth als Kritiker seiner Zeit*. In: *Über Ödön von Horváth* (siehe Anm. 12), S. 46-58; hier S. 48.
19 Vgl. Leppert-Fögen (= Anm. 13), S. 23 ff.
20 Ebd., S. 30.
21 Ebd., S. 31.
22 M. Broszat, *Der Staat Hitlers*. München 1969, S. 50.
23 Vgl. ebd., S. 52. – Zu den besonderen Verhältnissen in Österreich vgl. die Untersuchung von Gerhard Botz, *Faschismus und Lohnabhängige in der Ersten Republik. Zur »sozialen Basis« und propagandistischen Orientierung von Heimwehr und Nationalsozialismus*. In: Österreich in Geschichte und Literatur 21 (1977), H. 2, S. 102-128.
24 Reinhard Kühnl, *Formen bürgerlicher Herrschaft. Liberalismus – Faschismus*. Reinbek 1971, S. 80 f.
25 Axel Fritz, *Ödön von Horváth als Kritiker seiner Zeit. Studien zum Werk in seinem Verhältnis zum politischen, sozialen und kulturellen Zeitgeschehen*. München 1973, S. 125.
26 Manuskript im Horváth-Archiv, zitiert nach Steets (= Anm. 6), S. 255.
27 Vgl. z. B. Kühnl (= Anm. 24), S. 111 ff.
28 So Kobler im *Ewigen Spießer* und die Großmutter für ihren Enkel Alfred in *Geschichten aus dem Wiener Wald*.
29 Siegfried Kracauer, *Die Angestellten. Aus dem neuesten Deutschland*. Frankfurt/Main 1974 (zuerst 1930).
30 Ebd., S. 97.
31 Theodor W. Adorno, *Résümé über Kulturindustrie*. In: ders., *Ohne Leitbild. Parva Aesthetica*. Frankfurt/Main [5]1973, S. 60-70.

32 Ebd., S. 67.
33 Ernest Dichter, *Strategie im Reich der Wünsche.* Düsseldorf 1961, S. 214 f.
34 Franz Werfel, *Nachwort.* In: *Materialien zu Ödön von Horváth.* Frankfurt/Main 1970, S. 132-135; hier S. 134.
35 Ebd.
36 Leppert-Fögen (= Anm. 13), S. 240.
37 Vgl. Erich Fromm, *Sozialpsychologischer Teil.* In: Max Horkheimer (Hg.), *Studien über Autorität und Familie.* Paris 1936, S. 77 ff.; hier S. 101 f.
38 Hans Janke, *Rezension* zu Annette Leppert-Fögen, *Die deklassierte Klasse.* In: Jahrbuch Arbeiterbewegung 3, Frankfurt/Main 1975, S. 336-338; hier S. 338.

Angelika Steets

Erzähler und Erzählsituation bei Ödön von Horváth

1. Horváth als Erzähler

Das Prosawerk Horváths[1] ist im Verhältnis zu seiner Theaterproduktion recht schmal. Die *Sportmärchen* (1924/25), die *Erzählungen und Skizzen* (1922-1938), die Romane *Der ewige Spießer* (1930), *Jugend ohne Gott* (1937) und *Ein Kind unserer Zeit* (1937) umfassen nicht einmal 500 Druckseiten. Dazu kommen knapp 200 Seiten Varianten, Fragmente und Exposés. Die zeitgenössische Kritik erkennt in den Prosaarbeiten des Frühverstorbenen daher auch nur die »fragmentarische Leistung«[2], den »Entwurf . . . zu einem größeren Werke von haftender Schönheit und Bedeutung«.[3] Dieses wenig umfangreiche Erzählwerk ist dennoch das Ergebnis einer sehr starken Produktivität. Horváth schrieb, so erzählt sein Bruder Lajos, »unheimlich viel. Das meiste hat er aber gleich wieder vernichtet . . .«.[4] Und Wera Liessem berichtet in einem Brief an Krischke: »Horváth war kaum mit dem ersten Buch fertig, da wollte er schon an *Das Kind unserer Zeit* heran.«[5] Diese Zeugnisse scheinen den Kritikern recht zu geben, die den Improvisationscharakter von Horváths Arbeiten betonen[6] und das Unfertige, Fragmentarische bedauern.[7] Indem so das Moment der Skizzenhaftigkeit auf äußere, durch die Besonderheit des frühen Todes fast zufällig wirkende Umstände zurückgeführt wird, wird jedoch eine wichtige Eigenart von Horváths Erzählen verkannt. Das Kriterium der Skizzenhaftigkeit ist u. E. unter einem anderen, von der Forschung wenig berücksichtigten Blickpunkt zu sehen.

Die Berichte über das rasche Produzieren, das schnelle Niederschreiben und wieder Vernichten, das vor allem für die Jahre bis 1930 charakteristisch ist, können durch Aussagen von Zeitgenossen ergänzt werden, die bei dem Namen Horváth zunächst nicht an den Schriftsteller denken, sondern an den großen Geschichtenerzähler, den letzten »von Dekamerone-Format«.[8] Seine Freunde kannten ihn »als Anekdotenerzähler mit vielerlei Zungen«[9], der es liebte, »mit einem Lächeln, das kindlich, aber nicht ganz ohne

Grausamkeit war, ... wunderliche und schreckliche Geschichten vorzutragen.«[10] Ulrich Becher erinnert sich: »... am stärksten faszinierten mich die hundert Geschichten, ... die Ödön beim Wein nicht ohne behagliche Nonchalance zum Besten gab.«[11]

Diese biographischen Hinweise besäßen selbst nur anekdotische Bedeutung, wiesen sie nicht auf eine Besonderheit des schriftlichen Werkes hin. Beim Lesen der Erzählungen und Romane frappiert die Unmittelbarkeit und Spontaneität des Erzählten. Im Geschriebenen ist erstaunlich viel von der Lebendigkeit des gesprochenen Worts erhalten. Der Autor kann den Geschichtenerzähler nicht verleugnen.

Dieser Eindruck wird durch einen Blick in Horváths Nachlaß bestätigt. Anhand der Vorarbeiten und Skizzen ist es möglich, den Entstehungsprozeß einzelner Werke bis zu einem gewissen Grade zu verfolgen und Horváths Arbeitsweise zu rekonstruieren.

Zwei Beobachtungen scheinen in diesem Zusammenhang wichtig. Die handschriftlichen Entwürfe zu den Romanen *Der ewige Spießer* und *Ein Kind unserer Zeit*[12] enthalten im wesentlichen Gliederungskonzepte und, dazwischen eingestreut, durchgeformte Einzelsätze und ausgearbeitete Kurzszenen. D. h., Horváth setzt mit der schriftlichen Fixierung an zwei entgegengesetzten Punkten an. Er erarbeitet ein allgemeines Konzept in Form einer Gliederung, die die einzelnen Stationen des Romans benennt; gleichzeitig hält er zunächst unbedeutend erscheinende Details fest, die verschiedene Situationen und Figuren betreffen. Das summarisch Skizzenhafte der Gliederungen steht in auffallendem Gegensatz zu der exakten Detailarbeit. Horváths Notizen sind, wie Urs Jenny sagt, »vage Entwürfe voll präziser Details«.[13]

Die sehr früh einsetzende intensive Arbeit am Detail weist darüber hinaus auf die zentrale Bedeutung der kleinen Texteinheiten hin. Daß diese einen sehr hohen Eigenwert besitzen, zeigt auch die Tatsache, daß sie, meist unverändert in der sprachlichen Form, von der handschriftlichen Skizze in die gedruckte Endfassung übernommen werden und daß sie in verschiedenen Texten oder in einem Text an verschiedenen Stellen auftauchen.[14] Horváth verfügt über eine gewisse Anzahl von fertigen Textelementen, die gewissermaßen das Rohmaterial bilden, aus dem durch immer neue Kombination die einzelnen Werke entstehen.[15] »Horváth hat nur eine begrenzte Zahl von Figuren, Situationen und Verhaltensmustern immer neu zusammengesetzt; er hat mit kaum nachvollziehbarer Intuition seine Stücke aus kleinen, genau imaginierten Partikeln zusammengefügt . . .«.[16] Was Urs Jenny über Horváths Theaterstücke schreibt, trifft in entsprechender Weise auch auf seine Prosatexte zu, vor allem auf die Arbeiten der Jahre bis 1930.

Die Technik der Montage ist noch bis in die letzten Stufen der Textbearbeitung zu erkennen. Horváth überarbeitete seine Manuskripte, indem er einzelne Textstücke herausschnitt und neue einklebte. In der Reinschrift des *Ewigen Spießer* beweisen häufige Nahtstellen und verschiedene Drucktypen, daß der Roman nicht in einem kontinuierlichen Arbeitsprozeß entstanden, sondern aus zahlreichen längeren und kürzeren Textteilen zusammengefügt ist.[17] Demzufolge fehlt auch dem fertigen Roman der streng logische Aufbau. Nicht die kausale Verknüpfung ist Kompositionsprinzip, sondern die lockere Fügung und die spontane, assoziative Reihung.[18] Das Handlungsgerüst des *Ewigen Spießer* läßt sich in wenigen Sätzen skizzieren. Was den Roman lesenswert macht, liegt (abgesehen von der sprachlichen Form) in der Fülle von Einzelbeobachtungen und kleinen Geschichten, die zum Teil nur sehr lose mit dem fortlaufenden Romangeschehen verbunden sind. Das *Märchen von Fräulein Pollinger* im ersten Teil des *Ewigen Spießer* (5, 168 f.) z. B. ist eine sehr dichte, in sich geschlossene Erzählung, die mit Koblers Reise zur Weltausstellung nach Barcelona unmittelbar nichts zu tun hat (sie wird lediglich durch den Namen Anna Pollinger assoziiert) und die bezeichnenderweise auch als selbständiges Werk konzipiert ist (5,75 f.).[19]

Horváths Arbeitsweise und der Entstehungsprozeß vor allem der frühen Prosawerke machen deutlich, daß er großen Wert auf die Ausarbeitung kleiner Texteinheiten legt. Der spontane Einfall ist für ihn oft wichtiger als die interessante, zwingend aufgebaute Fabel.[20] Das Detail bestimmt die Geschichte, nicht die Geschichte das Detail.[21] Und wie der Geschichtenerzähler, so hat auch der Autor Horváth stets eine Fülle von Erzählelementen – Einzelsätze, Anekdoten, Figuren, Situationen – parat, die er mit großer Leichtigkeit variiert und kombiniert. Gegen ihn deshalb den Vorwurf der Flüchtigkeit und Oberflächlichkeit zu erheben, hieße eine für ihn typische Eigenart mißverstehen, hieße die Bedeutung des spontanen Erzählens ignorieren.

In der Forschung wird darauf hingewiesen, Horváths Sprache sei keine »Schreib-Sprache«, sondern eine »Sprech-Sprache«.[22] Und Horváth selbst behauptet, er schreibe, wie er spreche, weil er nicht anders schreiben könne.[23] Diese Aussagen werfen die Frage auf, inwieweit Merkmale der gesprochenen Sprache in den schriftlichen Text eingegangen sind.

Eine Untersuchung über Formen und Funktion mündlicher Erzählelemente im literarischen Text schneidet einen Problemkreis an, der weder die Literaturwissenschaft noch die Linguistik bisher beschäftigte, obwohl, wie Hugo Steger betont, »die innerschriftsprachliche Auseinandersetzung zwischen Strukturen der fixierten und stilisierten gesprochenen und der geschriebenen Sprache ein erregendes Thema historischer und soziologischer wie strukturaler Sprach- und Literaturforschung« ist.[24]

Eine solche Untersuchung stellt zwei grundsätzliche methodische Probleme. Obwohl in der Literatur- und Sprachwissenschaft immer wieder der »tiefgreifende« Unterschied[25] zwischen geschriebener und gesprochener Sprache unterstrichen wird, fehlt bisher eine systematische Typologie der mündlichen Rede. Sie ist jedoch wesentliche Voraussetzung für eine genaue Textanalyse.

Eine weitere Schwierigkeit liegt darin, daß die gesprochene Sprache im Gegensatz zur geschriebenen Sprache von der Sprechsituation abhängig ist. Sie ist gebunden an die Sprecher-Hörer-Konstellation und an das Hier und Jetzt der Situation. Das Verständnis des Gesprochenen wird, so Bausinger, nicht wie im schriftlich konstituierten Text synsemantisch hergestellt, sondern durch das »sympraktische Umfeld« im Sinne der Sprachtheorie Karl Bühlers.[26] Die Sprechsituation kann in den geschriebenen Text nicht eingehen. Ihre Funktion übernimmt der sprachliche Kontext, d. h. die außersprachlichen Informationen, die die Situation als wesentlicher Bestandteil der Rede selbst für eine reibungslose Kommunikation liefert, müssen im Text in Sprache umgesetzt, »verwortet« werden.[27]

Aufgrund der skizzierten Probleme kann von der folgenden Untersuchung der mündlichen Sprachelemente in Horváths Prosatexten keine systematische Vollständigkeit erwartet werden. Andererseits soll dem Wunsch nach Genauigkeit dadurch nachgekommen werden, daß das Problem nicht pauschal behandelt, sondern, gemäß dem strukturellen Aufbau der Sprache, in Einzelaspekte zerlegt wird. Wir werden drei Untersuchungsebenen unterscheiden: a. die lexikalische Ebene, b. die syntaktische Ebene und c. die textsyntaktische Ebene, und auf jeder dieser drei Ebenen einige typische Merkmale der gesprochenen Sprache herausgreifen. Im lexikalischen Bereich soll die Tendenz der mündlichen Rede zur »situationsökonomischen lexikalischen Verallgemeinerung«[28] berücksichtigt werden, im syntaktischen Bereich die Häufigkeit von Ellipse und Anakoluth und die Neigung zur sprachlichen Herausstellung, im textsyntaktischen Bereich der Vorrang der Parataxe vor der Hypotaxe und die Umwertung der sprachlogischen Funktionen.

a. Die Unterschiede zwischen geschriebener und gesprochener Sprache betreffen im allgemeinen nicht das System der Sprache, die langue, sondern die Aktualisierung der Sprache, die parole. D. h., Schreiber und Sprecher verfügen grundsätzlich über denselben Wortschatz; der Sprecher schöpft die vorhandenen lexikalischen Mittel jedoch weit weniger aus als der Schreiber, da es ihm die Besonderheit des Sprechakts nicht erlaubt, lange nach dem geeigneten Wort zu suchen und das Gesagte nachträglich zu modifizieren. Dieser durch die Schnelligkeit der Textbildung und die Unmöglichkeit der nachträglichen Korrektur bedingten Vereinfachung steht die Vielfalt der indirekten sprachlichen und außersprachlichen Mittel, Intonation, Gestik, Mimik, entgegen. Reduzierung auf der einen Ebene wird durch Differenzierung auf anderer Ebene ausgeglichen.

Bei fast allen Prosatexten Horváths fällt zunächst die Einfachheit der lexikalischen Mittel auf. Horváth bevorzugt das alltägliche Wort, das sich aufgrund seiner unpräzisen Bedeutung in zahlreiche Situationen und Kontexte einfügen läßt. Diese Beschränkung wird besonders bei Verben, die gewöhnlich einen hohen Mitteilungswert besitzen, und bei Adjektiven, die der Differenzierung dienen, deutlich. In der Erzählung *Das Märchen vom Fräulein Pollinger* (5, 75 f) z. B. sind fast ein Drittel aller Verben Hilfs- oder Modalverben: »sein«, »haben«, »werden«, »müssen«. Auch die Adjektive sind, aus dem Textzusammenhang herausgelöst, äußerst blaß: »hübsch«, »nett«, »gut«, »still«, »stark« usw.

Der Verwendung solch ausdrucksschwacher Wörter entspricht

Horváths Neigung, einen Sachverhalt durch pauschale Benennung im Unbestimmten zu belassen. Charakteristisch ist der häufige Gebrauch des umgangssprachlichen Wörtchens »halt«, das jede Aussage entpersönlicht und im gedanklichen Überall und Nirgendwo ansiedelt.

Die Natur ist halt mal ungerecht ... (5, 87)
Aber wie ist das halt alles unverständlich mit dem Liebesleben in der Natur! (5, 268)
Er sagte sich, daß halt alle Weiber unzuverlässig seien, sie täten auch glatt lügen, nur um einem etwas Angenehmes sagen zu können. Die Frau sei halt nun mal eine Sklavennatur, aber dafür könne sie eigentlich nichts, denn daran wären nur die Männer schuld, weil sie jahrtausendelang alles für die Weiber bezahlt hätten. »Aber das war halt doch ein Mistvieh!« schloß er seine Gedankengänge. (5, 269)

In den zitierten Beispielen, die beliebig ergänzt werden könnten, wird die verallgemeinernde Funktion von »halt« noch verstärkt durch die Wörtchen »mal«, »nun mal«, »doch«, die hier reine Füllwörter sind.

Aber nicht nur diese kleinen Wörter geben ihre an sich schon vage Bedeutung auf; auch ein normalerweise so ausdrucksstarkes Wort wie »alles« kann seine konkrete Benennungsfunktion verlieren. Daß dabei eine Aussage mitunter bis zur Unverständlichkeit reduziert wird, zeigt sehr schön folgender Satz, in dem der Autor den Bedeutungsverlust von »alles« bewußt reflektiert:

Wenn der Kastner noch nie recht gehabt hätte, so hätte er eben diesmal recht. Sie müsse sich das alles genau überlegen – was »alles«? (5, 245)[29]

Noch deutlicher wird die sprachliche »Nachlässigkeit«, wenn die Formulierung eines Sachverhalts einfach abbricht und ganz im Unbestimmten verläuft.

Sie erzählte mir viele Geschichten, bunte und graue, aus Büro, Kino und Kindheit, und was es dergleichen in jedem Leben noch gibt. (5, 96)
Es waren noch andere Damen da, elegante und so ... (5, 136)
... und es ist doch noch gar nicht so lange her, da hatte solch Fräulein überhaupt nichts zu fordern, sondern artig zu kuschen und gegebenenfalls zu kündigen, sich zu verkaufen oder drgl., was zwar auch heute noch vorkommen soll. (5, 77)

Interessant ist in diesem Zusammenhang auch die Tendenz zur Umschreibung. An die Stelle des benennenden Wortes tritt die umschreibende Formel.

Drinnen führte einer mit einer Dienstmütze eine Gruppe von Saal zu Saal . . . (5, 251)
Das mit dem Film war natürlich gelogen, denn der Herr Kastner hatte ganz andere Dinge im Kopf. (5, 242)
So sei das sehr komisch, das von dem Herrn von Löwenstein, der zwischen England und Frankreich in der Luft auf das Klosett hätte gehen wollen . . . (5, 264 f.)

Alle angeführten Beispiele haben eines gemeinsam: die Bedeutung des einzelnen sprachlichen Zeichens ist stark eingeschränkt. Es besteht eine gewisse Diskrepanz zwischen dem, was tatsächlich ausgesagt ist, und dem, was gemeint und verstanden wird. In dieser Beziehung ähneln die Horváthschen Texte durchaus Äußerungen der mündlichen Rede. In einem wesentlichen Punkt unterscheiden sie sich jedoch. In der gesprochenen Sprache wird die Informationslücke, die zwischen Zeichen und Bezeichnetem vorhanden ist, durch die Mitwirkung außersprachlicher Verständigungsmittel geschlossen, in Horváths Erzählungen dagegen durch den Kontext, in den die Zeichen eingefügt sind.[30]

b. Auch auf syntaktischer Ebene tritt in der gesprochenen Sprache, im Gegensatz zur Schriftsprache, die Bedeutung des Formalen gegenüber dem Inhaltlichen stark zurück. »Überall zeigt sich, daß im spontanen Gespräch die Form, das Grammatische dem Inhalt der Aussage untergeordnet wird.«[31] Wichtig ist das »Was« der Aussage, nicht das »Wie«. Dieses »Was« hat allerdings nicht die Gestalt einer fertigen, geschlossenen Gedankenfolge, sondern wird vom Sprecher schrittweise entfaltet und in Worte umgesetzt.

Sprachlicher Ausdruck für das Zurücktreten der sprachlogischen Elemente und die sukzessive Entwicklung der Gedanken während des Sprechvorgangs sind Ellipse und Anakoluth. Baumgärtner spricht vom »massenhaften Gebrauch unvollständiger Sätze« in der Umgangssprache[32], und H. Zimmermann belegt anhand zahlreicher Beispiele aus der Baseldeutschen Umgangssprache die charakteristische Bedeutung der elliptischen Rede.[33] Als nicht weniger typisch für die gesprochene Sprache wird die Durchbrechung des schriftsprachlich gültigen Satzplans angesehen, die »dem situationshaften, allmählichen Aufbau der Vorstellungen überhaupt« entspricht[34] und den »assoziativen Fortgang der Rede« spiegelt.[35], Wackernagel-Jolles allerdings betont, daß auch für die gesprochene Sprache die syntaktischen Gesetze gelten und Anakoluth selten und auf überlange Satzgefüge beschränkt ist.[36]

In den Horváthschen Erzähltexten begegnet man elliptischen und anakoluthischen Konstruktionen vergleichsweise selten. Unvollständige, stichwortartige Sätze finden sich gelegentlich in den Gesprächen des *Ewigen Spießer*.

»Die Reichsdeutschen werden sich schon auch nicht zusammengebohrt haben«, meinte Kobler.
»Doch, und zwar haargenau!« ereiferte sich der Spitzel.
»Zufall«, meinte Kobler. (5, 185)

Dieses und ähnliche Beispiele sind jedoch u. E. nicht besonders aufschlußreich, da es sich um formelhafte Bruchstücke eigentlich vollständiger Sätze oder um vom Gesprächspartner bereits formulierte und nicht explizit wiederholte Aussagen handelt.

Interessanter sind folgende Textstellen:

Ihr habt andere Sorgen, als Euch um fremde Liebe – und dann war es ja überhaupt keine Liebe! (5, 96)
Ob sie noch heute da wohnt? Ich glaube es kaum, da das schwägerliche Paar samt Bubi bloß ein möbliertes Zimmer mit Küchenbenützung – und der Ulrich Stein, den lernte ich vor Jahren auf dem Landsitz seiner verwitweten Mutter kennen. (5, 115)

Der Erzähler führt den angefangenen Satz nicht zu Ende, da bereits der nächste Gedanke seine Vorstellung beherrscht und nach sprachlichem Ausdruck verlangt.

Noch seltener als elliptische Konstruktionen sind anakoluthische. Horváths Sätze weichen zwar in ihrer syntaktischen Struktur des öfteren von der sprachlichen Norm ab. Ungrammatische Sätze, wie sie durch die Schnelligkeit der Textbildung in der mündlichen Rede entstehen, sind für ihn jedoch nicht charakteristisch.[37] Gelegentlich stößt man auf Satzgebilde, bei denen die logisch-syntaktischen Beziehungen zwischen den Satzgliedern eigentümlich verschoben sind.

»Wenn ich an all die fremden Länder denk«, sagte sie, »so hebts mich direkt von der Erden weg, so sehr sehn ich mich nach Abbazia.« (5, 162)
Kobler konnte sich kaum mehr vom Fenster trennen, so kindisch faszinierte ihn jede Aufschrift, obwohl oder weil er nicht wußte, was sie bedeuten sollte. (5, 183)

Beide Satzgefüge bestehen aus drei logischen Teilen: fügt man jeweils die beiden ersten Teile oder die zwei letzten zusammen, so erhält man einen gedanklich wie syntaktisch korrekten Satz. Erst durch die Verknüpfung der drei Bruchstücke zu einem Gefüge entsteht die ungewöhnliche, uneindeutige Konstruktion.

Zusammenfassend läßt sich sagen, daß Ellipse und Anakoluth für die Horváthsche Sprache wenig typisch sind. In reiner Form treten sie kaum auf, und auch in abgeschwächter, modifizierter Form sind sie, quantitativ gesehen, von so untergeordneter Bedeutung, daß man in diesem Zusammenhang nicht von einem unmittelbaren Einfluß der gesprochenen Sprache auf den Erzähltext sprechen kann. Diese negative Feststellung ist aber insofern nicht verwunderlich, als Ellipse und Anakoluth von allen Merkmalen der mündlichen Rede am stärksten durch die Sprechsituation geprägt sind. Gerade in diesem Punkt wird deutlich, daß die Reproduktion der gesprochenen Sprache in der Literatur stets auf den Gesetzen der geschriebenen Sprache aufbaut, daß sie stets nur in stilisierter Form möglich ist.[38]

Ausgangspunkt der mündlichen Rede ist, wie angedeutet, das subjektive Erlebnis- und Vorstellungsmoment. Der Sprecher hat die Tendenz, einzelne ihm wichtig erscheinende Mitteilungswerte besonders zu betonen, und bedient sich der verschiedenen Möglichkeiten der sprachlichen Akzentuierung. »Dem einfachen Satz der Schriftsprache stehen in der Umgangssprache massenhaft Sätze mit herausgestelltem Satzthema gegenüber«, schreibt Baumgärtner.[39]

Die subjektive Herausstellung kennt vielerlei Formen: Voranstellung, Nachtrag, Umschreibung, Wiederaufnahme. Charakteristisch für diese Mittel ist die syntaktische Aufspaltung, die Auflösung des Einzelsatzes. So heißt es z. B. bei Horváth:

Aber dann kamen ruhigere Zeiten und der Dreißigjährige Krieg war nur ein Kinderspiel, aber der Westfälische Friede, das war schon schlimm. (5, 71)
Ich hab es jahrelang in der Hand gehabt, nämlich Onkel Pepis Photographiealbum. (5, 103)
Das hat er sich direkt so ausgerechnet, der Onkel Pepi. (5, 103)

Sprachliche Voranstellung und Nachtrag geben dem Erzähler die Möglichkeit, ein Aussagemoment hervorzuheben, das bei normaler syntaktischer Fügung nicht in dieser Form betont werden könnte.

Auch lächeln tut er, der Onkel Pepi. Ein ganz klein wenig. (5, 104)

In diesem Textbeispiel wird nicht nur das Subjekt durch Nachtrag herausgestellt; auch das Verb wird stark akzentuiert: einmal durch die Umschreibung mit »tun« und zum andern durch die vom ersten Satz losgelöste, nachfolgende adverbiale Bestimmung. Gerade diese letztgenannte Form der Hervorhebung findet sich häufig bei Horváth.

... und wenn sie zwohundertzehn Mark verdienen würde, könnte sie in die Berge fahren. Bis dorthin, wo sie am höchsten sind. (5, 77)
Bis Steinach am Brenner, also fast bis zur neuen italienischen Grenze, also kaum fünfzig Minuten lang, saßen in Koblers Abteil ein altösterreichischer Hofrat und ein sogenannter Mann aus dem Volke ... (5, 178)

Wie Voranstellung und Nachtrag entspricht auch die Präzisierung durch nachgestellte Ergänzung dem subjektiven schrittweisen Aufbau der Mitteilung in der gesprochenen Sprache. Das wichtigste Aussagemoment wird aus dem syntaktischen Zusammenhang herausgelöst und an das Ende des Satzes verlagert. Ein solcher Aufbau weicht deutlich von der normalen schriftsprachlichen Satzstruktur ab. In der Schriftsprache setzt die strukturelle Planung zu Beginn des Satzes ein, in der mündlichen Rede und in den zitierten Beispielen verschiebt sie sich zusammen mit dem speziell Mitzuteilenden gegen das Satzende zu.

c. Dem streng gefügten Einzelsatz der Schriftsprache steht in der gesprochenen Sprache der locker gegliederte Satz oder die Satzgruppe gegenüber. Es handelt sich dabei vorwiegend um parataktische Satzstrukturen.[40] Obwohl die gesprochene Sprache über alle Formen der Satzverknüpfung und über alle Nebensatzarten, die die normative Grammatik bereitstellt, verfügt, zieht sie häufig die sprachliche Nebenordnung der sprachlichen Unterordnung vor.[41] Die Tendenz zur parataktischen Reihung ist Ausdruck der durch das Sprechen bedingten assoziativen Denkweise.[42]

Horváth gibt in seinen Prosatexten der Parataxe eindeutig den Vorzug gegenüber der Hypotaxe. Man kann sie als syntaktisches Strukturmerkmal seines Erzählens bezeichnen.[43] Dieses Merkmal offenbart sich am deutlichsten in den *Märchen*, wo es eine aus dem mündlichen Geschichtenerzählen hervorgehende Erzählform fortsetzt. Bereits die traditionelle Eröffnungsformel des Märchens ist parataktisch gebaut:

Es war einmal ein armer kleiner Bub, der war kaum sieben Jahre alt ... (5, 30)

Und ihre Struktur bestimmt weitgehend auch den Erzähltext:

Es ging also in den Wald und fragte die Bäume, aber die Bäume murrten nur . . . Und sie fragte die Vögel, aber die sagten . . . Und die Rehe sagten, lächerlich, und die Hasen lachten, und der Hirsch gab überhaupt keine Antwort. (5, 123)
. . . Das kleine Mädchen geriet in große Verlegenheit. Aber dann fing es an zu erzählen. Es erzählte von einem jungen Pferde, das so schön war und alle Preise beim Rennen gewann. Und von einem Pferde auf dem Grabe seines Herrn. Und von wilden Pferden, die frei leben. . . . (5, 124)

Im letzten Beispiel spiegelt sich das reihende Prinzip des mündlichen Erzählens noch in einer zweiten Stufe, im Erzählen über das Erzählen.[44]

Die Tendenz zur Nebenordnung in der gesprochenen Sprache bedingt auch eine gewisse Umwertung der für den Prozeß der Textkonstitution verantwortlichen Ausdrucksmittel: Pronomina und Konjunktionen. In der parataktisch strukturierten Eröffnungsformel des Märchens: »Es war einmal ein armer kleiner Bub, der war kaum sieben Jahre alt . . .« tritt an die Stelle des zu erwartenden Relativums ein Demonstrativum. Auch das Personalpronomen wird sehr häufig durch das der-Pronomen abgelöst.

Als einst der geübte Bergsteiger von einer hehren Alpenzinne herabkletterte, begegnete er . . . dem ungeübten Bergsteiger. Der lag schon seit einigen Jahren an dieser Stelle. (5, 47)
Trotzdem fand Kobler einen Käufer. Das war ein Käsehändler aus Rosenheim . . . Der hatte bereits Mitte August dreihundert Reichsmark angezahlt . . . (5, 149 f.)

Im Gegensatz zum Personalpronomen »er« verweist das Demonstrativum »der« als deiktisches Pronomen primär nicht auf den Textzusammenhang, sondern auf die außersprachliche Situation. Treten nun der-Formen für die er-Formen ein, so bedeutet das, daß das im Nacheinander des Textes Vermittelte so behandelt wird, als wäre es im Zeigfeld gegeben.[45] Von daher wird verständlich, warum die gesprochene Sprache das Demonstrativpronomen dem Personalpronomen vorzieht. Dazu kommt, daß das Demonstrativum (auf die Textfolge bezogen) das Bestreben des Sprechers unterstützt, einen engen Bezug zwischen zwei Sätzen herzustellen. Während das er-Pronomen den Sinnzusammenhang über weite Strecken gewährleistet, weist das der-Pronomen, das stets die erste Stelle im Satz einnimmt, unmittelbar auf den vorangehenden Satz zurück.[46]

Die Umwertung der Zeigefunktion ist nicht nur bei den Pronomina zu beobachten, sondern auch bei deiktischen Adverbien.

... links, dort hinter der Säule am dritten Tische saß die Charlotte Mager mit Ulrich Stein. (5, 115)
An der Ecke drüben standen zwei volle Jahre über drei Nutten. (5, 119)
Das war auf einer Lichtung, da sie zum ersten Mal Geld dafür nahm. Droben standen die Sterne, und ringsum lag tief und schwarz der Wald. (5, 261)

Durch die Verwendung solcher Zeigewörter im schriftsprachlichen Text tritt die Situation sehr stark in den Vordergrund. Das Erzählte bleibt eng an das Erlebte gebunden und dessen Unmittelbarkeit weitgehend erhalten.

Was über die Pronomina gesagt wurde, gilt in entsprechender Weise auch für die Konjunktionen. Unter dem Eindruck der Situation deutet der Sprecher ihre logisch-syntaktischen Funktionen zu subjektiven Ausdruckswerten um. »Die sprachlichen Mittel«, schreibt H. Zimmermann, »die im gedanklichen Bereich die Aufgabe haben, sprachlogische Beziehungen herzustellen, außer dieser Funktion aber keinen Aussagewert haben, werden im emotionellen Bereich zum Gefäß, das die seelischen Aussagewerte faßt.«[47] Der Sprecher bevorzugt syntaktische Fügemittel, deren logische Bestimmung von vornherein relativ schwach ist, oder aber er reduziert ihre Grundbedeutung so weit, daß er sie mit neuem, subjektivem Inhalt füllen kann.

Die am häufigsten verwendete Konjunktion ist »und«.[48] Mit ihr verbindet sich nur die Erwartung, daß ein begonnener Gedanke fortgesetzt wird. Sehr beliebt ist auch das Wörtchen »da«, das als Adverb und als Konjunktion eine Vielzahl von Verwendungsweisen besitzt. Bei Horváth zählt es neben »und« zu den wichtigsten Fügemitteln (besonders in den *Sportmärchen*). Es ersetzt vielfach auch die Konjunktion »als«.

Das war auf einer Lichtung, da sie zum erstenmal Geld dafür nahm. (5, 261)
Und da er an den Königsee kam, stand er plötzlich unter tausend und abertausend Menschen ... (5, 261)

Das Wörtchen »aber« mit seiner adversativen Grundbestimmung erhält subjektive Funktion dadurch, daß es persönliche Gegensatzbeziehungen herstellt; oder es wird abgeschwächt zum Füllwort, das den emotionalen Wert des Ausgesagten unterstreicht.

Man mußte extra Eintritt zahlen, aber außerdem wurde man auch noch in sinniger Weise auf Schritt und Tritt angebettelt, wie dies halt bei allen Vertretern des Jenseits üblich ist. Aber man konnte auch was sehen für sein Geld ... (5, 227)
»Ich möchte jetzt aber endlich in den Missionspalast!« begehrte Rigmor auf. (5, 227)

Ähnliches gilt auch für »doch«.

Und es tat ihr plötzlich fast wohl, es einzusehen und sie dachte, ich kann doch nicht anders, ich empfinde eben so, und tat sich leid wegen ihrer paar poetischen Worte. Und die Worte selbst taten ihr leid, jedes einzelne groß und klein – es waren doch ihre Worte, und was will er denn überhaupt. Man weiß doch, daß man nichts kann, nichts ist, und, daß man auch niemals was werden kann. (5, 117)

Pronomina und Konjunktionen (bzw. Adverbien), an sich reine Funktionswörter, die Textzusammenhang herstellen, erhalten bei Horváth subjektiven Aussagewert und sind Beweis dafür, wie stark das grammatisch-logische Moment gegenüber dem jeweiligen Mitteilungswert zurücktritt.

Horváths Erzählen ist spontan, die strukturelle Distanz zwischen Erzählen und Erleben, die entsteht, sobald Situation in Text umgesetzt wird, vergleichsweise gering. Das bedeutet nun aber nicht, daß Horváth Wirklichkeit zu kopieren sucht, indem er Sprache so, wie sie die Wirklichkeit in der alltäglichen Rede und im Gespräch erstellt, so, wie er sie selbst gesprochen hat, in den Text hineinnimmt; das bedeutet nicht, daß seine Prosa schriftlich fixiertes Resultat realen mündlichen Erzählens ist. Die Unterschiede zwischen geschriebener und gesprochener Sprache sind so grundsätzlicher Natur, daß es immer nur andeutungsweise gelingen kann, mündliche Rede schriftlich zu reproduzieren. Elemente der gesprochenen Sprache in einem schriftlichen Text haben, wie Lotman schreibt, »die Rolle von Signalen – an ihnen erkennen wir, daß das Denotat des normalisierten Textes jenes erheblich stärker verkürzte, durch die extraverbale Situation und die Intonation bedingte verbale Gewebe ist, welches die gesprochene Sprache darstellt.«[49] Auch wenn Merkmale der gesprochenen Sprache sehr zahlreich übernommen werden, können sie die schriftsprachlichen Strukturen nie ganz verdrängen, »allein schon deshalb nicht, weil ein literarischer Text auch im äußersten Falle nicht gesprochene Sprache, sondern Abbildung des Gesprochenen im Geschriebenen ist.«[50]

Schon die aus dem Textzusammenhang herausgelösten Beispiele lassen erkennen, daß Horváth die Elemente der gesprochenen Sprache als bewußtes Stil- und Erzählprinzip verwendet. Wir werden zudem zeigen, daß sie vielfach mit Elementen anderer Stilebenen kombiniert sind und dadurch eine durchaus eigenwillige Färbung erhalten.[51]

Darüber hinaus kann auch die besondere Verteilung als ein Indiz für den reflektierten Einsatz betrachtet werden. In einigen, auch frühen Werken ist der Einfluß der spontanen mündlichen Rede kaum spürbar, so zum Teil in den *Sportmärchen*, in denen Horváth eine sehr knappe, hochstilisierte Erzählsprache benützt, oder in Erzählungen wie *Amazonas* (eine »romantische Novelle«) und *Die Versuchung*, die von einem pathetischen Ton getragen sind. Am stärksten von der Struktur der gesprochenen Sprache geprägt sind der frühe Roman *Der ewige Spießer* und die Erzählungen *Der Stolz Altenaus, Das Märchen vom Fräulein Pollinger, Das Fräulein wird bekehrt, Vom kleinen Beamten, Der Tod aus Tradition, Geschichte einer kleinen Liebe, Mein Onkel Pepi, Lachkrampf, Wer den Pfennig nicht ehrt, ist des Talers nicht wert, Das Märchen in unserer Zeit*. Die beiden späten Romane nehmen in diesem Zusammenhang eine gewisse Sonderstellung ein.[52] Das heißt nicht, daß die untersuchten lexikalischen und syntaktischen Kriterien nicht auch in ihnen zu finden wären – in *Jugend ohne Gott* und *Ein Kind unserer Zeit* gibt es zahlreiche umgangssprachliche Wendungen und »unvollständige Sätze«, auch die Tendenz zur Aufspaltung und Reihung der Gedanken und zur parataktischen Fügung ist klar erkennbar – aber sie sind durch eine andere Erzählsituation bedingt[53] und haben daher andere Funktion und Wirkung.

Die Behauptung von der engen Verbindung zwischen Geschichtenerzähler und Autor, die den Ausgangspunkt der Betrachtungen bildete, muß also etwas differenziert werden. Die Spontaneität des Erzählens resultiert bei Horváth im wesentlichen daraus, daß er, wie Boelke schreibt, nach »wirklichkeitsnaher Diktion« strebt[54], daß er versucht, die Situation im Text lebendig zu erhalten. Damit ist aber nicht gesagt, daß er »stilistisch oft genausowenig Abstand und Bewußtheit der Sprache gegenüber hat wie die sich ausplappernden Menschen seiner Stücke«.[55] Horváth bleibt Geschichtenerzähler auch beim Schreiben, indem er bei aller Stilisierung das Erzählte auf das Erlebte zurückführt.

3. Erzählsituation

Die These vom Geschichtenerzähler Horváth darf, auch wenn sie den Anstoß zur Untersuchung charakteristischer Erzählmerkmale gab, nicht überstrapaziert werden. Es wäre einseitig, wollte man den Autor ganz auf dieses Bild reduzieren. Es hieße zudem, seine schriftstellerische Arbeit zu ausschließlich auf biographische Hinweise zurückzuführen. Die Untersuchung der Erzählformen muß daher ergänzt werden durch eine textimmanente Analyse, in der der Erzähler nicht als literarische Person, sondern als strukturale Größe zu betrachten ist.

Die Rolle des Erzählers in der epischen Dichtung stellt ein literaturtheoretisches Problem dar, das immer wieder analysiert und ansatzweise systematisiert wurde. In Deutschland beschrieb Franz K. Stanzel die »typischen Erzählsituationen«[56]; in der angloamerikanischen Literaturwissenschaft behandelte Percy Lubbock die Frage des »point of view in fiction«[57]; in Frankreich arbeitete Jean Pouillon eine »théorie de vision« aus[58], und in der russischen Dichtungstheorie wurde das Problem im Rahmen der Theorie des »skaz« untersucht.[59] Die verschiedenen Darstellungen sollen hier nicht diskutiert werden, da sich die folgende Beschreibung auf eine neuere Theorie stützen möchte, die konsequenter als alle bisherigen Arbeiten den Ansatz der strukturellen Linguistik durchführt: »Die Typologie des Erzählers« von Lubomír Doležel.[60]

Doležel schlägt »eine neue Methode und eine neue Klassifikation im streng strukturalen Sinn« vor.[61] Er geht bei seiner Typologie von rein formalen Gesichtspunkten aus und stellt zwei entgegengesetzte Texttypen einander gegenüber: Texte mit einem Sprecher (S-Texte) und Texte ohne einen Sprecher ($\bar{S}$-Texte). S-Texte unterscheiden sich von $\bar{S}$-Texten durch binäre distinktive Merkmale, die die Frage des Personensystems, des Zeitsystems, der Deixis, der Allokution, des subjektiven Aspekts und des personalen Stils betreffen. S-Texte entfalten das System der drei grammatischen

Personen und der drei Zeiten, sie drücken den Bezug zur Raum-Zeit-Position des Sprechers und den direkten Kontakt zum Hörer aus, sie sind durch eine subjektive Beziehung des Sprechers zu den erzählten Ereignissen und durch einen persönlichen Erzählstil charakterisiert. $\bar{S}$-Texte zeichnen sich durch das Fehlen dieser Merkmale bzw. durch entgegengesetzte Merkmale aus. Doležel berücksichtigt weiterhin, daß es zwei Arten von Sprechern gibt: Erzähler (Sn-Texte) und Charaktere (Sc-Texte). Die verschiedenen Erzähltypen resultieren aus sogenannten Neutralisierungsoperationen, bei denen positive (1) und negative (0) Werte der Merkmale vermischt und kombiniert werden. Doležel unterscheidet sechs Erzähltypen und ordnet sie in folgendes Schema:[62]

	System d. drei Pers.	System d. drei Zeiten	deixis	Allokution	subj. Aspekt	person. Aspekt
auktor. erste P.	1n	1n	1n	1n	1n	1n
erste P. d. Beobacht.	1n	1n	1n	0	0	0
rhetor. dritte P.	0	0	1n/0	1n/0	1n/0	1n/0
objekt. dritte P.	0	0	0	0	0	0
subjekt. dritte P.	0	0	1c/0	1c/0	1c/0	1c/0
personale erste P.	1c	1c	1c	1c	1c	1c

Die Analyse der Erzählsituationen in Horváths Prosatexten soll von der Basis obiger Typologie ausgehen. Die sechs genannten Unterscheidungskriterien erlauben u. E. eine relativ genaue Beschreibung der häufig wechselnden Erzählperspektiven in Horváths Werken. Doležels Schema scheint flexibel genug, da die abgeleiteten Typen als »Übergangsfelder« angesehen werden, »die durch ein labiles Gleichgewicht zwischen positiven und negativen Werten der jeweiligen Merkmale charakterisiert sind.«[63]

Die *Sportmärchen* sind keine Märchen im herkömmlichen Sinn, wenn sich auch Horváth sprachlich zum Teil stark an die Märchentradition anlehnt. Boelke ordnet sie der Parabelform zu.[64] Damit wird schon deutlich, daß sie formal eine Sonderstellung in

Horváths Werk einnehmen. Sie nähern sich dem Typ der objektiven Erzählung an, dem Typ der Texte ohne Sprecher, die bei Doležel nur negative Merkmalwerte aufweisen. Der Erzähler steht ganz im Hintergrund, er verhält sich neutral, passiv. Auch der Raum-Zeit-Bezug wird nicht aktualisiert. Das Präteritum-Morphem in »es war einmal« ist in zeitlicher Hinsicht irrelevant. Es verweist nicht auf eine »faktische Vergangenheit« des Erzählten, sondern signalisiert eine »Nicht-Aktualität«, die noch durch die Unbestimmtheit des Zeitadverbs »einmal« unterstrichen wird.[65] Eine Erzählung »ohne Erzähler« ist, so Butor, »ein stabilisierter Bericht, der sich nicht mehr substantiell verändert, wer ihn uns auch erzählen mag und zu welchem Zeitpunkt.«[66]

Die objektive, neutrale Erzählhaltung wird in den *Sportmärchen* allerdings nicht immer durchgehalten. Der Erzähler wendet sich einigemale an den Leser und bezieht ihn in das Erzählte mit ein:

»unser Kletterer« (5, 29)
»Seht ihr« (5, 42)
... denn sie sind derart winzig leicht, daß sie in der Luft klettern, wie wir, beispielsweise, in einem Kamin. (5, 49)

Oder er tritt einen Moment hinter seine Figuren und Objekte zurück:

Erst zuhause ... sah er sich endlich um: ob es vielleicht der dicke Karl ist mit dem er die Schulbank teilt und der ihn nie in Ruhe läßt – aber es war nur ein dürres Blatt ... (5, 30 f.)
Auf das sichere Auftreten des bisher (über die Achsel) Angesehenen hin wurd der Große doch etwas stutzig und blätterte stirnrunzelnd in seinem Gipfelbuche und – oh, Graus! –: Namen, Namen zehntausende! (5, 38)

Die Werte für die Merkmale Allokution, subjektiver Aspekt und personaler Stil sind also nicht ausschließlich negativ, sondern enthalten kleine »Dosen« von positiven n- und c-Anteilen. Diese Dosen sind allerdings so gering, daß der Eindruck erzählerischer Geschlossenheit nicht gestört wird.

Anders verhält es sich mit dem Erzählrahmen, in den einige »Märchen« eingebettet sind. Dieser verrät deutlich, im Gegensatz zum Märchen selbst, die Person des Erzählers und gehört damit zum Typ der »rhetorischen Erzählung«. *Über das Meer* ist eingeleitet durch eine ungewöhnliche Erzählformel, die sich direkt an den Leser richtet: »Sowohl noch nie als auch schon oft habt ihr folgende Geschichte gehört:« (5, 45) Das Märchen *Vom artigen*

Ringkämpfer beginnt mit einer allgemeinen Stellungnahme: »Manche Menschen besitzen das Pech, zu spät geboren worden zu sein. Hätte zum Beispiel unser Ringkämpfer . . .« (5, 35), und das Gegenstück *Vom unartigen Ringkämpfer* setzt mit einer sehr subjektiven Wertung ein: »War das ein unartiger Ringkämpfer! Wie der kratzte, pfauchte, biß und schlug!« (5, 36)

Noch stärker als die Erzählanfänge spiegeln die Erzählschlüsse die »linguistische Persönlichkeit des Sprechers«.[67] »War das ein Optimist!!« (5, 29), so kommentiert Horváth den waghalsigen Kletterer, der noch während des Sturzes seinen Gefährten nachruft: »Nachkommen! Sicherer Stand!« (5, 29) Die Geschichte von den Zwillingsschwergewichten, die sich zeit ihres Lebens gegenseitig vernichten wollen und von denen dann das eine nach 90 Jahren vergeblichen Kampfes an einer Erkältung stirbt, deutet er mit folgenden Worten: »Was ist das? Ein Punktsieg.« (5, 39) »Denn Leben heißt Kurven nehmen« (5, 44), »Denn die Nächte gehören den Abgestürzten« (5, 48), so resümiert Horváth die Erzählungen *Vom wunderlichen Herrn von Bindunghausen* und von der *Begegnung in der Wand.* In diesen sprachlich einfachen, aber gedanklich sehr konzentrierten und prägnanten Schlußsätzen liegt u. E. die größte Stärke der *Sportmärchen.*

Der ewige Spießer gehört zur Gruppe der Er-Erzählungen. Doležel unterscheidet drei Typen: die objektive Erzählung, in der sich der Erzähler neutral verhält; die rhetorische Erzählung, in der der Erzähler in die Geschichte mit einbezogen ist; die Erzählung in der subjektiven dritten Person, die durch das »Eindringen von Rede-›Signalen‹ der Charaktere« gekennzeichnet ist.[68]

Horváths erster Roman kann keinem dieser Erzähltypen eindeutig zugeordnet werden. Charakteristisch ist gerade die Unmöglichkeit, den Standpunkt des Erzählers zu fixieren. Dafür gibt es zwei Gründe: einmal wechselt die Erzählperspektive sehr häufig und unvermittelt (manchmal sogar mitten im Satz), und zum anderen ist es oft äußerst schwierig, den Erzähler von den Figuren abzugrenzen.

Der objektive, neutrale Erzähler, der »die Funktion einer reinen Objekt-Linse, einer photographischen Kamera oder eines exakt registrierenden wissenschaftlichen Apparates« hat[69], begegnet im *Ewigen Spießer* kaum, und wenn, dann nur in kurzen Passagen und meist nicht in reiner Form.

Auf den Feldern wurde gearbeitet, auf den Weiden stand das Vieh, am Waldrand das Reh, und nur die apostolischen Doppelkreuze der Überlandleitungen erinnerten an das zwanzigste Jahrhundet. Der Himmel war blau, die Wolken weiß und bayerisch barock. (5, 175)

Für einen Augenblick hat der Leser den Eindruck, als sitze er selbst im fahrenden Zug und beobachte die vorbeiziehende Landschaft.[70] Doch schon im folgenden Abschnitt wechselt die Perspektive; nun ist es wieder Kobler, der aus dem Fenster sieht.

So näherte sich der D-Zug der südlichen Grenze der Deutschen Republik. Zuerst ist er an großen Seen vorbeigerollt, da sind die Berge am Horizont noch klein gewesen. Aber jetzt wurden die Berge immer größer, die Seen immer kleiner und der Horizont immer enger. Und dann hörten die Seen ganz auf, und ringsherum gabs nur mehr Berge. Das war das Werdenfelser Land. (5, 175)

Ein objektiver Erzählbericht scheint zunächst auch die Stierkampfszene im ersten Teil des Romans zu sein. (5, 229 f.) Vom Erscheinen des Stiers in der Arena bis zum Todesstoß werden alle Stadien des Kampfes detailliert beschrieben. Am Anfang deutet nur eine gewisse Ungenauigkeit in der sprachlichen Bezeichnung darauf hin, daß der Kampf aus der Sicht Koblers, Schmitz' und Rigmors geschildert ist:

In der Arena standen jetzt nur drei Herren mit roten Mänteln und ohne Waffen. (5, 229)

Dann mehren sich die sprachlichen Anzeichen, die die Spannung und Anteilnahme der Zuschauer verraten:

»endlich«, »natürlich«, »plötzlich«;
... aber das Tier griff ihn nicht an, es war halt schon sehr geschwächt durch den starken Blutverlust und all die Qual. (5, 230)

Auf dem Höhepunkt des Kampfes verdichten sich neutrales Berichten und subjektives Erleben zum poetischen Bild:

Und in dieser gespannten Stille hörte man plötzlich jemand weinen – das war der Stier, traurig und arm. Aber unerbittlich näherte sich ihm der Tod und schlug ihm mit seinem Tuch scharf über die verweinten Augen – da riß sich das Tier noch mal zusammen und rannte in das Schwert. Aus seinem Maule sprang sein Blut, es wankte und brach groß zusammen mit einem furchtbar vorwurfsvollen Blick. (5, 231)

Im Gegensatz zum objektiven Erzählen lassen sich die verschiedenen Formen des Erzählens in der rhetorischen dritten Person

sehr zahlreich belegen. Drei Funktionen übernimmt hier der Erzähler. Als strukturaler organisierender Faktor bestimmt er die Auswahl und Anordnung des Geschehens, d. h.:
er setzt Anfang und Ende der Geschichte:

Und so fing sie bereits an, nur an das Böse in der Welt zu glauben, aber nun sollte sie ein Beispiel für das Vorhandensein des Gegenteils erleben, zwar nur ein kleines Beispiel, aber doch ein Zeichen für die Möglichkeit menschlicher Kultur und Zivilisation. (5, 263)
Und jetzt ist die ganze Geschichte aus. (8/577),

er lenkt den Ablauf des Erzählten:

Doch lassen wir nun diese historisch-soziologischen Skizzen und kehren wir zurück in die Gegenwart, und zwar in die Schellingstraße. (5, 157),

er stellt thematische und zeitliche Bezüge her:

Als jener gesalbte Lüstling im Antiquariat über die heilige Agnes sprach, betrat Agnes Pollinger den fünften Stock des Hauses Schellingstraße 104 . . . (8, 519),

er deutet voraus, greift zurück und faßt zusammen:

Aber die Großmama sagte: »Er lügt.«
Jedoch die Großmama sollte sich täuschen . . . (5, 276)
». . . So, und jetzt fahr ich zu meinem Bruder nach Brescia!« Dies war jenes Brescia, wo einst die Frau Perzl aus der Schellingstraße ein Drittel Windmühle geerbt hatte. (5, 188)
Kurz: er war einer jener »Spitzen der Gesellschaft, die sich in ihren eigenen Autos bei AML Rendezvous geben« . . . (8, 533)

Er begleitet das Geschehen als Kommentator,
indem er den Leser ausdrücklich auf die Bedeutung einer Situation hinweist:

Und nun geschah etwas Mysteriöses. (5, 182)
So kam alles, wie es kommen sollte . . . (5, 261),

indem er allgemeine Schlußfolgerungen zieht:

Aus Liebe tun sich ja heut nur noch die Kinder was an! (5, 253),

indem er das Gesagte erläutert und begründet:

Seit vorgestern wohnte Anna nicht mehr bei ihrer Tante in der Schellingstraße, sondern in der Nähe des Goetheplatzes, und das kam so: . . . (5, 262),

indem er das Erzählte nachträglich differenziert und korrigiert:

Natürlich kam keiner, denn freilich war auch auf jener Redoute nicht alles so, wie es die Großmama gerne sah. (8, 569)
So war es natürlich nicht wahr, daß er Agnes derart selbstlos die Stellung als Hetäre im Opiumrausch beschaffte. (8, 509)

Er bezieht den Leser in das Geschehen mit ein und verweist damit ausdrücklich auf das allgemeine semiologische Gesetz, nach dem Sender und Empfänger einer Aussage stets gemeinsam auftreten:[71]

Kennt ihr das Märchen von Fräulein Pollinger? Vielleicht ist noch einer unter euch, der es nicht kennt, und dann zahlt sichs ja schon aus, daß ihrs alle nochmal hört. Also: . . . (5, 168)

Diese Beispiele verraten alle den bewußt gestaltenden, allwissenden Erzähler, der über dem Geschehen steht, es überschaut und ordnet. Sie sind Ausdruck der Distanz zwischen Erzähler und Erzähltem. So aus dem Textzusammenhang herausgelöst und aneinandergereiht ergeben die Zitate jedoch ein einseitiges, trügerisches Bild. Die Erzähldistanz wird im *Ewigen Spießer* immer wieder dadurch aufgehoben, daß der Erzähler ganz von der Bildfläche verschwindet, hinter das Geschehen zurücktritt und das Feld seinen Figuren überläßt (so vor allem bei den zahlreichen Gesprächen). Um mit den Worten Doležels zu sprechen, die positiven n-Werte werden durch positive c-Werte relativiert. Es werden Merkmale kombiniert, die zunächst unvereinbar erscheinen.

Es gibt Textstellen, die zeigen, wie bewußt Horváth die zwei entgegengesetzten Perspektiven verbindet:

Aber als er nun an dem Fenster stand, wurde er halt wieder abgelenkt, und zwar diesmal durch Gottes herrliche Bergwelt, wie der Kitsch die seinerzeit geborstene Erdkruste nennt. (5, 180)

Die Natur erscheint Kobler als »Gottes herrliche Bergwelt«, der Erzähler übernimmt dieses Klischee, um es im selben Augenblick als Kitsch zu entlarven. »Das Signal der Tatsachenbewertung«[72] wird von der Romanfigur gesetzt, gleichzeitig aber vom Erzähler kommentiert.

Noch deutlicher ist das Zusammenstoßen von Erzähler-Perspektive und Charakteren-Perspektive, wenn der Erzähler die Worte einer Figur aufgreift oder wenn, umgekehrt, die Figur die Worte des Erzählers übernimmt:

»Ein wunderbarer Notsitz! Ein gepolsteter Notsitz! Der absolute Notsitz! Kaufs, du Rindvieh!« Das Rindvieh kaufte es sogleich ... (5, 150)
Zwar hätte sie der Herr Reithofer niemals für eine Solche gehalten, und drum schwieg er nun eine ganze Zeit. »Also eine Solche bist du«, sagte er dann leise ... (5, 268)[73]

Gelegentlich greift der Erzähler auch erläuternd in die Rede seiner Figuren ein:

Und dann setzte er ihm noch rasch auseinander, daß er sich an seiner (Koblers) Stelle eigentlich nicht beklagen würde, denn er (Kobler) hätte ja nun nicht sein ehrlich erworbenes Geld nicht nur für einen großen Dreck ausgegeben ... (5, 236)

Nicht immer sind allerdings Erzählerstandpunkt und Figurenstandpunkt so klar voneinander zu trennen. Häufig vollzieht sich der Wechsel allmählich, die Übergänge verschwimmen:

Als der Kastner sie verließ, kam sie sich noch immer nicht klarer vor. Sie hatte ihm zwar das Ehrenwort gegeben, daß sie sich morgen zum Achner begeben wird, denn zehn Mark sind allerhand Schnee. Und das Modellstehen wäre doch etwas absolut Ordentliches, das wäre ja nur ein normaler Beruf. Aber das »Praktischwerden« – das war ein folgenschwerer Rat, das wollte noch genau überlegt sein. Denn rasch kommt ein armes Mädchen auf die schiefe Bahn, und von dort kommt keine mehr zurück. (5, 246 f.)

Oft ist nicht mehr zu unterscheiden, wer beobachtet und spricht, Erzähler oder Figur:

Hier wurde aber Kobler von Schmitz energisch unterbrochen, denn es mißfiel ihm im höchsten Grade, daß diese Rheinländerin dem Kobler seine schweinischen Filme seinen prominenten Freunderln vorzog ... (5, 219)
Wenn er heute an diese Zeit zurückdenkt, muß er sich direkt anstrengen, um sich erinnern zu können, wovon er meistens eigentlich gelebt hatte. Meistens ist er ja nur gerade noch durchgerutscht durch die Schlingen, die uns das Leben stellt. (5, 199)

Der Erzähler schlüpft so weit in die Rolle der Charaktere, daß er das Geschehen nicht nur mit ihren Augen wahrnimmt, sondern auch seine Sprache der ihren angleicht. Das Wörtchen »uns« im letzten Beispiel ist Ausdruck dieser Identifikation. Die Unbefangenheit der Sprache seiner Figuren gegenüber spiegelt Horváths Verhältnis zu ihnen selbst. »Er nimmt jede wie sie ist, er ergreift in keiner Weise Partei, er läßt jede gegen jede recht haben, ohne selbst je ein Urteil zu fällen ... Horváth identifiziert sich mit ihrer

Wirklichkeit und hält sich doch ganz aus ihr heraus«, schreibt Urs Jenny.[74]

Der ewige Spießer enthält, wie wir gesehen haben, Merkmale der objektiven Erzählung, der Erzählung in der rhetorischen dritten Person und der in der subjektiven dritten Person. Interessant sind weniger diese Merkmale selbst und die verschiedenen Formen, in denen sie auftreten; interessant ist vielmehr ihr Zusammenwirken im Text. Dieses Zusammenwirken erklärt die eigentümliche und für Horváth typische Mischung von bewußter Gestaltung und unmittelbarer Darstellung. Es ist richtig, daß Horváth, wie Jenny sagt, seine Figuren kaum lenkt, sondern von ihnen gelenkt wird; gleichzeitig gilt aber auch das Umgekehrte. Wie spontanes Erzählen bei Horváth bewußtes Erzählen nicht ausschließt, so ist die allwissende, distanzierte Perspektive vereinbar mit der subjektiven, unmittelbaren Perspektive.

Horváths Romane *Jugend ohne Gott* und *Ein Kind unserer Zeit* sind beide in der Ich-Form geschrieben und unterscheiden sich formal damit von dem frühen Roman *Der ewige Spießer*. Wie bei der Er-Erzählung führt Doležel auch bei der Ich-Erzählung drei verschiedene Erzählperspektiven auf: die auktoriale erste Person, die erste Person des Beobachters und die personale erste Person. Die auktoriale Erzählung in der ersten Person kann hier von vornherein ausgeschlossen werden, da sie in der modernen Literatur so gut wie nicht vorkommt (sie ist typisch für die mittelalterliche Prosa). Hauptunterscheidungsmerkmal zwischen dem Typ des Beobachters und dem Typ des persönlichen Erzählers ist, nach Doležel, das Maß an Aktivität bzw. Passivität des Erzählers. Dem passiven beobachtenden Erzähler steht der aktive persönliche Erzähler gegenüber.

Die beiden Romane Horváths gehören zum Typ der persönlichen Erzählung, dem Typ, der im Schema bei allen Merkmalen positive c-Werte aufweist. In dieser Form des Ich-Romans ist der Erzähler selbst die Hauptfigur, die von ihrem Leben berichtet, das sie als Objekt betrachtet. Das erzählende Ich ist also zugleich das erlebende, handelnde Ich.[75] Protagonist und Schriftsteller treffen in einer Person zusammen. Dieser Doppelrolle des Ich entsprechen zwei verschiedene Erzählstandpunkte: das erlebende Ich sieht die Welt aus seiner persönlichen Perspektive, das erzählende Ich, das auf das Erlebte zurückblickt, berichtet aus der Distanz.[76]

Wendet man diese theoretischen Überlegungen auf die Romane Horváths an, so wird klar, daß er sich auch in diesem Punkt einer Einordnung in literaturwissenschaftliche Schemata entzieht. Da man seine Werke nicht mit normativen Kategorien beschreiben kann, gilt es wieder, wie auch beim *Ewigen Spießer*, Abweichungen und Übergangsformen herauszustellen.

In *Jugend ohne Gott* und *Ein Kind unserer Zeit* ist das Ich in erster Linie erlebendes Ich. Der Leser erfährt die Geschichte des Lehrers und des Soldaten so, wie diese sie selbst erfahren, unmittelbar und aus nächster Nähe. Seiner Ungewißheit über den Ausgang des Romans entspricht ihre Ungewißheit über ihre persönliche Zukunft.

Mit einem Wort: man kennt sich nicht aus, und wer kann es wissen, was noch alles kommt? Ich nicht. (6, 445)
Ja, hier wohnst du. Ich bin am Ziel.
Auf dem Zettel steht im dritten Stock. Hinter welchem Fenster? Ich weiß es noch nicht – (6, 492)

Auf den Akt des Niederschreibens wird mit keinem Wort ausdrücklich eingegangen. Er ist als Problem völlig ausgeklammert. Der Roman *Ein Kind unserer Zeit* setzt sich sogar über das naheliegendste Gesetz literarischer Wahrscheinlichkeit hinweg: der Tod des erlebenden Ich und das Ende der Ich-Erzählung fallen nicht zusammen; der Soldat erzählt über seinen Tod hinweg. Erst in den letzten Sätzen des Romans geht die Ich-Perspektive fast unmerklich in die Er-Perspektive über.

Die Mutter wagt nicht mehr herzuschauen, aber das Kind kann sich kaum von mir trennen. Immer wieder dreht es sich um und schaut mich mit seinen runden Augen neugierig an.
Schau nur, schau!
Es sitzt ein Schneemann auf der Bank, er ist ein Soldat. (6, 514)[77]

Obwohl in beiden Romanen das Problem des Erzählens thematisch und sprachlich ignoriert wird, ist auch bei Horváth das »erinnerte Ich« in gewisser Weise vom »erinnernden Ich« abhängig.[78] Diese Abhängigkeit offenbart sich bezeichnenderweise dann, wenn der Prozeß des Sich-Erinnerns gestört ist.

Es ist eine Frau – aha. Sie schläft. Bist du blond, schwarz, braun, rot? Ich erinnere mich nicht. (6, 298)
Ich salutiere leicht und gehe auch fort.
Kehrt euch!

An den Buden vorbei bis in die innere Stadt – rasch oder langsam, ich weiß es nicht mehr. (6, 429 f.)

Sie zeigt sich auch überall dort, wo das Ich die begrenzte Perspektive des Erlebenden verläßt und von einem übergeordneten Standpunkt aus das Geschehen vermittelt. Die Unwissenheit des erinnerten Ich wird durch die Kenntnisse und Erfahrungen des erinnernden Ich aufgehoben. Die Ich-Erzählung unterscheidet sich hier nicht prinzipiell von der Er-Erzählung. Wie der Erzähler im *Ewigen Spießer* vermögen z. B. auch der Lehrer und der Soldat »in die Zukunft zu sehen«.

Bald sollte ich es erfahren, daß ich mich nicht getäuscht hatte. (6, 286)
Ich sollte sie noch einmal wiedersehen, die Witwe meines Hauptmanns, wenn auch in einer ganz anderen Angelegenheit. (6, 463)

Andererseits verschiebt sich in der Erinnerung die tatsächliche Chronologie des erlebten Geschehens. Dem zweiten Besuch des Soldaten bei der Witwe des Hauptmanns, den die zuletzt zitierte Textstelle andeutet, gehen folgende Ereignisse voraus: Am Tag nach der ersten Begegnung mit der Witwe stellt der Militärarzt fest, daß der zerschossene Arm des Soldaten nicht mehr zu heilen ist; der Soldat muß daraufhin endgültig das Militär verlassen; er kehrt zu seinem Vater zurück, der ihm rät, die Witwe des Hauptmanns aufzusuchen und um Protektion zu bitten; drei Wochen später steht der Soldat wieder, wie beim ersten Besuch, auf dem Vorortbahnhof und kurz darauf vor dem Haus der Witwe. In der Erzählung wird das Geschehen in folgender Reihenfolge vermittelt: An den Hinweis auf die zweite Begegnung mit der Witwe schließt sich die kurze Szene auf dem Vorortbahnhof an; es wird erklärt, daß der Vater schuld sei, daß der Soldat noch einmal den Zug genommen habe; der Leser erfährt dann von den Folgen der ersten Nacht bei der Witwe: der Zustand des Arms hat sich so verschlechtert, daß der Soldat den Dienst quittieren muß; er sucht daraufhin seinen Vater auf. Den Kern des Kapitels bildet das lange Gespräch zwischen Vater und Sohn, das mit dem Rat des Vaters schließt, die Hilfe der Witwe in Anspruch zu nehmen. Der letzte Abschnitt des Kapitels beginnt mit den Worten: »So kam es, daß ich wieder zur Witwe meines Hauptmanns hinausfuhr.« (6, 472) In der Erzählung des Soldaten tritt der tatsächliche Geschehnisablauf in den Hintergrund. Er wird von der subjektiven Chronologie überlagert, die durch die zeitliche Distanz bedingt ist und die den einzelnen Situationen ihren spezifischen Stellenwert im Gesamtzusammenhang der Ereignisse erteilt.

Der Aufbau des Kapitels verrät also die Präsenz eines bewußt gestaltenden Erzählers. Er verweist auf das dialektische Verhältnis von erinnertem und erinnerndem Ich. In den einzelnen Szenen ist diese doppelte Perspektive jedoch wieder ganz auf die Perspektive des erlebenden Ich reduziert, auf das Ich, das nicht weiß, was die Zukunft bringt.

Zwar darf ich die Uniform noch tragen, doch nimmer lang. Nur als Übergangsmaßnahme –
Ich weiß es noch nicht, was nun kommen soll. (6, 464)

Die Betrachtung über die Beziehung zwischen erlebendem und erzählendem Ich in den Romanen Horváths führt zurück zu einem grundsätzlichen Problem der Ich-Erzählung, zu dem der Funktion des »ich«.

Das Pronomen »ich« gehört zu den Zeigewörtern, d. h. es kann seine volle Funktion nur in einer Sprechsituation ausüben. Der Sprecher, der das Wort »ich« ausspricht, verweist dadurch auf sich selbst. Im Text dagegen verweist »ich« nur auf den Verfasser des Textes. Wenn nun zudem die Verfasserschaft nicht ständig betont wird, wenn sich das »ich« nicht in jedem Satz auf das Hier und Jetzt des Schreibakts bezieht, dann hat es seine Bedeutung als Zeigewort eingebüßt. »Demgemäß haben wir beim Personalpronomen *ich* einen Schwund tatsächlicher Funktion zu verzeichnen, der im Extrem die Bedeutung von *ich* auf die einer Eigennamenschablone ohne Hinweiskraft in der Redesituation reduzieren kann«, schreibt F. W. Zimmermann.[79] Damit wird auch der »kategoriale Unterschied« zwischen Ich-Erzählung und Er-Erzählung, den vor allem Käte Hamburger hervorhebt, hinfällig.[80]

Diese theoretischen Überlegungen berühren auch die Problematik der Erzählzeit, die ja stets dort ausgelöst wird, wo erzählte Welt und Welt, in der erzählt wird, zusammentreffen. Lämmert unterscheidet im Ich-Roman parallel zur Doppelfunktion des Erzählers zwei verschiedene Zeitebenen: Handlungsgegenwart und Erzählgegenwart.[81] Diese Unterscheidung hat aber nur dann systematische Wichtigkeit, wenn sich das Vergangensein der Ich-Geschichte auf die Gegenwart des Erzählaktes bezieht. Dies ist aber nicht der Fall, sobald das »ich« seine eigentliche Funktion, nämlich auf den Verfasser des Textes zu verweisen, nicht ausdrücklich wahrnimmt. So kommt auch dem Präteritum und dem Präsens nicht mehr die Aufgabe zu, die zwei Erzählebenen zu kennzeichnen. Sie werden nur mehr innerhalb der Ich-Geschichte zur Hervorhebung der relativen Chronologie verwendet. Die These von Käte Hamburger, das Präteritum in der Ich-Erzählung habe im Gegensatz zum Präteritum in der Er-Erzählung seine »echte Vergangenheitsfunktion« bewahrt, ist folglich nicht aufrechtzuhalten.[82]

Wie in den beiden Horváth-Romanen erlebendes und erzählendes Ich nicht klar getrennt werden können, so lassen sich auch Handlungs- und Erzählzeit nicht eindeutig scheiden. Die Erzählgegenwart wird als eigenständige Zeitebene nicht realisiert. Die Erzählzeiten, Präsens und Präteritum, beziehen sich beide auf die eigentliche Ich-Geschichte. Auffallend ist jedoch, daß sie nicht, wie zu vermuten wäre, systematisch dazu eingesetzt werden, die einzelnen Erzählphasen zu markieren. Sie haben mit den »physikalischen« Zeiten der Erzählhandlung wenig zu tun.

In *Jugend ohne Gott* überwiegt, quantitativ gesehen, das Präsens. Während in den ersten Kapiteln des Romans Präsens und Präteritum abwechseln, beherrscht das Präsens den zweiten Teil fast ausschließlich. Es wird nur gelegentlich von Präteritum-Einschüben unterbrochen. Annäherungsweise läßt sich sagen, daß der Ich-Erzähler das Präteritum bevorzugt, um geschlossene Handlungsabläufe darzustellen, daß er dagegen das Präsens verwendet, um Gedanken und Reflexionen zu vermitteln. Ganz im Präteritum abgefaßt ist z. B. das Kapitel *Der Tormann*, das eine selbständige Erzähleinheit bildet.[83] Bezeichnenderweise ist der Lehrer hier auch mehr Beobachter als Handelnder oder Erlebender. Sein Ich tritt für eine Weile vollkommen in den Hintergrund, und der Text ist formal nicht von einer Er-Erzählung zu unterscheiden.

Parallel zu dieser groben Einteilung sind im ganzen Roman Zeitenwechsel zu beobachten, die einer zusätzlichen Erklärung bedürfen. Sie haben im wesentlichen zwei Funktionen. Der Übergang vom Präteritum zum Präsens dient der Vergegenwärtigung des Geschehens. So z. B. in der Szene, die die Suche des Lehrers nach dem Brief des Z beinhaltet:

> In dem Kästchen lagen Briefe, Postkarten und ein grüngebundenes Buch – »Mein Tagebuch«, stand da in goldenen Lettern. Ich öffnete es. . . . Dann kamen die ersten Eintragungen, etwas von einem Christbaum – ich blätterte weiter . . . und hier, hier liegt der Brief! Er ist es! (6, 328 f.)

Im folgenden Beispiel wird das Wechselspiel von Bericht und Darstellung, die verlebendigende Wirkung des Präsens noch durch das deiktische Zeitadverb »jetzt« unterstrichen:

Die Zeit verging.
Jetzt kommt der Z.
Er grüßt den G, und der geht.
Der Z bleibt allein. . . .
Um zirka halb drei erschien endlich das Mädel . . .
Wo kam sie her?
Sie war einfach da.
Jetzt umarmt sie ihn, und er umarmt sie. (6, 328 f.)

Wenn umgekehrt das Präteritum das Präsens ablöst, ist damit meist ein Perspektivenwechsel verbunden, der indirekt das dialektische Verhältnis von Handlungs- und Erzählgegenwart und somit auch von erlebendem und sich erinnerndem Ich sichtbar macht.

Das Verhör des Z wird vom Lehrer an einer Stelle unmittelbar erlebt und aus der Distanz kommentiert und zusammengefaßt:

Plötzlich fragt er den Z: . . .
»Bereust du deine Tat?«
Es wird sehr still im Saal.
»Ja«, meint der Z, »ich bereue sie sehr.«
Sie klang aber unecht, die Reue.
Das Verhör wandte sich dem Mordtag zu.
Die Einzelheiten, die bereits jeder kannte, wurden abermals durchgekaut.
»Wir sind sehr früh fortmarschiert«, erzählt der Z . . . (6, 353)

Eine ähnliche Aufspaltung des Erzähler-Ich zeigt sich in der Geständnisszene des Lehrers:

Der Präsident will mich schon entlassen, da falle ich ihm ins Wort: . . . »Ich war es, der das Kästchen mit einem Draht öffnete.«
Die Wirkung dieser Worte war groß.
Der Präsident ließ den Bleistift fallen, der Verteidiger schnellte empor . . .
Und Eva?
Ich weiß es nicht.
Ich fühle nur eine allgemeine ängstliche Unruhe hinter mir. (6, 362)

Der Lehrer, der gesteht, das Kästchen des Z geöffnet zu haben, ist ganz Handelnder; der Lehrer, der die Wirkung seines Geständnisses erkennt, dagegen ganz Beobachtender. Das Präsens schlägt um in Präteritum, das erst dann wieder in Präsens übergeht, wenn die

Erzählperspektive sich verengt auf die Perspektive des Erlebenden.

Noch an einer anderen Stelle können wir beobachten, daß sich das Ich gewissermaßen von sich selbst distanziert. Der Schluß des Romans lautet:

Die Staatsanwaltschaft hat das Verfahren gegen mich niedergeschlagen, und der Z ist schon frei. Ich packe meine Koffer . . . Laß nur nichts da! Der Neger fährt zu den Negern. (6, 362)

Der Roman endet in der Perspektive des Beobachters und Vermittlers. Der letzte Satz weist damit auf den ersten Satz des Romans zurück: *Jugend ohne Gott* beginnt wie ein Tagebuchbericht mit einer Datumseintragung: »25. März« (6, 281), die im Leser das Bild eines schreibenden Ich evoziert, ein Bild, das im folgenden dann keine konkreten Formen annimmt, das aber an späterer Stelle im Roman wiederaufgenommen wird, nämlich als Bild des seine Erlebnisse niederschreibenden Z.

Was die Funktion der Tempora betrifft, so lassen sich zwischen *Jugend ohne Gott* und *Ein Kind unserer Zeit* zahlreiche Parallelen ziehen, die z. T. bis in die einzelne Textstelle zu verfolgen sind. Wie in *Jugend ohne Gott*, so deutet auch in *Ein Kind unserer Zeit* der Zeitenwechsel innerhalb eines Kapitels meist auf einen veränderten Erzählstandort hin und ist Ausdruck der dynamischen Zeitstruktur des Romans.

Und ich sage: »Eine Eintrittskarte« – es klang fast streng, und es tat mir leid. (6, 427)
Sie hat große Augen, die junge Frau, aber es waren nicht ihre Augen, nicht der Mund und nicht die Haare – ich glaube, es war eine Linie –
Doch was red ich da?! Lauter Unsinn! (6, 425)
Der Buchhalter schaut mich einen Augenblick höhnisch an und kichert. Oder schiens mir nur so? (6, 428)

Darüber hinaus zeigt *Ein Kind unserer Zeit* eine Reihe von charakteristischen Besonderheiten im Tempusgebrauch.

Die Erzählung des Soldaten informiert im Gegensatz zur Erzählung des Lehrers weniger lückenlos über den tatsächlichen Ablauf der Ereignisse. Das vordergründige Geschehen ist stärker als in *Jugend ohne Gott* von Reflexionen überlagert. Fast jede Erzählhandlung löst sich nach kurzer Zeit in Bilder, Gedanken, Assoziationen auf. Dieses Kompositionsprinzip spiegelt sich auch in der Zeitstruktur des Romans. Die verschiedenen Tempora dienen dazu, die Erzählbewegung zu kennzeichnen. Das sieht nun im Text nicht so aus, daß das Präteritum stets den Passagen mit viel Aktion und das Präsens den Passagen mit viel Reflexion zugeordnet wäre. Vielmehr wird die Aufsplitterung des Geschehens in Einzelszenen und Momentaufnahmen dadurch unterstrichen, daß jeder neue Erzähleinsatz durch einen Zeitenwechsel markiert ist. Nehmen wir als Beispiel das Kapitel *Der Hauptmann*, das den Feldzug ins benachbarte Feindesland zum Thema hat. Das Thema wird nicht chronologisch entwickelt, sondern in vier Szenen punktuell dargestellt: Aufbruch der Soldaten, Einmarsch in das feindliche Land, Festnahme unschuldiger Zivilisten, Tod des Hauptmanns. Diese Ereignisse sind an einen ganz bestimmten Zeitpunkt in der Vergangenheit gekoppelt. Das Präteritum (bzw. Plusquamperfekt) und entsprechende Zeitadverbien machen den zeitlichen Abstand deutlich.

In der Nacht zum Freitag gabs plötzlich Alarm. Wir fuhren aus dem Schlaf empor und traten an mit Sack und Pack. (6, 430)
Heimlich, als wären wir Diebe, hatten wir die lächerliche Grenze dieses unmöglichen Staatswesens überschritten. (6, 432)
Vor zwei Stunden nahmen wir fünf Zivilisten fest, die wir mit langen Messern angetroffen haben. (6, 433)
In der fünften Woche unseres Vormarsches fiel unser Hauptmann auf dem Felde der Ehre. (6, 433)

Im Bewußtsein des Soldaten vergegenwärtigt sich das Geschehen jedoch sehr rasch. An die Stelle des Präteritums tritt jeweils das Präsens. Im folgenden wird die äußere Situation dann immer stärker verinnerlicht und in Bilder und Assoziationen umgesetzt. Die Wirklichkeit der tatsächlichen Ereignisse wird überdeckt von einer Welt der Vorstellungen, von einer Welt der Schlagworte, die ihre Zeitenthobenheit dadurch bekundet, daß sie sich nicht verändert.

Einst, wenn die Zeit, in der wir leben, vorbei sein wird, wird es die Welt erst ermessen können, wie gewaltig sie gewesen ist. (6, 430)
Einst, wenn die Zeit, in der wir leben, vorbei sein wird, wird es die Welt erst ermessen können, wie friedlich wir gewesen sind. (6, 430)
Einst, wenn die Zeitungen über unseren Kampf wirklichkeitsgetreu berichten dürfen, dann werden sich auch die Dichter des Vaterlandes besinnen. (6, 433)

Soll diese zeitlose, imaginäre Welt wieder auf die Ebene des realen Geschehens zurückgeführt werden, so muß das Erzählen auf einer anderen Stufe neu einsetzen, und es ist notwendig, diesen Standortwechsel auch formal zu kennzeichnen.

Die Tempora in *Ein Kind unserer Zeit* haben also, wie das Personalpronomen »ich«, ihre ursprüngliche Bedeutung als Zeigeformen verloren. Sie dienen weder der Hervorhebung der absoluten Chronologie, d. h. der Unterscheidung von Handlungs- und Erzählzeit, noch ausdrücklich der Kennzeichnung der relativen Chronologie der erzählten Geschichte. Indem sie das Kompositionsprinzip des Romans verdeutlichen, erfüllen sie im wesentlichen eine strukturelle Funktion. Der Tempusgebrauch unterstreicht damit, was durch die Wahl der Ich-Form bereits vorgezeichnet ist: Horváth verwendet die Ich-Form nicht in erster Linie, um den Wirklichkeitgehalt des Erzählten zu betonen – auch die Ich-Erzählung ist wie die Er-Erzählung Fiktion. Ihre Funktion liegt vielmehr in den Richtlinien, die sie der literarischen Komposition gibt. Durch die Ich-Perspektive wird das Feld des Erzählbaren von vornherein eingegrenzt. Der Erzähler berichtet, was er von sich aus weiß. Er ist nicht allwissend. Diese Restriktion ergibt sich schon durch die Thematik der Romane. Beide Romane schildern eine Kriminalgeschichte, deren Wirkung gerade auf der engen Erzählperspektive beruht. Und in beiden Werken ist der Kriminalfall Ausdruck einer inneren Wandlung des Ich-Erzählers, die sich in Form von Selbstgesprächen und inneren Dialogen darstellt.

Die Untersuchung der Erzählsituation in Horváths Prosawerken führt zu einer Fülle von Einzelbeobachtungen. Da ein gemeinsamer Nenner schwer zu finden ist, läßt sich ein Fazit zunächst nur in Form einer negativen Aussage formulieren. Horváth bindet sich nicht an vorgegebene literarische Schemata. Er greift auf bekannte literarische Formen, Märchen, Er-Erzählung, Ich-Erzählung, zurück, ohne aber ihre typischen Merkmale voll auszuschöpfen und ihre Mittel systematisch einzusetzen. Andererseits versucht er auch nicht, die übernommenen Formen grundsätzlich umzuwerten und mit neuer Bedeutung zu füllen. Er ist weder ein Systematiker noch ein Erneuerer der künstlerischen Form. Seine Eigenart und Qualität erkennt man auch hier nicht an der erzählerischen Gesamtkonzeption, sondern an der individuellen Gestaltung kleiner Texteinheiten. Wie das Detail die Geschichte bestimmt, so bestimmt der jeweilige Textzusammenhang die Erzählsituation. Mit der Wahl der literarischen Form trifft Horváth in bezug auf die Erzählperspektive keine bindende Vorentscheidung. Jeder Satz, jeder Textabschnitt, jedes Kapitel entscheidet stets neu über den Standort des Erzählers. Die Perspektive wechselt, sobald es der Gegenstand der Erzählung erfordert. Aus dem Nacheinander, man könnte fast sagen der Gleichzeitigkeit unterschiedlicher Perspektiven erklärt sich der Eindruck des Spontanen und Unkonventionellen, der vielfach für Horváth charakteristisch ist.

1974

Anmerkungen

Bei dem Beitrag von Angelika Steets handelt es sich um das 1. Kapitel (aus Teil A; S. 22-55) ihrer Dissertation an der Ludwig-Maximilians-Universität in München aus dem Jahr 1974, unter dem Titel *Die Prosawerke Ödön von Horváths. Versuch einer Bedeutungsanalyse* als Band 11 in der Reihe »Stuttgarter Arbeiten zur Germanistik« (Hg. Ulrich Müller, Franz Hundsnurscher und Cornelius Sommer) 1975 im Akademischen Verlag Hans-Dieter Heinz veröffentlicht.

Die nachfolgenden bibliographischen Hinweise wurden aufgrund der Anmerkungen und des Literaturverzeichnisses von Angelika Steets für diesen Abdruck neu zusammengestellt.

1 Der Arbeit lag die vierbändige Suhrkamp-Ausgabe (1970/71) zugrunde. Zitiert wird innerhalb dieses Textabdrucks nach der 2. verb. Auflage der achtbändigen Werkausgabe (1978). Zitate aus unveröffentlichten Manuskripten aus dem Nachlaß im Horváth-Archiv tragen den Vermerk »Ma« und die entsprechende Archiv-Nummer.

2 Franz Werfel, *Nachwort*. In: *Materialien zu Ödön von Horváth*. Hg. Traugott Krischke. Frankfurt/Main 1970, S. 132-135; hier S. 134.

3 Carl Zuckmayer, *Grabrede*. In: Ödön von Horváth, *Unvollendet* ... Eingel. und ausgew. von Franz Theodor Csokor. Graz und Wien 1961, S. 104-110; hier S. 106.

4 Zitiert bei Marcel Reich-Ranicki, *Horváth, Gott und die Frauen. Die Etablierung eines neuen Klassikers der Moderne*. In: *Über Ödön von Horváth*. Hg. Dieter Hildebrandt und Traugott Krischke. Frankfurt/Main 1972, S. 83-90; hier S. 84.

5 Brief vom 28. 11. 1957. Siehe 6, 539. Das »erste Buch« ist *Jugend ohne Gott*.

6 Alfred Polgar, *Geschichten aus dem Wiener Wald.* In: *Materialien zu Ödön von Horváth*, S. 35-37; hier S. 36. – Walter Huder, *Die ökonomische und gesellschaftliche Inflation der Existenz. Der Dramatiker Ödön von Horváth.* In: Basler Nationalzeitung, 5. 4. 1970.

7 Jenö Krammer, *Ödön von Horváth. Leben und Werk aus ungarischer Sicht.* Wien 1969, S. 57. – Jenö Krammer, *Ödön von Horváths Romane.* In: Österreich in Geschichte und Literatur 12 (1969), S. 240-251; hier S. 244. – Traugott Krischke, *Recherchen.* In: *Materialien zu Ödön von Horváth*, S. 7-17; hier S. 13. – Hellmuth Karasek, *Das Prosawerk Ödön von Horváths.* In: *Über Ödön von Horváth*, S. 79-82; hier S. 81.

8 Ulrich Becher, *Stammgast im Liliputanercafé.* In: *Materialien zu Ödön von Horváth*, S. 88-93; hier S. 91.

9 Kurt Kahl, *Der Dramatiker in der Krise.* In: *Materialien zu Ödön von Horváth*, S. 147-161; hier S. 157.

10 Klaus Mann, *Ödön von Horváth.* In: *Materialien zu Ödön von Horváth*, S. 129-132; hier S. 130.

11 Ulrich Becher, a.a.O., S. 88.

12 Die »Vorarbeiten« zu *Jugend ohne Gott* nehmen eine gewisse Sonderstellung ein. Es sind szenische Fragmente mit dem Titel *Der Lenz ist da! Ein Frühlingserwachen in unserer Zeit.* Im 2. Kapitel (»Themen und Motivstrukturen«) ihrer Arbeit behandelt Angelika Steets auf den Seiten 77 bis 79 die »Motivparallelen« von *Der Lenz ist da!* und *Jugend ohne Gott* und kommt zu dem Schluß (S. 79), daß *Der Lenz ist da!* »nicht bloß als eine Vorarbeit zu dem Roman [d. i. *Jugend ohne Gott*] anzusehen [ist], sondern als relativ eigenständiges Werk, das zahlreiche Parallelen zu *Jugend ohne Gott* zeigt und mit dem Roman eine Textgruppe bildet«.

13 Urs Jenny, *Ödön von Horváths Größe und Grenzen.* In: *Über Ödön von Horváth*, S. 71-78; hier S. 72.

14 Huder berichtet, daß Horváth, nachdem das Schema der Stücke skizziert war, diese aus Dialogteilen zusammenklebte, die er in Zettelkästen aufbewahrte. – Vgl. auch Herbert Gamper, *Die Zeichen des Todes und des Lebens. Zu bisher kaum beachteten Konstruktionselementen in Horváths vier »Fräuleinstücken«.* In: Theater heute 15 (1974), H.3, S. 1-6. Dort (S. 4) heißt es ebenfalls: »Walter Huder, der das Horváth-Archiv in Berlin betreut, teilte mit, daß Horváth, nachdem das Schema skizziert war, die Stücke aus Dialogteilen klebte, die er in Zettelkästen aufbewahrte, wo sie naturgemäß zunächst keiner bestimmten Person zugeordnet waren.« Aus dieser Information Huders folgert Gamper, diese »Arbeitsmethode reproduziert die Fatalität, unter der die realen Personen stehen«.
[Anmerkung des Herausgebers: Die Information Walter Huders ist falsch. Horváth wendete die »Collage«-Methode lediglich bei Umarbeitungen und Neufassungen seiner Stücke an. Von sg. »Zettelkästen« ist nichts überliefert. Der von Lajos von Horváth als Leihgabe an die

Akademie der Künste in Berlin übersandte Nachlaß befand sich, grob vorsortiert, in Mappen. In diesen Mappen waren auch einzelne, zu den jeweiligen Stücken gehörende Papier- bzw. Text-Streifen mit Dialogzeilen, die jedoch keineswegs willkürlich irgendwelchen Figuren oder Charakteren zugeteilt wurden.
Vgl. hierzu auch Traugott Krischke, *Ödön von Horváth. Kind seiner Zeit* München 1980, Seite 135: »Horváth hat die Gewohnheit, aus seinen Niederschriften, wenn er sie später verwirft, jene Zeilen, die ihm gut erscheinen, auszuschneiden. So sind zahllose Papierstreifen erhalten geblieben. Manche Szene wirkt wie eine fleißige Klebearbeit oder Collage. In Wirklichkeit sind diese Blätter Zeugnisse einer unermüdlichen Arbeit und Selbstkritik. Horváths Dialoge tauchen mitunter zweimal und öfter auf. Vor allem dann, wenn es sich um Sätze aus einem Stück handelt, das noch nicht zur Aufführung gekommen ist. Was gut und wirkungsvoll und vor allem charakteristisch ist, wiederholt er, ohne Scheu. Selbstzitate. Die Grundmuster seiner Charaktere erlauben das ohne Bruch.«]

15 Angelika Steets behandelt dies ausführlich innerhalb des 2. Kapitels (»Themen und Motivstrukturen«), Abschnitt 2 (»Textgruppen und Motivparallelen«), Abschnitt 2 ihrer Arbeit (S. 70-82).

16 Urs Jenny, a.a.O., S. 75. – Vgl. auch Dieter Hildebrandt, *Der Jargon der Uneigentlichkeit. Zur Sprache Ödön von Horváths*. In: Akzente 19 (1972), S. 109-123; hier S. 115: »Horváth hat gleichsam ein Universum an Milieus, Figuren, Situationen bereitgestellt, aus dem er fast fünf Jahre lang sich immer neu bedient.«

17 Unter dem Aspekt der Montagetechnik sind auch Horváths Korrekturen zu interpretieren: Horváth korrigierte nicht, um den Text gedanklich zu vertiefen oder stilistisch zu verfeinern, sondern um die an den Nahtstellen entstandenen logischen und grammatischen Unebenheiten zu glätten.
[Anmerkung des Herausgebers: Der von Angelika Steets im Text verwendete Begriff »Drucktypen« ist irreführend; es handelt sich bei Horváths Typoskripten um Buchstabentypen verschiedener Schreibmaschinenfabrikate.]

18 Die Frage der Textkohärenz behandelt Angelika Steets innerhalb ihrer Arbeit ausführlich im Abschnitt »Textkohärenz und Textkonstitution« (Seite 187-200) im 4. Kapitel »Die syntaktische und textsyntaktische Struktur« (Seite 165-200).

19 Der Vorliebe für kleine Texteinheiten entspricht bei Horváth eine Vorliebe für die Kleinform des Erzählens, für »Märchen« und »Geschichten«: *Sportmärchen, Das Märchen in unserer Zeit, Geschichte einer kleinen Liebe, Legende vom Fußballplatz* usw.

20 Vgl. Hans Hollmann (*Einige Grundsätze für künftige Horváth-Regisseure*. In: *Über Ödön von Horváth*, S. 96-101; hier S. 97): »Die Geschichte der

Handlung der Horváth-Stücke zu erzählen ist deshalb so unergiebig, weil sie unwichtig ist.«

21 Vgl. Alfred Polgar (*Geschichten aus dem Wiener Wald*. In: *Materialien zu Ödön von Horváth*, S. 35-37; hier S. 36), der über Horváths Stücke schreibt: »Vieles hat die Leichtigkeit der Improvisation, und manchmal ist es so, als wäre erst von den Einfällen das dramatische Ziel bestimmt worden, das noch nicht gesetzt war, als der Dichter jene hatte.«
Auf Horváths Begabung für exakte Detailschilderungen weist auch Hansjörg Schneider hin (*Nachbemerkung*. In: Ödön von Horváth, *Der ewige Spießer*. Berlin-Ost 1971, S. 162). In der »exakten Widerspiegelung des Details« habe Horváth sein Bestes geleistet. (Hansjörg Schneider, *Der Kampf zwischen Individuum und Gesellschaft*. In: *Über Ödön von Horváth*, S. 59-70; hier S. 69).

22 Kurt Kahl, a.a.O.; hier S. 160.

23 Ödön von Horváth, *Gebrauchsanweisung*: »– ich schreibe ja nur deshalb süddeutsch, weil ich anders nicht schreiben kann.« (8, 660)

24 Hugo Steger, *Gesprochene Sprache. Zu ihrer Typik und Terminologie*. In: *Satz und Wort im heutigen Deutsch*. Hg. Hugo Moser. Düsseldorf 1967, S. 259-291; hier S. 263.

25 Otto Behagel, *Geschriebenes und gesprochenes Deutsch*. In: O. B., *Von deutscher Sprache*. Lahr 1927, S. 23.
Zum Problem der gesprochenen Sprache vgl. Klaus Baumgärtner, *Zur Syntax der Umgangssprache in Leipzig*. Berlin 1959. – Christel Leska, *Vergleichende Untersuchungen zur Syntax gesprochener und geschriebener deutscher Gegenwartssprache*. In: Beiträge zur Geschichte der deutschen Sprache und Literatur 67 (1965), S. 427-464. – Heinz Rupp, *Gesprochenes und geschriebenes Deutsch*. In: Wirkendes Wort 15 (1965), S. 19-29. – Heinz Zimmermann, *Zu einer Typologie des spontanen Gesprächs. Syntaktische Studien zur Baseldeutschen Umgangssprache*. Bonn 1965. – Hennig Brinkmann, *Die Konstituierung der Rede*. In: Wirkendes Wort 15 (1965), S. 157-172. – Hennig Brinkmann, *Die Syntax der Rede*. In: *Satz und Wort im heutigen Deutsch*, S. 74-94. – Hermann Bausinger, *Bemerkungen zu den Formen gesprochener Sprache*. In: *Satz und Wort im heutigen Deutsch*, S. 292-312. – Barbara Wackernagel-Jolles, *Untersuchungen zur gesprochenen Sprache. Beobachtungen zur Verknüpfung spontanen Sprechens*. Göppingen 1971.

26 Hermann Bausinger, a.a.O., S. 303.

27 Christel Leska, a.a.O., S. 430.

28 Klaus Baumgärtner, a.a.O., S. 109.

29 Vgl. auch folgende Textstellen aus *Jugend ohne Gott*: »Dann hatte er alles vergessen. Was ›alles‹?« (6, 284) und *Rund um den Kongreß:* »Das Fräulein: ›Man muß sich das alles noch genau überlegen, in Ruh und Frieden –‹ Luise: ›Was alles, um Christi Willen?!‹« (7, 139).

30 Angelika Steets geht im 6. Kapitel (»Die semantische Struktur«), Abschnitt 1 (»Das Wort im Kontext«, S. 202 ff.) ihrer Arbeit näher darauf ein.

31 Heinz Rupp, a.a.O., S. 25.

32 Klaus Baumgärtner, a.a.O., S. 108.

33 Heinz Zimmermann, a.a.O., S. 51 ff.
Vgl. auch Jurij M. Lotman, *Die Struktur der literarischen Texte*. München 1972. Dort heißt es auf Seite 149: ». . . die gesprochene Sprache unterscheidet sich grundlegend von der geschriebenen. Sie ist auf allen Ebenen – vom Phonem bis zu den satzübergreifenden syntaktischen Einheiten – gebaut als ein System von Reduktionen, Auslassungen und Ellipsen.«

34 Klaus Baumgärtner, a.a.O., S. 91.

35 Heinz Zimmermann, a.a.O., S. 59.

36 Barbara Wackernagel-Jolles, a.a.O., S. 202 und 203.

37 Mitunter finden sich in den Manuskripten syntaktische Gebilde, deren Fehlerhaftigkeit wahrscheinlich auf der Flüchtigkeit des Niederschreibens beruht. So z. B.: »Bei dem Gastwirt wohnte noch, dessen Frau an Krebs litt, und alle Kurpfuscher besuchte mit offener Tuberkulose, wohnte noch ein junger Student des Rechts.« (Ma/4c)

38 Vgl. Lotman, a.a.O., S. 149.

39 Klaus Baumgärtner, a.a.O., S. 92.

40 Das Merkmal der Parataxe bezieht sich sowohl auf den syntaktischen als auch auf den textsyntaktischen Bereich der Sprache. Es wird hier dem Punkt c zugeordnet, da die Textbildung im Vordergrund des Interesses steht.

41 Klaus Baumgärtner (a.a.O., S. 89) und Elise Riesel (*Stilistik der deutschen Sprache*. Moskau 1959, S. 291) betonen den Vorrang der Parataxe vor der Hypotaxe in der Umgangssprache. Leska (a.a.O., S. 457) stellt dagegen fest, daß die Parataxe nicht unbedingt typisch für die gesprochene Sprache sein muß. Auch hypotaktische Gebilde seien zahlreich, seien im Gegensatz zur geschriebenen Sprache aber locker gefügt. Barbara Wackernagel-Jolles (a.a.O., S. 176) kann ein Überwiegen der parataktischen Reihung in der mündlichen Rede nicht belegen.

42 Vgl. Christel Leska, a.a.O., S. 455.

43 Ausführlicher behandelt im 5. Kapitel (»Die syntaktische und textsyntaktische Struktur«), Abschnitt 1 (»Syntaktische Komplexität«, S. 165 ff.) von Angelika Steets' Arbeit.

44 Es ist in diesem Zusammenhang interessant, daß in den *Sportmärchen* ein Viertel aller Sätze mit »und« verknüpft sind.

45 Vgl. Hennig Brinkmann, *Die Syntax der Rede*, S. 84.

46 Näher belegt bei Angelika Steets in Abschnitt 3 (»Textkohärenz und Textkonstitution«) des 5. Kapitels (»Die syntaktische und textsyntaktische Struktur«) ihrer Arbeit.

47 Heinz Zimmermann, a.a.O., S. 77 f.
48 Auch die Berechnung von Barbara Wackernagel-Jolles (a.a.O., S. 208) hat ergeben, daß »und« die am häufgsten gebrauchte nebenordnende Konjunktion in der mündlichen Rede ist. »Und« wird oft auch einer unterordnenden Konjunktion vorangestellt.
49 Jurij M. Lotman, a.a.O., S. 149.
50 Ebd., S. 149.
Auch Wackernagel-Jolles (a.a.O., S. 257) betont, daß »der Stil des spontanen Sprechens von dem der Schriftsprache so verschieden [ist], daß mir keine Stelle in der Literatur bekannt ist, wo Dialog in Roman oder Drama den Ton echter mündlicher Rede trifft«.
51 Innerhalb des 4. Kapitels (»Die phonologische und lexikalische Struktur«, S. 145 ff.) weist Angelika Steets nach, daß Horváths Elemente der gesprochenen Sprache »vielfach mit Elementen anderer Stilebenen kombiniert sind und dadurch eine eigenwillige Färbung erhalten« (S. 36).
52 Alle Zitate entstammen den frühen Prosawerken.
53 Siehe den folgenden Abschnitt »Erzählsituation« S. 101 ff.
54 Wolfgang Boelke, *Die entlarvende Sprachkunst Ödön von Horváths. Studien zu seiner dramaturgischen Psychologie*. Diss. Frankfurt/Main 1970, S. 130.
55 Hellmuth Karasek, *Menschen, die selten zu sich kommen. Ödön von Horváth wiederentdeckt, gefeiert und repräsentativ verlegt*. In: Die Weltwoche, Zürich, 15. 1. 1972.
56 Franz Stanzel, *Typische Formen des Romans*. Göttingen [2]1965.
57 Petcy Lubbock, *The Craft of Fiction*. London 1921.
58 Jean Pouillon, *Temps et Roman*. Paris 1946.
59 Vor allem von B. Eichenbaum und V. V. Vinogradov.
60 Lubomír Doležel, *Die Typologie des Erzählers: »Erzählsituationen«, ›Point of View‹ in der Dichtung*. In: *Literaturwissenschaft und Linguistik. Ergebnisse und Perspektiven*. Hg. Jens Ihwe. Frankfurt/Main 1971 Bd. 3, S. 376-392.
61 Ebd., S. 377.
62 Ebd., S. 387.
63 Ebd., S. 386.
64 Wolfgang Boelke, a.a.O., S. 21.
65 Vgl. Dieter Wunderlich, *Tempus und Zeitreferenz im Deutschen*. München 1970, S. 95 f.
66 Michel Butor, *Repertoire 2. Probleme des Romans, München 1965*, S. 97.
Vgl. auch Eberhard Lämmert (*Bauformen des Erzählens*. Stuttgart [5]1972, S. 21): »Die Formel ›es war einmal‹ drückt noch keinerlei Geschehensintention aus; sie kann deshalb nur als das Urschema erzählerischer Exposition gelten, als das Einlaßtor in die fiktive Welt, die erst dann erzählerisch gestaltet wird, wenn aus dem zuständlichen ›es war‹ ein ›es ward‹ oder ›es geschah‹ sich entbindet.«

67 Lubomír Doležel, a.a.O., S. 282.
68 Ebd., S. 388.
69 Jan Mukarovský, zit. bei Doležel, a.a.O., S. 387.
70 Etwas stört der Ausdruck »apostolische Doppelkreuze«.
71 Tzvetan Todorov (*Die Kategorien der literarischen Erzählung*. In: *Strukturalismus in der Literaturwissenschaft*. Hg. Heinz Blumensath. Köln 1972, S. 263-294; hier S. 288) weist auf die generelle Abhängigkeit zwischen Erzähler und Leser hin: »Das Bild des Erzählers ist kein alleinstehendes Bild. Sobald es erscheint, von der ersten Seite an, ist es begleitet vom ›Bild des Lesers‹ ... Die beiden stehen in enger Abhängigkeit voneinander, und sobald das Bild des Erzählers deutlicher wird, sieht sich auch der imaginäre Leser mit mehr Genauigkeit gezeichnet.«
72 Lubomír Doležel, a.a.O., S. 388.
73 Das Zusammenstoßen von Erzähler- und Charakteren-Perspektive ist ein wichtiges Mittel der Ironie.
74 Urs Jenny, a.a.O., S. 76.
Ähnliches berichtet auch Hertha Pauli: »Seine Figuren erschienen, besaßen ein Eigenleben und taten, was sie wollten. Er schrieb es auf und war unfähig, etwas daran bewußt zu ändern.« (4, 650).
75 Michel Butor (a.a.O., S. 107): »Das ›Ich‹ des Erzählers ist natürlich die Komposition eines ›Ich‹ und eines ›Er‹ ...
76 Vgl. Eberhard Lämmert, a.a.O., S. 72.
77 Auch im letzten Satz von *Jugend ohne Gott* löst sich die strenge Ich-Perspektive auf: »Der Neger fährt zu den Negern.« (6, 406)
78 Hans Robert Jauss, *Zeit und Erinnerung in Marcel Prousts »A la recherche du temps perdu«*. Heidelberg 1955.
79 Friedrich Wilhelm Zimmermann, *Episches Präteritum, episches Ich und epische Normalform*. In: Poetica 4 (1971), S. 306-324; hier S. 310.
80 Käte Hamburger, *Die Logik der Dichtung*. Stuttgart [2]1968, S. 113.
Vgl. auch Friedrich Wilhelm Zimmermann (a.a.O., S. 318): »Die Tatsache, daß das Textzeichen i c h jemanden voraussetzt, der damit auf sich verweist, macht kaum einen Unterschied zwischen Texten mit diesem Zeichen und ohne dieses Zeichen aus, denn trivialerweise haben wir vom Vorliegen eines Textes allein schon auf das Vorhandensein eines Verfassers zu schließen.«
81 Eberhard Lämmert, a.a.O., S. 72.
82 Käte Hamburger, *Das epische Präteritum*. In: Deutsche Vierteljahresschrift 27 (1953), S. 329-357; hier S. 354. – Vgl. auch Friedrich Wilhelm Zimmermann, a.a.O., S. 311 ff.
83 Das Kapitel steht in enger thematischer Beziehung zur *Legende vom Fußballplatz* aus den *Sportmärchen*.

Jürgen Schröder

Das Spätwerk Ödön von Horváths

I.

Horváths Sportmärchen, die *Legende vom Fußballplatz* (5, 30 ff.)[1], 1926 von dem damals vierundzwanzigjährigen Schriftsteller veröffentlicht, taucht leicht variiert noch zweimal in seinem Spätwerk auf: 1934 am Beginn des dramatischen Märchens *Himmelwärts* (3, 275 f.) und 1937 in seinem Roman *Jugend ohne Gott* unter der Kapitelüberschrift *Der Tormann* (6, 298 ff.). Mit diesem kleinen Indiz eines Zusammenhanges zwischen Früh- und Spätwerk stehen wir schon vor der Sache, nämlich vor der scheinbar formalen Frage nach der Einheit des Horváthschen Werkes. Um diese Einheit ist es schlecht und beunruhigend bestellt. Äußerlich sichtbar geworden ist sie überhaupt erst vor fünf Jahren, durch die Veröffentlichung der *Gesammelten Werke*; zu Lebzeiten Horváths erschienen im Buchhandel außer den drei Romanen lediglich zwei seiner Stücke, *Italienische Nacht* und *Geschichten aus dem Wiener Wald*.

Aber gerade dieser späte editorische Dienst an einem über dreißig Jahre hinweg fast verschollenen Autor erwies sich paradoxerweise als eine ernsthafte Gefährdung des inzwischen etablierten Horváth-Bildes, ja, manche seiner Kritiker und Enthusiasten wurden geradezu verstört. Denn was sich in den vier Bänden als Gesamtwerk präsentierte, zerfiel auf den ersten Blick in mindestens drei Teile, die sich – zur vorläufigen Verständigung – etwa folgendermaßen abgrenzen lassen: zwischen 1926-1929 eine Phase ausgesprochen sozialpolitischer Orientierung, zwischen 1930-1932 die Phase einer mehr satirisch-moralistischen Gesellschaftskritik und zwischen 1933-1938 schließlich eine Zeit ethisch-religiöser Ausrichtung.

Diese Einschnitte nun – und vor allem die schroffe Zäsur des Jahres 1933 – werden durch die Eigentümlichkeiten der noch immer andauernden Horváth-Renaissance und -Rezeption entscheidend vertieft. Bekanntlich ist es der unbestechliche »Chronist« der präfaschistischen Weimarer Republik, ja im Grunde nur der Autor der vier großen, zwischen 1930-1932 entstandenen Volksstücke (*Italienische Nacht, Geschichten aus dem Wiener Wald, Kasimir und Karoline, Glaube Liebe Hoffnung*) und allenfalls noch des *Spießer*-Romans, den man in den letzten Jahren auf den Theatern, im Fernsehen, in Zeitungen, Zeitschriften und auf Kongressen gefeiert und sich wie einen Zeitgenossen einverleibt hat. In einem Text, dessen Reklamewert der Suhrkamp Verlag sofort erkannt hat, schreibt Piero Rismondo stellvertretend für viele: »Bestürzend ist die Gegenwärtigkeit von Horváths Œuvre. Es trifft haargenau den geistigen Zustand, den wir im Moment durchleben, mit seinen Spannungen, Fragen und Fragwürdigkeiten, und es kritisiert ihn bereits«.[2] Und in einer Fernsehsendung vom Frühjahr 1972 diskutierte ein Kreis von Horváth-Kennern ernsthaft die Frage, ob man dem Autor nicht einen Bärendienst erweise, wenn man außer seinen vier »Meisterwerken« noch andere Stücke vor das Theater- oder Fernsehpublikum bringe.

Diesem heute noch gängigen Horváth-Bild wird das Spätwerk fast zwangsläufig zum Stein des Anstoßes. Wer diesen Autor nur aus seinen Schriften bis 1933 kennt und danach – in einer Steigerung des Bisherigen – erwartet, daß die gesellschaftskritischen Tendenzen dem etablierten Nazi-Regime gegenüber noch schärfer und konkreter werden, daß der präziseste dramatische Analytiker und Prophet des Faschismus nun auch in der Emigration zum mitreißenden Kämpfer gegen ihn wird . . ., dem muß die authentische Entwicklung Horváths in der Tat als die unwahrscheinlichste und enttäuschendste aller Möglichkeiten erscheinen, der empfindet sie fast wie einen Selbstverrat. Die Vorgeschichte dieser Autor-Dissoziation, nur mit umgekehrten Vorzeichen, reicht zurück bis zu seinen Freunden Csokor, Zuckmayer und Werfel, die gerade das Spätwerk als einen vielversprechenden, durch den gewaltsamen Tod jäh unterbrochenen Aufstieg interpretierten.[3]

Mit der radikalen Umkehrung dieser Perspektive, die den schöpferischen Höhepunkt in die Jahre 1930-1932 vorverlegte, mußte nun alles Weitere als Abstieg erscheinen, und die Zäsur von 1933 wurde zum eklatanten Bruch. Dazu nur einige repräsentative Stimmen: Für Axel Fritz hat das gegenwärtige Horváth-Bild den »Charakter eines Januskopfes«, dessen Hälften er mit einem Aufsatztitel Urs Jennys »Horváth realistisch, Horváth metaphysisch« nennt. Obwohl er bemüht ist, ihn als »Kritiker seiner Zeit« auch für das Spätwerk geltend zu machen, kommt er nicht umhin, ihm in dieser Phase erstaunliche Selbstmißverständnisse vorzuhalten und uns den Rat zu erteilen, »Horváth vor sich selber [. . .] in Schutz zu nehmen«.[4] Marianne Kesting erscheinen seine Stücke aus späterer Zeit »blaß und epigonal«.[5] H. Karasek hält die späte Prosa und die Stücke der Emigration für eine »Randerscheinung«.[6]. Reich-Ranicki brandmarkt die beiden späten Romane, die T. Krischke zu den besten Werken rechnet[7], als »fatal« und möchte die vier berühmten Werke als die Glückstreffer eines genialischen Dilettanten verstanden wissen.[8] Zu einem ähnlichen Urteil kommt Urs Jenny in dem schon erwähnten Aufsatz: »Das Überzeitliche, verschwommen Metaphysische ist hingewelkt, das Zeitbezogene aktuell geblieben«. Aber auch er möchte – wie Reich-Ranicki – gegen das landläufige Bild des rationalen, realistischen Gesellschaftskritikers Horváth auf den »durchgehenden Irrationalismus« aufmerksam machen und trifft eine Feststellung, auf die es sich zurückzukommen lohnt: »Der Weg zum politischen Zeitstück bedeutete für ihn, unter anderem, Verdrängung eines religiösen Konflikts.«[9] Walter Huders jüngster Beitrag zu Horváths »Existenz und Produktion im Exil« schließlich rettet sich vor dem spürbaren Unbehagen in verständnisvolle Deskription und seltsame Urteilsenthaltsamkeit.[10]

Wer sich heute also mit Horváths Spätwerk einläßt, trifft auf eine widersprüchliche, wenig einladende Situation, deren einziges gemeinsames Merkmal ein durch das Jahr 1933 zweigeteilter Autor ist. Aber gerade an diesem Befund, der ebenso viel über Horváth wie über uns, seine Rezipienten, und die gängigen Rezeptionsmechanismen der Intellektuellen verrät, möchte ich mit meinen Überlegungen und Thesen ansetzen.

II.

Allem voran ist zu konstatieren, daß die Horváth-Kritik von den Forschungen zur deutschen Exilliteratur, die sich in den letzten Jahren beträchtlich belebten, noch zu wenig Notiz genommen hat. Sie registriert zwar den Umbruch des Jahres 1933, aber praktisch behandelt sie ihn wie einen kleinen Betriebsunfall in der dichterischen Werkstatt eines freien Literaturproduzenten. Diese Gedankenlosigkeit wird sichtbar zum Beispiel in dem Versuch

Reich-Ranickis, dem ungarischen Staatsbürger Horváth den Emigrantenstatus überhaupt abzusprechen[11], in der Verwunderung Jennys, warum gerade ihn, den Ausländer, die Emigration so fassungslos machte[12], und sie ist wirksam überall dort, wo man den Begriff der Werkeinheit und die Kategorie der Autor-Entwicklung im traditionellen, literaturimmanenten Sinne gebraucht, ohne Horváth gleichzeitig – und dabei werden Begriffe und Kategorien aus dem Bereich des Historischen, Politischen, Sozialen und Psychologischen unvermeidlich – als einen von vielen Fällen im Gesamtkomplex der Exilliteratur einzuordnen.

Dazu sind vier grundsätzliche Feststellungen vorauszuschicken:
1. Horváth war zwar durch Geburt, Erziehung, Lebenslauf und Geschichte zur Rolle des Heimat- und Staatenlosen, des Zuschauers und Außenseiters prädestiniert, und er hat diese Rolle schon früh akzeptiert und in der Weimarer Republik mit diesem Pfund auch gewuchert. Aber mußten nicht gerade ihn der plötzliche Entzug seines deutschen Arbeitsfeldes mitsamt seines sozialpolitischen Ambientes, das Aufführungsverbot seit 1933, das Aufenthaltsverbot seit dem Sommer 1936 und der Anschluß Österreichs im Frühjahr 1938 am stärksten treffen? Nicht einmal die Rolle des »echten« Emigranten stand für ihn bereit, und das will heißen: der starke negative Rückbezug auf Deutschland, an dem sich das erschütterte Identitätsgefühl der anderen Emigranten orientieren konnte. Sie suchten Zuflucht in fremden Ländern. Er geriet in das Niemandsland, auf die Brücke über dem Bodenlosen, wie Havlicek in der Posse *Hin und her*.

2. Das meiste von dem, was Axel Fritz »die neugewonnene individual-ethische Lebensauffassung und Zeitbetrachtung« im Spätwerk nennt[13], kann nur im Rahmen jener allgemeinen Erneuerung der moralischen und humanistischen Tradition und ihrer Werte verstanden werden, an der fast alle Exil-Autoren teilnahmen, weil sie sie für die wirksamste Waffe (und zugleich den kleinsten gemeinsamen Nenner) im literarisch-publizistischen Kampf gegen die Unmenschlichkeit und den Ungeist des Dritten Reiches hielten. Es bildete sich bekanntlich eine schüttere antifaschistische Einheitsfront, an der sich erklärte Kommunisten ebenso beteiligten wie Bürgerliche aller Schattierungen. Man braucht nur die Reden und Diskussionen auf dem ›1. Pariser Kongreß zur Verteidigung der Kultur‹ (1935) nachzulesen[14], um den Stand der Einigkeit in den Parolen und Zielen (weniger in den

Wegen) zu erkennen. Mit ihnen stimmte auch derjenige Horváth weitgehend überein, in dessen Spätwerk plötzlich das »Gewissen« zu schlagen beginnt.

Was uns Heutigen an der Exilliteratur als so irritierend traditionell und konservativ erscheint, der verbreitete Rückgriff auf alte idealistische, religiöse und individualistische Konzepte der bürgerlichen Weltanschauung, auch das ist ihr wenigstens teilweise durch die Verteidigungsrolle gegen die Nazi-Barbarei aufgezwungen worden.[15]

Dazu gehören auch die Probleme der literarischen Form. In einem Brief an Csokor vom 7. Mai 1938 hat sich ein aufschlußreicher Hinweis Horváths erhalten. Er lautet: »Die einzige Konzession, die man machen muß in einer derartigen Zeit, ist vielleicht rein äußerlicher Natur, indem man sein Wissen in einem Rahmen gestaltet, der für andere noch irgendwo beeinflußbare Nationen das Verständnis erleichtert [. . .]« (8, 681 f.) Wer diesen Rahmen, in dem zum Beispiel das Religiöse und Ethische erscheint, nicht berücksichtigt, verriegelt sich den Zugang zu Horváths Spätwerk. Bedenklich wird es dann, wenn ein Kritiker einen Roman »fatal« nennt, für den Horváth noch im November 1937 mit einem »Verkauf im III. Reich« gerechnet hat.[16] Nicht zufällig kreist sein späterer Redeentwurf *Was soll ein Schriftsteller heutzutag schreiben* um die Probleme der äußeren und inneren Zensur, die immer »ein Produkt der Angst« sei (8, 668). Es ist sein Beitrag zu Brechts ›Fünf Schwierigkeiten beim Schreiben der Wahrheit‹. Auch er wußte: »Es ist List nötig, damit die Wahrheit verbreitet wird.«[17] Die »Sklavensprache« wird im Spätwerk nicht nur im *Sklavenball* und in *Pompeji* gesprochen.

3. Hinzu tritt ein ganz besonderer Faktor: der Einfluß, den Franz Theodor Csokor seit 1933 auf Horváth ausgeübt hat. Dieser Einfluß, so wenig er bisher berücksichtigt wurde, ist kaum zu überschätzen. In einem undatierten, an Horváth gerichteten Brief aus dem Sommer 1937 hat Csokor die Begegnung geschildert, die zu ihrer brüderlichen Freundschaft führte:

Vor Jahren, nachts, an einer trostlosen kleinen Station, im Warten auf den verspäteten Zug, hast Du mir Deine Einsamkeit geklagt. Was ich Dir damals antwortete – ich weiß es nicht. Ich kannte Dich damals nur aus Deinen frühen erbitterten, höhnischen, doch von einem glühenden Begehren nach Gerechtigkeit hungernden Stücken. Nicht abbringen wollte ich Dich von einem solchen Weg, nur Dir zeigen, daß der Mensch bei aller seiner Niedrigkeit zur Wandlung fähig ist und daß er, wenn ihm dieser Drang bewußt wird, sich nicht widerstehen möge, ja, daß er danach trachten soll, sich aus seiner Verstocktheit zu erlösen durch die Erkenntnis seiner Schuld.

Du hast diesen Weg gesucht seit Deinem Stück ›Der jüngste Tag‹ bis zu Deinem jüngsten Buche ›Jugend ohne Gott‹ – vielleicht bist Du darin schon weitergekommen als ich, der Dich dorthin gewiesen hat?[18]

In diesem Bekenntnisbrief schwingt nicht nur das quasi missionarische Erlebnis einer religiösen Verwandlung und Umkehr nach, hier wie in den anderen Briefzeugnissen Csokors finden sich jene Kategorien eines kämpferischen christlichen Humanismus, die Horváth nach 1933 von seinem »spiritus rector« übernommen und auf seine Weise adaptiert hat und die noch heute als Interpretationsbegriffe seines Spätwerks dienen. Neben den Kriterien der Wahrheit, der Gerechtigkeit, der Humanität, der Schulderkenntnis und der Gottessuche sind es auch Motive wie das der »Katakombe« und der »Kälte«, die von Csokor zumindest mitinspiriert scheinen. Am 28. November 1936 schreibt er zum Beispiel an Ferdinand Bruckner: »Horváth gehört zu uns mit seinem gesamten Schaffen über den Herzenswinter dieser Zeit, die damit schuldig wird an ihrem Untergang.«[19] Solche Auslegungen, die zugleich immer Selbstauslegungen Csokors sind, kulminieren in seinem Brief-Nekrolog, wo er den toten Freund als »Kronzeugen für etwas Höheres, für die ewige Wahrheit gegenüber der vergänglichen Wirklichkeit, für eine überirdische Gerechtigkeit gegenüber menschlichem Richten« in Anspruch nimmt.[20]

Die Aufklärung dieses Verhältnisses mit seinem Maß des wechselseitigen Gebens und Nehmens wird nicht möglich sein ohne einen sorgsamen Vergleich der Werke beider Freunde zwischen 1933 und 1938.[21] Er steht noch ebenso aus wie die präzise Frage nach dem Verhältnis Horváths und seines Spätwerks zu anderen Freunden und Bekannten jener Zeit, zum Beispiel Werfel, Zuckmayer, Walter Mehring oder Hertha Pauli. Auf diesem Felde gibt es noch viel zu tun.[22]

4. Aus Gründen, die allmählich aufgedeckt werden sollen, ist es im Falle Horváths überhaupt euphemistisch und irreführend, von nach 1933 neugewonnenen Positionen und Lösungen zu sprechen. Die Wahrheit ist, daß ihn der Untergang der Weimarer Republik und der Sieg des Faschismus in eine äußere und innere Krise gestürzt haben, aus der er sich bis zu seinem plötzlichen

Tode im Jahre 1938 nicht mehr zu befreien vermochte. Man braucht wohl kaum daran zu erinnern, daß für viele Exilschriftsteller die Vertreibung im Verstummen und im Selbstmord endete, um sicherzustellen, daß diese Einsicht in einen persönlichen Krisenzustand keine pauschale Abwertung des Spätwerks beinhaltet. Im Gegenteil, sie versucht es vor unhistorischen und ungerechten Zugriffen zu bewahren. Sie sieht es zunächst einmal als ein aufschlußreiches, öffentliches wie privates Dokument der Literatur im Exil, bevor sie es auf die Goldwaage der ästhetischen oder engagierten Wertung befördern läßt.

Das heißt: was da in Horváths Werken nach 1933 als individuelle Ethik, als Gewissen, Menschlichkeit, Schuldkomplex und Verantwortungsgefühl, als Verteidigung der humanen Werte Wahrheit, Freiheit, Gerechtigkeit, Liebe und Menschenwürde, als Kampf gegen Lüge, Dummheit, Kollektivismus und Barbarei, als metaphysische Wendung und Gottessuche erscheint, all das gehört zwar einerseits zum öffentlichen Bestand der Exilliteratur und seines Freundeskreises, auf der anderen Seite aber und gleichzeitig sind alle diese Phänomene als Symptome eines komplizierten Krisenvorgangs, als die Projektionen einer bis ins tiefste erschütterten Autor-Psyche und ihrer Schwierigkeiten zu begreifen.[23] Derselbe Horváth, den wir als den souveränen Chronisten der Weimarer Republik zu sehen gewohnt sind, gerät nun plötzlich mit eigener Person in die von ihm so oft beschriebene Rolle eines hilflosen Kindes und Opfers seiner Zeit. Wie ihn selbst sehen wir die wichtigsten Figuren seines Spätwerks in schwere Identitätskrisen verstrickt: Albert in *Die Unbekannte aus der Seine*, Havlicek in *Hin und her*, Hudetz in *Der jüngste Tag*, Figaro, Don Juan, den Lehrer in *Jugend ohne Gott* und den Soldaten in *Ein Kind unserer Zeit*. Und eng verschwistert damit sind die Motive der Heimsuchung, des Schuldkomplexes und des Strafbedürfnisses.[24]

Denn Horváth hatte in dieser Zeit zwei für ihn noch unvereinbare Aufgaben gleichzeitig zu erfüllen: einen öffentlichen, literaturpolitischen Auftrag, den Kampf gegen den Ungeist des Hitler-Regimes, und die Lösung seines privaten Krisenprozesses. Zu Lasten dieser Doppelfunktion, die ebenfalls an vielen anderen Exilautoren zu beobachten ist, geht der oft unbefriedigende, verunklärende Kompromißcharakter, den jeder Leser seiner späten Werke kennt und der eine Deutung nicht wenig erschwert: beide

Funktionen, die öffentliche Verpflichtung und der private Konflikt, gehen in Affinität und Widerstreit Synthesen ein, die oft um so unerklärlicher werden, je länger man sie betrachtet. Jedes Phänomen ist nach beiden Seiten hin auslegbar. Die Komödie *Figaro läßt sich scheiden* bildet in dieser Hinsicht, wie wir noch sehen werden, das heikelste, ja peinlichste Beispiel, denn hier wird die moralisch-politische Essenz von den individual-psychologischen Impulsen geradezu durchkreuzt und korrumpiert.[25]

Es ist die typische Erfahrung, die man mit dem Spätwerk macht: man stößt an den zentralen Stellen auf eine Reihe von irrationalen Phänomenen, für die das Kulissengeschiebe allgemeiner Begründungen versagt, ja die den Eindruck erwecken, auch Horváth wären sie rätselhaft geblieben: so zum Beispiel Person und Rolle der Unbekannten aus der Seine, Teufelspakt und Welttheaterbühne in *Himmelwärts*, das Venusberg-Abenteuer im *Schlamperl*-Fragment, der skurrile Entwurf *Die Reise ins Paradies*, das typologische Adam-und-Eva-Geschehen zwischen Anna und Thomas Hudetz im *Jüngsten Tag* und zwischen Eva und Z in *Jugend ohne Gott*, der Schneemann-Tod in *Don Juan kommt aus dem Krieg* und *Ein Kind unserer Zeit*, die märchenhafte »Blonde« in *Ein Dorf ohne Männer*, Vulkanausbruch und Schlußszene in *Pompeji*, der geheimnisvolle Mordfall und seine übermenschliche Aufklärung in *Jugend ohne Gott* und insgesamt die zahlreichen Winke und Einwirkungen eines anscheinend okkulten, dämonischen Zwischenreichs, die alles Rationale in das Zwielicht des Irrationalen tauchen, alles Religiöse mit dem Gespinst des Aberglaubens überziehen und das humane Licht der Aufklärung bedenklich eintrüben.[26]

Diese dunklen Stellen in ihren Zusammenhängen und Bedeutungen aufzulichten, ist mir nur durch eine Analyse ihrer Motive und Metaphernkomplexe möglich gewesen. Dann allerdings, so meine ich, ergibt sich ein überraschend einheitlicher Befund, der mehr aussagt über den Autor und sein Werk nach 1933, über die Entstehungsbedingungen der Exilliteratur in einem exemplarischen Fall und über eine mögliche Einheit des Gesamtwerks, als die Selbstdeutungen Horváths, seiner Freunde und die meisten der bisherigen Etikettierungen.[27].

III.

Der folgende Gang ins Werkinnere steht unter der leitenden Frage: wie ist es denkbar, daß ein Mann, dessen gesellschaftskritische Haltung den Verhältnissen der Weimarer Republik gegenüber uns vorbildlich erscheint, daß dieser selbe Mann nach 1933 einen fast hilflosen und »rückständigen« Eindruck macht? Eine Frage übrigens, die uns am Ende mehr angeht, als manchem lieb sein wird.

Meine These schicke ich zur besseren Orientierung ganz ungeschliffen voraus: der Weg des späten Horváth führt z u r ü c k; es ist ein Prozeß der R e g r e s s i o n, im weitesten und engsten Sinne, der im Spätwerk Gestalt annimmt.

Im weiteren Sinne will heißen: das Spätwerk greift in auffälliger Weise auf das Frühwerk vor 1930 zurück. Daß die schon erwähnte *Legende vom Fußballplatz* gleich zweimal auftaucht, ist kein Zufall. Märchenatmosphäre und Märchenstruktur, Todestrieb und Paradiessehnsucht dringen in fast alle späteren Werke ein. Im Nachlaß hat sich – im Umkreis des Romans *Ein Kind unserer Zeit* – eine Liste mit dem Titel *77 kleine Märchen aus unserer Zeit* gefunden.[28] Sie sollten aktuelle Zeitfragen in Märchenform abhandeln. *Die Unbekannte aus der Seine* schließt in Atmosphäre und Motivik verblüffend dicht an das frühe Stück *Mord in der Mohrengasse* (1923/24) an, zu dem auch vom *Don Juan* noch Verbindungslinien führen.[29] Die Posse *Hin und her* setzt die frühen Possen *Zur schönen Aussicht* und *Rund um den Kongreß* fort und führt noch hinter sie zurück zu einer wahren Nestroy-Erneuerung.[30] *Ein Dorf ohne Männer* greift unmittelbar hinter die ungarische Geschichte des frühen *Dosa*-Fragments zurück. Und der Roman *Ein Kind unserer Zeit* zeigt im Soldaten auch einen Sladek redivivus.

Dieser Rückkehrtendenz in die eigenen Anfänge entspricht der häufige Weg aus der Gegenwart in die Geschichte. *Ein Dorf ohne Männer* spielt in der ungarischen Frührenaissance, *Sklavenball* und *Pompeji* zur Zeit des Vesuvausbruchs (79 n. Chr.). *Figaro läßt sich scheiden* überblendet die Gegenwart mit der Zeit der Französischen Revolution, *Don Juan kommt aus dem Krieg* beginnt »im Spätherbst 1918 und dauert dann relativ nicht mehr lang« (2, 594). Sogar die aktuellen Romane *Jugend ohne Gott* und *Ein Kind unserer Zeit* rutschen aus der Hitlerzeit in die Atmosphäre der Weimarer Republik ab, die durch Inflation, Wirtschaftskrise und Arbeitslosigkeit geprägt ist; sie bildet ebenfalls den vagen Hintergrund des Schauspiels *Der jüngste Tag*. So kommt es zu merkwürdigen Doppelbelichtungen. Besonders verräterisch ist der durch mehrere Pläne und Skizzen belegte Themenkomplex mit dem Titel *Flucht aus der Gegenwart*, zu dem der Entwurf *Die Reise ins Paradies* gehört[31]; die gleiche Fluchttendenz weist auch das *Schlamperl*-Fragment mit dem Untertitel *Ein romantischer Roman* auf.

Hinzu kommt der Rückgriff auf traditionelle literarische Stoffe, Motive und Formen. Zu nennen sind der Undine-, der Figaro- und der Don-Juan-Stoff, die Adaption der Plautus-Komödie im *Sklavenball*, der Nestroy-Posse und des durch Wedekind inaugurierten Jugenddramas und Jugendromans. Für den *Jüngsten Tag* und den *Don Juan* hat man zu Recht auf die Nähe zu dramatischen Formen des Expressionismus, wie Läuterungs- und Stationendrama, hingewiesen. Insgesamt wird die Dramenform Horváths nach 1933 in Sprache, Handlung und Figurengestaltung irritierend konventionell, konventioneller als der *Spießer*-Roman wirken auch die beiden späten Romane.

Damit korrespondiert Horváths Rückgriff auf alte idealistische und individualistische Konzepte, Werte, Vorstellungs- und Gefühlsmuster der bürgerlichen Weltanschauung, die er zwischen 1928 und 1933 ironisch entlarvte, bekämpfte und sicherlich überwunden zu haben meinte. Ihre regressive Einfärbung erhalten diese Rückgriffe allerdings erst durch einen inneren Vorgang, auf den der psychologische Prozeß der Regression in seinem vollen Sinne zutrifft.

Denn im engeren psychologischen Sinne führt Horváths Identitätssuche immer wieder in die Bereiche der Heimat, der Kindheit, des Märchens, des Traumes, des kindlichen und märchenhaften Glaubens und Gespensterglaubens, an die Schwelle des verlorenen Paradieses, zurück zur Mutter und Geliebten, zugleich in den Mutterschoß und in den Tod . . ., alles Symbole der vermißten Geborgenheit, der Liebe und des Friedens.

Diese Regressionserscheinungen, die an zentralen Stellen zusammenschießen und das Spätwerk entscheidend strukturieren, versucht die jetzt folgende Textanalyse aufzuklären.

Ich beginne mit dem Roman *Jugend ohne Gott*, weil er dem Autor Horváth von allen Spätwerken zweifellos am nächsten steht. Er, der bis 1933 als vehementer Anwalt einer durch den Ersten Weltkrieg und die Nachkriegsmisere verratenen und betrogenen Generation auftrat, rechnet hier mit einer Jugend ab, die seiner eigenen zum Verwechseln ähnlich sieht.[32] In der *Autobiographischen Notiz* hat er sie geschildert:

Wir waren verroht, fühlten weder Mitleid noch Ehrfurcht. Wir hatten weder Sinn für Museen noch die Unsterblichkeit der Seele – und als die Erwachsenen zusammenbrachen, blieben wir unversehrt. In uns ist nichts zusammengebrochen, denn wir hatten nichts. Wir hatten bislang nur zur Kenntnis genommen (5, 8; vgl. 8, 417).[33]

Die Abrechnung erfolgt, vordergründig betrachtet, in der Form einer Kriminal- und Mordgeschichte. Während eines vormilitärischen Zeltlagers, das der Lehrer und Ich-Erzähler mit seiner Schulklasse besucht, wird der Schüler N ermordet. Der Verdacht fällt sofort auf Z. Dieser wurde nämlich kurz zuvor mit N handgreiflich, weil er durch ihn sein Kästchen aufgebrochen glaubte, in dem er sein Tagebuch mit seinen »innersten Geheimnissen« (6, 333) unter Verschluß hielt, unter anderem sein Liebeserlebnis mit einem vagabundierenden Mädchen namens Eva, die zu einer jugendlichen Diebesbande gehört. Erst während der Gerichtsverhandlung ringt sich der Lehrer zu dem Geständnis durch, daß er selber, um einem Lagerdiebstahl auf die Spur zu kommen – die über Z zu seiner heimlichen Geliebten Eva führte –, das Kästchen geöffnet habe. Durch dieses Wahrheitsbekenntnis ermutigt, eröffnet Eva dem Gericht, sie sei bei der Tat zugegen gewesen, aber weder Z noch sie hätten den N ermordet, sondern ein plötzlich hinzukommender fremder Junge habe ihn hinterrücks mit einem Stein erschlagen. Weil ihr das Gericht diese unwahrscheinliche Version des Hergangs nicht abnimmt, lastet man nun ihr das Verbrechen an.

In der Tat gewinnt die leidlich realistische Kriminalgeschichte von dieser Stelle an etwas Irreales, etwas »Gespenstisches« und »Traumhaftes«, wie schon Klaus Mann bemerkte.[34] Als der Lehrer nämlich den einzigen Hinweis des Mädchens auf den »großen Unbekannten« hört – er habe »helle, runde Augen. Wie ein Fisch« – durchzuckt ihn wie durch telepathische Verbindung das Wissen, daß der Schüler T der Täter sei, obwohl »jedes Motiv«, jeder Beweis fehlt (6, 367 f.).

Prüft man das Verhältnis beider, des Lehrers und des Schülers T, so ergibt sich aufgrund eines überaus dichten Verweisungsnetzes folgender Befund: die seltsam eindimensionale Figur des T ist nichts anderes als ein Doppelgänger des Lehrers, eine Projektion seiner bösen, zu bestrafenden Ich-Anteile, während der Lehrer und T zusammen auch eine Projektion ihres Autors Horváth bilden. Kommt schon bei der Kästchen-Symbolik – dem unerlaubten Eindringen in die »innersten Geheimnisse« eines anderen Menschen – die Vermutung auf, daß Horváth damit sein rücksichtslos demaskierendes Verfahren bis 1933 als inhuman und schuldhaft erfährt, so wird es durch die Charakteristik des T vollends evident, daß er in ihm eigene Jugend- und Autorhaltungen unter Strafe stellt. »›Der T möchte immer nur wissen, wie es wirklich ist.‹ Warum? Nur um alles verhöhnen zu können?« heißt es an einer Stelle (6, 378), und am Schluß erzählt der Lehrer, »daß der T zuschauen wollte, wie ein Mensch kommt und geht. Geburt und Tod und alles, was dazwischen liegt, wollt er genau wissen. Er wollte alle Geheimnisse ergründen, aber nur, um darüberstehen zu können – darüber mit seinem Hohn [. . .]« (6, 403). Die Parallelen zu dem Horváth des Cronauer-Interviews, der den Vorwurf, er »sei zu derb, zu ekelhaft, zu unheimlich, zu zynisch«, mit seinem »Bestreben« pariert, »die Welt so zu schildern, wie sie halt leider ist« (1, 13), oder zu dem Horváth-Porträt Werfels, der von seinem »erbarmungslosen Blick« spricht, brauchen nicht ausgezogen zu werden.[35] Es ist der grausame Realismus des unbeteiligten Beobachters, der in dem Roman, durch die parabolische Kriminalgeschichte, als mörderisch entlarvt wird. Die Rolle des distanzierten Voyeurs, inkarniert in T, wird von dem Lehrer in auffälliger Weise geteilt. Beim Lagerleben fällt ihm von vornherein der müßige Part des Zuschauers und Aufsehers zu. Als anfänglicher Voyeur erleben wir ihn schon bei dem Diebstahl und Überfall der jugendlichen Räuberbande (6, 308 f.), dann als heimlichen Beobachter der beiden traurigen Mädchen (6, 310 f.), schließlich, in der Rolle des »Mann im Mond« (6, 336), als Voyeur der nächtlichen Liebesszene zwischen Eva und Z (6, 337 f.), eine Rolle, die er zuvor schon als Leser des erotischen Tagebuchs gespielt hat (6, 330 ff.). Zu einem wahren Vexierspiel wird die Doppelgängerei am Ende des eben erwähnten Kapitels *Der Mann im Mond*. Als sich der Lehrer durch den nächtlichen Wald ins Lager zurücktastet, faßt er plötzlich mit vorgestreckter Hand in ein Gesicht und zuckt entsetzt zurück (6, 339). Später erfährt er, daß es sein gehaßter

»Komplize« T war – von T selbst (6, 371). In der geradezu sadistischen Wut, mit der der Lehrer den »Fisch« T verfolgt und schließlich zur Strecke bringt, liegt zweifellos ein Moment des Selbsthasses. So wie der Soldat, »das Kind unserer Zeit«, im Buchhalter sein alter ego umbringt (6, 506 ff.), tötet der Lehrer in T das Böse und Mörderische in sich selbst. Am Ende der erbarmungslosen Verfolgungsjagd wird das intime Verhältnis immer enger. Nach der anzüglichen Namensvertauschung (»Wissen Sie denn nicht, Herr Lehrer, was Sie in der Schule für einen Spitznamen haben? Haben Sie ihn nie gehört? Sie heißen der Fisch« [6, 372]) kommt es zu einer traumhaften Identität. In dem Kapitel *Das Gespenst* erscheint dem Lehrer nächtlich die Stimme des toten N und spricht:

Warum denken Sie nur an sich?
An mich?
Sie denken immer nur an den Fisch. Aber der Fisch, Herr Lehrer, und Sie, das ist jetzt ein und dasselbe.
Dasselbe?!
Sie wollen ihn doch fangen – nicht?
Ja, gewiß – aber wieso sind ich und er ein und dasselbe?
Sie vergessen den Henker, Herr Lehrer – den Henker, der den Mörder um Verzeihung bittet. In jener geheimnisvollen Stunde, da eine Schuld durch eine andere Schuld getilgt wird, verschmilzt der Henker mit dem Mörder zu einem Wesen, der Mörder geht gewissermaßen im Henker auf – begreifen Sie mich, Herr Lehrer?
Ja, ich fange allmählich an zu begreifen –
Nein, jetzt will ich nichts mehr wissen! (6, 398 f.)

Dieser Deutung zufolge wäre der Roman zu lesen als ein inneres Selbstgericht des Lehrers, des »geistigen Mörders« (6, 369), und seines Autors, das in eine hintergründige Kriminalgeschichte projiziert worden ist. Zugleich verwirklicht sich in der merkwürdigen, so wenig realistischen Mordgeschichte auf musterhafte Weise jene »vornehme pädagogische Aufgabe«, die Horváth in der dramatischen Wirkungstheorie seiner *Gebrauchsanweisung* dem Theater zugesprochen hat. Dort fragt er bekanntlich, warum die Zuschauer ins Theater gehen, »um zu sehen, wie ein (anständiger) Mensch umgebracht wird [. . .] und hernach in einer gehobenen weihevollen Stimmung das Theater zu verlassen« (8, 661). Und er gibt sich die Antwort: »Was geht denn da vor, wenn nicht ein durchs Miterleben mitgemachter Mord?«

Genau in dieser Weise machen der Leser wie der Lehrer des Romans den Mord an dem Schüler N mit, der von Horváth bewußt als Sündenbock und Widerling aufgebaut und angeboten wird. Umgekehrt identifizieren sich beide weitgehend mit Z und Eva, und sie alle zusammen trachten dem N unbewußt oder bewußt nach dem Leben. N wird ermordet – und der Leser (wie der Lehrer) hat »das Ventil wie auch Befriedigung (durch das Erlebnis) seiner asozialen Triebe« gefunden (8, 661).

Nun aber erfolgt die große Überraschung, nämlich genau das, wodurch sich Horváth von einer bloßen Ventil- und Befriedigungsdramatik unterscheidet und absetzt: eine eklatante »Störung der Mordgefühle«.[36] Nicht die Zentralfigur, der verstrickte, betroffene und beleidigte Z, ist der Mörder, sondern die Randfigur, der unbeteiligte und unauffällige Zuschauer und Voyeur T! In T verkörpert sich die »Demaskierung des Bewußtseins«; in ihm wird die pädagogische »Störung der Mordgefühle« Figur; er ist der böse Zwillingsbruder nicht nur des Lehrers, sondern auch des Lesers, der sich in ihm als miterlebender und mitmachender Voyeur des Romangeschehens wiedererkennen muß. Nur so, als Essenz der persönlich-moralischen wie der wirkungspoetischen Intentionen Horváths, kann seine seltsame Kunstfigur T erklärt und gerechtfertigt werden.

Die eigentliche Komplikation der Deutung steht trotzdem noch aus, und hiermit stoßen wir auf die schon erwähnte Doppelfunktion, der seine Spätwerke unterworfen sind. Das Aufklärungsgeschehen ist nämlich eingebettet in ein christlich-typologisches Bezugssystem und einen regressiven Gefühlsprozeß. Den Rahmen bildet der Besuch des Lehrers beim Pfarrer zu Beginn und sein Bekenntnis, weder an die Erbsünde noch an Gott zu glauben, und der Gegenbesuch des Pfarrers beim Lehrer, der inzwischen auf schmerzhafte Weise eines Besseren belehrt worden ist. In diesem Rahmen wird die Kriminalgeschichte als ein exemplarisches Spiel transparent, das die Möglichkeit des Sündenfalls, der Erbschuld und des ersten Brudermords in unserer Zeit auf die Probe stellt, und Selbstgericht und Selbstbestrafung des Lehrers erscheinen als eine eigentümliche Rückkehr zum Glauben und zu Gott.

In unserem Zusammenhang interessiert der innere Weg des Lehrers zu diesem Ziel. Er gibt sich überdeutlich als ein Prozeß der Regression zu erkennen. Das Kapitel der ersten Begegnung mit dem Pfarrer trägt den verräterischen Titel »Geh heim!«. Der Lehrer sieht an der Wand ein Kreuzigungsbild, das auch bei seinen frommen Eltern hängt. Dann heißt es[37]:

Es war im Krieg, da habe ich Gott verlassen. Es war zuviel verlangt von einem Kerl in den Flegeljahren, daß er begreift, daß Gott einen Weltkrieg zuläßt.
...
Und wie ich das Bild so betrachte, bekomme ich Sehnsucht nach meinem Vaterhaus.
Ich möchte wieder klein sein.
Aus dem Fenster schauen, wenn es stürmt.
Wenn die Wolken niedrig hängen, wenn es donnert, wenn es hagelt.
Wenn der Tag dunkel wird.
Und es fällt mir meine erste Liebe ein. Ich möcht sie nicht wiedersehen.
Geh heim!
...
Die Wolken ziehen, jetzt kommt der Schnee.
Geh heim!
Heim, wo du geboren wurdest. Was suchst du noch auf der Welt? Mein Beruf freut mich nicht mehr.
Geh heim! (6, 313 f.)[38]

Von dieser Regressionstendenz und heimlichen Todessehnsucht nach der weltlosen Geborgenheit und Unschuld der Heimat, der Kindheit, der Nacht und des Mutterschoßes, wird das gesamte typologische Geschehen erfaßt und überlagert. Diese Motive bilden ein Sprachfeld aus, das mit auffälliger Konstanz und Stimmigkeit an den entscheidenden Stellen des Spätwerks und in vielen Variationen wiederkehrt.

Zu Eva, die einerseits als Opfer der Gesellschaft erscheint, andererseits als lockendes, in der »Höhle« (!) wohnendes Naturwesen, spinnt sich sofort eine untergründige erotische Beziehung an. Sie bestimmt den Lehrer – den Voyeur des Sündenfalls zwischen Z und Eva und der ersten Schuldverstrickung – in seinem weiteren Handeln. Statt das Geschehen aufzudecken, möchte er es rückgängig machen und die Schuldigen aus eigener Machtvollkommenheit freisprechen:

Ja, Gott ist schrecklich, aber ich will ihm einen Strich durch die Rechnung machen. Mit meinem freien Willen. Einen dicken Strich.
Ich werde uns alle retten (6, 336).[39]

Aber während er noch die Rolle eines erlösenden Gottes spielen möchte, ist er bereits ein Glied in der allgemeinen erbsündigen Schuldverstrickung, die zur Kainstat führt. Und ihre Aufklärung von seiten des Lehrers erfolgt nicht im Namen des Glaubens, der Gerechtigkeit und Wahrheit, des Opfers N oder des zu Unrecht angeklagten Z, sondern im Banne seiner fast monomanischen Fixierung auf Eva – also immer noch servo arbitrio. Als er vor Gericht seine Mitschuld bekannt hat, heißt es:

Ich spürte den allgemeinen Abscheu um mich herum. Nur zwei Augen verabscheuen mich nicht.
Sie ruhen auf mir.
Still wie die dunklen Seen in den Wäldern meiner Heimat.
Eva, bist du schon der Herbst? (6, 363)[40]

Diese Verbindung Evas mit Heimat und Kindheit des Lehrers, zugleich mit dem Motiv des Schnees, des Winters und der Kälte, kehrt dann stereotyp wieder (6, 379, 383, 405). Erotischer Impuls, Regression, religiöse Entwicklung und Aufklärung des Kriminalfalls bilden eine unauflösliche Einheit. Sie gipfelt am Ende des Romans in der Begegnung mit der »Mutter« des Mörders T, der sich selbst gerichtet hat, im übertragenen Sinne also auch mit der Mutter des Lehrers.

Er erzählt ihr, der »bösen« Mutter, von den verelendeten Kindern des Zeltlager-Dorfes, die in Heimarbeit Puppen bemalen müssen. Sie bekommt einen hysterischen Anfall, und der Zettel mit dem Schuldgeständnis ihres Sohnes entfällt ihren Händen:

Plötzlich lächelt sie wieder und nickt mir zu.
Was war das?
Nein, das war doch nicht sie –
Das waren nicht ihre Augen –
Still wie die dunklen Seen in den Wäldern meiner Heimat.
Und traurig wie eine Kindheit ohne Licht.
So schaut Gott zu uns herein, muß ich plötzlich denken.
Einst dachte ich, er hätte tückische, stechende Augen –
Nein, nein!
Denn Gott ist die Wahrheit (6, 405).

Die böse Mutter hat sich unversehens in eine gute verwandelt. Durch ihre Augen hindurch werden die Heimat und Kindheit, Eva als heimliche Geliebte und als Urmutter des Menschengeschlechts und dahinter erst – aus einem einstmals bösen Gottesbild – Gott als die Wahrheit sichtbar.

Durch diese Abfolge wird zugleich der Stellenwert des Religiösen und Ethischen im Werk des späten Horváth umschrieben. Er wird weniger von der reifen Religiosität und Sittlichkeit eines Christenmenschen als vielmehr von dem Kinder- und Aberglauben von ehemals bestimmt, in dem hilflose Menschen auf der Flucht nach rückwärts ihren Schutz suchen. Die bewußte Signalwirkung des Romans für das Dritte Reich wird von dem unbewußten Krisenprozeß seines Autors eingetrübt. In der kunstvoll-naiven Vorstellungsweise und Sprache der Romanprosa – das Denken war Horváth nur als sinnliches Denken zugänglich – veräußert sich ein inneres Geschehen, das den »Durchbruch der Persönlichkeit«, wie eine Nachlaßnotiz zu *Ein Kind unserer Zeit* es nennt[41], allein als Rückkehr zu den kindlichen Ursprüngen zu vollziehen vermag. Wieviel Autobiographisches sich in diesem typischen Regressionsprozeß verbirgt, wird noch zu fragen sein.

Der innere Ablauf und die motivischen und metaphorischen Zusammenhänge des Romans *Jugend ohne Gott* werden noch deutlicher, wenn man auch die anderen Spätwerke in den Gesichtskreis einbezieht.

IV.

Ich nehme diese Ausweitung am Leitfaden der zentralen Motive Schnee, Eis, Kälte, Winter und des damit korrespondierenden Kindheits- und Kindermotivs vor. Beides findet sich bekanntlich am Schluß sowohl des Stückes *Don Juan kommt aus dem Krieg* wie des Romans *Ein Kind unserer Zeit*.

Die kalte Kindheit ist bei Horváth die stereotype Erfahrung der Kriegs- und Nachkriegsjugend: »›Es ist kalt‹, das bleibt meine erste Erinnerung . . .«, sagt der Soldat immer wieder (6, 514, 428, 438; 8, 579), genauso erinnert sich das Fräulein Charlotte (8, 413), und die gleiche Erinnerung würde auch zu Sladek und vielen anderen Figuren passen.

Sie erweitert sich aus der biographischen zu einer quasi universalgeschichtlichen Erfahrung durch folgende Belege: eine Skizze zum Ablauf der *Reise ins Paradies* notiert nach der Station der »Neandertaler« und der Sehnsucht nach dem »Paradies«: »L) Eiszeit (Adam)« (7, 37), und in dem achten Bild des verwandten, Ende 1932 entstandenen Entwurfs zum *Magazin des Glücks* –

worin ein überdimensioniertes »Haus Vaterland« noch im Kracauerschen Sinne als »Illusionsfabrik« und »Asyl für Obdachlose« erscheint[42] –, dort heißt es mit wünschenswerter Klarheit:

Am Nordpol. Annemarie hält einen Monolog und bedauert sich selbst und findet sich überflüssig auf der Welt. Am liebsten möchte sie erfrieren, weil das der angenehmste Tod ist. Man schläft auf Erden ein und dann schneit es nur ein bißchen und man erwacht im Paradies (7, 627).

Der Konnex der Motive Heimat, Kindheit, Schnee, Kälte, Tod, Liebe, Mutter, Adam und Eva, Paradies ... ist damit hergestellt. Die Vertreibung aus dem Paradies wie die Geburt verstoßen den Menschen in die Kälte und Schuld der Welt. Wer zu ihnen regrediert, hat zurückzusterben durch die Eiszeit und die Kältezone der Kindheit in die paradiesische Unschuld der Ungeborenen.

Eine besonders originelle und beziehungsreiche Variante dieses Komplexes – ein Verstoßungserlebnis – findet sich in dem Venusberg-Abenteuer des *Schlamperl*-Fragments. Die »Göttin der Liebe« begegnet Schlamperl dort als Tod:

»Ich bin der Tod«, sagte sie und wollte ihn umarmen und küssen, aber da stieß er sie von sich – und da war er draußen. Und das war eine arge Sache. Wer nämlich da heraußen ist, dem geht es schlecht. War zuerst noch Sommer, so war es jetzt Winter, war er zuerst in Gesellschaft, so jetzt war er allein. So grenzenlos allein ...

Es wehte ein kalter Wind, als er den Venusberg verließ. Eis und Sturm und die Wege waren tief verschneit ...

Eine grenzenlose Leere war in ihm ... Etwas hatte er verloren, etwas war fort aus ihm, der Glaube an die Allmacht der Liebe (8, 446 f.).

Von diesem Vertreibungs- und Geburtsvorgang, der alle wichtigen Motive versammelt, führen Verbindungslinien zur *Unbekannten aus der Seine*, zu *Don Juan*, dem *Jüngsten Tag*, zu *Jugend ohne Gott* und *Ein Kind unserer Zeit*.[43] Mit dem häufig anzutreffenden ödipedalen Verhältnis zwischen einem jüngeren passiven Mann und einer älteren aktiven Frau wirft er überdies autobiographische und psychoanalytische Probleme auf, die in diesem Beitrag nicht zu klären sind.[44]

Den umgekehrten Weg wie Schlamperl schlägt der Soldat aus *Ein Kind unserer Zeit* in dem letzten Kapitel *Der Schneemann* ein. Nachdem er im Buchhalter sein alter ego getötet hat, heißt es: »Seit gestern ist es bitterkalt. Die Luft verdämmert dunkelblau – ja, jetzt regiert das Eis« (6, 511). Ein zielloser Spaziergang führt ihn in einen verschneiten Park, in dem er seinen alten Kinderspielplatz (!) entdeckt. Mit geschlossenen Augen versinkt er in seinen Erinnerungen. Plötzlich stößt er auf einen Satz, der mit seiner universalgeschichtlichen Dimension so gar nicht zu ihm paßt. Er lautet: »Am Anfang einer jeden neuen Zeit stehen in der lautlosen Finsternis die Engel mit den erloschenen Augen und den feurigen Schwertern« (6, 513). Es sind, nach 1. Mose 3,24, die »Cherubim mit dem bloßen, hauenden Schwert«, die hier, als Wächter vor der »alten«, nicht vor der »neuen Zeit«, den Rückweg ins Paradies versperren.[45] Der Soldat aber hat ihn schon angetreten: »die Kälte wird wärmer werden – Es schneit, es schneit – wie in einem Märchenbuch . . . ›Es ist kalt‹, das bleibt meine erste Erinnerung –« (6,514; vgl. die Vorfassung 8, 589-593). Sein Weg durch den Roman hat ihn zurückgeführt zu dem »Verwunschenen Schloß« und dem geheimnisvollen Mädchen an der Kasse, bei dem er – eisessend! – zu Beginn schon einmal die Regression zur Kindheit und Mutter erfahren hat (6, 424 ff.). Eine Nachlaßnotiz präzisiert: »Und das verwunschene Schloß, das war meine Liebe – die Sehnsucht nach dem Frieden«[46] (vgl. 6, 441, 479 ff., 488, 492). Mit solchen Hinweisen legitimiert auch der Autor parabolische und allegorische Deutungen seines Spätwerks. Eine ähnliche Nachlaßnotiz hebt das fast überall immanente Ödipus-Verhältnis hervor, das in diesem Roman in der Episode mit der Hauptmannswitwe vorliegt: »Das Verhältnis zur Frau Hauptmann ist ein Ödipuskomplex – zur Frau des Vaters – zur Mutter.«[47]

Es gibt einen kleinen Prosatext, der Struktur, inneren Ablauf, sprachliche und gedankliche Gestaltung, Stimmung und den eigenartigen Humor der Spätwerke wie in nuce enthält. Er trägt den Titel *Der Gedanke* (5, 125-127) und gehört sowohl zu den späten *Märchen* wie in die Nähe des Romans *Ein Kind unserer Zeit* (8, 589-593).[48] Der Ich-Erzähler verbringt sein Leben mit der Suche und Sehnsucht nach einem wunderschönen, großen Gedanken, der ihm früher einmal begegnet war. Erst sterbend erkennt er ihn wieder, in dem »Engel des Todes«:

Ich bin weder ein Gedanke, noch ein Gefühl, ich bin der Friede! Friede auf Erden den Menschen, die unter der Erde liegen. Komm, ich bin das Nichts . . .« (5, 126)

In den Varianten zu *Ein Kind unserer Zeit* heißt es an entsprechender Stelle: »Eine große Hand nimmt mich in die Hand und hebt mich auf« (8, 593).

Den gleichen Rückweg wie der Soldat geht der aus dem Krieg heimkehrende Don Juan in einem Stück, dessen letzter Akt den Titel *Der Schneemann* trägt. Seine Endstation ist das Grab der toten Geliebten[49], die er vor dem Krieg verlassen hat und zu der er nun, nach langer vergeblicher Suche, zurückstirbt. Es ist ein Stück ohne Zukunft, auf der Suche nach der »verlorenen Zeit« des Friedens und der Liebe. Von Don Juans Todessehnsucht hat Horváth im *Vorwort* selbst gesprochen (2, 592; vgl. 8, 637). Am Anfang findet sich der kleine Dialog:

ERSTE Wo willst du denn hin?
DON JUAN Nachhaus.
ZWEITE Zur Mutter?
DON JUAN horcht auf: Das wär schön (2, 600).

Seitdem Otto Rank Don Juans Ödipuskomplex analysiert hat, ist eine Reihe psychologischer Arbeiten entstanden, die viele Spielarten möglicher Regressionstendenzen dieser Figur freigelegt haben. Das Eigenartige der Horváthschen Fassung ist es, daß Don Juan in einer männer- und vaterlosen Gesellschaft lebt und dadurch alles Aggressive und Revoltierende des »Burladors« verliert. Er wie die anderen Schlüsselfiguren Horváths wollen nicht den – durch den Weltkrieg ohnehin entthronten – Vater bei der Mutter ersetzen, sondern als Kind zu ihr zurücksterben.[50]

Fast alle Schlüsse der späten Werke stehen deshalb im Zeichen der Kinderwelt. So in *Die Unbekannte aus der Seine*: das weinende Kind, »Kinder sind doch die Zukunft« (3, 198); in *Hin und her*: Eva erwartet ein Kind (3, 270); in *Figaro*: die Heimschule für »Findelkinder« im Schloß, Figaros endlicher Kinderwunsch, der ihn zur »Menschlichkeit« zurückführt, die »klirrende Fensterscheibe« (4, 460 ff.); in *Pompeji* sind am Ende die »Kinder Gottes« in der Katakombe versammelt; der Schluß des *Don Juan* steht im Zeichen des Schneemanns und von zweimal zwei Mädchen (I, 640, 642); Mutter und Kind tauchen am Ende von *Ein Kind unserer Zeit* auf, und vom Kinder- und Kindheitsmotiv auf den letzten Seiten von *Jugend ohne Gott* war schon die Rede.[51] Hier liegt offenbar eine fast zwanghafte Fixierung des Autors vor.

Auch das sonst nicht ohne weiteres verständliche Ende der Erdbebenkomödie *Pompeji* läßt sich in einem analogen Sinn deuten. Unmittelbar nach dem schrecklichen Vesuvausbruch, der als Weltuntergang erfahren wird (»alles wird finster und alles bricht zusammen«), nach diesem Todesdurchgang finden sich die drei Figuren Matrosa (!) und das Liebespaar wunderbar gerettet und wiedergeboren in einer Katakombe, also im Schoß der Erde wieder. Diese Katakombe, die zugleich Höhle wie Grab bedeutet, auch als Mutterschoß zu verstehen, ist nach allem wohl keine Kühnheit mehr.[52] Gegen die bewußte Absicht des Autors, meine ich, verlöscht darum am Ende jenes »schwache Licht in der Finsternis«, von dem Horváth in einem Nachlaß-Vorwort zum *Figaro* spricht (4, 653), und die Figuren schlafen ein. Die »neue Zeit« ist auch hier die uralte, pränatale. Eine missionarische Wiedergeburt in die Welt ist nicht vorgesehen.

Ein letztes Wort muß der *Figaro*-Komödie gelten. Denn in ihr liegen die öffentlich-politische Aufklärungsabsicht und die sie durchkreuzende irrationale Regressionstendenz des Autors in ihrem peinlichsten Widerstreit. Anders ist die konsternierende Vermischung und Nivellierung von Französischer, proletarischer und faschistischer Revolution in diesem Stück gar nicht zu erklären. »Unter der in dieser Komödie stattfindenden Revolution ist nicht also die große Französische von 1789 gemeint, sondern schlicht nur eine jegliche Revolution, denn jeder gewaltsame Umsturz läßt sich in seinem Verhältnis zu dem Begriff, den wir als Menschlichkeit achten und mißachten, auf den gleichen Nenner bringen« (4, 653).

Dieser Widerstreit von Politik und Menschlichkeit ist schon in der Figur des Figaro angelegt, der die Revolution aus ganz privaten Gründen verläßt: »Ich bin ein Emigrant aus ehelicher Treue und sonst nichts!« (4, 419). Dazu finden sich in den Skizzen zwei aufschlußreiche Hinweise: »II. Stadium: [. . .] Ich hab einen entscheidenden Fehler begangen. Ich hab für die Liebe meine Überzeugung geopfert [. . .]«; diese Ansicht wird im »III. Stadium« widerrufen: »Ich hab recht gehabt. Die Liebe ist wichtiger als jede Überzeugung« (8, 718). Dieser Widerstreit setzt sich fort in der leicht zu belegenden Tatsache, daß sich sowohl in Figaro wie in der Figur des Grafen Almaviva Projektionen des Autors verkörpern. So, wenn der Graf vergeblich seine »Memoiren« zu veröffentlichen sucht: »Ein Graf Almaviva bietet sich an und kommt nicht in Frage! Sein Name wird ausradiert, sein Leben wird Nebel –« (4, 434). Hier wie anderswo sprechen sich typische Emigrationserfahrungen des Schriftstellers aus. Als »Graf« wurde Horváth übrigens von der höhnischen Nazi-Presse, also von den späteren »Revolutionären«, tituliert![53] Diese Zusammenhänge werten es auf, daß gerade Almaviva das typische Regressionsschicksal – samt allen Ingredienzien – erleidet. Er wird – sehr auf Mitleid hin konzipiert – zum Kind, das kein »zu Hause« mehr hat (4, 452). Die Szene III, 2 zeigt den Regressionsvorgang in höchster Verdichtung: Der Graf will »zuhause« schlafen, er sucht sich sein »Bett« im Wald, bleibt schließlich allein und will sich aufhängen: »Meine Frau sagte immer, wir sitzen noch in der Schule und warten auf die großen Ferien – (Er blickt empor.) Herr Lehrer, dauerts noch lang?« (4, 454-456). Heimsuchung, Tod, Kindheit, Gottessuche und Heimkehr fallen auch hier zusammen.

Der sowohl im Grafen wie in Figaro sich mächtig durchsetzende Heim- und Rückkehrwille entpolitisiert diese postrevolutionäre Komödie und läßt sie am Ende die Fackel einer »Menschlichkeit« entzünden, die jenseits aller politischen Korruption und jenseits aller Revolutionen brennen soll (4, 464; vgl. 7, 348 f.).[54] Ich fürchte, diese Menschlichkeit, die Horváth einmal so originell als »Verständnis und Verzeihung für die kleinen Schweinereien. Haß gegen die Großen« definiert hat (8, 669), ist nicht mehr von dieser Welt. Nicht der Revolutionär Figaro kehrt zurück, sondern das Findelkind hat heimgefunden in seine Findelkindwelt (vgl. 7, 345). Spricht sich darin das geheimste Lebensgefühl des Emigranten Horváth aus?

V.

An dieser Stelle breche ich die Textanalyse ab, um einige Schlußfolgerungen thesenhaft zusammenzufassen. Zunächst zu Horváth selbst:

1. Die Identitätskrise, die der Umbruch des Jahres 1933 in ihm auslöste, macht einen latenten psychischen Konflikt sichtbar, der schon frühzeitig in ihm angelegt worden ist. Er wurzelt in einer traumatischen Enttäuschung an Mensch, Gesellschaft und Staat durch den Ersten Weltkrieg und die Nachkriegszeit, hat also vorwiegend historisch-politische und sozialpsychologische Gründe. Dem in der Ich-Bildung begriffenen Jugendlichen fielen jene Über-Ich-Instanzen aus, bzw. sie wurden verdrängt, die für den »normalen« Übergang in den Erwachsenen-Status und ein stabilisiertes Identitätsgefühl unentbehrlich sind. Über die reli-

giöse Krise des Schülers im Jahre des Kriegsausbruchs (1914) – dem zuvor in Budapest im Erzbischöflichen Internat eine intensive religiöse Erziehung zuteil geworden war – wissen wir durch einige biographische Hinweise. Daß auch das Erlebnis des noch nicht Siebzehnjährigen, von einer älteren Frau verführt zu werden, tiefe Spuren in Psyche und Werk Horváths hinterlassen hat, habe ich lediglich angedeutet.[55] Auf jeden Fall blieb Horváth im Adornoschen Sinne ein »Beschädigter«.

2. Diesen Konflikt hat der junge Horváth niemals ausgetragen und abgearbeitet. Nach konfusen Fluchtversuchen in die »Poesie« – im *Buch der Tänze* ist uns ein Beispiel überliefert – wandte er sich kollektiven und sozialpolitischen Konzepten zu, in denen seine individuellen Konflikte mit der Gesellschaft und sich selbst anscheinend aufgehoben, in Wahrheit aber nur sistiert und vertagt wurden.

3. In der relativ stabilen Phase zwischen 1929 und 1933 kann Horváth in der Rolle des unbestechlichen Zuschauers und demaskierenden Realisten auftreten, weil die ihn umgebenden Verhältnisse seine traumatischen Enttäuschungen aufs genaueste zu bestätigen scheinen und damit zugleich das heimliche Überlegenheitsgefühl dessen, der die heillose Welt durchschaut hat. Die pauschale Negation der Gesellschaft als Kleinbürgertum und die einsame (und noble) Position des ironisch-satirischen Betrachters bedingen einander. Vor allem seinen vier berühmten Stücken steht Horváth in einer Haltung gegenüber, die ich das »Gulliver-gefühl« nennen möchte. Es ist das mit Selbstgenuß gepaarte Überlegenheitsgefühl des »normalen« Menschen, der – von oben – in eine Liliputaner- und Abnormitätenwelt hineinschaut. In Horváths mehrfach bezeugter Vorliebe für Liliputaner und Abnormitäten sehe ich in der Tat sein eigenartiges Verhältnis zu der eigenen Figurenwelt gespiegelt. (Noch der Lehrer in *Jugend ohne Gott* bewegt sich in seiner Klasse wie ein Riese in einer Zwergenwelt.) Neben dem Hinweis von Hertha Pauli[56] halte ich eine von Ulrich Becher überlieferte Äußerung Horváths in diesem Zusammenhang für außerordentlich interessant:

»Wenn ich einmal eine Familie gründe«, sagte er zu mir mit seinem kaum sichtbaren, behaglich-sarkastischen Lächeln, »möchte ich eine Tochter haben, die sich als Riesenweib, und einen Sohn, der sich als Löwenmännchen ausstellen kann. Auf diese Weise können die Kinder dann ohne viel Arbeit ihren Vater ernähren. Von irgend etwas muß ja ein Autor leben.«[57]

In diesem leicht sadomasochistischen Scherz schlägt sich kaum verhüllt das Verhältnis zu seinen poetischen Kindern nieder, von denen er als Autor-Vater lebt.

4. Es muß daher zu einer Aufgabe der Horváth-Forschung werden, auch die vier berühmten Volksstücke einmal als Projektionen ihres Autors aufzufassen und zu verstehen, also im scheinbar rein Objektiven das Subjektive freizulegen. Manches spricht dafür, daß auch sie sich schon als die realistischen Bilder verdorbener und verhunzter Paradiese, als Enttäuschungschiffren ihres Autors interpretieren lassen, so wie dies Urs Jenny bereits angedeutet hat. Daß ihnen eine entschieden gesellschaftskritische Perspektive und Kraft mangelt, zeigte sich nach 1933 schonungslos. Deshalb reagierte Horváth ganz anders, als man so obenhin erwarten sollte: mit einem Rückzug aus der politischen Gegenwart und der sozial-politischen Wirklichkeit. Versteht man das Jahr 1933 als unerbittlichen Prüfstein, an dem sich die Geister der bürgerlichen deutschen Schriftsteller schieden und zu scheiden hatten, der die Substanz und auch die psychischen Fundamente ihrer literarischen Produktion freilegte, so wird Horváth – neben vielen anderen – zu einem Modellfall für die Frage nach der historischen und gesellschaftspolitischen Rolle und Wirksamkeit des Schriftstellers und der Literatur überhaupt. (Um nur eine Frage ganz ketzerisch zu formulieren: war Horváth überhaupt ein Kritiker oder nicht vielmehr ein Nutznießer, ein Parasit der Weimarer Republik?) Im Gesamtrahmen der deutschen Schriftsteller-Emigration betrachtet, wird seine Reaktion und Antwort jedenfalls zu einer unter vielen. Man müßte sie zum Beispiel neben diejenigen von Thomas und Heinrich Mann, Döblin und Musil, Broch und Werfel, Friedrich Wolf, Brecht und Seghers stellen, um sie in ihrer persönlichen wie überpersönlichen, geistes- und gesellschaftsgeschichtlichen Eigenart zu durchschauen. Von hier aus wäre auch die Frage nach der Einheit des Horváthschen Werkes wieder neu und wohl mit mehr Erfolg zu stellen.

5. »Alle meine Kindheitserlebnisse habe ich im Kriege vergessen. Mein Leben beginnt mit der Kriegserklärung« (5, 8; 1929). Und: »Der Weltkrieg verdunkelt unsere Jugend und wir haben wohl kaum Kindheitserinnerungen« (1, 9; 1932). In solchen Erklärungen wird die biologische Geburt historisiert und an den Beginn der »kalten« Kriegszeit verlegt. Was so bewußt und unbewußt verloren, vergessen und verdrängt wurde, vor allem die »paradie-

sische« Vorkriegszeit der Kindheit, meldet sich in der Krise nach 1933 – als müßte er es nachholen – wieder zu Wort und strukturiert als regressive Tendenz weitgehend das disparate Spätwerk. An seinem Ende steht die ratlose Frage: »Warum mußt ich eigentlich weg von zuhaus? Wofür bin ich denn eingetreten? Ich hab nie politisiert. Ich trat ein für das Recht der Kreatur. Aber vielleicht wars meine Sünde, daß ich keinen Ausweg fand?«[58]

6. Der junge Brecht, der, aus zumindest nicht ganz unvergleichbaren sozialen Verhältnissen stammend, unter ähnlichen historischen Erlebnissen in die gleiche Krise geriet, hatte sie zu Beginn der dreißiger Jahre ausgetragen. Das Motiv der Kälte und die Regressionsstrukturen, die Horváths Spätwerk beherrschen, dominieren bei ihm gleich nach dem Ersten Weltkrieg.

Diese Thesen haben nicht die törichte Absicht, Horváth zu »entlarven«. Sie sollen vielmehr eine Kritik heute weitverbreiteter Rezeptionsmechanismen vorbereiten, die am Beispiel Horváths nur besonders deutlich hervortreten. Dazu, als Anregung und Provokation, noch drei Hinweise:

1. Das Werk des mittleren Horváth bietet dem heutigen Intellektuellen eine Rolle an, die seinem Wunschbild entspricht, das heißt, sie läßt ihn an dem »Gullivergefühl« des Autors partizipieren. Sie entlastet sein schlechtes soziales Gewissen in mehrfacher und angenehmer Hinsicht: sie verbindet ihn mit dem »Volk«, ohne seine Distanz zu ihm aufzuheben (auch darum sind Volksstücke gegenwärtig so gefragt); sie macht das Volk kritisierbar, ohne es geradezu schuldig zu sprechen; sie ermöglicht ihm eine volksnahe Gesellschafts- und Staatskritik, ohne seine soziale Identität zu gefährden (Intellektuelle sprechen keinen »Bildungsjargon«!); sie erinnert ihn an seine gesellschaftspolitischen Aufgaben, ohne sie ihm vorzuschreiben; sie appelliert auf eine Weise an sein soziales Mitleid, die nur zu seiner eigenen Reinigung führt, und sie befriedigt seine Hoffnung auf eine gesellschaftliche Wirkung der Literatur und damit auch seiner eigenen Tätigkeit.

Je mehr er sich mit dieser Rolle identifiziert, desto weniger ist er geneigt, sie vom Spätwerk her in Frage stellen zu lassen. Er wird es also behandeln, »als wär's kein Stück von ihm«, auf jeden Fall aber die sogenannten »Meisterwerke« sorgsam isolieren.

2. Mit dieser schizophrenen Haltung und Denkhemmung wehrt er die Möglichkeit ab, von der »Hilflosigkeit« des Spätwerks auf eine potentielle »Hilflosigkeit« auch der mittleren Werke zurück-

zuschließen. Denn dieser Rückschluß könnte eine Kettenreaktion auslösen, an deren Ende die Frage lauert: wenn sich hinter dem Erscheinungsbild eines linksorientierten und gesellschaftskritischen Schriftstellers und Menschen wie Horváth derart irrationale und regressive Strukturen und Tendenzen verbergen können, wie steht es dann mit uns? Welche Art von Aufklärung betreiben wir, und wie aufgeklärt sind wir über uns selbst, wenn wir zum Beispiel blindlings eine schmeichelhafte Rolle übernehmen, zu der Horváth vor 45 Jahren vielleicht noch legitimiert war?

3. Man wird vielleicht antworten: uns steht im Unterschied zu Horváth kein zweites Jahr 1933 bevor. Dazu als Schlußpunkt eine seiner späten Nachlaßnotizen: »Eine Welt ist zusammengestürzt, man muß ganz anders schreiben. Warum emigriert? Habe ich Fehler gemacht? . . . Weil man es nicht für möglich gehalten hat, daß das kommt.«[59]

1976

Anmerkungen

Jürgen Schröder, Professor an der Universität Tübingen, hat seine Untersuchung zum Spätwerk Ödön von Horváths zuerst im 1. Halbband der österreichischen Zeitschrift *Sprachkunst. Beiträge zur Literaturwissenschaft* 7 (1976), S. 49-71, veröffentlicht. Es handelte sich dabei um die überarbeitete und erweiterte Fassung eines Vortrags, der am 30. April 1973 gehalten wurde und »als Vorstudie zu einer größeren Arbeit über das Spätwerk Horváths verstanden werden« möchte.

1 Dem Beitrag lag die vierbändige Suhrkamp-Ausgabe (Ödön von Horváth, *Gesammelte Werke*. Frankfurt/Main 1970/71) zugrunde. Innerhalb dieses Abdrucks werden die Werke Horváths nach der 2. verb. Aufl. der achtbändigen Werkausgabe (1978) zitiert.

2 Zum Beispiel in: *Ödön von Horváth. Leben und Werk in Dokumenten und Bildern*. Hg. Traugott Krischke und Hans F. Prokop. Frankfurt/Main 1972, S. 2.

3 »Die beiden späten Romane«, sagt Werfel unter anderem, »überragen [. . .] alles, was er geschaffen hat.« In: *Materialien zu Ödön von Horváth*. Hg. Traugott Krischke. Frankfurt/Main 1970, S. 134. Von den Urteilen Csokors wird noch die Rede sein.

4 Axel Fritz, *Ödön von Horváth als Kritiker seiner Zeit*. München 1969, S. 79.
5 Marianne Kesting, *Panorama des zeitgenössischen Theaters*. München 1969, S. 79.
6 In: *Über Ödön von Horváth*. Hg. Dieter Hildebrandt und Traugott Krischke. Frankfurt/Main 1972, S. 79.
7 *Materialien zu Ödön von Horváth*, S. 14.
8 *Über Ödön von Horváth*, S. 87.
9 Ebd., S. 71 und 74.
10 Walter Huder, *Ödön von Horváth. Existenz und Produktion im Exil*. In: *Die deutsche Exilliteratur 1933-1945*. Hg. Manfred Durzak. Stuttgart 1973, S. 232-244.
11 *Materialien zu Ödön von Horváth*, S. 87.
12 Ebd., S. 77.
13 Axel Fritz, *Ödön von Horváth als Kritiker seiner Zeit*, S. 23.
14 Auszüge daraus in: *Zur Tradition der sozialistischen Literatur in Deutschland*. Berlin und Weimar 1967, S. 687 ff. und 801 ff. Einzig Bertolt Brecht grenzt sich mit seiner Rede *Eine notwendige Feststellung zum Kampf gegen die Barbarei* von dieser humanistisch-kulturellen Tendenz ab und verweist auf die »Eigentumsverhältnisse« als die »Wurzel aller Übel« (714-719).
15 Dazu neuerdings das großangelegte Werk von Hans-Albert Walter, *Deutsche Exilliteratur 1933-1950. Bd. 1: Bedrohung und Verfolgung bis 1933*. Darmstadt und Neuwied 1972, vor allem die »Einführung«, S. 7 ff. Auf S. 27 führt Walter aus: »Zum zweiten kann man nicht umhin, die politische Situation zu rekonstruieren, die während der Exiljahre herrschte und die Lebens- und Arbeitsbedingungen der geflohenen Schriftsteller bestimmte, man kann nicht umhin, die Veränderungen nachzuzeichnen, die sich im sozialen Status, im politischen Denken, in der Psyche der Schriftsteller, schließlich in ihrer literarischen Theorie und Praxis vollzogen haben.« Ebenso wichtig Bd. 2: *Asylpraxis und Lebensbedingungen in Europa*. Darmstadt und Neuwied 1972.
16 Brief an Csokor vom 24. November 1937 (8, 678).
17 Bertolt Brecht, *Gesammelte Werke in zwanzig Bänden*. Bd. 18. Frankfurt/Main 1967, S. 238.
18 Franz Theodor Csokor, *Zeuge einer Zeit. Briefe aus dem Exil. 1933-1950*. München/Wien 1964, S. 145 f.
19 Ebd., S. 129.
20 Ebd., S. 194.
21 Es bieten sich zunächst Csokors Werke an, an denen er in diesen Jahren arbeitete, z. B. die Tragödie *3. November 1918* (erschienen 1936); die Erzählungen *Über die Schwelle* (erschienen 1937); und vor allem das Loyola-Drama *Gottes General* (erschienen 1939).
22 Hier nur, als Beispiel, der flüchtige Hinweis auf einige Gedichte aus

Mehrings *Großem Ketzerbrevier* (München-Berlin 1974), die Assoziationen zu Horváth hervorrufen: *Die Umschöpfung* (214), *Standbild an der Grenze* (240), die ersten der *12 Briefe aus der Mitternacht* (244 ff.) und *La France Pétain* (302).

23 Spürbar etwa im »Vorwort« zu *Don Juan kommt aus dem Krieg*, wenn Horváth schreibt: »Es ist typisch für unsere Tage, wie sehr sich jeder Einzelne in seinem innersten Wesen ändert, infolge der Katastrophen, die die Allgemeinheit betreffen« (2, 591).

24 Auch diese Motive finden wir bei den gleichen Figuren, außerdem noch beim Grafen im *Figaro* und in *Pompeji*.

25 Verräterisch in dieser Beziehung ist auch seine vielzitierte Äußerung über *Jugend ohne Gott*: »Ich hab das Buch jetzt nochmals so für mich gelesen, und ich kann mir nicht helfen: mir gfallts auch! – es ist mir dabei noch etwas aufgefallen, nämlich: daß ich, ohne Absicht, auch zum erstenmal den sozusagen faschistischen Menschen (in Person des Lehrers) geschildert habe, an dem die Zweifel nagen – oder besser gesagt: den Menschen im faschistischen Staate.« In: *Materialien zu Ödön von Horváth*, S. 193. Von der Berechtigung der Feststellung einmal abgesehen, ist es doch verwunderlich, daß dem Verfasser diese politische Erkenntnis erst bei der nachträglichen Lektüre zu Bewußtsein kommt.

26 Daß dem Spätwerk Horváths das Licht der Aufklärung fehlt, läßt sich ganz konkret am Beispiel der Verbrechensaufklärung verifizieren. In der *Unbekannten aus der Seine* wird der Mord an dem Uhrmacher überhaupt nicht aufgedeckt, sondern verdunkelt; die »Versöhnung« wird durch ein mystisches Liebesopfer erreicht. Im *Jüngsten Tag* werden das Eisenbahnunglück wie der Mord an Anna auf eine vage christliche Erbsündigkeit des Menschen zurückbezogen, dadurch der menschlichen Gerichtsbarkeit entzogen und mystifiziert. Die Aufklärung des Verbrechens in *Jugend ohne Gott* vollzieht sich als übermenschlicher, irrationaler Vorgang, der ohne konkrete gesellschaftliche Rückwirkungen bleibt und in einer Flucht zu den »Negern« endet. In *Ein Kind unserer Zeit* werden zwar die sozialpsychologischen Bedingungen der Verbrechen beschrieben, aber keineswegs ihre gesamtgesellschaftlichen Ursachen freigelegt; folgerichtig begeht das Opfer am Ende einen irrationalen, niemals aufgeklärten Mord, für den es dann einen unverstandenen regressiven Sühnetod stirbt.

27 An dieser Stelle möchte ich einen Vortrag von Herbert Gamper hervorheben: *Die Zeichen des Todes und des Lebens. Zu bisher kaum beachteten Kontruktionselementen in Horváths vier »Fräuleinstücken«*. Abgedruckt in: Theater heute 15 (1974) H. 3, S. 1-6. Gampers überzeugende Analyse von Metaphern und Zeichensystemen weist schon in den mittleren Stücken eine Dimension auf (die »Allgegenwart des Todes im Leben«, S. 4), die meine eigene Analyse im folgenden für das

Spätwerk genauer zu definieren versucht. Folgerichtig weist Gamper auch »die Annahme eines Bruchs« in Horváths Werk zurück (S. 4). Vgl. hierzu auch Herbert Gamper, *Todesbilder in Horváths Werk*. In: *Horváth-Diskussion*. Hg. Kurt Bartsch, Uwe Baur, Dietmar Goltschnigg. Kronberg/Ts. 1976, S. 67-81.

28 Axel Fritz, *Ödön von Horváth als Kritiker seiner Zeit*, S. 256.

29 Hier taucht, in den Vorarbeiten oder Varianten, die Figur der »Altmodischen« wieder auf (7,358), von der wiederum Verbindungslinien zur »Unbekannten« und Zur »Göttin der Liebe« im *Schlamperl*-Fragment führen. »Ich bin der Tod, ich bin der Tod!« sagen alle diese Figuren.

30 Hierzu gehören auch die Raimund-Filmpläne aus dem Jahre 1934.

31 Nach dem Hinweis in: *Ödön von Horváth. Leben und Werk in Dokumenten und Bildern*, S. 189.

32 Der diametral veränderte Standpunkt wird deutlich in einer Briefbemerkung Csokors an Horváth: »Wir nehmen [. . .] Stellung zu einer Zeit, in der in unserer Generation – und Dich rechne ich trotz Deiner 34 Jahre zu uns – die Humanisten sind und in einer einst für revolutionär geltenden Jugend die Reaktionäre.« In: F. Th. Csokor, *Zeuge einer Zeit*, S. 75.

33 Daß auch Horváth in seiner Jugend als »Lehrerschreck« galt, hat Eugen Holly überliefert: *Materialien zu Ödön von Horváth*, S. 19.

34 *Materialien zu Ödön von Horváth*, S. 131.

35 Ebd., S. 133.

36 »Mit meiner Demaskierung des Bewußtseins, erreiche ich natürlich eine Störung der Mordgefühle – daher kommt es auch, daß Leute meine Stücke oft ekelhaft und abstoßend finden, weil sie eben die Schandtaten nicht so miterleben können. Sie werden auf die Schandtaten gestoßen – sie fallen ihnen auf und erleben sie nicht mit« (8,661 f.).

37 Der Text ist in meiner Wiedergabe geringfügig gekürzt.

38 Hier wie auch anderswo im Roman lassen sich unschwer autobiographische Anklänge entdecken; so im ersten Absatz die Abwendung von Gott; vermutlich denkt Horváth bei der »ersten Liebe« auch an das eigene Erlebnis der Verführung durch eine ältere Frau (5,9), das er hier im Lehrer als Verlust der Unschuld, als »Sündenfall« erlebt; es fällt seinen Angaben zufolge in den Herbst 1918.

39 Zumindest im Umkreis von *Jugend ohne Gott* scheint ein Projekt angesiedelt, von dem uns nur der Titel erhalten ist: *Den lieben Gott betrügen* (7,16). Die Häufigkeit, mit der die Haltung religiöser »Verstocktheit« im Spätwerk erscheint, läßt tatsächlich mit Jenny vermuten, daß der frühe religiöse Konflikt niemals erledigt, sondern nur verdrängt worden ist. Vgl. Anm. 9.

40 Vgl. 8,422: »Und das Meer lag still und gemütlich da, ein großer braver Bruder der stillen Weiher der Kindheit inmitten schwarzer Wälder.« Ein Beispiel für die Motiv- und Metaphernkonstanz in Horváths

Werk. Ein weiteres ist das Bild des »(gelben) Nebels«, an dem sich deutlich die Regressionsrichtung ablesen läßt. (Ort der »ungeborenen Seelen«) 5,76; 6,498; 8,464.

41 Axel Fritz, *Ödön von Horváth als Kritiker seiner Zeit*, S. 106.

42 Siegfried Kracauer, *Die Angestellten. Aus dem neuesten Deutschland.* Frankfurt/Main 1971.

43 Vgl. 3,183-185; zur Vereinigung von Liebe, Aggression und Tod das Geschehen zwischen Anna und Hudetz, und 6,330 f.; wörtliche Übereinstimmung in der Verführungsszene Schlamperls und des Soldaten, vgl. 6,446, und 6,448.

44 Auf jeden Fall verdient die Frage, welche Spuren das Verführungserlebnis des jungen Horváth in Psyche und Werk des Autors hinterlassen hat, eine sorgfältige Prüfung. Manches scheinbar Rätselhafte wird sich dabei aufklären lassen. In diesem Beitrag ergeben sich die psychologischen Deutungsmöglichkeiten aus der Textinterpretation, nicht umgekehrt die Textinterpretation aus einem psychologischen Deutungsansatz. Deshalb ist auch darauf verzichtet worden, das Phänomen der Regression mit sehr naheliegenden Definitionen Freuds zu erläutern.

45 Bei E. Lasker-Schüler lösten die Emigration und das Exil übrigens ähnliche seelische Erfahrungen, Reaktionen und Interpretationen aus: »Und folgerichtig verschmolzen für sie die ›Verscheuchung‹ aus Deutschland mit dem Verlust der glückseligen privaten Kindheit in dem Mythos der Vertreibung aus dem Paradies.« Egbert Krispyn, *Exil als Lebensform*. In: *Exil und Innere Emigration II. Internationale Tagung in St. Louis*. Hg. P. U. Hohendahl und E. Schwarz. Frankfurt/Main 1973, S. 106.

46 Axel Fritz, *Ödön von Horváth als Kritiker seiner Zeit*, S. 279.

47 Ebd., S. 177.

48 Bei dem Abdruck (5,125 ff.) scheint den Herausgebern ein Versehen unterlaufen zu sein. S. 126 unten folgt auf den eigentlichen Text *Der Gedanke* kommentar- und übergangslos eine Variante zu *Ein Kind unserer Zeit*.

49 In einer Variante zu *Ein Kind unserer Zeit* auch für den Soldaten (8,591 ff.).

50 Es gibt gute Gründe für die Annahme, daß auch Horváths *Don Juan* sich auf dem Rückweg zu seiner Mutter, der leeren Stelle zwischen »Großmutter« und »Enkelin«, befindet. Vgl. 2,644: »Ich will es jetzt sehen, was mich so sehr an sie band, daß ich mich an nichts binden konnte –« und die Szene des Wiedersehens, 8,641.

51 Vgl. oben S. 63.

52 Dagegen Csokors aktive Interpretation der »Katakombe«: »Ich habe die Katakomben vor Rom gesehen, in die dieser Same versenkt wurde, und immer wieder öffnen sich Katakomben, und immer wieder ist der Mensch, der den Geist erkannt hat, bereit, dafür zu leiden und zu

sterben.« In: *Zeuge einer Zeit*, S. 68.

53 Zum Beispiel im Berliner Abendblatt vom 14. Oktober 1929 in: *Materialien zu Ödön von Horváth*, S. 63.

54 Das Thema der »Korruption«, wohl mit dem religiösen Beigeschmack der »Verderbnis«, steht auch im Mittelpunkt der Komödie *Dorf ohne Männer* (eine »mittelalterliche Korruptionsaffäre« hat Horváth sie genannt, 3,8), die von allen Spätwerken wohl die schwierigsten Interpretationsprobleme aufwirft. Die Erdbebenkomödie *Pompeji* ist ebenfalls davon durchtränkt.

55 Vgl. die Anmerkungen 38 und 44.

56 *Materialien zu Ödön von Horváth*, S. 59.

57 Ebd., S. 91.

58 Axel Fritz, *Ödön von Horváth als Kritiker seiner Zeit*, S. 24.

59 Ebd., S. 272 f.

Horst Jarka

Zur Horváth-Rezeption 1929-1938

Ein Großteil der in den letzten Jahren erheblich angewachsenen Horváth-Forschung ist seiner Gesellschaftskritik gewidmet. Umso erstaunlicher ist es, daß die Rezeption seiner Stücke, in der sich die Reaktion der Gesellschaft auf diese Kritik, wenn auch in vielfacher Brechung, widerspiegelt, bisher nicht näher untersucht worden ist. Gabriele Reuther behandelt zwar im zweiten Teil ihrer Dissertation (1962)[1] die Verwirklichung der Stücke auf der Bühne, begnügt sich aber damit, den Angaben zu den Premieren ein paar Zitate aus Rezensionen folgen zu lassen. Eine Analyse der Kritikermeinungen ist nicht ihr Anliegen. Auch Kurt Kahls weit ergiebigere und noch immer lesenswerte Horváth-Monographie (1966)[2] behandelt in ihrem zweiten Teil das »Werk auf der Bühne«. Kahl geht, soweit es ihm auf engstem Raum möglich ist, auf schauspielerische Leistungen und das Bühnenbild ein, betont also die Verwirklichung der Werke auf der Bühne, nicht die Reaktion auf diese Verwirklichung. Daß er eine Analyse des Rezeptionsablaufs von Inszenierung zu Inszenierung nicht beabsichtigt, geht daraus hervor, daß er die Werke in der chronologischen Folge ihrer Entstehung und nicht ihrer Premieren abhandelt. So wird die *Unbekannte aus der Seine*, die 1933 geschrieben, aber erst 1949[3] uraufgeführt wurde, vor der Premiere von *Hin und her* 1934 behandelt. In den ungleich langen Kommentaren zu den einzelnen Stücken – auf die *Italienische Nacht* entfallen nur wenige Zeilen – werden im Anschluß an die Premieren auch Aufführungen nach dem Krieg erwähnt. Auf diese Weise wird in der Fülle der sicher wertvollen Einzelheiten, die Kahl zur Aufnahme der einzelnen Stücke bietet, der Rezeptionsverlauf des Gesamtwerkes immer wieder verwischt.

Schwierigkeiten in der Materialbeschaffung, denen Reuther und Kahl noch gegenüberstanden, sind heute weitgehend aufgehoben. Zu drei der bedeutendsten Stücke, den *Geschichten aus dem Wiener Wald, Kasimir und Karoline* und *Glaube Liebe Hoffnung*, liegen die Rezensionen bis Anfang der 70er Jahre in brauchbarer Auswahl im Druck vor.[4] Das Rezensionsmaterial auch zu den anderen

Stücken ist zum größten Teil seit Jahren im Horváth-Archiv an der Akademie der Künste in Berlin (West) einzusehen, wo es laufend ergänzt wird. Wenn im folgenden eine Auswertung dieses Materials versucht werden soll, so nur unter ausdrücklichem Hinweis auf die Problematik eines solchen Unterfangens. Die Aufführungen selbst werden nicht aus eigener Anschauung beurteilt, sondern ihre Beurteilung durch andere soll analysiert werden. Die einzige uns zur Verfügung stehende Grundlage einer solchen Analyse sind Kritiken in Zeitungen, Zeugnisse von relativem Wert, da sie die Subjektivität des Rezensenten widerspiegeln, unter Zeitdruck geschrieben und oft genug impressionistisch selektiv in den Beobachtungen sind. Obwohl sie auf einen spezifischen Leserkreis abgestimmt sein können, stellen sie kein kollektives Urteil dar, ja sie stehen häufig im Gegensatz zur Publikumsreaktion. Wir sehen, wie leicht sich Thalia in Pandora verwandeln kann, wenn man sich auf Rezeptionsforschung einläßt. Freilich machen Relativität und Spontaneität der Urteile die Faszination des Abenteuers aus, erweist sich doch gerade darin das Theater als lebendige gesellschaftliche Wirklichkeit. In den brillanten Rezensionen Iherings, Kerrs, Polgars[5] erleben wir dramatische Momente der Theatergeschichte: noch hat sich der junge Stückeschreiber Horváth vor den Meistern der Zunft zu bewähren. Erst im nachhinein zeigt sich, wo die Kritiker an ihm versagten.

Die folgende Übersicht versucht, in dem komplexen Ineinander von Werk, Aufführung, Kritik und gesellschaftlichem Klima einige Hauptlinien anzudeuten. Die zeitliche Abgrenzung der Arbeit ergab sich notwendig aus der politischen Entwicklung, die in der Horváth-Rezeption der dreißiger Jahre deutlich genug ihren Niederschlag fand. Eine Darstellung der Rezeption zu Horváths Lebzeiten ist schließlich als Beitrag zu seiner Biographie gerechtfertigt, auch im ganz prosaischen Sinn, war er doch auf die Einkünfte aus seinen Arbeiten angewiesen. Das geringe Echo, das seine Stücke nach 1933 fanden, war zweifellos einer der Gründe, warum er sich sieben Jahre nach dem *Ewigen Spießer* (1930) wieder der Prosa zuwandte. Inwiefern die Rezeption der Stücke sein dramatisches Schaffen unmittelbar beeinflußte, läßt sich nur vermuten. Sicher ist, daß sie ihm die wenigen theoretischen Äußerungen abnötigte, die wir von ihm haben.

I.

Rascher Aufstieg – zum unerwünschten Kleistpreisträger. Berlin 1929-1933[6]

Horváths erstes Bühnenwerk, das über die Bretter ging, beruhte auf einem doppelten Mißverständnis. Der Komponist Kallenberg verwechselte Horváth mit einem anderen Schriftsteller und bestellte bei ihm eine Pantomime. Horváth verwechselte sich selbst mit einem anderen Schriftsteller und schrieb sie. Wenn man heute das Ergebnis, *Das Buch der Tänze*, liest, könnte man glauben, Horváth habe einen exotisch angehauchten Ästhetizismus parodieren wollen. Aber es war ihm wohl ernst mit dieser verschwommenen Lyrik, und man versteht, warum er später so ein feines Gespür für Kitsch entwickelte. Als ein Rezensent der zweiten Aufführung (Osnabrück, 1926) seine Besprechung mit den Worten einleitete »Es ist eine Schmach«, nahm ihm Horváth dies wohl nicht übel. Er vernichtete die Buchausgabe und kaufte alle Exemplare zurück, die er auftreiben konnte.

Folgte Horváth nicht den Anregungen anderer, sondern seiner eigenen Intuition, so schien er wohl zu wissen, welche seiner Versuche ihm gemäßer waren. So ließ er den *Mord in der Mohrengasse* in der Schreibtischlade liegen und führte das historische Drama *Dosa* nicht weiter aus. Es ist bezeichnend, daß *Revolte auf Côte 3018*, das erste Drama, das Horváth einer Bühne anbot, durch einen Zeitungsbericht angeregt wurde. Hier erhielt das Thema der sozialen Ungerechtigkeit, das ihn am Dosa-Stoff interessiert hatte, unmittelbare Aktualität. Nicht die Bauern des 16. Jahrhunderts lehnen sich auf, sondern die Proletarier der zwanziger Jahre. Horváth näherte sich dem Zeitstück. Seine Arbeit im Büro der Liga der Menschenrechte verstärkte diese Tendenz in seinem Schaffen. Daß das Stück bei der Hamburger Uraufführung vor den Kritikern nicht standhielt, entmutigte ihn nicht. Auch war die Reaktion des Publikums großzügiger gewesen, und der Berliner-Volksbühnen-Verlag war bereit, das Stück zu übernehmen. Horváth arbeitete es sofort um. Anfang 1929 wurde die neue Fassung in der Berliner-Volksbühne inszeniert. Die Kritik war geteilt. Bernhard Diebold gestand Horváth »eine Menge Gehör für das Wirkliche« zu, sagte ihm aber Mangel an Phantasie nach (Frankfurter Allgemeine Zeitung, 7. 1. 29), was damit zusammenhängen mag, daß der Regisseur (Monty Jacobs bezichtigte ihn des Mordes am Dichter, Vossische Zeitung, 6. 1. 29) der dramatischen Phantasie allzuviel nachhalf und die schon überspitzte Handlung mit Geräuscheffekten übersteigerte. Weniger anspruchsvolle Rezensenten nahmen den »Radau« in Kauf. So berichtete Moritz Loeb in der Berliner Morgenpost (6. 1. 29), daß die Maschinen im letzten Akt als geräuschvolle Mitspieler leider fast ganz das Wort nahmen; »doch«, so fuhr er fort, »auch dieses Toben der Elemente rüttelt, wie die soziale Tendenz die Herzen auf.« Die soziale Tendenz brachte dem Stück wohl das begeistertste Lob ein; das Pathos des Stückes setzte sich im Pathos der Reaktion darauf unmittelbar fort: »Ein Stück, das uns alle angeht . . . ein Stück, das nicht gesehen zu haben ein blutiges, nicht wieder gutzumachendes Versäumnis ist, ein Stück, das weckt und entzaubert und die Lüge demaskiert, ein Stück, das mitreißt und das man nicht vergessen kann. Ein Ehrentag der Volksbühne. Einmal schlägt ein jedes Wetter um.« (Martin, Zeitung? Datum?). Kein Wunder, daß im Berlin des Jahres 1929 ein Stück, das derartiges Lob erntete, die politische Gegenseite zu ebenso heftiger Ablehnung veranlaßte. (Ludwig Renner [Zeitung?] sprach von einer »Zug-Spitzenleistung der Hetzdramatik«). Mit dem ersten Stück Horváths, das in Berlin zu sehen war, begannen die Angriffe reaktionärer Kritiker, die nicht verstummen sollten, bis sich ihm die deutschen Bühnen verschlossen. Eine der Stereotypien der Kritik von rechts ist die Verteidigung des »guten« Volksstückes – der »versöhnende Humor« eines falsch verstandenen Nestroy gilt als sein vornehmliches Charakteristikum – gegen Horváths »tendenziöse Einstellung« (»Entartung« wird man später sagen). Die Schauspieler werden im Gegensatz zum Autor gelobt, ihre Leistung sei viel zu gut für diesen »Gutgläubige irreleitenden dichterischen Schund« (Renner).

Im Berlin von 1929 konnten derartige Meinungen dem Erfolg des Stückes noch keinen Abbruch tun, ja sie mögen ihn als Herausforderung begünstigt haben. Auch die ästhetischen Bedenken Diebolds und Jacobs wogen wenig im Vergleich zu einem Lob, wie es in der Berliner Morgenpost (Auflage: 200 000) zu lesen war. In zwei Monaten kam es zu zwanzig Aufführungen (Kahl, S. 10). Ein Vertrag mit Ullstein gab Horváth finanzielle Rückendeckung für weitere Arbeit. Berlin, damals das Zentrum des deutschsprachigen Theaters, wurde auf Horváth aufmerksam.

Blätter mit Massenappeal (Film-Kurier, 12. 10. 29, Tempo, Datum?) druckten Interviews mit ihm als Ankündigungen seines nächsten Stückes: *Sladek, der schwarze Reichswehrmann.* Die Premiere, eine Matinee-Vorstellung der »Aktuellen Bühne« im Lessing-Theater, wurde von den einflußreichsten Theaterkritikern eingehend besprochen. Noch gelang Horváth der Durchbruch nicht. Das Stück wurde als zu leicht befunden – nicht ohne Horváths Schuld. Der Untertitel »Historie aus dem Zeitalter der Inflation« erwies sich – mit bewußter Ironie Horváths? – als inflationistisch: der Themenkomplex Schwarze Reichswehr – Fememord – geheime Aufrüstung forderte zum Vergleich mit anderen Zeitstücken heraus, den das Stück nicht aushielt. Herbert Ihering, der konsequenteste Verfechter des Zeittheaters als Träger einer politisch und formal progressiven Dramatik fällte ein vernichtendes Urteil (Berliner Börsen Courier, 14. 10. 29). Er nannte Horváth einen »Mitläufer«, der das Zeittheater als Konjunkturritter mitmache und dessen fortschrittliche Aufgabe preisgebe: »Ein törichtes Stück ... Ältestes Theater ... Zu schwach zum Kampf, zu dürftig zur Darstellung ... Wer heute diesen Komplex behandelt, der müßte die Zustände darstellen, die eine entwurzelte Jugend in die Freikorps und illegalen Organisationen trieben.« Wie aus dem im Tempo abgedruckten Interview hervorgeht, hatte Horváth durchaus vorgehabt, die gesellschaftlichen Kräfte aufzuzeigen, aus denen der Typus Sladek zu erklären war, aber er malte die »Zustände« nicht breit aus, sondern ließ sie in den »skizzenhaften« Dialogen durchblicken. Schon in diesem frühen Stück war er auf dem Weg, jene vielschichtige Dramatik der Umgangssprache zu entdecken, die sein bedeutendster Beitrag zum deutschen Drama des Jahrhunderts werden sollte. Doch war dieser neue Stil in dem Stück nicht genug ausgeprägt; Ihering erkannte aus erklärlichen Gründen das Neue nicht, nahm die Oberfläche für das Ganze und sprach von den »langweiligsten Sentimentalitäten mit aktuellen Schlagworten durchsetzt«. Andere, weniger rigorose Kritiker waren eher bereit, auf das Stück einzugehen, wenn auch kein einziger mit schwerwiegender Kritik zurückhielt. Kurt Pinthus (8 Uhr Blatt, 14. 10. 29) fand – wie Ihering – weder überzeugende Sachlichkeit noch überzeugende Vision an dem Stück, erkannte zwar Horváths Talent für Demaskierung durch Sprache an, schränkte aber das Lob mit dem Vorwurf der Skizzenhaftigkeit des Ganzen wieder ein. Monty Jacobs stieß sich nicht am Mangel an Sachlichkeit, an genauer Darstellung der Zeitumstände (»Horváth ist nämlich Dichter genug, um zu wissen, daß er beim Wetteifer mit dem Zeitungsblatt den kürzeren ziehen muß.« [Vossische Zeitung, 14. 1. 29]), er erkannte, daß es Horváth nicht auf den großen komplexen zeitgeschichtlichen Rahmen, sondern auf den soziologischen Zeittypus Sladek ankam, riet aber Horváth, nicht Tragödien, sondern Komödien zu schreiben, weil »die Tragödie des jungen Reichswehrmannes trotz tödlichem Ausgang überall zur Tragikomödie wird« – erster Hinweis auf einen wesentlichen Zug in Horváths Werk überhaupt. Horváth mag schon seinen frühen »Helden« tragikomisch verstanden haben, formuliert hat er das Tragikomische als Gestaltungsprinzip erst viel später. – Alfred Kerrs Kritik blieb in krassem Gegensatz zu der Iherings aphoristisch wohlwollend: »Propagandastück mit Kunst? Manchmal. Zwischendurch Spuren eines Dichters.« (Berliner Tageblatt, 14. 10. 29) Das Dichterische sah Kerr in Horváths Menschendarstellung, »wenn er sich von der Tendenz fortverliert«, wie bei der Gestaltung von Sladeks Verhältnis zu Anna.

Iherings überraschendes Urteil: »Ein aktuelles Stück? Ein veraltetes Stück, längst durch eine größere Wirklichkeit überholt«, mag sich daraus erklären, daß er Horváths Demaskierung der Mitläufermentalität als belanglos verwarf. Sonst hätte er einräumen müssen, daß es die Sladeks waren, die an der »größeren Wirklichkeit« nicht unbeteiligt waren – ein Jahr nach der Uraufführung des Stückes errangen die Nazis 107 Mandate. Max Osborn sprach dem Stück die Aktualität keineswegs ab: »Die Geschichten von der Schwarzen Reichswehr . . . liegen an sich wohl zurück. Doch die hakenkreuzlerische Verschwörerluft und Putschatmosphäre, die um sie wehte, ist durchaus nicht abgezogen.« (Berliner Morgenpost, 15. 10. 29) Und in Kurt Grossmanns Ossietzky-Biographie (1963) kann man nachlesen, wie wenig 1929 die Problematik der geheimen Aufrüstung historisch geworden war. Weitere Beweise für die Aktualität des Stückes lieferte schließlich die reaktionäre Presse, die ihrer heftigen ideologischen Ablehnung teils offen (». . . Graf Ödön Horváth, jetzt eine Zierde des deutschen Kommunistenlagers . . .« [F. S.-s.,[7] Berliner Abendblatt, 14. 10. 29]), teils in ästhetisch motivierten Verrissen (Montagecho, 14. 10. 29) die Zügel schießen ließ. Jedenfalls erwiesen sich die Bedenken auch der wohlmeinenden Kritiker als so gravierend, daß das Stück nicht ins regelmäßige Programm übernommen – und bis 1967 nicht mehr aufgeführt wurde.

Horváth bedurfte nicht Monty Jacobs' Aufforderung, Komödien zu schreiben. *Zur schönen Aussicht* war wahrscheinlich schon 1926 entstanden, *Rund um den Kongreß* lag bereits 1929 als Bühnenmanuskript des Arcadia-Verlages vor. Daß nicht diese Stücke, sondern Horváths Versuche im Tragischen, *Die Bergbahn* und *Sladek*, aufgeführt wurden, legt die Vermutung nahe, daß die Intendanten und Regisseure und vielleicht Horváth selbst die politische Thematik dieser Stücke für wichtiger und zugkräftiger (?) hielten als die bittere Gesellschaftskritik der beiden Komödien. Eine Verbindung von Komik und Politik gelang Horváth erst in der *Italienischen Nacht*, die, auf Grund persönlicher Erfahrungen Horváths während einer Saalschlacht 1930 entstanden, von Ernst Josef Aufricht zur Uraufführung im Theater am Schiffbauerdamm prompt angenommen wurde. Diesmal schien Horváth es seinen Kritikern recht gemacht zu haben, von jenen abgesehen, für die er von vornherein »persona non grata« war. Zweifel an der politischen Relevanz, wie sie anläßlich des *Sladek* laut geworden waren, waren ausgeschlossen; die Aktualität des Stückes nahm leider von Tag zu Tag zu. Das Stück war wohl nicht handlungsstärker als die anderen Stücke Horváths, aber überragte sie an Reichtum an Gestalten und dankbaren Rollen und befriedigte Kritiker, die neben Aktualität auch Qualität forderten. Ihering war wie ausgewechselt. Horváths ›Sündenfall‹ *Sladek* war vergeben – und ebenso vergessen wie Iherings vernichtendes Urteil, das er mit keinem Wort erwähnt: »Ein großer Erfolg. Für das Stück und für die ausgezeichneten Schauspieler [Oskar Sima, Elsa Wagner, Fritz Kampers]. Es gehört Mut dazu, diese Komödie heute zu zeigen.« (Berliner Börsen-Courier, 21. 3. 31) Auch Ihering bescheinigte nun Horváth, er habe »für die Komödie ausgesprochene Begabung (die in seinem ersten Stück, der *Bergbahn*, noch unter tragischem Gepolter versteckt blieb)«.

Abgesehen von ihrer dokumentarischen Bedeutung sind die Rezensionen der dreißiger Jahre beachtenswert, weil sie Urteile enthalten, die in der Kritik während der »Horváth-Renaissance« dreißig Jahre später mit dem Anspruch der Neuentdeckung auftreten. So weist Ihrering schon 1931 auf Ähnlichkeiten zwischen Horváth und Marieluise Fleißer hin, die ironischerweise erst im Zuge der Horváth-Renaissance und Horváth-Nachfolge (Sperr,

Kroetz) wiederentdeckt werden sollte. Auch die Frage nach dem politischen Standpunkt Horváths in diesem Stück wird schon anläßlich der Uraufführung in einer Weise erörtert, die die Argumente späterer Rezensenten vorwegnimmt. Ihering fand, Horváth sei nicht konkret genug, er nenne keine Partei mit Namen, das »Denkmalsattentat« sei ein allzu schwaches dramatisches Mittel, die Handlung anzukurbeln. Ein »ernster Konflikt« hätte ins Zentrum gestellt werden müssen, ein Weltanschauungsgegensatz, nicht nur ein Generationsgegensatz (Stadtrat-Martin). Die Gestalt des Martin, die die spätere Horváth-Kritik immer wieder als Indiz von Horváths Engagement beschäftigen sollte, gab schon bei der Premiere Anlaß zu fragen, wie weit Horváths Ironie einen eindeutigen Standpunkt relativierte: Ihering fand Martin »sehr spaßig, sehr wirksam, aber [!] selbst schon fast verbonzt; Absicht?« Während jedoch Ihering, Norbert Falk (Berliner Zeitung, 21. 3. 31) und der Rezensent der Berliner Morgenpost (22. 3. 31) Horváths Satire auf Phrasendrusch, Muckertum und verspießerte Vogel-Strauß-Politik als Warnung und somit als konstruktive Kritik auffaßten, bezichtigte ihn Arthur Eloesser (Vossische Zeitung, 21. 3. 31) der Standpunktlosigkeit. Eloesser erwähnt einen eben vorgefallenen Terrorakt der Nazis als Beweis dafür, wie unverantwortlich es von Horváth sei, keine eindeutige Front bezogen zu haben – zu einer Zeit,

»wo humoristisches Zusehen und Nachsehen eine Verschuldung des Geistes und des Herzens bedeutet. Da muß gekämpft werden, und wenn der Dichter kein Parteibuch führen will, es gibt eine Partei der Menschheit und es gibt eine andere der Roheit und der Unwahrheit . . . Was hilft uns seine Überlegenheit, was sagt uns ein Talent, ohne das Temperament, das sich für einen Sinn, für eine Idee entscheiden müßte!«

Auch Fritz Engel (Berliner Tageblatt, 21. 3. 31) konstatiert Horváths Distanz, hält sie ihm aber als wünschenswertes Charakteristikum des Komödienschreibers zugute. Die rechtsgerichtete Presse hatte allerdings keine Schwierigkeit, in dem Stück des »Ungarn« eine Tendenz zu entdecken, und zwar eine unvölkische:

»Lange versteckt er seine eigene Gesinnung, bis er sie zum Schluß in krasser und herausfordernder Weise dennoch bekennt . . . Schließlich sind's aber doch die verhaßten Faschisten, die als ›feige Hunde‹ und ›Maulhelden‹ zuerst von einem wütenden Weibe angeprangert und schließlich von Kommunisten mit

Heldenmut verhauen werden! Daß die deutschen Moskowiter hierbei zugleich als Retter der in die Patsche geratenen roten Stadträte und Konsorten erschienen, ist eine besonders beachtenswerte Pointe, die an Deutlichkeit nichts zu wünschen übrig läßt.« (F. S.-s., Berliner Lokal-Anzeiger, 21. 3. 31)

Derselbe Rezensent hatte im Berliner Morgenblatt Horváth anläßlich der *Sladek*-Premiere angegriffen. Die völkischen Kulturwächter ließen Horváth nicht mehr aus den Augen, und ihr »Befund« fand Verbreitung. Im Juli 1931 kam es zur Gerichtsverhandlung über die Murnauer Saalschlacht. Horváth sagte zugunsten des Reichsbanners aus. Der Verteidiger der Gegenseite versuchte – damals noch ohne Erfolg – Horváth zu disqualifizieren, indem er ihn als Zeugen hinstellte, »der nur Tendenzstücke gegen die Nationalsozialisten schreibt!« (Münchner Post, 23. 7. 31)

Der Bühnenerfolg der *Italienischen Nacht* war unbestritten. Das Stück wurde in Berlin in zwei Monaten zwanzigmal aufgeführt (Kahl, S. 11) und war das erste Werk Horváths, das auch in Österreich zu sehen war. Drei Monate nach der Berliner Uraufführung inszenierte es Oskar Sima am Wiener Raimundtheater unter der Intendanz Rudolf Beers, der damals auch das Volkstheater leitete. Sima, der wieder den Stadtrat spielte, ließ waschechten Wiener Dialekt sprechen. Dadurch ergab sich einerseits eine schiefe Perspektive (»Selbst wenn der Anschluß vorweggenommen wäre, durch die Bezeichnung Wiens als süddeutsche Kleinstadt ist die Satire doch einigermaßen weit getrieben«, meinte der Rezensent [e. kl.[8]] der Neuen Freien Presse [7. 7. 31], der freilich nicht ahnen konnte, wie sehr der »Anschluß« Wien zu einer Provinzstadt degradieren sollte!), andrerseits konnten dadurch die Wiener Horváths Demaskierung der Phrasen mehr mitgenießen, waren ihnen die österreichischen Varianten von Schwarz, Rot und Braun doch zur Genüge bekannt: »Das Wiener Publikum kannte sich sofort in der bayrischen Kleinstadt aus, und glaubte sogar Bekannte zu sehen.« (A. W., Neues Wiener Tagblatt, 7. 7. 31) »Das Publikum horchte mit gespitzten Ohren scharf auf jede politische Anspielung, war in ausgezeichneter Laune, beifallsfroh und äußerte unverkennbare Freude, nämlich Schadenfreude. Welcher Wähler hätte sie nicht, wenn sein Erwählter einmal unter die Lupe genommen wird.« (Neue Freie Presse, 7. 7. 31) Freilich blieb Horváth auch in Wien der Vorwurf der Standpunktlosigkeit nicht erspart: »Indem er es sich mit allen verdirbt, ausnahmslos, versöhnt er sie wieder. Auch Horváth ist als Stückeschreiber kein schlechter Wirt.« (Ibid.) Und obwohl Horváth in einem Interview zwei Tage vor der Premiere erklärt hatte, in seinem Stück gehe es »nicht gegen Politik, aber gegen die Masse der Politisierenden, gegen . . . den Gebrauch politischer Schlagworte« (Wiener Allgemeine Zeitung, 5. 7. 31), kam der Rezensent des Neuen Wiener Tagblatts (7. 7. 31) zu dem Schluß: »Im tiefsten ist diese politische Satire antipolitisch. Weg von der vielen Politik!« So blieb die Rezeption des Stückes in Wien auf die Gaudi beschränkt – wohl nicht ganz ohne Schuld des Regisseurs Sima, der auf die Frage, ob das Stück Aktualität habe, erklärte: »Und ob! Glänzende Pointen, mit einem Wort, eine lustige Persiflage.« (Wiener Allgemeine Zeitung, 3. 7. 31) Die Warnung vor der faschistischen Gefahr, die Horváth in seinen Bemerkungen zum Stück zwar nicht ausgesprochen hatte, die aber in dem Happy-End auf Widerruf deutlich genug zum Ausdruck kam, blieb in Wien ungehört, obwohl die österreichische Demokratie 1931 bereits ebenso gefährdet war wie die Weimarer Republik.

Das Jahr 1931 war der Höhepunkt in Horváths Laufbahn als Dramatiker. Nach den erfolgreichen Aufführungen der *Italienischen Nacht* schloß er die *Geschichten aus dem Wiener Wald* ab. Heinz Hilpert nahm sie sofort zur Inszenierung an. Im Herbst erhielt Horváth, zusammen mit Erik Reger, auf Vorschlag Zuckmayers den Kleistpreis. Kurz darauf wurden die *Geschichten* am Deutschen Theater uraufgeführt, und zwar mit einer Starbesetzung: Paul Hörbiger, Hans Moser, Lucie Höflich, Willy Trenk-Trebitsch. Keiner anderen Premiere zu Lebzeiten des Autors war ein gleiches Echo in der Presse beschieden. Nicht nur in den Berliner Blättern, sondern auch in Wien, Leipzig, Frankfurt und Dresden wurde darüber berichtet. Hilpert wurde als der kongeniale, schöpferische Horváth-Interpret gefeiert. Ein »durchschlagender Erfolg« also – vor allem für Hilpert und die Schauspieler. Die Kritik an Stück und Autor war differenzierter und nicht ohne Mißverständnisse, die noch in der Horváth-Renaissance nach dem Krieg ihr zähes Leben bewiesen. So machte man es sich leicht, indem man erklärte, Horváth habe es sich leicht gemacht und eben eine bitterböse Satire auf Wien und die Wiener geschrieben. Rudolf Lothar versicherte seinen Lesern in Wien (Neues Wiener Journal, 10. 11. 31), das Stück sei ein »satirischer bunter Bilderbogen«, Horváth sei ein brillanter Karikaturist im Genre von Georg (*sic*) Groß.

Erich Kästner berichtete in der Neuen Leipziger Zeitung (Datum ?), »Horváth zerstöre nicht nur das überkommene Wiener Figuren-Panoptikum, er gestalte ein neues, echteres außerdem«. – Also doch Panoptikum! – In ähnlicher Weise sah Ihering in dem Stück bloß ein negatives Umkehrbild, eine Gegenkonstruktion, d. h. die »literarische Reaktion auf die Legende Wien« (Berliner Börsen-Courier, 3. 11. 31), in die Horváth hineingeraten wäre, weil ihm jene »direkte Anschauung« gefehlt habe, die die *Italienische Nacht* zum besseren Stück mache. »Auf den Kitsch von rechts folgt der Kitsch von links, auf den süßen Kitsch der saure Kitsch.« Das heißt, das künstliche Paradigma, das Ihering Horváths Konzeption unterlegt, wird ihm selbst zum Hindernis, das ihn Horváths Sprache mißverstehen läßt: »So gerät Horváth in das Kalenderdeutsch hinein, das er ablehnte.« Ihrering, den Kortner einen »regelfanatischen Deutschen« nannte, von dem man wie aus einer Grammatik lerne, ging an Horváths Stück mit Axiomen heran, die schließlich nur bewiesen, daß Horváth mit Iherings Grammatik nicht zu erfassen war.

Impressionistisch intuitive Kritiker wurden dem Stück gerechter. Alfred Kerr (Berliner Tageblatt, 3. 11. 31) erkannte es als Horváths bisher reichstes Werk, als Ausdruck nicht einseitiger Satire, sondern der Ironie. Bei allem Lob Hilperts fürchtete er, dieser habe Horváths Ironie verdeckt, indem er am Schluß des Stückes den Standpunkt der Gestalten statt auch den Überstandpunkt ihres Dichters in Szene gesetzt habe. Und Alfred Polgar, der Wiener, löste das Stück vom rein lokalen Bezug und sah es als »bedeutsam umdunkelte Groteske, deren Schatten über das Österreichische hinaus in das sogenannte allgemein Menschliche fallen.« (Weltbühne, 17. 11. 31) Polgar war der erste Kritiker, der Horváth als »Naiven« sah: »Daß in solcher, aus Bildern locker gefügter, hinter vielerlei Ironie verschanzter Theaterarbeit großes künstlerisches Bemühen stecke, ist kaum anzunehmen.« Heute wissen wir, daß, was Polgar »die Leichtigkeit der Improvisation« nannte, Ergebnis sorgfältiger Arbeit und Überarbeitung war. Polgars brillant graziös formulierter Hinweis auf das Spielerische, Komische und Komödiantische in Horváths Stücken bleibt beherzigenswert, läuft es doch Gefahr, von Problemschwere, »poetischer« Überfrachtung oder kulinarischer Ausstattung mancher Inszenierungen erdrückt zu werden. Aber davon ausgehend, stellt Polgar Spekulationen über Horváths Schaffensprozeß an und erhebt das »Lustige« zum zeitlich und wertmäßig primären Prinzip: »Dann fand er aber auch, daß es gut oder erforderlich oder aus literarischen Prestigegründen angezeigt wäre, sich über das Lustige ernst zu machen.« Manche dieser, wie Polgar andeutet, »bedeutsam umdunkelten« Szenen »tut dichterisch«, was »zu tragen peinlich« sei. Leider sagt Polgar nicht, welche Szenen er meint. Möglicherweise hatte die Regie, wie dies ja auch Kerr andeutete, die Ironie manchmal zu sehr mit Eindeutigkeit zugedeckt.

Die zarteren Töne in dem Stück entgingen Polgar natürlich nicht – was er über Carola Nehers Marianne sagte, beweist es am schönsten –, das dominante Klima des Stückes aber bezeichnete er als »eiskalte Witzigkeit, in der auch das bißchen warmer Atem, das gelegentlich eine oder die andere Figur von sich gibt, sofort als frostiger Dampf niederschlägt.« Für Monty Jacobs verlor das Stück durch unbarmherzige Kälte an Wert überhaupt: »Demaskieren ist ein nützliches Vergnügen, aber es tut nicht gut, wenn man dabei mit der Larve auch gleich die Haut herunterreißt.« (Vossische Zeitung, 3. 11. 31) Der böse Blick entwerte, so schrieb Jacobs, was eine feste Hand geformt habe, und es sei nur ein »zwiespältiges Werk« daraus geworden, das kaum das Aufgebot an schauspielerischer Kunst verdiente. Das Klischee vom zynischen Horváth war geboren. Der einzige, der ihm entschieden widersprach, war Julius Bab. Die Domszene ist sein Gegenbeweis: »Es ist außer jeder Frage, daß der ein Dichter ist, der solche Szenen schreiben konnte. Hier ist viel mehr als Satire, als brutale Negation, hier ist ein sehr echtes, sehr fruchtbares Gefühl für die leidende Kreatur laut geworden. Ein kämpferischer und schöpferischer Ernst.« (Berliner Volkszeitung, Datum ?)

Die Uraufführung der *Geschichten* kam den völkischen Kulturwächtern sehr gelegen. Kurz vorher hatten sie ihrer Empörung über die Verleihung des Kleistpreises an den Ungarn Luft gemacht[9], jetzt bewiesen sie an Hand des Stückes, wie berechtigt ihre Empörung gewesen sei. Am 4. 11. erschien Paul Kerstens Rezension im Tag; er wiederholte die Einwände, die Ihering und Jacobs in ihren am Vortag publizierten Besprechungen vorgebracht hatten, und vergröberte sie zu einem vernichtenden »Urteil«: »Der Entwertung des Kleistpreises durch die Verleihung an Horváth ist schnell die Entwürdigung der Bühne in der Schumannstraße [im Deutschen Theater] gefolgt.« Schwerwiegender waren die

Schmähungen, mit denen ein renommierter Kritiker wie Paul Fechter Stück und Autor bewarf: »Diese Komödie ist ungefähr das dümmste, was je mit dem Anspruch, Literatur zu sein, über die Szene gegangen ist. Man denkt, es ist wenigstens ein hübscher Zug von ihm [Horváth], daß er nicht in seiner Muttersprache dichtet, sondern ein ihm fremdes Idiom mißbraucht.« (Deutsche Allgemeine Zeitung, 3. 11. 31) Fechter reduzierte das Stück auf das melodramatische Handlungsgerüst, verlegte die Brutalität der Gestalten in den Autor, dem er Sadismus vorwarf, konstatierte – wie Ihering – den »sauren Kitsch«, der den süßen ersetzt habe, sprach Horváth aber – im Gegensatz zu Ihering und den anderen sachlichen Kritikern – jede Begabung für Menschengestaltung ab. Ja, selbst die ausgezeichnete schauspielerische Leistung – »Ein großer Abend der Schauspielkunst« (Bernhard Diebold, Frankfurter Allgemeine Zeitung, 5. 11. 31) – wendete er gegen Horváth: die Besetzung mit erstklassigen Kräften beweise nur, wie wenig das Deutsche Theater an das Stück geglaubt habe. Fechters Ausfälle sind symptomatisch für die Radikalisierung des Kulturbetriebes, die der Diktatur voranging. Es war Fechter gewesen, der 1925 Zuckmayer den Kleistpreis zugesprochen hatte – für den *Fröhlichen Weinberg*. Derselbe Kritiker, der damals einen Knuzius akzeptiert oder zumindest übersehen hatte, war 1931 über den deutschen Studenten in den *Geschichten aus dem Wiener Wald* empört: ». . . eine Fleisch gewordene Unverschämtheit gegen das Reich.« Großzügigkeit hatte völkischem Fanatismus Platz gemacht.

Am 5. April 1932 wurde Horváth von Willi Cronauer im Bayerischen Rundfunk interviewt. Cronauer leitete das Gespräch mit der Feststellung ein, daß seit der Verleihung des Kleistpreises an Horváth die Tageszeitungen und literarischen Blätter voll von Meinungen über ihn seien. Er glaube fast, »daß kein moderner Dramatiker die Herzen und Hirne der Kritik für und wider mehr als er entflammt«[10] hätte – eine Übertreibung, die wohl Cronauers Sympathien für Horváth entsprungen war. Tatsache war wohl, daß Horváth über einen Mangel an Publicity nicht klagen konnte, vor allem nicht an Publicity im negativen Sinne. Es gab kaum eine öffentliche Äußerung Horváths, die nicht mit Angriffen von rechts quittiert worden wäre. Daß er sich an den öffentlichen Glückwünschen zu Gerhart Hauptmanns 70. Geburtstag beteiligte (Blätter des deutschen Theaters, Heft 8, Spielzeit 1931-32), wurde als freche Herausforderung verurteilt. Welch gutes Gedächtnis man hatte oder welch sorgfältige Recherchen unternommen worden waren, zeigte der Hinweis darauf, daß dieser »Vaterlandslose« auch noch stolz darauf sei, den Begriff Heimat nicht zu kennen (Nachtausgabe, 25. 2. 1932). Horváths autobiographische Bemerkungen, in denen er unter anderem erklärte, er kenne keine »Heimat« und freue sich seiner Heimatlosigkeit, weil sie ihn von einer unnötigen Sentimentalität befreie, waren drei Jahre vorher im Querschnitt (Heft 2, 1929) erschienen.

Horváth war nicht der Mann, sich durch Anpöbelungen im »Sauherdenton« einschüchtern zu lassen. Hertha Pauli berichtet, mit welchem Vergnügen er z. B. die Verrisse der Premiere von den *Geschichten aus dem Wiener Wald* las: »Die hab ich g'ärgert«, sagte er mit bübischer Freude. Das erwähnte Interview mit Cronauer war kaum dazu angetan, die erregten Gemüter nationaler Kreise zu beruhigen. Horváth betonte, daß er sich als deutscher Schriftsteller fühle, da er seine Arbeiten nur auf deutsch geschrieben habe. Seiner Herkommenschaft nach bezeichnete er sich als typische österreich-ungarische »Angelegenheit«, wies aber darauf hin, daß »Rassengemischte« oft echteste Repräsentanten deutschen Wesens geworden wären und nannte Nietzsche und Dürer als Beispiele. Im Zusammenhang mit der vorliegenden Untersuchung ist das Interview als Horváths erste öffentliche Reaktion auf die Rezeption seiner Stücke von besonderer Bedeutung. Er wies alles Parodistische zurück und, was zu weiteren Mißverständnissen Anlaß geben sollte, bekannte sich einerseits zur Satire, betonte aber andererseits seinen grundlegenden Realismus. Er deklarierte seine Absicht, das alte Volksstück »formal und ethisch« zu zerstören und das neue Volksstück zu schaffen, das den soziologischen Veränderungen und der Relativität gesellschaftlicher Wertvorstellungen Rechnung trage. Damit bezog er eine klare Front. Die Ablehnung seiner Stücke war durchaus erklärlich, wenn man an sie mit traditionellen Begriffen vom Volksstück heranging. Selbst sachliche Kritiker wie Ihering und Monty Jacobs schienen sich von diesem Begriff nicht freimachen zu können. Vor allem aber mußte Horváths Konzept den Völkischen ein Dorn im Auge sein. Daß Horváth in einzelnen Figuren der *Italienischen Nacht* und der *Geschichten aus dem Wiener Wald* die Nazis lächerlich gemacht hatte, wurde wohl von der national gesinnten Presse propagandistisch ausgeschlachtet, der tiefere

Grund der Feindschaft aber war ideologisch. Horváths realistisches Volksstück demaskierte einen absolut gesetzten Volksbegriff, in dem popularisierte Romantik und positivistische Biologie vermengt waren. Dem Ewigkeitsanspruch völkischer Werte stellte er das Prinzip der Veränderlichkeit gegenüber, dem Mythos der Volksgemeinschaft die Diagnose einer Gesellschaft in der Auflösung, dem bodenständigen, instinktsicheren Dialekt den ortlosen Bildungsjargon der Uneigentlichkeit. Das Biologische, im völkischen Kult der Gesundheit heilig gesprochen, erwies sich in Horváths Stücken als tierische Fratze. Die entrüsteten Hohepriester des Völkischen warfen den Ketzer aus dem Heiligtum: nach der Premiere der *Geschichten aus dem Wiener Wald* erklärte Paul Fechter, das Stück sei »ohne jede Beziehung zu dem, was Volk ist« (Deutsche Allgemeine Zeitung, 3. 11. 31).

Als im November 1932 *Kasimir und Karoline* (als Ernst-Josef-Aufricht-Produktion zuerst im Leipziger Schauspielhaus, dann im Berliner Komödienhaus) uraufgeführt wurde, brauchte Fechter sein Vokabular nur zu variieren, das Urteil blieb dasselbe: »Der Seele des Autors ist die vitale Wirklichkeit des Volkes unzugänglich.« (Deutsche Allgemeine Zeitung, 26. 11. 32) Interessanter war, daß Monty Jacobs, dem völkische Vorurteile wohl fremd waren, an seinen traditionellen Erwartungen vom Volksstück festhielt und Horváth, wie schon anläßlich der *Geschichten,* Humor verschrieb, »verzeihenden, verteidigenden Humor« (Vossische Zeitung, 26. 11. 32). Zwei Monate vor Hitlers Machtübernahme mußte sich Horváth von Monty Jacobs sagen lassen, er solle endlich seine Bitterkeit aufgeben und bedenken, daß man längst wieder ein Organ trage, das unter den Abnormitäten seines Stückes gefehlt hätte: Herz! Werner Finck gab damals in der Katakombe sein Chanson »Neue Herzlichkeit« zum besten, in dem er den von Jacobs konstatierten Gesinnungswechsel ganz im Sinne Horváths deutete.

Gegenüber der Aufnahme der *Geschichten aus dem Wiener Wald* fiel die von *Kasimir und Karoline* etwas ab. Soweit das vorliegende Rezensionsmaterial dies erkennen läßt, wurde das Stück in erheblich weniger Zeitungen besprochen, von den führenden Berliner Blättern abgesehen. Daß sich daraus ein Abrücken von Horváth angesichts der politischen Entwicklung ablesen läßt, bleibt Vermutung. Ausgeschlossen wäre es nicht. Herbert Ihering ging vor allem mit der Regie de Mendelssohns ins Gericht, dem er schon anläßlich der *Italienischen Nacht* und des *Sladek* Dilettantismus vorgeworfen hatte. De Mendelssohn habe das Stück zweigeleisig geführt, einen volkstümlichen und einen ironischen Teil nebeneinander ablaufen lassen. Freilich bleibt an Iherings Auffassung des Stückes einiges fraglich. So sah er darin ein »wahrhaftiges, entkitschtes Volksstück« (Berliner Börsen-Courier, 26. 11. 32), d. h. mit dem Kitschigen in Horváths Werk kam er noch immer nicht zu Rande. (Bernhard Diebold hatte in seiner Rezension der *Geschichten* das Wesentliche dazu gesagt: »Kitsch ist da – und ist entkitschter Kitsch.«) Hatte Ihering an den *Geschichten* Horváths Taktlosigkeit in der Handlung beanstandet, so bekrittelte er jetzt die vielen »überflüssigen« Kraftausdrücke (die, wie Monty Jacobs meinte, etliche Zuschauer vorzeitig aus dem Theater trieben) und die »literarischen Floskeln«, die die Regie hätte entfernen sollen, um den »volksstückhaften Kern« herauszuschälen.

Daß diese bittertraurige Liebesballade vom Oktoberfest anno 1932 eine Kritik an dem Gesellschaftssystem bedeuten könnte, dem man die Wirtschaftskrise zu verdanken hatte, kam anscheinend keinem Rezensenten in den Sinn. Richard Huelsenbeck wenigstens faßte die, wie er sagt, »einfache Moral« ganz im ewigkeitsgültigen Sinn zusammen: »Während die Karussels sich drehen, läuft der Menschen unschönes Schicksal ab. Eigentlich müßte man ja heulen, wenns nicht so verdammt lustig zuginge auf dieser vertrackten Welt. Der liebe Gott ist halt so ein ironischer Dramenfabrikant.« (Die Literarische Welt, 9. 12. 32) Auch in den begeisterten Rezensionen Kerrs und Polgars wird das zeitkritische Moment nur behutsam angedeutet. Horváth zeige, so schrieb Kerr, »den Unterschied zwischen einem höheren Wollen etlicher Geschöpfe – und ihrer Geducktheit durch das Schicksal! (Welches zuweilen ein soziales Schicksal ist)« (Berliner Tageblatt, 26. 11. 32). Kerr zeichnete den »versuchten Emporflug« Karolines präzise nach und kam zu dem Schluß: »So ist das Leben. (Ist das Leben so?)!« – Ein Kritiker der sechziger Jahre wird hinzufügen: »Muß das Leben so sein?« – Und Polgar sah in Horváth nicht so sehr den Gesellschaftskritiker als den Menschenkritiker schlechthin, den »glänzenden Desillusionisten«, in dessen Laboratorium es »so unheimlich und doch auch so possierlich zugeht wie im Wassertropfen unterm Mikroskop« (Weltbühne, 6. 12. 1932). Erträglich werde die kalte Welt dieses »in jeder Hinsicht Schwindel-freien Dichters« durch ihre Komik, die – ganz im Sinne von

Polgars Horváth-Bild – die Komik des Witzes, nicht die des Humors sei. »Nichts ist witziger als die Wahrheit.« Der Mangel an Herz, den Jacobs Horváth vorwarf, war für Polgar Bedingung von Horváths Eigenart.

Die Aufführung von *Kasimir und Karoline* war ein markanter Punkt im Verlauf der frühen Horváth-Rezeption, denn sie warf zum ersten Mal die Frage auf, wie Horváths Texte denn eigentlich zu sprechen seien. Alfred Kerr empfand das Unbefriedigende des bisherigen Stils: »Ich kann mir den Musiklaut der herrlichen Horváthrede noch anders denken. Real? Ja, doch mit fast rhythmischer Versfärbung, mehr unbewußt parodistisch; mehr ungebildet feierlich; mehr mit gesuchter Feinheit . . . im Gegensatz zu dem Mist, den sie reden. (Der aber ein ernst gemeinter Gefühlsmist bleibt.)« Kerr geht es also nicht bloß um die lyrische Eigenart des Dialogs, die Zuckmayer als ein Charakteristikum Horváths bezeichnet hatte. Was Kerr hier vorschwebte, dem scheint sich Luise Ullrich in ihrer meisterhaften Darstellung der Karoline zumindest genähert zu haben. Polgar bewunderte, »wie gut sie die stilisierten Naturlaute trifft, in denen so gemischtes Wesen – die helle Beschränktheit, die unverlogene Verlogenheit Karolines – sich rechtens offenbart.« Ihering lobte Ullrichs »reizende Mischung von Ursprünglichkeit und angelesener Halbbildung«. Aber nicht nur um Nuancenreichtum handelte es sich, sondern um eine prinzipielle Stilisierungstendenz. Denn, so fuhr Ihering fort, »sie überließ sich niemals dem Dialekt, sondern gewann aus ihm eine besondere Tonmelodie, *eine künstlich geformte Bühnensprache*« (meine Hervorhebung). Hilpert mag in den *Geschichten* ähnliches versucht haben. Den Rezensionen nach war es aber erst die schauspielerische Leistung der Ullrich, die die Kritiker hellhörig machte für Horváths wesentlichste Eigenart, seinen Sprachduktus, das, was man später als den »Horváth-Ton« wiederentdecken sollte. Der erste Schritt zur Entdeckung eines unrealistischen, streng stilisierten Sprechstils für Horváth-Darsteller war getan – oder der erste Schritt zur Erkenntnis, daß es Horváth überhaupt erst zu entdecken galt.

Daß keine der Aufführungen seiner Stücke, auch nicht die von *Kasimir und Karoline*, Horváths Vorstellungen entsprach, wissen wir von ihm selbst. Es waren die Mißverständnisse, die mißverstehende Inszenierungen bei Publikum und Kritik auslösten, die Horváth endlich dazu zwangen, sich zu seinen Stücken – zum zweiten Mal – theoretisch zu äußern. Weit mehr als das Interview mit Cronauer war die *Gebrauchsanweisung*, die er nach der Aufführung von *Kasimir und Karoline* niederschrieb, seine Stellungnahme zur Rezeption. »Alle meine Stücke«, schreibt er, »sind bisher nicht richtig im Stil gespielt worden . . . aber nun weiß ich genau, wie sie gespielt werden müssen.«[11] Fast scheint es, als wäre Horváth erst angesichts der enttäuschenden Inszenierungen klar geworden, was er intuitiv angestrebt hatte. Rechtfertigung und Erklärung seiner Intentionen waren ihm wichtig, immer wieder setzte er zu neuen Formulierungen an. Er änderte ab, strich, kehrte zur Erstfassung zurück, wiederholte sich. Das Ergebnis, fast spürbar dem Widerstreben allem Theoretischen gegenüber abgewonnen, ist uneben, oft nachlässig im Stil, vage in der Argumentation, wenn sie ins Allgemeine ausgreift. Wo Horváth von der Verwirklichung seiner Stücke spricht, ist er genau, lapidar. Wenn er auch die einzelnen Punkte der Kritik nicht nennt, so ist aus seinen Äußerungen doch klar, daß er die Rezensionen genau gelesen hat und nun den verschiedenen Einwänden begegnet. Die Behauptung, er habe in den *Geschichten aus dem Wiener Wald* die Wiener, in *Kasimir und Karoline* die Münchner seiner bissigen Satire unterworfen, entkräftet er durch seine Ablehnung des Satirischen, vor allem des Parodistischen. Nicht um Demaskierung einer Stadt und ihrer Einwohner sei es ihm gegangen – »das wäre ja furchtbar billig« –, sondern um die Demaskierung des Bewußtseins. Den lokalen Hintergrund erklärt er aus seiner Vertrautheit mit dem süddeutschen Idiom, an das er gebunden sei. Die Demaskierung geschehe durch Sprache, wie denn die Sprache überhaupt das Zentrum seiner Dramatik sei. Der Vorwurf der Skizzenhaftigkeit, des »Sprunghaften« verkenne seine prinzipielle Auffassung vom Dramatischen, das für ihn primär im Dialog liege, nicht in der Handlung. Aus dem Sprechstil müsse sich eine »Synthese zwischen Realismus und Ironie« ergeben, erst diese Synthese leiste die Demaskierung. Ausdrücklich verbietet er die Verwendung des reinen Dialekts: »Jedes Wort muß hochdeutsch gesprochen werden, allerdings so, wie jemand, der sonst nur Dialekt spricht und sich nun zwingt, hochdeutsch zu reden.« Er verwahrt sich gegen jeden Naturalismus auch im Bühnenbild, verlangt Stilisierung, Andeutung.

Man kann Horváths *Gebrauchsanweisung* als seine enttäuschte Generalkritik an allen bisherigen Inszenierungen lesen. Sie läßt jedenfalls keinen Zweifel darüber zu, was die Regisseure falsch gemacht hatten. Ihre Negativität setzte freilich Horváths bisherige Erfolge, die ihm zweifellos zuteil geworden waren, in ein ironisches Licht. Nicht nur Ablehnung, auch Zustimmung und Lob hatten auf Mißverständnissen beruht. Die politische Entwicklung ließ es an dieser bitteren Ironie nicht genug sein, Horváths Anleitungen kamen zu spät. Für zukünftige Regisseure bestimmt, erwiesen sie sich als Gebrauchsanweisungen, die niemand mehr gebrauchen konnte ... zumindest nicht in Deutschland, wo mit dem 30. Jänner 1933 die Bühnen sich ihm verschlossen. Mit Hitler kamen alle jene Journalisten an die Macht, die, zunächst eine lautstarke Minderheit, den »Balkanliteraten« bekämpft hatten. Außer Paul Fechter hatte keiner von ihnen Rang und Namen. Die anderen aber, die trotz sachlicher Einwände Horváths dramatisches Können anerkannt und durch Kritik gefördert hatten – die besten Theaterkritiker jener Zeit zählten zu ihnen – wurden früher oder später mit Schreibverbot belegt (Ihering, Jacobs) oder ins Exil getrieben (Bab, Diebold, Osborn, Kerr, Polgar). Aufricht, der die *Italienische Nacht* und *Kasimir und Karoline* herausgebracht hatte, mußte Deutschland verlassen. Hans Hilpert, Horváths kongenialster Regisseur, mußte sein nächsten Stück *Glaube Liebe Hoffnung*, das er schon angenommen hatte, auf politischen Druck hin vom Spielplan absetzen. Horváths ungarische Staatsbürgerschaft schützte ihn nicht vor Repressalien. Am 14. 2. 33 drohte Rainer Schlösser im Völkischen Beobachter dem Autor, der in der *Italienischen Nacht* die Nationalsozialisten lächerlich gemacht hatte: »Wird sich der Ödön noch wundern!« SA-Leute durchsuchten das Haus seiner Eltern in Murnau. Horváth ging über die österreichische Grenze.

II.

»Emigrant im Lande, darin er wohnt ...« Wien 1933-1938

Die Situation auf dem deutschsprachigen Theatermarkt, der sich der Kleistpreisträger Horváth nach Hitlers Machtergreifung gegenübersah, ist in einem Brief Franz Theodor Csokors an Ferdinand Bruckner umrissen: »Horváth ... ist recht verbittert, weil er seit 1933, wo ihm Deutschland verschlossen wurde, in Wien nur an kleinen Bühnen mit Zufallsensembles, die sich aus deutschen Schauspieleremigranten zusammensetzen, gespielt wird – und das sehr selten. Von ausländischen Bühnen meldeten sich bisher nur Zürich und die Tschechoslowakei.«[12] Verglichen mit den Tatsachen, klingt selbst dieser triste Befund noch beschönigend. Was die Situation in Wien betraf, so waren zu der Zeit, da Csokor den Brief schrieb (20. 11. 34), höchstens Verhandlungen im Gange, zu einer Inszenierung war es noch nicht gekommen. Seit der Berliner Aufführung von *Kasimir und Karoline* im November 1932 vergingen zwei volle Jahre, bevor überhaupt ein Stück Horváths inszeniert wurde, und zwar in Zürich.

Die Komödie *Hin und her*, die am 13. Dezember 1934 im Züricher Schauspielhaus uraufgeführt wurde, war keines von Horváths »dunklen« Volksstücken. Auch mochte Horváth es in diesem Stück seinem Publikum zu leicht gemacht haben, sich durch konventionell volksstückhafte Komik und ein märchenhaftes Happy-End des Nachdenkens enthoben zu fühlen. Außerdem war der »Held« des Stückes kein politischer, sondern nur ein rein bürokratischer Fall selbstverschuldeter Staatenlosigkeit. Trotzdem bleibt es verwunderlich, daß das Zürcher Publikum im Jahre 1934 so gar keine Ähnlichkeiten erkannte zwischen Horváths Wanderer zwischen den Grenzen und irgendeinem Flüchtling aus Deutschland, der damals oft genug »ein Spielball der Schweizer Behörden wurde«.[13] Gustav Hartung schien der geeignete Regisseur für das Stück zu sein. Er war selbst aus Deutschland vertrieben worden, und die Haltung der Fremdenpolizei hatte 1934 seine Intendanz in Bern vereitelt.[14] Aber entweder betonte er – vielleicht aus Rücksicht auf die Schweizer Situation? – das Komödiantische zu sehr, oder er vertraute zu viel auf die Fähigkeit seines Publikums, in der Komik die Tragik zu sehen, die sich seit der Entstehung des Stückes ja nur vertieft hatte. Bei der Premiere ging es recht lustig zu, das Publikum ging »heiter und gelassen mit« (Kahl, S. 115). Die Darsteller (Gusti Huber, Wolfgang Heinz, Emil Stöhr) waren ausgezeichnet, Teo Ottos Bühnenbilder bezaubernd. Ein Erfolg also, wohl wieder ein Erfolg aus Gründen, die skeptisch stimmen. Trotz der positiven Aufnahme blieb das Stück nicht lange auf dem Spielplan. Nach wenigen Aufführungen wurde es von der Weihnachtspremiere abgelöst. Zürich – und damit die Schweiz – »meldete« sich zu Horváths Lebzeiten – und noch lange nach seinem Tod – nicht wieder. Die nächste Horváth-Premiere in der Schweiz fand 1963 statt.

Die Indifferenz, die das Wien der dreißiger Jahre Horváth gegenüber an den Tag legte, ist eines der Indizien für das kulturelle Klima im »Ständestaat« Dollfuß' und Schuschniggs. Die Auswirkungen der offiziellen Kulturpolitik und der allgemeinen gesellschaftlichen Atmosphäre auf Literatur und Theater während des austro-faschistischen Regimes sind von der österreichischen Literaturwissenschaft bisher so erfolgreich übersehen worden, daß sich nur vereinzelt Andeutungen und Eingeständnisse finden, die das Ausmaß der Misere ahnen lassen. Auch der Fall Horváth bedarf noch eingehender Untersuchung, zu der die folgenden Beobachtungen anregen mögen.

Waren den Stücken Horváths in Deutschland auf Kommando von oben die Bühnen verschlossen worden, so schien ihnen in Österreich ohne offizielles Fiat dasselbe Schicksal bevorzustehen. Das neue Gastland bot ihm wohl persönliche Sicherheit, aber keine angemessenen Lebensbedingungen, die nur durch Aufführungen an größeren Bühnen gewährleistet waren. Als Horváth für sein neues Stück *Die Unbekannte aus der Seine* lediglich ein Wiener Kellertheater (das Theater für 49 am Schottentor) interessieren konnte – selbst diese Uraufführung kam dann doch nicht zustande –, erkannte Csokor, wie sehr sich im ›persönlichen Mißgeschick‹ des Freundes eine beängstigende öffentliche Lethargie in kulturellen Dingen auswirkte, hinter der sich, gelinde gesagt, politische Unentschlossenheit verbarg:

»Das Stück gehört natürlich auf eine richtige Bühne, und es ist eine Affenschande, daß in einem Land, wo man vorderhand noch das Maul aufmachen kann, und nicht nur zum Fressen, sondern auch, um etwas zu sagen wie Du – damit in eine Katakombe gegangen werden muß. Und das ist umso widerlicher, als sich unserer Art, Stücke zu schreiben, die Mahnungen zur Menschlichkeit sein sollen, ohnehin das Deutschland von heute verschließt.«[15]

Bei dem offiziellen Antinazi-Kurs in Österreich hätte man in der Tat erwarten können, daß ein Autor, der von den Nazis angefeindet wurde und außerdem dem österreichischen Kulturkreis angehörte, nun besonders gefördert worden wäre. Das Argument, Horváth sei eben in Wien nicht genug bekannt gewesen, weil er seine Triumphe in Berlin gefeiert hätte, ist nicht stichhaltig.

Künstlerische Einwände waren auch kaum zulässig, es sei denn, man hörte auf Kerr und Polgar weniger als auf Fechter. Gerade das aber schien man in Wien zu tun. Was galt den Wienern der Kleistpreis, wenn der Ausgezeichnete die *Geschichten aus dem Wiener Wald* geschrieben hatte? Wie zäh das lokalpatriotische Ressentiment gegen das Stück war, zeigte sich noch vier Jahre nach der Berliner Uraufführung, ja im Vergleich mit den damals in Wiener Zeitungen erschienenen Rezensionen schien es sich verschärft zu haben. Niemand hatte es gewagt, das Stück in Wien zu inszenieren. Aber als *Kasimir und Karoline* im Februar 1935 in Wien erstaufgeführt wurde, da tauchten in den Rezensionen die *Geschichten aus dem Wiener Wald* wieder auf wie ein Schreckgespenst, das die Kritiker erst stellen zu müssen glaubten, bevor sie sich dem eigentlichen Gegenstand ihrer Besprechung zuwandten. Am eindeutigsten formulierte René Kraus das Vorurteil, das Horváth in Wien erwartete: »Es ist unmöglich, Ödön Horváth als Bühnenautor in Wien willkommen zu heißen, ohne zuerst grundsätzlich festzustellen, daß der Mann, der die haßverzerrten, zutiefst lieblosen Satiren ›G'schichten aus dem Wienerwald‹ geschrieben hat, von Haus aus mit unserem ehrlich eingestandenen Mißtrauen zu rechnen hat.« (Neues Wiener Journal, 6. 2. 35; dazu auch: Neue Freie Presse, 6. 2. 35, und Neues Wiener Abendblatt, 6. 2. 35)

Unter diesen Umständen war es erstaunlich, daß *Kasimir und Karoline*, auch eines von Horváths kritischen Volksstücken, in Wien überhaupt aufgeführt wurde und daß sich die Kritik überdies durchaus versöhnlich zeigte und dem Autor einen großen Erfolg – im kleinen Rahmen der Komödie und dann der Kammerspiele – bescheinigte. Die Regie Ernst Lönners trug zu dieser Gesinnungsänderung wesentlich bei. Er wienerte das Stück ein, verlegte den Schauplatz von der Münchner Wies'n in den Prater und ließ in den Dialogen den Wiener Dialekt durchscheinen. Außerdem bot er das Stück in revuehafter Garnierung, die den Rezensenten besonderer Erwähnung wert erschien. Josef C. Knaflitsch steuerte Texte und Melodien bei, ein »sehr hübsches, ins Ohr gehendes Lied« fiel besonders angenehm auf. Da gab es einen aus zwei Herren im Smoking und zwei Damen im Abendkleid bestehenden »Chor«, der sich aus dem Orchesterraum hob und im Verein mit einem »Sprecher« für eine »manchmal musikalische Conference« sorgte, »die Aufzüge miteinander verbindend und die Moral verkündend«. Einerseits wurde das Stück als von

Brechts *Dreigroschenoper* inspiriert empfunden, andererseits lobte man die »schlechtweg reizenden, kleinen Szenen, die, wie alles Volkstümliche, in Musik münden« (Neue Freie Presse, 6. 2. 35). Lönner hatte offenbar das Stück gehörig »angereichert« und die Wirkung nicht nur dem Dialog überlassen, obwohl er Horváths *Gebrauchsanweisung* zum Sprechstil zu beherzigen schien:[16] ». . . Die proletarischen Gestalten sprechen auf der Bühne das Hochdeutsch, wie es etwa ein Hernalser ›Piez‹ von sich gibt. In diesem Hochdeutsch sprechen sie viele schöne gedankentiefe Sachen. Auch mit Fremdwörtern, die ihnen schwer fallen.« (Das Kleine Blatt, 21. 2. 35) Lönners bühnenwirksame Verpackung scheint Horváths Gesellschaftskritik gemildert, wenn nicht verdeckt zu haben. Im Neuen Wiener Abendblatt (6. 2. 35) stand zu lesen, Horváth gestalte Menschen, wie sie »das Schicksal geformt« habe. Und zu einer Zeit, da es im kleinen Österreich noch um die 350 000 Arbeitslose gab, wies lediglich der Rezensent des Kleinen Blattes (12. 2. 35) darauf hin, daß Horváth zeige, »wie vergiftet die Liebe der Armen und Ausgesteuerten durch ihre Not« sei.

Das begeisterte Lob des Stückes und der Schauspieler – René Kraus fand sie besser als die Prominenz der Berliner Aufführung – ging Hand in Hand mit einer Kritik des Wiener Theaterbetriebes, die erklären hilft, warum Horváth damals sich in Wien kaum durchsetzen konnte: »Vielleicht rüttelt dieser Sieg, den die Jugend errang, den erstarrten Bühnenbetrieb auf, vielleicht läßt er doch junge Talente an die Front.« (Neue Freie Presse, 6. 2. 35) Die Jugend, das waren Theaterleute wie Ernst Lönner und seine Gruppe, die, ohne festes Haus, von der finanziell nicht geförderten Peripherie her dem Wiener Theaterleben neue Impulse zuzuführen versuchten. Von innen war eine solche Erneuerung kaum zu erwarten. Man braucht nur den Spielplan des Deutschen Volkstheaters in der Direktionszeit Rolf Jahns (1932-1938) anzusehen, um zu erkennen, daß Horváth selbst an dieser Bühne, die schon ihrem Namen nach die Bühne Horváths hätte werden müssen, keine Chance hatte. Oskar Maurus Fontana, der wohlmeinende Chronist dieses Theaters, hat Jahns Konzept u. a. so charakterisiert: »Das Volkstheater bekam die Theaterkrise nicht zu spüren, um so mehr (*sic*), da Jahn das Programm weitgehend auf die Devise ›Wie es euch gefällt‹ stellte . . . Er pflegte das Volksstück sehr . . . das neuzeitlicher Art mit aktuellen Bezügen und optimistischer Grundhaltung.«[17] Daß die ›aktuellen Bezüge‹ wohltuend von der ›optimistischen Grundhaltung‹ absorbiert wurden, läßt sich aus Fontanas Beobachtung schließen, die er dem zitierten Satz unmittelbar folgen läßt: »Die Wiener gute Gesellschaft liebt es ja, zum Heurigen zu gehen, und so waren die Volksstück-Aufführungen des Volkstheaters unter Jahn sozusagen Heurigen-Abende des Volkstheaters.« Der Dichter der *Geschichten aus dem Wiener Wald* war zu solchen Abenden nicht geladen. Er hätte nur die Stimmung verdorben und die solide Geschäftsgebarung gefährdet.

1936 kam es endlich zu einer Horváth-Inszenierung in dem Theater, das sich drei Jahre vorher vorübergehend für die *Unbekannte* interessiert hatte. Direktor-Regisseur Ernst Jubal entschied sich für die Premiere von *Glaube Liebe Hoffnung*, die Hilpert nicht mehr hatte durchsetzen können. Die Auszeichnung, die Horváth durch die Nichtaufführung in Nazi-Deutschland zuteil wurde, wurde keineswegs durch eine triumphale Aufführung in Österreich überschattet. Das Theater, in dem das Stück mit dem geänderten Titel *Liebe, Pflicht und Hoffnung*[18] aufgeführt wurde, hieß Theater für 49. Mehr Sitzplätze gab es nicht. Die Premiere in dieser »Katakombe« fand weit weniger Beachtung als die Aufführung von *Kasimir und Karoline* im Vorjahr. Weder in der Neuen Freien Presse noch im Neuen Wiener Journal wurde sie zur Kenntnis genommen. Die wenigen Kritiken waren lauwarm positiv und kurz. Bezeichnenderweise wurde in Verbindung mit dieser Horváth-Inszenierung die Frage erhoben, warum einem ambitionierten Regisseur wie Jubal im Wiener Theaterleben nicht mehr Möglichkeiten offenstünden (Der Wiener Tag, 15. 11. 36): die Klage über den stagnierenden Betrieb, der sich den Jungen verschloß.

1937 schien sich Horváth endlich die Chance zu eröffnen, an einer größeren, etablierten Bühne aufgeführt zu werden. Ernst Lothar kündete im Neuen Wiener Journal vom 8. Juni die Uraufführung der Komödie *Dorf ohne Männer* im Josefstädter Theater an. Der folgende Kommentar zu dieser Ankündigung umreißt prägnant die Problematik der Horváth-Rezeption jener Jahre:

»Horváth hat schonungslosen Witz und Entlarvungstendenzen; Grund genug, daß die größeren Bühnen ein bißchen Scheu vor ihm hatten. Aber am Josefstädter Theater gespielt zu werden, das ist schon der halbe Erfolg . . . es setzt auch ein wenig voraus, daß der Autor ausgeglichener, gemäßigter geworden ist und nicht von vornherein eine Angriffsstellung gegen Gesellschaft und Menschen einnimmt. Bisher freilich sah man gerade in seinen Themen und in seiner satirischen Kraft die Besonderheit und den Wert seiner Eigenart.« (E. A., Pester Lloyd, 4. 7. 37)

Der »halbe Erfolg«, den eine Inszenierung an der Josefstadt bedeutet hätte, stellte sich nicht ein. Die Aufführung kam nicht zustande. Die einzige österreichische Inszenierung, die Horváth noch erlebte, – und die letzte österreichische Horváth-Aufführung vor dem »Anschluß« – war die seines volksstückhaften »Märchens« *Himmelwärts*, bezeichnenderweise eines Stückes, das die oben zitierte Forderung nach Schonung des Publikums voll erfüllte. Die wenig beachtete Matinee-Aufführung des Stückes in einer Bearbeitung fand 1937 in der Wiener Komödie statt, also wieder nur an einer kleinen Bühne. Damit ergibt sich erneut die Frage nach den Gründen, warum Horváth in den dreißiger Jahren der Zugang zu größeren österreichischen Theatern verwehrt blieb. Offenbar handelte es sich nicht um eine direkte Ablehnung aus klaren politischen Gründen. Hans Weigel hat sicher recht, wenn er sagt, daß Horváth das österreichische Regime jener Zeit nicht sympathisch sein konnte, aber Horváth selbst hat sich öffentlich nie zu diesem Regime geäußert. (Obwohl Horváth während der blutigen Februartage 1934 in Wien war, findet sich in seinen – allerdings nur sehr spärlich erhaltenen – Privatbriefen aus jenen Jahren kein Wort darüber.) Keines der Stücke, die er nach 1933 schrieb, konnte bei einem austro-faschistischen Zensor ernstliche Bedenken erregen. Freilich kann man annehmen, daß das Verbot seiner Stücke durch die deutschen Nazis nicht von allen österreichischen Stellen positiv verbucht wurde. (Ob und inwiefern aus Nazi-Deutschland geflüchtete Schriftsteller in Österreich überhaupt gefördert wurden, ist bis jetzt nicht in allen Einzelheiten untersucht worden. Hans-Albert Walters Forschungsergebnisse lassen jedenfalls das Gegenteil erkennen.) Auch wissen wir nicht, an welche Theater sich Horváth wandte und mit welchen Stücken, welchen Bescheid er erhielt. Daß die Wiener Theater in den dreißiger Jahren Horváth übergingen, läßt sich demnach nur allgemein auf den stagnierenden, alle Kontroversen vermeidenden Wiener Theaterbetrieb zurückführen. Vom Spielplan des Volkstheaters war schon die Rede. Daß die Situation an den anderen etablierten Bühnen kaum besser war, läßt sich aus Joseph Gregors Diagnose ablesen:

»In den Dreißigerjahren blieb ernstlich nur die Dreizahl übrig . . .: Das Burgtheater als konservativste Bühne des deutschen Sprachraums, mit starkem Hang zur Popularität; das Josefstädter Theater als höfisches Individualtheater einer noblen, nicht immer allzu hohen literarischen Unterhaltung; die Oper als dramatischer Zentralraum des immens musikalischen Landes. Es gab kein einziges Theater, das frei vom Zwang einer Theatergemeinde oder Kunststelle, die die Literatur und sogar den Tag, an dem das Theater zu besuchen ist, vorschreibt, frei vom Diktat anerkannter Größen nach dem neuen Ensemble, nach dem neuen dramatischen Ausdruck – nach der Volksbühne gestrebt hätte. Eine spätere Geschichtsschreibung wird nachzuweisen haben, wie sich auf diesem Gebiet eine autoritäre Form vorbereitete, die im März 1938 dem österreichischen Theater seine Selbstbedeutung nahm. Bis dahin verschob sich der Schwerpunkt zu den Festspielen nach Salzburg.«[19]

Horváth verfügte offenbar nicht über die Kontakte, die umso notwendiger wurden, je hermetischer der Kulturbetrieb erstarrte. Welcher Art diese Kontakte sein mußten, deutete Csokor an, als er 1935 an Ferdinand Bruckner schrieb, er, Csokor, teile mit Horváth »das Schicksal des Schweigens . . ., während den hier und in Berlin [!] Wohlgelittenen alle Türen der Verlage und Theater offenstehen.«[20] Und noch aus einem Abstand von vierzig Jahren ergänzte Hans Weigel das triste Bild: »Biedersinn und Gutherzigkeit nahmen alles, was sich nicht durch Gamsbärte oder Hahnenfedern ausweisen konnte, nicht zur Kenntnis.«[21] Csokor konnte glücklicherweise sein bitteres Urteil, er und Horváth seien »eigentlich schon Emigranten des Landes, darin sie wohnten«[22], in seinem persönlichen Fall revidieren – 1937 wurde ihm mit der Wiener Uraufführung des *3. November 1918* ein großer Erfolg zuteil –, für Horváth, der mit keinem Beitrag zum habsburgischen Mythos aufwarten konnte, behielt es weit mehr Gültigkeit: der in Österreich ansässige Schriftsteller Horváth wurde schon vor 1938 zum Exilautor und konnte seine letzten Stücke erfolgreich nur im Ausland unterbringen, d. h. in der Tschechoslowakei.

Über die Aufführungen von *Figaro läßt sich scheiden* an der Kleinen Bühne des Deutschen Theaters in Prag (2. April 1937), vom *Dorf ohne Männer* im großen Haus desselben Theaters (24. September 1937) und vom *Jüngsten Tag* im Deutschen Theater in Mährisch-Ostrau (11. Dezember 1937) hat Hans-Christoph Wächter[23] berichtet. Wie besonders aus Wächters Befund über Inszenierung und Aufnahme des *Figaro*, also des zeitkritischsten dieser drei Stücke, hervorgeht, setzte sich die die österreichische Horváth-Rezeption jener Jahre bestimmende Ablehnung seiner Demaskierung der Gesellschaft insofern fort, als man, aus Rücksicht auf die politische Lage in der CSR und auf die psychische Verfassung der Emigranten im Publikum die gesellschaftskritische Schärfe möglichst milderte. (So hatte man, was Wächter nicht erwähnt, für die Prager Aufführung besonders bittere Szenen über das Emigrantenschicksal eliminiert.)

Zusammenfassend läßt sich von der Horváth-Rezeption der Jahre 1934-1937 sagen, daß sie, bedingt durch politische Faktoren, von einer radikalen Abkehr von den kritischen Volksstücken der frühen dreißiger Jahre geprägt war, andererseits aber das auf geänderten Gestaltungsprinzipien Horváths beruhende Spätwerk nur sehr zögernd einbrachte. Obwohl den Premieren der nach 1933 entstandenen Stücke nur geringes Echo beschieden war und keines dieser Stücke vor dem Krieg nachgespielt wurde, verdrängten diese Werke das Bild vom unbestechlichen Menschen- und Gesellschaftsdarsteller Horváth nachhaltig genug. Wie sehr das sich aus dem Spätwerk ergebende versöhnliche Horváthbild noch die Wiederbesinnung auf den Dichter nach 1945 bestimmte und die Wiederentdeckung seiner dramatisch bedeutendsten Volksstücke verzögerte, wird in einer Darstellung der Horváth-Renaissance der Nachkriegsjahre zu zeigen sein.[24]

1976

Anmerkungen

Horst Jarka, Professor an der University of Montana, hat seine Arbeit, die mit Unterstützung der American Philosophical Society und der University of Montana Foundation entstand, zuerst in der »Österreichischen Monatsschrift« *Literatur und Kritik* 109 (Oktober 1976), S. 542-562, veröffentlicht. Die Anmerkungen Jarkas wurden hier durch den Hg. ergänzt.

1 Gabriele Reuther, *Ödön von Horváth. Gestalt, Werk und Verwirklichung auf der Bühne*. Wien 1962 (masch. Diss.).

2 Kurt Kahl, *Ödön von Horváth*. Velber 1966. 2. durchgesehene und ergänzte Auflage 1971.

3 1977 wies Wolfgang Lechner in seiner Dissertation *Mechanismen der Literaturrezeption in Österreich am Beispiel Ödön von Horváths* (Stuttgart 1978) nach, daß die Uraufführung von Horváths *Die Unbekannte aus der Seine* am 16. 9. 1947 im Volkstheater Linz-Urfahr stattgefunden hatte.

4 *Materialien zu Ödön von Horváths »Geschichten aus dem Wiener Wald«*. Hg. Traugott Krischke. Frankfurt/Main 1972 (letzte rezensierte Inszenierung: Düsseldorf, Januar 1971). *Materialien zu Ödön von Horváths »Kasimir und Karoline«*. Hg. Traugott Krischke. Frankfurt/Main 1973 (letzte rezensierte Inszenierung: Stuttgart, Januar 1972). *Materialien zu Ödön von Horváths »Glaube Liebe Hoffnung«*. Hg. Traugott Krischke. Frankfurt/Main 1973 (letzte rezensierte Inszenierung: Landestheater Schwaben, Oktober 1972). Alle drei Bände enthalten genaue Personalangaben zu allen rezensierten Inszenierungen (Regie, Bühnenbild, vollständige Besetzung). Aufführungsdaten und Szenenphotos finden sich in *Ödön von Horváth. Leben und Werk in Dokumenten und Bildern*. Hg. Traugott Krischke und Hans F. Prokop. Frankfurt/Main 1972.

5 Über Standpunkt und Einfluß der bekanntesten Theaterkritiker jener Zeit informieren die ausgezeichneten Kurzbiographien in Günther Rühle, *Theater für die Republik 1917-1933*. Frankfurt/Main 1967.

6 Die Unterteilung der Arbeit in die Abschnitte 1929-1933 und 1933-1938 dient der allgemeinen zeitgeschichtlichen Orientierung. Den tatsächlichen Aufführungen entsprechen die Daten 1929-1932 und 1934-1937. Freilich gehört gerade im Falle Horváths auch das Nichtgespieltwerden zur »Rezeption«.

7 F. S.-s. d. i. Dr. Franz Servaes.

8 e. kl. d. i. Emil Kläger.

9 Die Reaktion von rechts auf Zuckmayers Verleihung des Preises an Horváth ist dokumentiert in dem Abschnitt »Der Kleistpreis 1931« in den *Materialien zu Ödön von Horváth »Geschichten aus dem Wiener Wald«* und in den im selben Band abgedruckten Rezensionen der Uraufführung, unter denen leider die von Paul Fechter fehlt. Die indirekte Reaktion des Österreichers Richard Schaukal ist in *Ödön von Horváth. Leben und Werk in Dokumenten und Bildern* nachgetragen (S. 77). Schaukal zitiert einen Brief Horváths, dessen Parodie auf den Kanzleistil er nicht durchschaut, als Beispiel für das entsetzliche Deutsch des mit dem Kleistpreis ausgezeichneten »Balkanliteraten« und »ähnlicher Kreaturen«.

10 *Interview*. In: Ödön von Horváth, *Gesammelte Werke* (in acht Bänden). Frankfurt/Main ^{2}1978 (Werksausgabe edition suhrkamp), 1,7.

11 Ödön von Horváth, *Gebrauchsanweisung*. In: Ödön von Horváth, *Gesammelte Werke*, 8,659 ff.

12 *Ödön von Horváth. Leben und Werk in Dokumenten und Bildern*, S. 108.

13 Zur Situation der Exilanten in der Schweiz: Hans-Albert Walter, *Asylpraxis und Lebensbedingungen in Europa. Deutsche Exilliteratur 1933-1950*. Bd. II. Darmstadt und Neuwied 1972; zum deutschen Exiltheater in der Schweiz: Hans-Christof Wächter, *Theater im Exil. Sozialgeschichte des deutschen Exiltheaters 1933-1945*. München 1973.

14 Walter, S. 125.

15 *Ödön von Horváth. Leben und Werk in Dokumenten und Bildern*, S. 104.

16 Horváths *Gebrauchsanweisung* lag damals noch nicht im Druck vor (sie wurde erst 1970 in den *Materialien zu Ödön von Horváth*. Hg. Traugott Krischke publiziert). Daß Lönner das Manuskript gesehen oder mit Horváth Regiefragen erörtert hätte, läßt sich nicht belegen – auch nicht in Horváths Aufzeichnungen zur Wiener Aufführung (abgedruckt in *Materialien zu Ödön von Horváths »Kasimir und Karoline«* und dort zu Unrecht als Entwurf eines Briefes an Lönner bezeichnet, S. 132 f.).

17 Oskar Maurus Fontana, *Volkstheater Wien. Weg und Entwicklung 1889-1964*. Wien 1964, S. 65 f.

18 Ob man die christlichen Kardinaltugenden im ursprünglichen Titel aus Rücksicht auf die Zensur, der auch die Wiener Kellertheater unterlagen, in weltliche Schlagwörter ummodelte, läßt sich nicht feststellen. Die Bezeichnung »Volksstück« an Stelle der ursprünglichen »Totentanz« läßt vermuten, daß man religiöse Assoziationen zugunsten einer zugkräftigeren volkstümlichen Aktualität vermeiden wollte.

19 Joseph Gregor, *Geschichte des österreichischen Theaters von seinen Ursprüngen bis zum Ende der Ersten Republik*. Wien 1948, S. 291.

20 *Ödön von Horváth. Leben und Werk in Dokumenten und Bildern*, S. 117.

21 Hans Weigel, *Horváth, Wien und die Wiener*. In : *Über Ödön von Horváth*. Hg. Dieter Hildebrandt und Traugott Krischke. Frankfurt/Main 1972, S. 7.

22 Wie 20.

23 Wächter, S. 41-43.

24 Vgl. Wolfgang Lechner, *Zur Horváth-Rezeption seit 1945*, in diesem Band S. 185-201.

Wolfgang Lechner

Zur Horváth-Rezeption seit 1945

I.

Resümee I: Die Horváth-Rezeption in Österreich und in der Bundesrepublik Deutschland[1]

In den Wechselwirkungen zwischen der Horváth-Rezeption in Österreich und in der BRD mit Westberlin (das aus Gründen der kulturpolitischen Realität hier und auf den folgenden Seiten in den Begriff BRD einbezogen sein soll) seit 1945 sind mit einiger Deutlichkeit drei zeitliche Phasen zu erkennen: in der ersten, die bis etwa 1958 reicht, ist der Autor in Westdeutschland und Westberlin so gut wie unbekannt, wird in Österreich aber inszeniert, verlegt und in einer Dissertation zumindest kurz behandelt. In einer zweiten Phase (ca. zwischen 1959 und 1963) sind es österreichische Regisseure, Schauspieler und Dramaturgen, die Horváth wieder in Kontakt mit den bundesdeutschen Theraterpraktikern, Kritikern und dem Publikum bringen, bevor in der dritten Phase (bis zur Gegenwart) die Horváth-Rezeption in der BRD sich zuerst verselbständigt, dann auf Österreich zurückwirkt, sich aber auch qualitativ verändert.

Daß Horváth in den ersten Jahren nach dem zweiten Weltkrieg in Österreich sofort rezipiert wurde, nicht aber in Deutschland, hat mehrere Gründe. Zum einen waren die Bedingungen für den »Österreicher« Horváth in der Zeit der nationalen Restauration besonders günstig, zum andern aber arbeiteten jene Persönlichkeiten, die bereit waren, sich für die Texte Horváths einzusetzen, nach 1945 – wie teilweise schon von 1933 bis 1938 – in Österreich. Dazu kam, daß das österreichische Publikum und seine Rezensenten – »geschult« an Nestroy, Raimund, aber auch neueren Volksstückautoren wie Anzengruber und Schönherr – eher als das deutsche bereit war, in Horváth einen Fortsetzer der Volksstücktradition zu sehen. Darauf deuten Stückauswahl, Wertung der aufgeführten Texte durch die Kritik (etwa eindeutige Zustimmung für *Der jüngste Tag* 1945 und weitgehende für *Hin und her* 1946, aber ebenso weitgehende Ablehnung für *Don Juan kommt aus dem Krieg* bei seiner Uraufführung 1952) und die Verweise und Vergleiche der Rezensenten hin. Friedhelm Roth dagegen zeigte in seinem Aufsatz *Volkstümlichkeit und Realismus?*[2], daß in der BRD noch 1966 ein Text (Sperrs *Jagdszenen aus Niederbayern*) als »Volksstück« denunziert werden konnte und daß das Volksstück dort erst in den Jahren bis 1972 »literaturfähig« wurde. Zwar gab es auch schon zwischen 1945 und 1958 Horváth-Inszenierungen in Westdeutschland (*Der jüngste Tag* 1947 und *Kasimir und Karoline* 1952 in München – jeweils zwei Jahre nach einer Wiener Inszenierung des gleichen Textes; *Himmelwärts* 1953 und *Glaube Liebe Hoffnung* 1954 in Göttingen – mit Wiener Schauspielern und unter dem Intendanten Heinz Hilpert; *Pompeji* als »Urlesung«, in Wirklichkeit Erstlesung 1958 in Oberhausen), doch Christof Schmid schreibt über bundesdeutsche Rezensionen zu Michael Kehlmanns Verfilmung von *Kasimir und Karoline* 1959[3]:

»Wie restlos Horváth zum Zeitpunkt dieser Ausstrahlung vergessen war, muß man heute schon fast ungläubig rekonstruieren.«

Kehlmanns Fernsehinszenierung für den Bayerischen Rundfunk (Erstsendung über die ARD am 24. 9. 1959, im ORF am 5. 7. 1971) leitete aber die zweite Phase der österreichisch-bundesdeutschen Wechselwirkung in der Horváth-Rezeption ein. Signifikant für diese Phase ist, daß sie eindeutig von österreichischen Initiativen dominiert ist. Das beginnt mit der Persönlichkeit des Wieners Kehlmann, der nach *Kasimir und Karoline* 1961 auch noch *Der jüngste Tag* für den Bayerischen Rundfunk verfilmte (in der Folge wurde das Schauspiel zum meistaufgeführten Horváth-Text in der BRD und erlebte in sieben Jahren – 1962-1968 – sechs Inszenierungen auf zum Teil unbedeutenderen BRD-Bühnen[4]), und geht bis zu Traugott Krischke, der 1952 in Wien an der Uraufführung von *Don Juan kommt aus dem Krieg* beteiligt war und 1961 in der BRD die Horváth-Anthologie *Stücke* herausbrachte, die ein finanzieller Mißerfolg wurde und doch eine wichtige Rolle in der Gesamtrezeption spielte. Ähnlich wie in Österreich nahm auch in der BRD um 1960 (sicherlich nicht ohne Zusammenhang mit Michael Kehlmanns Inszenierung) die Zahl der Horváth-Inszenierungen zu; als 1962 aber Walter Huder den Horváth-Nachlaß für das Archiv der Berliner Akademie der Künste erwerben konnte, war Horváth den gerade versammelten Akademie-Mitgliedern unbekannt[5], in Wien klagte immerhin eine Kritikerin in einer Glosse über den »Verlust« des Nachlasses.[6]

Die Gründung des Horváth-Archivs[7] bedeutete (und bewirkte mit der üblichen Phasenverschiebung in der Theaterpraxis) die Verselbständigung der Horváth-Rezeption in der BRD, die sich sowohl im vermehrten wissenschaftlichen Interesse als auch in der steigenden Zahl der Inszenierungen bemerkbar machte. Noch 1963, bei der Horváth-Ausstellung, mit der das Berliner Archiv eröffnet wurde, meinte Wilhelm Emrich über den Autor[8]:

»Sein Werk ist nach wie vor der literarischen Öffentlichkeit so gut wie unbekannt geblieben.«

Doch schon im darauffolgenden Jahr – das Horváth-Archiv hatte mit der erwähnten Ausstellung eine rege Werbetätigkeit für Horváth begonnen – stieg die Zahl der Inszenierungen in der BRD sprunghaft an, wie das folgende Diagramm deutlich zeigt. (Verzeichnet sind nur Bühneninszenierungen ohne Berücksichtigung der Größe des jeweiligen Theaters und der Zahl der Aufführungen, gezählt wird nach Kalenderjahren.)

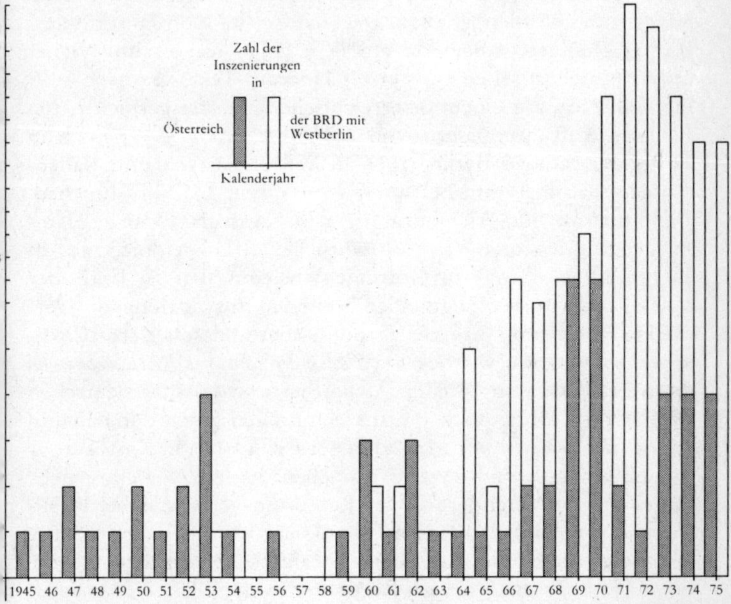

Vorerst blieb ein gewisser Einfluß österreichischer Theaterpraktiker bemerkbar. Kraft-Alexander etwa, der 1962 im Wiener Volkstheater in den Außenbezirken *Der jüngste Tag* inszeniert hatte, erarbeitete als Intendant des Konstanzer Stadttheaters in der Spielzeit 1965/66 *Glaube Liebe Hoffnung*, 1966/67 *Italienische Nacht* und 1967/68 *Der jüngste Tag*, Otto Schenk trat in München 1966 als Regisseur von *Geschichten aus dem Wiener Wald* und 1969 von *Kasimir und Karoline* in Erscheinung, Michael Kehlmann verfilmte nach den beiden erwähnten Texten vier weitere (*Geschichten aus dem Wiener Wald* 1964, *Italienische Nacht* 1966, *Die Unbekannte aus der Seine* 1968, *Ein Dorf ohne Männer* 1969) für den Bayerischen Rundfunk und noch 1972 *Italienische Nacht* am Hamburger Schauspielhaus (mit überwiegend prominenten österreichischen Schauspielern), Hans Hollmann entwickelte sich an westdeutschen (und Schweizer) Bühnen zu einem der anerkanntesten Horváth-Regisseure. Gleichzeitig bedeuteten die erwähnten ersten Inszenierungen von *Italienische Nacht* den Beginn einer – diesmal inhaltlichen – Rückwirkung aus der BRD nach Österreich. Am 17. 3. 1966 war das »Volksstück« (als erste Aufführung nach 1945) von der ARD ausgestrahlt worden, am 8. 2. 1967 hatte es im Konstanzer Stadttheater Premiere, aber erst am 6. 9. 1969 war es im Wiener Volkstheater zu sehen – als erster Horváth-Text, den nach 1945 ein deutsches vor einem österreichischen Theater gespielt hatte. Mit der Aufführungsserie von *Italienische Nacht* (1967 noch in Stuttgart, 1968 in Berlin, 1969 in Wilhelmshaven und Baden-Baden, 1970 in Bonn, Nürnberg und Essen, 1971 in München, Frankfurt/M. und Augsburg, 1972 in Karlsruhe, Mainz, Hamburg und Gießen, 1973 in Osnabrück und Düsseldorf, 1974 in Darmstadt und 1975 in Göttingen) begann aber zu Ende der sechziger Jahre im Zuge einer breiteren Entwicklung die verstärkte Rezeption Horváths als politischer und gesellschaftskritischer Autor. Zwar wurde etwa *Sladek der schwarze Reichswehrmann* am 1. 11. 1967 im Wiener Ateliertheater vor einer deutschen Bühne aufgeführt, doch die Inszenierungen (auch der Fassung *Sladek oder Die schwarze Armee*) in der BRD (1968 in Kassel, 1971 in Frankfurt/M. und 1972 in München) hatten zweifellos mehr Anteil an der Veränderung des Rezeptionsverhaltens bei Publikum und Kritik. (Außerdem war *Sladek* noch vor der Wiener Premiere vom bundesdeutschen »Theater heute« abgedruckt worden.[9]) Erst als die Horváth-Rezeption in der BRD ein Ausmaß erreicht hatte, das es dem Suhrkamp-Verlag nicht mehr erlaubte, den Autor nicht in sein Programm einzubeziehen, verbreitete sich mit der Flut der Materialienbände, Essays und Aufsätze (und wohl auch mit der Werbung des Verlags) die politisch-gesellschaftskritische Akzentuierung der Horváth-Rezeption nach Österreich. Obwohl anfänglich von zahlreichen Kritikern als unerwünscht und »modisch« zurückgewiesen, setzte sie sich bis zur Mitte der siebziger Jahre doch auch in Österreich durch, was in der Bühnengeschichte an Schenks Inszenierung(en) der *Geschichten aus dem Wiener Wald* gezeigt werden kann: 1966 in den Münchner Kammerspielen auch von der BRD-Kritik noch begeistert aufgenommen (Einladung zum Berliner Theatertreffen), wird die faktisch gleiche Inszenierung 1974 am Wiener Burgtheater von der Mehrzahl der österreichischen Kritiker als zu wenig kritisch abgelehnt, nur wenige akzeptieren sie wegen genau der von den anderen kritisierten inszenatorischen Strukturen; bundesdeutsche Rezensenten sehen sie als österreichisches Kuriosum. Henning Rischbieter etwa schrieb in Theater heute[10]:

»Die Wiener Aufführung, achtbar, wirkte auf mich in ihrem unreflektierten psychologisierenden Illusionismus antiquiert und stellenweise leichtfertig verharmlosend. Doch es mag sein, daß das eine allzusehr norddeutsche Sicht ist. Die Überzeugung, daß dieses Stück ein nützliches und notwendiges Beispiel für Menschen- und Gesellschaftsanalyse darstellt, daß es in der rückhaltlosen szenischen Analyse depravierten Kleinbürgertums vor dem Faschismus diesen selbst aufklärend herleitet – diese Überzeugung ist mir in Wien verloren gegangen.«

Eine weitere Möglichkeit, sich Entwicklung und Unterschiede der österreichischen und bundesdeutschen Rezeption zu vergegenwärtigen, bietet Horváths *Himmelwärts*. Die Komödie wurde zwischen 1945 und 1975 in Österreich fünfmal, in der BRD aber nur zweimal (1953 in Göttingen und 1975 in Mannheim) inszeniert. Dafür galt sie in Österreich 1950 als »burlesk-satirisches Märchen«[11], 1953 als »amüsante Komödie«, die »in Hinblick auf Verfasser und Thema erstaunlich wenig Ätzendes oder Bitteres« enthalte[12], 1965 als »ein Märchen bloß [. . .] über dem noch der Zauber Raimunds schwebt und auch dessen volkstümlicher Humor«[13], 1973 als Märchen, dem »die hintergründig-hinterfotzige Bösartigkeit der großen Horváthschen Volksstücke«[14] fehle. Erst 1977, anläßlich einer Schüleraufführung des Stückes in Ranshofen und zwei Jahre, nachdem ein FAZ-Kritiker zur Mannheimer Inszenierung geschrieben hatte[15]:

»Der Teufel und seine Schergen assoziieren in Haltung und Kostüm den faschistischen Gewaltstaat. Das wirkt nicht aufgesetzt, sondern nimmt die Vorlage so ernst, wie sie gemeint ist«,

konkretisierte der Rezensent einer oberösterreichischen Lokalzeitung[16]:

»Im Prinzip geht es bei ›Himmelwärts‹ um die ironische Darstellung der Machtverhältnisse einer obrigkeitshörigen Gesellschaft. [. . .] Durch Aufgabe aller menschlichen Gefühle, durch skrupelloses Verhalten den Mitmenschen gegenüber wird der Erfolg garantiert, stilisiert durch Paktabschlüsse mit dem Teufel, der für den Erfolg Garantien abgibt.«

Gegen Ende des untersuchten Zeitraumes jedenfalls hat sich in Österreich das in der BRD erfahrungsgemäß verbreitete Vorurteil, deutsche Regisseure, Kritiker und Wissenschaftler hätten Horváth »entdeckt« und seine »Renaissance« herbeigeführt, ebenfalls so weit gefestigt, daß ein Kritiker der Burgtheater-Inszenierung von *Geschichten aus dem Wiener Wald* offenbar unwidersprochen über eine »Renaissance« schreiben kann, »die in Mitteleuropa seit der Stein-Inszenierung der *Geschichten aus dem Wiener Wald* vor zwei Jahren in Berlin wieder eingesetzt hat«.[17] Auch wenn diese Behauptung mit Skepsis zu beurteilen ist, kann es als sicher gelten, daß die sich sprunghaft entwickelnde bundesdeutsche Horváth-Rezeption die endgültige Kanonisierung des Autors in Österreich erst möglich machte. Darauf deutet unter anderem der zuletzt zitierte Halbsatz hin.

II.

Resümee II: Die Horváth-Rezeption in Österreich Faktoren, Bedingungen und Verlauf

Wollte man die zentrale Frage formulieren, die die vorliegende Arbeit zu beantworten versucht hat, müßte sie lauten: Was führte zur Horváth-»Renaissance« in Österreich und wie verlief sie?

Zumindest der erste Teil dieser Frage wäre mit einer ebenso pauschalierenden Aussage zu beantworten: die intensive Rezeption Ödön von Horváths in Österreich nach 1945 wurde durch das

Zusammentreffen einer Reihe von – sich in der Folge wandelnder – Faktoren und Bedingungen möglich. Die Untersuchung ergab, welche die wichtigsten dieser Faktoren und Bedingungen waren.

1. gab es von Anfang an Bemühungen, die Rezeption Horváths bewußt und gezielt zu fördern. Diese Funktion übten zuerst Persönlichkeiten aus, die Horváth zu seinen Lebzeiten nahe standen: Franz Theodor Csokor, Lajos von Horváth, Alfred Ibach, Rudolf Steinboeck, Oskar Maurus Fontana usw. Sie konnten durch den Hinweis auf andere – unter 2., 3. und 4. aufzuführenden – Voraussetzungen und durch direkte Initiativen Horváth-Texte in Spielpläne und Verlagsprogramme und dadurch ins Bewußtsein vor allem jener Theaterpraktiker und Kritiker bringen, die sich in einer zweiten Phase um Horváths Texte bemühten. Erich Neuberg, Michael Kehlmann und Edwin Zbonek brachten Horváths Stücke zuerst ins Kellertheater, von dort an große Bühnen und ins Fernsehen, später bewirkten auch Otto Schenk und Hans Hollmann, daß Horváth im deutschsprachigen Ausland bekannt und somit für einen Verlag interessant wurde, der in einer dritten Phase durch aggressive Werbe- und Verlagspolitik im Verein mit einem willigen Nachlaßverwalter und Herausgeber dem Autor zum vielzitierten »Boom« verhalf. So wurde im Verlauf der drei Phasen das (überwiegend) persönliche Interesse an Horváths Rezeption von einem (überwiegend) künstlerischen und dieses wieder von einem (überwiegend) kommerziellen abgelöst.

2. konnte Horváth im Österreich der ersten Nachkriegsjahre, in einer Zeit der nationalen Restauration, aber auch Isolation, als Österreicher rezipiert werden. In einem Kapitel[18] der Untersuchung wurde gezeigt, wie es zu dieser »Annektion« kommen konnte und was sie bewirkte. Gleichzeitig wurde deutlich, wie im gleichen Maß, in dem es für die Rezeption irrelevant wurde, ob Horváth als österreichischer Autor einzuordnen war, sich der Topos vom »Österreicher Horváth« verfestigte.

3. konnte Horváth – mit beinahe allen seinen Texten – als Fortsetzer einer österreichischen Volksstück- oder Komödientradition rezipiert werden. Es ist kein Zufall, daß in Österreich bis zum Ende der fünfziger Jahre vorwiegend jene Texte des Autors aufgeführt (und jene Romane verlegt) wurden, die Horváth nach 1933 verfaßt hatte, als ihm die deutschen Bühnen bereits verschlossen waren und die österreichischen nur sehr zögernd und

vorsichtig politisch-gesellschaftskritisch engagierte Autoren aufführen konnten: jene Texte waren von Horváth offensichtlich sehr gezielt auf den Erwartungshorizont der österreichischen Kritiker und Theaterpraktiker vor 1938 hin produziert, und daß sie nach 1945 ohne erhebliche Schwierigkeiten rezipiert wurden, deutet auf die Ähnlichkeit des kulturellen Bewußtseins und der literarischen Bedürfnisse zwischen 1933 und 1938 sowie nach 1945 hin. Später allerdings, etwa mit der »Entdeckung« des Volkstheaters auch in der BRD, erhielt die Rezeption der Volksstücke Horváths (jetzt auch der von ihm eigentlich so bezeichneten, in Berlin entstandenen Stücke) eine neue Akzentuierung durch die Einbeziehung der Gesellschaftskritik.

4. wußten österreichische Kritiker nach 1945, daß Horváth – 1933 vor Hitler nach Österreich und 1938 nach Paris »geflüchtet«[19] – auf jeden Fall als Antifaschist anzusehen war, der in seinen Texten schon früh gegen den Nationalsozialismus Stellung bezogen hatte. Diese Tatsache spielte nicht nur eine formale Rolle in der Zeit der »Entnazifizierung« kultureller Institutionen, (anfangs) vereinzelt wurde nach der historischen Katastrophe auch die Frage nach Ursachen und Schuldigen gestellt, von Horváth wurde Hilfe bei der Beantwortung erwartet. Auch in dieser Beziehung ist eine Entwicklung zu erkennen: je größer der zeitliche Abstand zu den historischen Fakten wurde, je weniger der einzelne Rezipient befürchten mußte, (von Horváth) auf die Seite der Schuldigen verwiesen zu werden, desto bereitwilliger wurden jene Texte des Autors rezipiert, die konkreter als andere die spießbürgerliche Bestialität und Unvernunft als Nährboden des Faschismus demaskierten. Und desto bereitwilliger wurde diese Demaskierung in allen Texten konkretisiert.

Am charakteristischsten für den Verlauf der Horváth-Rezeption in Österreich ist der von Karl Robert Mandelkow[20] so bezeichnete »Rückkopplungseffekt rezeptionsästhetischer Prozesse«. Bei der Beschreibung der Rezeption wurde immer wieder sichtbar, wie sich (phasenweise) die Rezeptionsschicht von der Produktionsschicht, bzw. der Rückbeziehung der Rezeption auf den Text als Produkt, ablöst und Eigendynamik entwickelt. Ein äußeres Zeichen dafür ist die Ausbildung und Verfestigung von Stereotypen und Topoi wie jenes vom »Österreicher«, vom »Nestroy-Raimund-Nachfolger« und vom »Gesellschaftskritiker« Horváth. Die Verselbständigung der Rezeption geht Hand in Hand mit der

Kanonisierung des Autors, welche sich auf eine möglichst breite und langdauernde Rezeption als »sicherstes« Wertungskriterium verläßt. Die Folge beider Entwicklungen aber ist, daß (durch die Kanonisierung) eine kritische Auseinandersetzung mit dem Text (durch die Verselbständigung der Rezeption) für das Leser- und Theaterpublikum faktisch unmöglich, für die Kritik unnötig und für die Wissenschaft schwer wird.

III.

Ausblick: Möglichkeiten und Aufgaben der zukünftigen Horváth-Rezeption

Berücksichtigt man die Zahl der im Entstehen begriffenen Dissertationen und Hausarbeiten sowie die in den letzten Jahren steil angestiegene – und im Gegensatz zur Bühnenrezeption noch nicht stagnierende – Zahl wissenschaftlicher Publikationen zu Horváth, kann davon gesprochen werden, daß das (wie auf S. 190 gezeigt) zuletzt wirksame kommerzielle Interesse an der Horváth-Rezeption von einem wissenschaftlichen abgelöst wird. Der Suhrkamp Verlag betrachtet den Buchmarkt in Sachen Horváth als gesättigt[21], die Bühnenrezeption im allgemeinen scheint – soweit eine diesbezügliche Prognose möglich ist – abzuflachen, bald dürfte der Zustand erreicht sein, den Wolfgang Heinz Schober in seinem Grazer Referat[22] als die Voraussetzung einer »leidenschaftslosen« wissenschaftlichen Auseinandersetzung mit Horváth bezeichnete.

In Übereinstimmung mit Alfred Doppler[23] und auf Grund der gewonnenen Erkenntnisse[24] muß die Erstellung einer neuen kritischen Textausgabe als vordringlichste Aufgabe jeder zukünftigen Horváth-Philologie angesehen werden. Erst diese Neuedition könnte die Voraussetzung für eine Erforschung zum Beispiel der Verwendung fester Motive durch Horváth und damit einer Untersuchung der poetischen Verfahrensweise des Autors bilden. Gleichzeitig wäre es dringend notwendig – die Zahl der potentiellen persönlichen Informanten ist inzwischen bedenklich gesunken – die Biographie Horváths (insbesondere für die Jahre 1933 bis 1938) mit stichhaltigen und belegbaren Ergebnissen zu untermauern. Dies wiederum wäre die Vorstufe einer Analyse der

Wechselwirkung von Produktion und Rezeption zu Horváths Lebzeiten und einer Klärung der Frage, ob und zu welchen literarischen Traditionen Horváth in einem Abhängigkeitsverhältnis stand. Schließlich müßte die Wirkung, die Horváth mit seinen Texten offensichtlich auf eine ganze Generation von Autoren ausgeübt hat, zum Gegenstand einer wissenschaftlichen Arbeit gemacht werden. Größtes Interesse kann der angekündigten Göttinger Dissertation von Gisela Günther[25] gelten.

Zwischen dem Redaktionsschluß dieser Arbeit und ihrer tatsächlichen Fertigstellung, also im Sommer 1976 und in der Theaterspielzeit 1976/77 wurden in Österreich (soweit belegt) fünf Texte von Horváth insgesamt sechsmal inszeniert: im Juli 1976 *Himmelwärts* für das Straßentheater der Salzburger Festspiele, im Jänner 1977 *Sladek oder Die schwarze Armee* durch das Theater »Die Komödianten« im Wiener Künstlerhaus, im März 1977 *Glaube Liebe Hoffnung* durch das »Theater für Vorarlberg« in Bregenz, im April 1977 *Geschichten aus dem Wiener Wald* durch das Linzer Landestheater, im Mai 1977 *Der jüngste Tag* durch das Klagenfurter Stadttheater und schließlich im Juni 1977 noch einmal *Himmelwärts* durch ein Schülertheater in Ranshofen. Im deutschsprachigen Ausland nahm die Zahl der Horváth-Inszenierungen gegenüber den Vorjahren merklich ab. Die Aufführung der *Geschichten aus dem Wiener Wald* in London (Premiere am 27. 1. 1977) war die erste Horváth-Inszenierung in englischer Sprache und hatte einen zwar heftigen, aber offensichtlich nicht nachhaltigen Erfolg. Maximilian Schell als Regisseur dieser Produktion plante, wie die österreichische Presse wiederholt kolportierte, eine Verfilmung des gleichen Textes, zur Zeit der Fertigstellung der vorliegenden Arbeit waren ihm die Rechte allerdings noch nicht sicher.[26] Die Wiener Bühnenrezeption der kommenden Jahre wird durch einen Exklusivvertrag bestimmt sein, den der Sessler-Verlag mit dem Theater in der Josefstadt abgeschlossen hat. Alle anderen Wiener Bühnen (so »Die Komödianten« mit dem 1976/77 aufgeführten *Sladek*, das Volkstheater mit der geplanten *Schönen Aussicht* und das Burgtheater, das 1977/78 mit *Italienische Nacht* einen Horváth-Zyklus beginnen will[27]) sind von der Zustimmung des Josefstädter Theaters abhängig, das selbst »in den nächsten Jahren jeweils ein Horváth-Stück zu spielen«[28] beabsichtigt, wie Die Presse im Jänner 1977 meldete. Als erstes soll dort Johannes Schaaf *Glaube Liebe Hoffnung* inszenieren.

Gleichzeitig wird Elisabeth von Horváth, die Witwe Lajos von Horváths und Erbin der Rechte an Ödön von Horváths dramatischem Œuvre, die Bühnenrezeption ihres Schwagers beeinflussen und steuern können. Sie hat zwar den Text *Mord in der Mohrengasse*, dessen fragmentarischer Charakter kaum zu übersehen ist, zur Aufführung freigegeben, will das Fragment *Der Fall E.*, dem durch die politische Realität der Gegenwart in der BRD erhöhte Aktualität zukommen würde, aber nicht spielen lassen. Wie Die Presse berichtet, um »den Intentionen ihres Mannes gemäß« zu handeln, »der wiederum seines Bruders Hemmungen genau kannte, Unfertiges oder nicht mehrmals Überarbeitetes aufführen zu lassen«.[29] Die tatsächliche – politische – Motivierung dieser Entscheidung wird in Elisabeth von Horváths Klage deutlich: »Sie wollen einen Kommunisten aus ihm machen [. . .]. Ödön war immer ein absoluter Antifaschist [. . .] aber kein Kommunist.«[30]

Franz Theodor Csokor setzte sich 1951 deshalb zum wiederholten Mal für eine Rezeption Horváths ein,

»weil die Gefahr droht, daß in unserer geistig zentrifugalen Zeit die Erinnerung an seine Bücher und an seine größtenteils noch unaufgeführten Stücke mit dem Hingang der Letzten, die ihn kannten und liebten, verlösche«.[31]

1975, in der Schlußdiskussion des Grazer Horváth-Symposions, stellte Peter Iden fest[32]:

»Horváth wird heute am deutschsprachigen Theater schon auf die Spielpläne gebracht als ein Mittelwert, als etwas, was man verkaufen kann, als etwas, was Zustimmung findet: das ist durchgesetzt. Horváth ist durchgesetzt und das kann man heute spielen. Für mich gibt es verdächtig viele Horváth-Aufführungen am deutschen Theater, leider, die angekündigt worden sind. Denn das läuft darauf hinaus, daß da die Theater-Verhinderer im Grunde, die Gegner eines explosiven, die Gesellschaft attackierenden Theaters, mit Horváth, der ein Attackierer der Gesellschaft war, operieren wollen. Es soll nicht mehr sein, und deswegen spielt man Horváth, und deshalb sehe ich es gar nicht gern.«

Nichts charakterisiert die – formale wie inhaltliche – Entwicklung, die die Horváth-Rezeption zwischen dem Ende des zweiten Weltkrieges und der Mitte der siebziger Jahre genommen hat, besser, als die Spannung zwischen diesen beiden Aussagen.

1977

Wolfgang Lechner hat in seiner 1977 abgeschlossenen Innsbrucker Dissertation *Mechanismen der Literaturrezeption in Österreich am Beispiel Ödön von Horváths*, die als Band 46 der »Stuttgarter Arbeiten zur Germanistik« (Hg. Ulrich Müller, Franz Hundsnurscher und Cornelius Sommer) 1978 im Akademischen Verlag Hans-Dieter Heinz veröffentlicht wurde, erstmals eine umfassende Darstellung der Rezeption Horváths seit 1945 (bis 1977) gegeben.

Unter besonderem Hinweis auf die ausführliche Arbeit Lechners wird hier der Schlußteil seiner Dissertation (»Resümee und Ausblick«, S. 385-401) abgedruckt.

Lechners Arbeit lag die achtbändige Werkausgabe der edition suhrkamp (Ödön von Horváth, *Gesammelte Werke*. Frankfurt/Main 1972) zugrunde.

Die nachfolgenden Anmerkungen wurden, basierend auf Lechners Ausführungen und Hinweisen, für diesen Abdruck neu zusammengestellt.

1 Lechner leitet den »Schlußteil« seiner Arbeit mit folgender Erklärung (S. 387) ein: »Die in der Einleitung zu dieser Arbeit ausgesprochene Vermutung, daß – wenn man davon ausgehe, daß Literaturrezeption als komplexer Prozeß ablaufe, in dem eine Vielzahl von Mechanismen wirksam sei – diese Mechanismen nicht in ihrer ganzen Vielschichtigkeit auszuloten sein würden, hat sich bewahrheitet. Zweifellos wäre das durch die Einbeziehung weiterer Materialien[1a] und Methoden in den Untersuchungsgang zumindest zu einem Teil zu verhindern gewesen, doch der Rahmen einer Dissertation drohte nach Umfang und Zeitaufwand gesprengt zu werden. So soll im Mittelpunkt des folgenden Schlußteils ein Resümee der gewonnenen Einsichten stehen. Vorher wird die Geschichte der österreichischen Horváth-Rezeption mit jener der bundesdeutschen verglichen, um die vorliegende Untersuchung nach ihrer thematischen Beschränkung wieder in einen größeren Kontext einzubinden; am Ende soll ein Ausblick den Aufgaben und Möglichkeiten der künftigen Horváth-Rezeption in Österreich und im Ausland gelten.«

1a So hätte wahrscheinlich die Analyse der Rezeption Horváths in österreichischen populären und Schul-Literaturgeschichten, in Lesebüchern, Anthologien und Nachschlagewerken weitere – allerdings vermutlich keine neuen – Aspekte des Rezeptionsprozesses beleuchten können. (Lechner, S. 387, Fußnote 1)

2 Friedhelm Roth, *Volkstümlichkeit und Realismus? Zur Wirkungsgeschichte der Theaterstücke von Marieluise Fleißer und Ödön von Horváth*. In: Diskurs 3 (1973), H. 3/4, S. 77-104; hier S. 77.

3 Christof Schmid, *Horváth audiovisuell. Zur filmischen Dramaturgie seiner Stücke am Beispiel der Fernsehinszenierung von »Kasimir und Karoline« durch Michael Kehlmann*. In: *Materialien zu Ödön von Horváths »Kasimir und*

Karoline«. Hg. Traugott Krischke. Frankfurt/Main 1973, S. 284-292; hier S. 284.

4 Alle hier und in der Folge wiedergegebenen Ziffern und Daten über die Horváth-Rezeption in der BRD können nicht jenen Anspruch auf Vollständigkeit erheben wie die Angaben zur österreichischen Aufführungsgeschichte.

5 Nach einer Mitteilung Walter Huders an Wolfgang Lechner.

6 ile. (d. i. Ilse Leitenberger) in Die Presse, Wien, 21. 11. 1962.

7 Vgl. hierzu Birgit Schulte, *Ödön von Horváth: verschwiegen – gefeiert – glattgelobt. Analyse eines ungewöhnlichen Rezeptionsverlaufs*. Bonn 1980. Dort (S. 44-46) heißt es: »Dieses Datum kann als Höhepunkt in der zweiten Rezeptionsphase angesehen werden. Man darf allerdings nicht verkennen, daß auch die Einrichtung des Archivs, das als Aufbewahrungsstätte für den Nachlaß und Sammelstelle für Dokumente zur Person, zum Lebensweg und für sämtliches die Rezeption betreffendes Material unerläßliche Voraussetzung für eine wissenschaftliche Bearbeitung ist, auch auf Privatinitiative zurückgeht. Daß Walter Huder und Traugott Krischke dazu unterschiedliche Hergangsberichte verbreiten, verwundert nicht. Sie spiegeln nur das schon oben angesprochene Bewußtsein der Intellektuellen von sich selbst. Kritiker, Lektoren, Verleger fühlen sich zugehörig zum Kreis derjenigen, die etwas zu sagen haben, die (emanzipatorisches) Material bereitstellen wollen für die Masse der zu Unterrichtenden. Faktisch nehmen diese Intellektuellen eine Zwischenstellung ein zwischen den Kulturkonsumenten, die nur in glücklichen Fällen wirklich Dialogpartner sind, und dem Kapital, das die entscheidenden Produktionsmittel besitzt (nach Sprache, Bleistift und Papier). Als dessen Zulieferanten werden sie weitgehend mediatisiert, dennoch darf der ›subjektive Faktor‹ als Movens des ›literarischen Marktes‹[7a] nicht unterschätzt werden. Es ist insofern unwesentlich, ob Huder Nachlaßteile auf dem Dachboden des Horváthschen Hauses in München und im Safe einer Münchener Bank selbst aufgespürt hat[7b] oder Krischke nach ergebnislos verlaufenen Gesprächen mit verschiedenen Institutionen in der Akademie der Künste endlich jemanden fand, der den Nachlaß betreuen wollte und daraufhin den Bruder Lajos veranlaßt hat, den Nachlaß nach Berlin zu schicken[7c]. Deutlich wird auf jeden Fall, daß persönliche Motive der wesentliche Antrieb für das Bekanntmachen des Horváthschen Werkes waren.
So setzte Huder sein Bemühen daran, die Materialien des Archivs ›nicht einzusargen, sondern zu verlebendigen‹.[7d]«

7a Vgl. die Definition in Lutz Winckler, *Kulturwarenproduktion. Aufsätze zur Literatur- und Sprachsoziologie*. Frankfurt/Main 1973, S. 12 und S. 45: Doppelfunktion als »kulturelles Kräftefeld« und »Ort des Warenaustausches« (Schulte).

7b Persönliche Mitteilung, August 1976 (Schulte).

7c Persönliche Mitteilung, April 1977 (Schulte).

7d Walter Huder, *Über das Ödön von Horvath-Archiv und den Stand der Horváth-Forschung.* Vortrag gehalten auf dem 1. Internationalen Horváth-Symposium in Rom vom 12.-14. 1. 74. Manuskript im Archiv. Birgit Schulte fügt dieser Fußnote hinzu: »Sein Interesse, das Material zu erschließen und zu vervollständigen, scheint allerdings in den letzten Jahren erlahmt zu sein.«

8 Wilhelm Emrich, *Die Dummheit oder das Gefühl der Unendlichkeit. Ödön von Horváths Kritik.* In: W. E., *Geist und Widergeist. Wahrheit und Lüge der Literatur. Studien.* Frankfurt/Main 1965, S. 185-196; hier S. 185.

9 Ödön von Horváth, *Sladek, der schwarze Reichswehrmann. Historie aus dem Zeitalter der Inflation in drei Akten.* In: Theater heute 8 (1967), H. 8, S. 54-60.

10 Henning Rischbieter in Theater heute 15 (1974), H. 4, S. 12-14.

11 O. B. (d. i. Otto Basil) in Neues Österreich, Wien, 6. 1. 1950.

12 Franz Johann Seidl in Wiener Zeitung, 11. 4. 1953.

13 G(ertrude) Obzyna in Morgen Express, Wien, 13. 11. 1953.

14 Rudolf John in Kurier, Wien, 3. 12. 1973.

15 Gerhard Rohde in Frankfurter Allgemeine Zeitung, 17. 1. 1975.

16 ph. in Neue Warte am Inn, 22. 6. 1977.

17 -zoe- in Kleine Zeitung, Klagenfurt, 8. 6. 1974.

18 »Ödön von Horváth – Ein Österreicher?« überschreibt Wolfgang Lechner das Kapitel A (S. 83-114) seiner Arbeit und führt (S. 85 f.) einleitend aus: »Es mag nun unsinnig erscheinen, über Zugehörigkeit oder Nichtzugehörigkeit eines Autors zur österreichischen Nation zu diskutieren. Tatsächlich hat sich Joseph Strelka – allerdings von einigen falschen Details ausgehend – mit der Frage beschäftigt[18a], und manchmal wird die Problematik in – vielleicht – ironischen Formulierungen von Kritikern deutlich, wie: ›der Altösterreicher Ödön von Horváth, der trotz seines ungarischen Passes ein deutscher Dichter war‹.[18b] Jedenfalls aber dürfte es nicht uninteressant sein, die Entstehung des Topos vom ›österreichischen Dramatiker Horváth‹ zu untersuchen, um dann – in Hinblick auf das Gesamtthema – die Folgen dieser Kategorisierung für die Rezeption nachweisen zu können. Über die Berechtigung dafür, Horváth als Österreicher (oder Ungarn, oder Deutschen) zu bezeichnen, aber soll hier nicht geurteilt werden.« Lechner weist nach, »daß es in den ersten Jahren nach 1945 in verstärktem Maße, aber auch noch bis zur Gegenwart zweifelsohne von Bedeutung für die Inszenierung von Horváth-Stücken, aber auch für die Verlegung seiner Romane war, daß der Autor als Österreicher verkauft werden konnte« (S. 110 f.).

Lechner folgend, spiegeln die Rezensionen und Zeitungsartikel zu

Horváth »eine Situation wider, in der, gerade während der ersten Jahre nach dem zweiten Weltkrieg, ein Autor, der als Österreicher bezeichnet wurde oder so bezeichnet werden konnte, von den Kritikern – und, wie sich aus den relativ vielen Inszenierungen vermuten läßt, auch von den Theatern – bereitwilliger akzeptiert wurde als irgend ein anderer Autor. Es war eine Situation, in der es um eine Restauration Österreichs und seiner Kultur im Spannungsfeld zwischen wiedergewonnener Freiheit und gleichzeitiger Unselbständigkeit unter den Besatzungsmächten ging.[18c]
Gleichzeitig mag die neue Eigenstaatlichkeit Reminiszenzen an die einstige Größe der Doppelmonarchie ausgelöst haben: so ist es verständlich, daß Horváth auch von jenen noch gerne angenommen wurde, die ihn nur als ›Groß‹-, ›Altösterreicher‹ oder ›Österreich-Ungarn‹ bezeichneten.« (S. 112)
Weiter führt Lechner aus: »In der zweiten Hälfte der fünfziger Jahre begannen die Kritiker dann ›unsere großen Bühnen‹ zur ›Erfüllung ihrer Ehrenpflicht Ödön Horváth gegenüber‹[18d] aufzufordern, etwa ab 1960 ist gleichzeitig mit einer Verhärtung des Österreicher-Topos (›zählt [. . .] zu den größten Österreichern dieses Jahrhunderts‹[18e]) die Tendenz festzustellen, auf ›das typisch österreichische Schicksal des Verkannt- und Vergessenseins‹[18f] hinzuweisen, das Horváth erleide. Je weiter aber in der Folge die sogenannte ›Horváth-Renaissance‹ fortschritt, desto weniger oft taucht in Rezensionen die Bezeichnung ›österreichischer Dichter‹ als Argument dafür auf, ihn zu spielen.« (S. 113)

18a Joseph Strelka, *Ödön von Horváth. Die Wirklichkeit als Tor zum Irrealen.* In: J. S., *Brecht Horváth Dürrenmatt. Wege und Abwege des modernen Dramas.* Wien 1962, S. 71-113; hier S. 71-73.

18b Zu den biographischen Angaben vgl. z. B. Kahl, *Ödön von Horváth.* Velber 1971, S. 7-16. – Dieter Hildebrandt, *Ödön von Horváth in Selbstzeugnissen und Bilddokumenten.* Reinbek 1975, S. 127-129. – *Materialien zu Ödön von Horváth.* Hg. Traugott Krischke. Frankfurt/Main 1970, S. 181-195.

18c Vielleicht ist damit auch zu erklären, daß in den Jahren 1956-1959 nur zwei Horváth-Inszenierungen in Österreich zu verzeichnen waren, gegenüber 18 von 1945 bis 1955.

18d K. K. (d. i. Kurt Kahl) in Arbeiter-Zeitung, Wien, 13. 1. 1959.

18e Ulf Göd in Neue Wege, Wien, September 1962.

18f Ebd.

19 Gerade dies vermerken z. B. Nachschlagewerke außer Horváths außergewöhnlicher Todesart besonders regelmäßig.

20 Lechner zitiert diese Textstelle von Karl Robert Mandelkow (*Probleme der Wirkungsgeschichte.* In: Jahrbuch für Internationale Germanistik 2 [1970], H. 1, S. 71-84; hier S. 80 f.) auf Seite 16 seiner Arbeit: »Eine

weitere Schwierigkeit wirkungsgeschichtlicher Darstellung, die das einfache Denkmodell von Werk und Erwartungshorizont in Frage stellt, ergibt sich aus dem, was ich den Rückkopplungseffekt rezeptionsästhetischer Prozesse nennen möchte. Wirkungsgeschichte eines Werkes oder eines Autors ist von Anfang an zugleich auch immer Wirkungsgeschichte der Wirkungsgeschichte. Die hermeneutische Differenz besteht nicht erst zwischen dem einstigen und dem heutigen Verständnis des Werkes, sondern sie ist im werkgleichzeitigen Rezeptionsvorgang mitgesetzt. Die unmittelbare Rezeption vollzieht sich zumeist in Auseinandersetzung und unter dem Einfluß von anderen gleichzeitigen Rezeptionsprozessen und bezieht die Abgrenzung gegen sie in die nur scheinbar spontane Begegnung mit dem Werk mit ein. Der eigene Erwartungshorizont wird modifiziert durch die Reaktion auf andere Erwartungshorizonte. Diese Ablenkung des Blicks vom Werk auf die Medien seiner Rezeption kann zu einer weitgehenden Verselbständigung der Rezeptionsgeschichte gegenüber der Werkschicht führen.«

21 Vgl. Lechner, S. 398, Fußnote 18 und den entsprechenden Text auf S. 300: »Das für Ende 1976 bereits angekündigte Erscheinen eines weiteren Dokumentationsbandes *Ödön von Horváth: Leben und Werk in Daten und Bildern.* Hrsgg. von Traugott Krischke und Hans F. Prokop. als Insel-Taschenbuch Nr. 237 wurde um ein Jahr verschoben.«

22 Wolfgang Heinz Schober, *Die Jugendproblematik in Horváths Romanen.* In: *Horváth-Diskussion.* Hg. Kurt Bartsch, Uwe Baur, Dietmar Goltschnigg. Kronberg/Ts. 1976, S. 124-137. Dort heißt es (S. 137): »Insgesamt sehen wir, wie sehr eine Beruhigung der Horváth-Renaissance einem neuen Bild des Dichters förderlich sein wird. Wenn er einmal der Tageskritik entzogen ist, wird es auch möglich sein, aus literaturwissenschaftlicher Sicht leidenschaftslos ein Horváth-Bild zu entwerfen, in dem nicht schon der Interpret ihm wichtig erscheinende Grundzüge vorgezeichnet hat, die der Untersuchung nur mehr wenig Spielraum lassen.«

23 Vgl. S. 382-383 in Lechners Dissertation. Er schreibt dort über das Horváth-Symposion (5.-24. 5. 1975) in Graz: »Kritisch wurde angemerkt, daß[23a] ›profitorientierte Verlagspolitik‹, die nicht Interesse an einer ›endgültigen‹ kritischen Ausgabe, sondern an der Absatzmöglichkeit mehrerer angeblich fortschreitend verbesserter Editionen hat, [...] Horváth-Leser und Horváth-Forschung in die Irre [führt] und [...] die Gewinnung eines gesicherten Horváth-Bildes [verhindert].

Alfred Doppler bezeichnete in diesem Zusammenhang die Herstellung einer ›brauchbaren‹ Werkausgabe, ›die einen besseren Einblick in die poetische Verfahrensweise des Dichters und die Beantwortung einiger noch offener Fragen in dieser Richtung erlaubt‹[23b], als die vordringlichste Aufgabe, die sich der Literaturwissenschaft in Sachen Horváth stelle. Bei der Erörterung der künftigen Aussichten der Bühnenrezeption Horváths äußerte sich schließlich vor allem der Theaterkritiker Peter Iden besorgt. Er (und ähnlich der Regisseur Gerald Szyszkowitz) prangerte ›die zunehmende Vermarktung Horváths‹ an, ›die dazu führt, daß er viel zu viel und in zu schlechten Aufführungen verbreitet wird‹.[23c] In einem Bericht der Kronen Zeitung wird dieser Aspekt der Diskussion zusammengefaßt[23d]: ›Horváth ist zum Konsumartikel der deutschsprachigen Bühnen geworden, die ihrem Publikum immer ›g'schmackigere‹ Aufführungen vorsetzen. [. . .] Die ›verdächtig vielen‹ [Zitat nach Iden] deutschen Horváth-Aufführungen tragen heute zur Verhinderung von modernem Theater bei.‹«

23a Zit. nach *Aspekte der Horváth-Rezeption. Bericht vom Grazer Horváth-Kolloquium, 8. Mai 1975.* Zusammengestellt von Kurt Bartsch. In: *Horváth-Diskussion,* S. 157-161; hier S. 161.

23b Ebd. S. 160.

23c Ebd.

23d R. P. Gruber in Neue Kronen Zeitung, Ausgabe für die Steiermark, 10. 5. 1975.

24 Im Rahmen seiner Arbeit widmete Wolfgang Lechner das Kapitel D: »Ödön von Horváth und der Suhrkamp Verlag« (S. 295-333) der kritischen Auseinandersetzung mit den dort erschienenen Editionen und den sie begleitenden Materialienbänden. Das Kapitel ist gegliedert in: 1. Horváth im Suhrkamp Verlag; 2. Horváths *Gesammelte Werke*; 2.1. Exkurs: Ödön von Horváths Briefe in der Suhrkamp-Ausgabe und der tatsächliche Bestand; 3. Die Rezeption des Editionsprogramms; 3.1. Die Rezeption durch das Leserpublikum; 3.2. Die Rezeption durch die Kritik.

25 In der Einleitung zu seiner Dissertation hatte Lechner auf S. 27 darauf hingewiesen, daß »zur Zeit, während an dieser Dissertation gearbeitet wird [d. i. Oktober 1974 bis August 1977; Anm. d. Hgs.], in Göttingen eine solche zur Rezeption Ödön von Horváths im gesamten deutschen Sprachraum« entsteht. In einer Fußnote (52) vermerkte Lechner: »Gisela Günther: *Die Rezeption des dramatischen Werks Ödön von Horváths 1929-1975* (Arbeitstitel). Göttingen, Phil. Diss. in Vorbereitung.«

26 Vgl. hierzu Maximilian Schell, *Daten, Notizen und Materialien zur Vorgeschichte des Films.* In: Ödön von Horváth, *Geschichten aus dem Wiener Wald. Ein Film von Maximilian Schell.* Frankfurt/Main 1979 (= suhrkamp taschenbuch 595).

27 dpa in Frankfurter Allgemeine Zeitung, 5. 7. 1977.

28 Hans Haider in Die Presse, Wien 12. 1. 1977.

29 Ebd.
Lechner merkt dazu an: »Am Stuttgarter Landestheater wurde auf Grund dieses Spielverbots *Der Fall E.* in der Spielzeit 1976/77 unter

der Regie von Helmut Palitzsch als szenische Lesung aufgeführt.«

30 Ebd.

31 Franz Theodor Csokor, *Ödön von Horváth*. In: Der Monat 3 (1951), S. 309-313.

32 Text nach einem Tonband-Mitschnitt im Besitz Wolfgang Lechners.

Traugott Krischke

Materialien zur Horváth-Forschung
Aspekte und Möglichkeiten

Die Fakten sind bekannt.[1]

Von vielen vergessen, von ein paar Freunden geschätzt, wurde Horváth nach den sechziger Jahren »sichtbar als der analytischste deutschsprachige Dramatiker neben Brecht«[2] oder erschien gar, in Sichtweite des 70. Geburtstages, laut Peter Handke »besser als Brecht«.[3] Wie Friedrich Torberg formulierte, 1964 noch »auf dem Weg zum Klassiker, ob er's will oder nicht und ob er's auch noch so komisch fände, wenn er's erlebt hätte«[4], wurde Horváth 1971 nach Peter Wapnewski »aufgewertet in den Rang eines Klassikers«.[5]

Über die »Etablierung eines neuen Klassikers der Moderne« schreibt Marcel Reich-Ranicki 1972: »Die Horváth-Renaissance war dringend nötig und ist sehr erfreulich. Daß sie eine Horváth-Mode bewirkt hat, war wohl unvermeidbar und ist bestimmt kein Unglück. Daß aber auch ein Horváth-Mythos entsteht, scheint mir ärgerlich und schädlich. Überraschend ist das allerdings nicht. Erst werden unwillkommene Dichter beschimpft und verjagt, totgeschwiegen und vergessen – und dann besungen und beweihräuchert, glorifiziert und monumentalisiert. Das ist eine schöne deutsche Tradition.

So halten es manche neuerdings für richtig, Horváth als Jahrhundertgestalt zu preisen. Doch zur Denkmalsfigur taugt gerade dieser Autor am wenigsten, und als Gegenstand nationaler Verehrung nimmt er sich fast komisch aus – wobei übrigens das eine wie das andere nicht gegen ihn spricht.«[6]

Nach der emphatischen Aufnahme ist bald von »zunehmender Vermarktung« Horváths die Rede, »die dazu führt, daß er viel zu viel und in zu schlechten Aufführungen verbreitet wird«.[7] Verlegerische Initiativen, kurz zuvor noch hoch gelobt, werden nun als »profitorientierte Verlagspolitik« denunziert, »die nicht Interesse an einer ›endgültigen‹ kritischen Ausgabe, sondern an der Absatzmöglichkeit mehrerer angeblich fortschreitend verbesserten Editionen hat.«[8] So geschehen beim Grazer Horváth-Kolloquium im

Mai 1975 – beispielsweise. Diese Darstellung adaptiert 1977 auch Wolfgang Lechner in seiner Dissertation[9], wenn er unterstellt, unter anderem hätte »eine agressive Werbe- und Verlagspolitik im Verein mit einem willigen Nachlaßverwalter und Herausgeber« dem Werk Horváths zum »vielzitierten ›Boom‹« verholfen.[10]

Im selben Jahr, 1977, publiziert auch Kurt Bartsch, Assistent an der Universität Graz, einen Beitrag über die *Tendenzen der Horváth-Forschung*[11] mit dem Ziel, »anhand einiger ausgewählter Untersuchungen auf wichtige Tendenzen in der Horváth-Forschung hinzuweisen, Ergebnisse zusammenzufassen und auf einige offene Fragen aufmerksam zu machen«.[12] Polemisierend setzt sich Bartsch mit den vorliegenden Editionen auseinander, kritisiert die »bisher vorgelegten Untersuchungen zum Leben Horváths« als kaum zufriedenstellend und läßt nur Dieter Hildebrandts Horváth-Monographie[13] als »bisher einzige, uneingeschränkt empfehlenswerte Biographie über Horváth«[14] gelten. Weiter schreibt Bartsch: »Bezüglich der Hauptwerke Horváths, der Volksstücke, dürften die wichtigsten Fragen der poetischen Verfahrensweise und der Dramaturgie beantwortet sein, die dramatischen Spätwerke wurden von der Literaturwissenschaft allerdings noch kaum berücksichtigt.[15] Ein Zusammenhang zwischen den geänderten politischen und gesellschaftlichen Verhältnissen bzw. der neuen persönlichen Situation des Autors einerseits und der veränderten Dramaturgie andererseits ist offensichtlich, doch ist dieses Problem so gesehen noch nicht eingehend behandelt worden. Vielleicht kann hier auch eine vollständige kritische Ausgabe der Werke und der Briefe – wohl das dringendste Desiderat der Horváth-Forschung – Klärendes beitragen. Von einer solchen Edition darf man darüber hinaus auch noch manch wertvolle Aufschlüsse über die Arbeitsweise nicht nur des ›späten‹ Horváth, über seine Intentionen und seinen ideologischen Standpunkt erwarten. Etwas mehr Aufmerksamkeit von seiten der Literaturwissenschaft kann man auch der Prosa Horváths wünschen, die vielfach wie ein minderwertiges Seitenprodukt des Autors behandelt wird, wogegen nicht nur seine eigene Wertschätzung des Erzählwerks spricht.[16] So konnte etwa Uwe Baur in seinem Aufsatz über die *Sportmärchen* auf den Stellenwert aufmerksam machen, den diese Kurzprosa innerhalb der literarischen Entwicklung Horváths von seinen neuromantischen Anfängen mit dem *Buch der Tänze* zur Neuen Sachlichkeit einnimmt[17], und

Wolfgang Heinz Schober auf die rezeptionsgeschichtliche Bedeutung der Romane hinweisen.[18]

Neben der Erstellung einer brauchbaren Ausgabe und der Bemühung um das Spätwerk bzw. die Prosa Horváths werden in den nächsten Jahren vor allem rezeptionsgeschichtliche und wirkungsgeschichtliche Untersuchungen zu leisten sein.[19] Letztere sollten Aufschluß über die tatsächliche Wirkung Horváths geben, denn allzu leichtfertig wurden jüngere Autoren, wie z. B. Wolfgang Bauer, Harald Sommer, Martin Sperr oder Peter Turrini, mit ihm in Verbindung gebracht. Daß man Horváth als Ahnherrn einer jungen Dramatiker-Generation in Anspruch nimmt, ist ein Zeichen dafür, daß er neben Brecht zu einem Klassiker des modernen deutschen Dramas geworden ist, entspricht aber wohl nicht ganz den Tatsachen. Hier stehen allerdings genaue Analysen noch aus.«

Unberücksichtigt läßt Kurt Bartsch in seinem Beitrag die Untersuchungen von Angelika Steets[20] aus dem Jahr 1975 und den 1976 erschienenen Beitrag Jürgen Schröders über *Das Spätwerk Ödön von Horváths*[21], in dem bereits eine der Forderungen von Kurt Bartsch, nämlich die nach einer Beschäftigung mit dem Spätwerk unter Darstellung neuer Forschungsansätze, weitgehend eingelöst war.[22]

Zum Problem einer kritischen Ausgabe der Werke und Briefe Horváths, die Bartsch als »wohl das dringendste Desiderat der Horváth-Forschung« bezeichnet, bedarf es an dieser Stelle einer näheren Erläuterung.

Das erste Konzept zu einer Gesamtausgabe der Werke Ödön von Horváths stammt aus dem Jahr 1959. Der Nachlaß lag damals, grob vorsortiert, beim Bruder und Erben Lajos von Horváth. Ernst Rowohlt, der Ödön von Horváth noch aus der Berliner Zeit persönlich kannte, erklärte sich bereit, eine Gesamtausgabe in geringer Auflagenhöhe zu veranstalten. Dramatik und Prosa des Autors sollten, angeordnet nach der Chronologie der (mutmaßlichen) Entstehung, in einer fünfbändigen Ausgabe erscheinen. Als Ernst Rowohlt 1960 starb, einigten sich der Verleger Heinrich Maria Ledig-Rowohlt und der Herausgeber auf einen Auswahlband, der unter dem Sammeltitel *Stücke* 1961 als dritter Band der neu gestarteten Paperback-Reihe erschien.[23]

1969 beauftragte der Suhrkamp Verlag mit der Erstellung einer Edition *Gesammelte Werke* drei Herausgeber: Dieter Hildebrandt (als damaligen Lektor des Verlages), Walter Huder (als Leiter des inzwischen eingerichteten Horváth-Archivs an der Akademie der Künste in Berlin) und Traugott Krischke.

Der geplanten Edition diente das Konzept des Jahres 1959 als Diskussionsgrundlage. Entgegen dem Plan einer chronologischen Anordnung entschieden sich zwei der Herausgeber für eine dem Gattungsprinzip folgende Anordnung; Vorarbeiten und Varianten wurden in einen Supplement-Band verwiesen. Es sollte, das war der Wunsch des Verlegers, eine »Lese-Ausgabe« werden, orientiert an der Brecht-Ausgabe des Suhrkamp Verlages.

Dem Vorschlag, interessierten Lesern Vorfassungen, Varianten und endgültigen Text eines Stückes in einem Band vereinigt anzubieten, wurde durch die Entscheidung entsprochen, in der Reihe Bibliothek Suhrkamp (BS) Einzeltitel zu publizieren.[24] Begleitende Materialienbände innerhalb der edition suhrkamp vervollständigten das Konzept.[25] In diesen Bänden bot sich auch die Möglichkeit, wesentliche autobiographische Texte Horváths mit allen Varianten und Lesarten zu veröffentlichen.[26]

Die erste Phase der Planung erstreckte sich bis 1976. Sie wurde abgeschlossen durch das *Lesebuch*[27], das unter anderen »Autoren-Lesebüchern« dieses Verlages auch Ödön von Horváth berücksichtigte.

Zusammenfassend ist festzustellen: Editionen, die nie wissenschaftliche Absichten vorgaben[28], sondern sich an den Bedürfnissen eines interessierten Leserpublikums orientierten, wurden, trotz des für alle nutzbaren Ödön von Horváth-Archivs, zu wissenschaftlichen Zwecken benutzt. Für wissenschaftliche Zwecke als unzureichend empfunden, wurde die Werkausgabe entsprechend kritisiert, wurden die Verantwortlichen, Verleger und Herausgeber, mitunter auch diffamiert.[29]

Es ist hier weder Anlaß noch Raum, zu den Angriffen im einzelnen Stellung zu nehmen. Festgestellt sei, daß die Forderung nach einer neuen, kritischen Ausgabe der *Gesammelten Werke* heute gerechtfertigt ist, da die Erstausgabe, zehn Jahre nach ihrem Erscheinen, einer gründlichen Revision bedarf. Innerhalb eines solchen neuen Konzepts, das nun auch wissenschaftlichen Anspruch nach dem Erkenntnisstand der Horváth-Forschung zu berücksichtigen hätte, sind auch die begleitenden Materialienbände, die während der ersten Hälfte der siebziger Jahre in der edition suhrkamp als »Materialiensammlungen« nutzbar und dienlich waren, neu zu konzipieren.

Einen weiteren Aspekt bieten die Briefe Horváths. Während in der Suhrkamp-Gesamtausgabe der Jahre 1970/71 nur 19 briefliche Zeugnisse abgedruckt werden konnten[30], Wolfgang Lechner in seiner Dissertation 1977 bereits 51 Briefe und Karten nachwies[31], hat sich bis heute (1981) die Zahl auf insgesamt 70 erhöht. Weitere Quellen sind bekannt, sind jedoch z. T. aus persönlichen und privaten Gründen der Öffentlichkeit vorerst noch nicht zugänglich.

Nicht berücksichtigt sind bei dieser Aufstellung eine Reihe von Vertragsbriefen, die weitere Rückschlüsse auf Datierungsfragen zulassen. An »Briefen und Antworten«, unter Hinzunahme der Originalverträge oder vertragsähnlicher und vertragsergänzender Schreiben von oder an Horváth, bzw. seine Person oder sein Werk betreffend, liegen zur Zeit mehr als 100 vor. Eine Ausgabe dieser Materialien mit Kommentar wird vorbereitet.

Innerhalb einer solchen Aufarbeitung bietet es sich auch an, Initiativen Horváths zu berücksichtigen, mit denen, seit dem ersten Hinweis 1980[32], sich die Horváth-Forschung, so weit mir bekannt, nicht weiter auseinandergesetzt hat: das Auftreten Horváths in der Öffentlichkeit als »Kritiker seiner Zeit«. Beispielsweise seine gemeinsam mit Alexander Moritz Frey, Oskar Maria Graf und Arthur Ernst Rutra verfaßte Resolution gegen die Politik der Münchner Volksbühne[33] und der vom sogenannten »Scheringer-Kommitee« veranstaltete und von Horváth mitunterzeichnete *Aufruf*.[34]

In diesem Zusammenhang sind auch die von Kurt R. Grossmann[35] erstmals erwähnten und seither immer wieder zitierten Aktivitäten Horváths in der »Deutschen Liga für Menschenrechte« unerforscht geblieben.

Auch über Horváths Tätigkeit innerhalb des »Schutzverbandes deutscher Schriftsteller« (SDS) – ihrer beider gemeinsame Aufnahme schildert O. M. Graf – ist nichts Näheres bekannt. Selbst die ausführliche und sachkundige Untersuchung Ernst Fischers[36] berücksichtigt Ödön von Horváth nur als einen der Kleist-Preisträger[37], als in Kürschners *Literatur-Kalender* von 1932 verzeichnetes SDS-Mitglied[38] und als Vortragenden im Rahmen einer Autorenlesung am »Tag des Buches« 1930.[39] Inwieweit Horváths Mitgliedschaft im »Reichsverband Deutscher Schriftsteller«

(RDS) innerhalb der nationalsozialistischen Reichsschrifttumskammer[40] ein Akt der Verzweiflung war oder aber, dem Rat irgendwelcher Freunde folgend, auf Fehleinschätzung beruhte[41], wird noch zu untersuchen sein.

Unter dem Aspekt dieser Mitgliedschaft ist auch Uwe Baurs Interpretation *Horváth und die kleinen Nationalsozialisten*[42] aus dem Jahr 1978 revisionsbedürftig.

Im Zusammenhang mit Horváths Versuch, als RDS-Mitglied im Dritten Reich Hitlers nicht nur überleben, sondern auch publizieren zu dürfen, gewinnt auch Horváths Roman-Entwurf *Adieu Europa*[43] an neuen Aspekten. Die mehrfach variierten handschriftlichen Skizzen, die, vom ausgearbeiteten Anfang abgesehen, in den *Gesammelten Werken* keine Aufnahme gefunden haben[44], weisen Horváths Plan *Adieu Europa* als einen autobiographischen Rechenschaftsbericht aus, in dem manche Details seines Lebens kaum verschlüsselt konzipiert sind.[45]

Wie Horváths schriftliche Mitteilung vom 7. September 1933 an Dr. Landshoff, er wolle »prinzipiell an keiner Zeitschrift mehr mitarbeiten, die sich (und seis auch nur in Glossenform) mit Politik beschäftigt«, zu interpretieren ist, bedarf ebenso noch der detaillierten Klärung wie der im Horváth-Archiv aufbewahrte, an einen »Dr. Stern« gerichtete undatierte Brief Horváths (?), in dem er seine (?) Unterschrift auf der Protestnote des P.E.N.-Clubs gegen die Bücherverbrennung (angeblich) widerruft.[46] Auch die Mitgliedschaft Ödön von Horváths im P.E.N.-Club blieb bisher ungeklärt. In seiner Beitrittserklärung zum RDS vom 11. Juli 1934 läßt Horváth seine SDS-Zugehörigkeit unerwähnt, weist aber darauf hin, Mitglied der »Union Nationaler Schriftsteller«, der NS-Nachfolgeorganisation des P.E.N. nach dem Eklat von Ragusa im Mai 1933, zu sein. Jedoch nennt die maschinenschriftliche Mitgliederliste des deutschen P.E.N.-Clubs im Exil vom 18. November 1938, zusammengestellt von Rudolf Olden, Horváth als Mitglied des P.E.N.[47] Auch in der Mitgliederliste vom 22. Juni 1939 ist Ödön von Horváth noch angeführt.[48] In Kürschners *Deutschem Literatur-Kalender 1937/38*, im August 1937 abgeschlossen und »mit den Bestimmungen der Reichsschrifttumskammer in Einklang« gebracht, wird Horváth, »Adresse unbekannt«, als Mitglied des P.E.N. erwähnt.[49] Nun mögen Mitgliedschaften in Berufs- und Interessenverbänden für das Werk eines Dichters von sekundärer Bedeutung sein. Doch wenn Horváth, aus dessen

Werk eine klare antifaschistische Haltung ablesbar ist, wenn Horváth, der im Zusammenhang mit dem Prozeß um die Murnauer Saalschlacht in Weilheim und München und im Zusammenhang mit der Kleist-Preisverleihung aufs heftigste angegriffen und beschimpft wurde, ein Jahr später als »Bürgen, die erschöpfende Auskunft geben können bezügl. pol. Einstellung«, wie es im Fragebogen des RDS heißt, ausgerechnet einen Namen wie den des Dr. Edgar Schmidt-Pauli anführt, so provoziert eine solche Diskrepanz zwischen Leben und Werk ein besonderes Interesse, nicht zuletzt auch im Hinblick auf Horváths Schaffensperiode ab 1934.

Daß solche Fragestellungen erst heute auftreten, erklärt sich aus der späten Entdeckung der diesbezüglichen Horváth-Dokumente im Januar 1979 und ihrer ein Jahr später erfolgten Veröffentlichung[50]; erklärt sich aber auch aus einer gewissen Tabuisierung innerhalb des Freundes- und Bekanntenkreises, Verhaltensweisen in jener Zeit betreffend. Wie überhaupt bei Recherchen feststellbar wird, daß sich manche Detailfragen zu spät stellen und manche Frage sich aus privaten Gründen zu lange Zeit einer Beantwortung entzieht.[51]

Den Hinweisen Joseph Breitbachs[52] war zu entnehmen, daß Ossietzkys Weltbühne zu Horváths ständiger Lektüre zählte. Er habe jede Woche im Café die Auslieferung des neuen Exemplars abgewartet und sei, laut Breitbach, dann zum Kiosk gestürzt, um das erste Exemplar der neuen Nummer zu »ergattern«. Es bietet sich daher eine systematische Untersuchung über Die Weltbühne als Material für Horváths Werk an.

Einige Hinweise: Am 22. März 1927 erscheint in der Weltbühne der Artikel *Plaidoyer für Schulz* von Berthold Jacob, ein Bericht über den Prozeß gegen den »Oberleutnant Schulz, den berüchtigten Häuptling der Feme«. Innerhalb dieses Berichtes wird der Feldwebel Thieme zitiert: »Für das Vaterland muß man Alles, auch einen Mord begehen!«[53]

In Horváths *Sladek* findet sich der Satz: »Zum Beispiel für das Vaterland darf der Einzelne als Teil zum Beispiel jeden Mord begehen.«[54]

Auch zwischen Franz Bleis Aufsatz über *Don Juan* in der Weltbühne vom 15. November 1929[55] und Horváths *Vorwort* zu seinem *Don Juan kommt aus dem Krieg*[56] ergeben sich auffallende gedankliche und stilistische Parallelen.

In der Weltbühne vom 12. August 1930[57] fand Horváth den Aufsatz von Peter Nord *Die Tragödie der Lehrerin Maldaque*, deren Schicksal er zum Mittelpunkt eines Bühnenstückes machen wollte. Jürgen Schröder hat die Details zum *Fall E.* recherchiert und zum Thema einer eigenen Arbeit gemacht.[58] Es wird, so Schröder, erkennbar, »mit welcher Exaktheit der Chronist Horváth sich über diesen Fall informiert und bis ins Detail an ihn gehalten hat«.[59]

Horváths Freund Walter Mehring hatte geschrieben:

Die Ballade von der Lehrerin Elly Maldaque
Welche, kommunistischer Irrlehren bezichtigt
Ins Gefängnis gesteckt wurde, wo sie verstarb
Im zweiten Jahrzehnt unseres Jahrhunderts.
Und nun ihr Mütter lernt und rechnet nach
Ob sich die Lust in euren Betten lohnt –
Ob nicht die Lust, die euren Leib durchbrach
Mal denkt, ihr hättet besser sie verschont . . .
Da war die Lehrerin Elly Maldaque
Vom Schulkollegium gedungen
Man hat sie aus dem Dienst gejagt
Weil sie ›Brüder, zur Freiheit!‹ gesungen.[60]

Auf die Notwendigkeit einer Prüfung »des Verhältnisses Horváths und seines Spätwerks zu anderen Freunden und Bekannten jener Zeit« hatte Jürgen Schröder schon 1976 hingewiesen, und seiner Empfehlung sollte man, wie erkennbar ist, nicht nur im Falle des Spätwerks Beachtung schenken. Schröder empfahl »einen sorgsamen Vergleich« der Werke Horváths und der Werke seines »spiritus rector« Franz Theodor Csokor während der Jahre 1933 bis 1938, führte als weitere Beispiele für Beeinflussung Horváths die Namen Werfel, Zuckmayer, Hertha Pauli und – Walter Mehring an. »Auf diesem Felde gibt es noch viel zu tun«, schrieb Schröder und verwies »auf einige Gedichte aus Mehrings *Großem Ketzerbrevier* [. . .], die Assoziationen zu Horváth hervorrufen.«

Daß Horváth die Realität adaptiert, wenn diese Formulierung erlaubt ist, ist bekannt. Das Maß dieser Adaption und die dichterische Verfremdung der Realität zu untersuchen, bietet sich vor allem am Beispiel von *Glaube Liebe Hoffnung* an, nachdem die Anklageschrift vom 28. September 1928 und das Protokoll der Verhandlung vom 4. April 1929 aufgefunden werden konnten und Thomas Fischer die noch lebenden Verwandten der »Elisabeth« ausfindig gemacht und befragt hat.[61] Eine Darstellung des »Falles ›Elisabeth‹« steht noch aus.

Obwohl Árpád Berczik bereits 1973 in seinem Beitrag *Ödön von Horváth und Kálmán Mikszáth*[62] untersuchte, »in welchem Ausmaß er [Horváth] einen Kurzroman des bekannten ungarischen Autors Kálmán Mikszáth als Vorlage für eines seiner Lustspiele verwendet hat«, und Antal Mádl 1979 die *Ungarische Geschichte und Literatur bei Ödön von Horváth*[63] am Beispiel des *Dosa*-Fragmentes aufzeigte, scheinen die von Horváth adaptierten oder variierten Stoffe der Weltliteratur bisher keineswegs ausreichend behandelt.

So wären die Zusammenhänge zu überprüfen zwischen Horváths *Die Unbekannte aus der Seine* und Hertha Paulis Novelle[64], ebenso die von Horváth selbst erwähnten stilistischen Assoziationen zu Frank Wedekinds *Musik*, als »der Versuch, das Komische und Groteske der Tragik aufzuzeigen«[65]; ferner Horváths Komödie *Figaro läßt sich scheiden* als »Fortsetzung« von Beaumarchais.

Die von Dieter Hildebrandt vor Jahren referierte Absicht von Peter Weiss, Horváths *Geschichten aus dem Wiener Wald* in Bezug zu Strindbergs *Traumspiel* zu setzen, blieb bisher unverwirklicht; auch hat man bislang darauf verzichtet, Horváths *Sklavenball* bzw. *Pompeji* auf Motivparallelen und Personal der Komödie *Persa* des Plautus hin zu untersuchen.

Ihrer Darstellung harren immer noch sowohl Horváths eigene Filmarbeit als auch der Einfluß des zeitgenössischen Films auf Horváths Werk.

In diesem Zusammenhang wäre auch, basierend auf Wendelin Schmidt-Denglers Untersuchungen[66], der Einfluß des Trivialromans der 20er und 30er Jahre auf Horváths Werk eingehender zu erforschen.

Neben einer Beschäftigung mit der Spiegelung von Realität in Horváths Werk und neben dem Nachweis des einen oder anderen Vorbildes bzw. Einflusses bietet sich eine Untersuchung über den Wandel des Begriffs »Gott« in Horváths Werk an: von der Auffassung, der »liebe Gott«, das sind »zehntausend Mark«[67], bis hin zu dem Satz: »Gott ist die Wahrheit«[68], vor dem Hintergrund einer streng religiösen Erziehung in der Kindheit, einer fast naiven Gläubigkeit des jungen Mannes und der letzten Konsequenz des 29jährigen, aus der katholischen Kirche offiziell auszutreten.

Die mehrmals angekündigte Arbeit der Göttinger Studentin Gisela Günther über die Rezeption Horváths ist immer noch nicht abgeschlossen. Der Bericht Horst Jarkas[69] gibt leider nur wenig Aufschluß über Zusammenhänge, über Wertigkeit der zitierten Zeitungen, ihre politische Richtung und Verbreitung, über Namen und Rang der Rezensenten.[70] Unberücksichtigt bleibt in diesem Zusammenhang auch Horváths Prosa. So scheint eine Wirkungsgeschichte des Zeitraums von 1920 bis 1938 dringend nötig.

Wolfgang Lechners exemplarische Dissertation[71], ein umfangreiches Archiv für die Horváth-Forschung, berücksichtigt zwangsläufig die Rezeption Horváths in der Bundesrepublik nur dann, wenn sie für die Rezeption in Österreich von Bedeutung ist. Birgit Schultes Arbeit[72] aus dem Jahr 1977, die in unveränderter, den neuesten Stand der Horváth-Forschung nicht berücksichtigender Form 1980 auch im Buchhandel erschien, bleibt unbefriedigend in den Ansätzen einer Staatsexamensarbeit stecken. So stellt sich die Forderung nach einer an Lechners Dissertation orientierten Arbeit mit dem Schwerpunkt Bundesrepublik.

Nicht zuletzt wäre auch eine Fortführung der Sammlung Lechners über das Jahr 1977 hinaus wünschenswert.

Eine Statistik zur Aufführung der Werke Horváths in der DDR fehlt in der Bundesrepublik und in Österreich ebenso wie eine Darstellung der DDR-Rezeption von Horváths Bühnenstücken und Werkausgaben.

Über *Horváth auf schwedischen Bühnen* berichtete Axel Fritz auf dem Grazer Kolloquium 1975[73], der polnische Dozent Hubert Orlowski referierte über *Ödön von Horváths Sprachgestus als Übersetzungsproblem*.[74] Die Schwierigkeiten einer Adaption der Sprache Horváths umriß auch immer wieder Martin Esslin 1979 in Budapest, wo Lajos Némedi in seinem Referat über diese Problematik u. a. sagte: »In Ungarn fängt es mit dem Untertitel oder der Gattungsbezeichnung ›Volksstück‹ an. Im großen Standardwerk *Világirodalmi Lexikon* des Ungarischen Akademieverlags *Lexikon der Weltliteratur* lesen wir im Stichwort Horváth, daß ›Volksstück‹ ›népszinmü‹ sei. Dadurch wird aber der ungarische Leser vollkommen in die Irre geführt, da ›népszinmü‹ eine ganz bestimmte Gattung der ungarischen Literatur des 19. Jahrhunderts war. Durch diese eine fehlgeschlagene ›Übertragung‹ wird Horváths Absicht vollkommen verdunkelt. Zum Glück übernahmen die Übersetzer und Theaterleute diese ›Übertragung‹ nicht. Allerdings ist mit ›népi szinjáték‹ oder ›népszinjáték‹ das Wesen der

Horváthschen Volksstücke noch immer nicht getroffen. – Brechts *Herr Puntila und sein Knecht Matti* ist auch ein Volksstück. Auf der ungarischen Bühne gilt aber es als eine ›népi komédia‹ (Volks-Komödie)!«[75]

Über die Rezeption Horváths in anderen Ländern liegen, außer archivierten Kritiken, keine Berichte vor. Bedauerlicherweise bleibt dieses Thema auch in den Arbeiten von Jean-Claude François[76] und Ian Huish[77] ausgespart.

Die Schwierigkeiten der Übertragbarkeit stellen sich in jeder Sprache neu und auf andere Weise, denn, das deutete Lajos Némedi an: »Gerade an entscheidenden Stellen darf man von Übersetzung gar nicht reden: man muß in der anderen Sprache die entsprechenden vorgefertigten Sprachteile aufsuchen und den Text neu aufbauen. Der Bildungsjargon ist in jeder Sprache anders, prinzipiell unübersetzbar. Die menschliche Haltung, die sich hinter diesen Sprachteilen verbirgt, hat gemeinsame Züge. Gerade diese allgemeinmenschlichen Züge retten Horváths Stücke, vor allem seine Volksstücke auf nicht-deutschen Bühnen.«[78]

1980 zitierte ich den Satz Christof Schmids aus dem Jahr 1972: »Wer sich Horváth annähern soll, muß sich von ihm entfernt haben.«[79] Ich schrieb: »Das Jahr 1975 markiert, nach der sogenannten ›Renaissance‹ und den Jahren des sogenannten ›Booms‹, zweifellos die Stufe einer ersten Entfernung als Vorstufe zu einer neuen Annäherung.«[80]

Die vorstehenden Ausführungen wollen als Hinweise zu der Möglichkeit einer neuen Annäherung verstanden sein.

1981

Anmerkungen

Originalbeitrag.

1 Die einleitende Übersicht folgt den *Anmerkungen zu einer »Renaissance«* in: Traugott Krischke, *Ödön von Horváth. Kind seiner Zeit*. München 1980. S. 271-276; hier S. 274 f.

2 Dieter Hildebrandt als Lektor des Suhrkamp Verlages und Mitherausgeber der *Gesammelten Werke* Ödön von Horváths im Klappentext zum 1. Band der vierbändigen Ausgabe.

3 Peter Handke, *Horváth ist besser*. In: Theater heute 9 (1968), Heft 3, S. 28.

4 Friedrich Torberg, *Kasimir und Karoline (1964)*. In: F. T., *Der Beifall war endenwollend. Theaterkritiken und Glossen*. Hg. Eberhard Gaupp. München 1970.

5 Peter Wapnewski, *Nachdenken über Horváth*. In: Publik, 19. 11. 1971.

6 Marcel Reich-Ranicki, *Horváth, Gott und die Frauen*. In: Die Zeit, 14. 4. 1972.

7 Peter Iden und Gerald Szyszkowitz auf dem Grazer Horváth-Kolloquium 1975. Zit. nach: Kurt Bartsch, *Aspekte der Horváth-Rezeption*. In: Kurt Bartsch, Uwe Baur, Dietmar Goltschnigg (Hg.), *Horváth-Diskussion*. Kronberg/Ts. 1976, S. 157-161; hier S. 160.

8 Ebd., S. 161.

9 Wolfgang Lechner, *Mechanismen der Literaturrezeption in Österreich am Beispiel Ödön von Horváths*. Stuttgart 1978. Siehe auch S. 185-201 dieses Bandes.

11 Kurt Bartsch, *Tendenzen der Horváth-Forschung*. In: Literaturwissenschaftliches Jahrbuch 18 (1977), S. 365-382.

12 Ebd., S. 366.

13 Dieter Hildebrandt, *Ödön von Horváth in Selbstzeugnissen und Bilddokumenten*. Reinbek 1975.

14 Kurt Bartsch, *Tendenzen der Horváth-Forschung*, S. 366.

15 Bartsch weist an dieser Stelle auf »Ansätze« hin bei Walter Huder, *Ödön von Horváth. Existenz und Produktion im Exil*. In: *Die deutsche Exilliteratur 1933-1945*. Hg. Manfred Durzak. Stuttgart 1973. S. 232-244.

16 Bartsch verweist auf den Brief Horváths vom 24. 11. 1937 an Csokor bezüglich *Jugend ohne Gott*. Vgl. 8, 678.

17 Uwe Baur, *Sport und Literatur in den Zwanziger Jahren. Horváths Sportmärchen und die Münchner Nonsense-Dichtung*. In: *Horváth-Diskussion*, S. 138-156, bes. S. 153 f.

18 Wolfgang Heinz Schober, *Die Jugendproblematik in Horváths Romanen*. In: *Horváth-Diskussion*, S. 124 f.

19 Hier merkt Bartsch an: »Die Berechtigung dieser Forderungen wird durch die erst nach Fertigstellung des Manuskripts erschienene Horváth-Monographie von Siegfried Kienzle erneut bestätigt, die zwar eine solide Einführung in die poetische Verfahrensweise und Dramaturgie des Volksstückdichters bietet, aber im kurzen rezeptions- und wirkungsgeschichtlichen Abriß (S. 5-8) mit einigen Hinweisen auf die Aufführungsgeschichte und die angebliche Wirkung Horváths auf jüngere Volksstückdramatiker sehr oberflächlich bleibt und im Kapitel über ›Romane und kurze Prosa‹ (S. 76-85) nicht viel mehr als präzise Inhaltsangaben leistet, insgesamt also gerade in den zu den Desideraten der Horváth-Forschung gezählten Bereichen nicht ganz überzeugt.« Vgl. Siegfried Kienzle, *Ödön von Horváth*. Berlin (Colloquium) 1977 (Köpfe des XX. Jahrhunderts, 87).

20 Angelika Steets, *Die Prosawerke Ödön von Horváths. Versuch einer Bedeu-*

tungsanalyse. Stuttgart 1975. Teilabdruck auf S. 87-124 dieses Bandes.

21 Siehe Seite 125-155 dieses Bandes.

22 Die späten Romane Horváths waren im November 1979 auch Thema eines Referats von Franz Kadrnoska (Wien), anläßlich des Horváth-Symposions in Budapest. Kadrnoska versuchte, den »sozialkritischen Epiker« Horváth und dessen »Faschismuskritik« in den Romanen *Ein Kind unserer Zeit* und *Jugend ohne Gott* zu analysieren.
Vgl. Franz Kadrnoska, *Die späten Romane Ödön von Horváths. Sozialkritik und Transparenz faschistischer Ideologeme*. Xerokopie des Typoskripts im Besitz des Thomas Sessler Verlages, Wien.

23 Vgl. zu diesem und dem nachfolgenden Abschnitt Birgit Schulte, *Ödön von Horváth: verschwiegen – gefeiert – glattgelobt. Analyse eines ungewöhnlichen Rezeptionsverlaufs*. Bonn 1980, bes. S. 35-48 und 90-99.

24 Innerhalb dieses Plans erschienen 1972 *Kasimir und Karoline*, 1973 *Glaube Liebe Hoffnung*, 1974 *Italienische Nacht*, 1975 *Don Juan kommt aus dem Krieg* und 1977 *Geschichten aus dem Wiener Wald*.

25 1972 zu *Geschichten aus dem Wiener Wald*, 1973 zu *Kasimir und Karoline* und zu *Glaube Liebe Hoffnung*.

26 Horváths *Gebrauchsanweisung* (es 611), sein *Interview mit Willi Cronauer* (es 671), seine *Randbemerkung zu ›Glaube Liebe Hoffnung‹* (ebd.), sowie der *Monolog der Elisabeth* (ebd.).

27 Ödön von Horváth, *Ein Lesebuch*. Hg. Traugott Krischke. Frankfurt/Main 1976; enthält die *Autobiographische Notiz (auf Bestellung)*, die *Sportmärchen* in der von Horváth bestimmten Auswahl und Reihenfolge, *Die Geschichte vom Fräulein Pollinger* (in der damals noch nicht verifizierten Fassung *36 Stunden*), *Geschichten aus dem Wiener Wald* in einer 1976 aufgefundenen Vorfassung »in sieben Bildern«, *Die stille Revolution* (Vorarbeiten zu *Ein Kind unserer Zeit*) und *Neue Wellen* (Vorarbeit zu *Adieu Europa*), eine Variante zu dem bereits in den *Gesammelten Werken* berücksichtigten Kapitel.

28 Vgl. »Anmerkung zu den Anmerkungen« der Herausgeber: »Diese Anmerkungen verstehen sich als vorläufig. Indem sie auf Zusammenhänge hinzuweisen versuchen, werden sie zum Verweis aus Lücken (der Information über Datierung, Zuordnung, Wirklichkeitsgehalt). Sie sind weit davon entfernt, wissenschaftlichen Anspruch zu erheben, sondern vielmehr ein Plädoyer dafür, daß sich wissenschaftlicher Anspruch nun auch faktenerkundend ans Werk macht.«
In: Ödön von Horváth, *Gesammelte Werke* IV, 45* (1970) bzw. 8, 733 (1972 und 1978).

29 Wolfgang Lechner meint innerhalb eines Zeitungsartikels unter der Überschrift *Schwierigkeiten mit zeitgenössischer Literatur; z. B. die Rezeption Ödön von Horváths* (im Archiv des Thomas Sessler Verlages, Wien, ohne Publikationsangaben; vermutlich 1976 in der Innsbrucker Zeitung erschienen): »Ein ebenso renommierter wie skrupelloser Verlag

bringt ›Gesammelte Werke‹, Materialien- und Dokumentationsbände auf den Markt.«

Auch Kurt Bartsch schreibt auf S. 369 seines Beitrags *Tendenzen der Horváth-Forschung* von einem »Zusammenspiel von bloß profitorientierter Verlagspolitik und philologischer Unfähigkeit des Herausgebers«. Weiter heißt es dort: »Literatur- und Theaterliebhaber werden in die Irre geführt und wissenschaftliche Institute und Bibliotheken zum Kauf aller einzelnen Horváth-Editionen gezwungen: Das Geschäft blüht, auf der Strecke bleibt der Autor.«

Auch meine 1976 im *Lesebuch* (S. 291) vertretene Ansicht, »der Ruf nach einer ›historisch-kritischen‹ Gesamtausgabe« wäre »noch verfrüht«, wird von Bartsch folgendermaßen kommentiert: »Dies behauptet er wohl nur, weil seine bisherige gewinnbringende Editionspraxis dann ein Ende fände und weil er sich der Mühe eines solchen Unternehmens nicht unterziehen will, dem er – nach seinen bisherigen Leistungen als Herausgeber zu urteilen – auch gar nicht gewachsen wäre.«

30 8, 671-683.

31 Wolfgang Lechner, *Mechanismen der Literaturrezeption in Österreich am Beispiel Ödön von Horváths*; hier S. 307-328.

32 Traugott Krischke, *Ödön von Horváth. Kind seiner Zeit;* bes. S. 125-127.

33 Die Weltbühne XXVIII, 13, S. 499.

34 Die Weltbühne XXVIII, 15, S. 577.

35 Kurt R. Grossmann, *Ossietzky. Ein deutscher Patriot*. Frankfurt/Main 1973; s. 122.

36 Ernst Fischer, *Der »Schutzverband deutscher Schriftsteller« 1903-1933*. Frankfurt/Main 1980 (Sonderdruck aus dem »Archiv für die Geschichte des Buchwesens« Bd. XXI, Lieferung 1-3).

37 Ebd., S. 120.

38 Ebd., S. 248.

39 Ebd., S. 286.

40 Traugott Krischke, *Ödön von Horváth. Kind seiner Zeit;* hier S. 185 f., sowie Bild 31 nach S. 224.

41 Hinweis von Lajos von Horváth. Vgl. 8,730.

42 Uwe Baur, *Horváth und die kleinen Nationalsozialisten. Zwei wiederaufgefundene Prosatexte*. In: Literatur und Kritik 125 (Juni 1978), S. 288-294; hier S. 291-294.

43 Vgl. hierzu meine Ausführungen in *Ödön von Horváth. Kind seiner Zeit,* S. 247.

44 *Neue Wellen* in 5, 141 f. Eine Vorfassung dazu in *Ein Lesebuch*, S. 263 f.

45 Wie 43.

46 Vgl. ebda., S. 175 ff.

47 Faksimile in: *Der deutsche PEN-Club im Exil 1933-1948*. Hg. Günther Pflug. Frankfurt/Main 1980, S. 254.

48 *Literatur des Exils. Eine Dokumentation über die P.E.N.-Jahrestagung in Bremen vom 18. bis 20. September 1980. Im Auftrag des P.E.N.-Zentrums Bundesrepublik herausgegeben von Bernt Engelmann.* München 1981, S. 182.

49 Kürschners *Deutscher Literatur-Kalender*. 48. Jg. Berlin und Leipzig 1937, S. 330.

50 Im Rahmen der Biographie *Ödön von Horváth. Kind seiner Zeit,* S. 185 ff. Faksimile der Beitrittserklärung ebd. Bild 31 (nach S. 224).

51 So entschlüsseln sich die Notizen in Horváths Roman-Konzept *Adieu Europa* über eine »Frau, die erkennen lernt«, über einen »Filmproduzent, den er durch die Frau kennen lernt« und über Aufnahmen »zu einem vaterländischen Film in den Bergen« durch ein Interview mit Marianne Hoppe, in dem es heißt: »Ich spielte [...] in Ödön von Horváths Film ›Judas von Tirol‹ und war nicht ganz ein Jahr mit Ödön befreundet, mit seiner Melancholie und dem tödlichen Humor; in Gedanken war ich schon mit ihm emigriert.«
Ben Witter, *Marianne Hoppe heißt dieses Kind.* In: Die Zeit, 15. 8. 1980.

52 Joseph Breitbach am 18. 9. 1979 im Gespräch mit dem Verfasser.

53 Die Weltbühne XXIII, 12, S. 446-450; hier S. 450.

54 2, 519.

55 Die Weltbühne XXV, 3, S. 100-105.

56 2, 591 f.

57 Die Weltbühne XXVI, 33, S. 230-232.

58 Ödön von Horváth, *Der Fall E. oder Die Lehrerin von Regensburg.* Hg. Jürgen Schröder. Frankfurt/Main (März) 1982, suhrkamp taschenbuch materialien 2014.

59 Zit. nach einem Typoskript von Jürgen Schröder: *Ödön von Horváth als »Chronist seiner Zeit«. Zum Dramenfragment »Der Fall E.«;* S. 4.

60 Zit nach Jürgen Serke, *Die verbrannten Dichter, Berichte, Texte, Bilder der Zeit.* Weinheim und Basel 1977, S. 113.

61 Vgl. Krischke, *Ödön von Horváth. Kind seiner Zeit,* S. 139 ff.

62 Árpád Berczik, *Ödön von Horváth und Kálmán Mikszáth.* In: Arbeiten zur deutschen Philologie. Hg. Lajos Némedi. Bd. 7. Debrecen 1973, S. 61-82.

63 Referat auf dem Budapester Horváth-Symposion 1979; abgedruckt unter dem Titel *Ungarische Motive bei Horváth* in: Pannonia. Magazin für europäische Zusammenarbeit 7 (1980), H. 1, S. 37-38.

64 Abgedruckt im Berliner Tageblatt, 2. 11. 1931.

65 Ödön von Horváth in der Wiener Allgemeinen Zeitung, 11. 1. 1934.

66 Siehe S. 57-66 dieses Bandes.

67 *Zur schönen Aussicht* 3, 55.

68 *Jugend ohne Gott* 6, 405.

69 Siehe S. 156-184 dieses Bandes.

70 Diese Mängel treffen auch auf die Abdrucke in den Materialienbänden zu Ödön von Horváths Werken innerhalb der edition suhrkamp zu.

71 Wolfgang Lechner, *Mechanismen der Literaturrezeption in Österreich am Beispiel Ödön von Horváths.*

72 Birgit Schulte, *Ödön von Horváth: verschwiegen – gefeiert – glattgelobt. Analyse eines ungewöhnlichen Rezeptionsverlaufs.*

73 Axel Fritz, *Horváth auf schwedischen Bühnen. Bemerkungen zu einigen grundsätzlichen Fragen der Horváth-Rezeption außerhalb des deutschen Sprachraums.* In: *Horváth-Diskussion*, S. 95-110.

74 Hubert Orlowski, *Ödön von Horváths Sprachgestus als Übersetzungsproblem.* In: *Horváth-Diskussion*, S. 111-123.

75 Lajos Némedi, *Diskussionsbeitrag.* Typoskript im Thomas Sessler Verlag, Wien, S. 3.

76 Jean-Claude François, *Histoire et fiction dans le théâtre d'Ödön von Horváth.* Grenoble 1978.

77 Ian Huish, *A Student's Guide to Horváth.* London 1980.

78 Lajos Némedi, *Diskussionsbeitrag*, S. 3.

79 Christof Schmid, *Neue »Geschichten aus dem Wiener Wald« – oder: Was ist ein neuer »Horváth«?.* In: *Materialien zu Ödön von Horváths »Geschichten aus dem Wiener Wald«.* Frankfurt/Main 1972, S. 246-254; hier S. 254.

80 Traugott Krischke, *Ödön von Horváth. Kind seiner Zeit*, S. 275.

Anhang

Daten und Dokumente

1901 9. Dezember: Edmund (Ödön) Josef von Horváth wird als erster Sohn des »Ministerial-Concepts-Adjuncten« Dr. Edmund von Horváth (1874-1950) und Maria Hermine geb. Přehnal (1882-1959) in Susak, einem Vorort von Fiume, geboren.

1902 Sommer: Übersiedlung nach Belgrad.

1903 6. Juli: Bruder Lajos von Horváth in Belgrad geboren (gest. 1968).

1908 Übersiedlung nach Budapest. Erster Unterricht in ungarischer Sprache durch einen Hauslehrer.

1909 Dr. Edmund von Horváth wird nach München versetzt. Ödön von Horváth bleibt in Budapest und besucht dort das Rákóczianum (Erzbischöfliches Internat). Intensive religiöse Erziehung.

1913/14 Ödön von Horváth wird zu seinen Eltern nach München geholt und besucht dort die 3. Klasse des K. Wilhelms-Gymnasiums und wechselt dann in das Realgymnasium in der Siegfriedstraße.

ÖDÖN VON HORVÁTH: Während meiner Schulzeit wechselte ich viermal die Unterrichtssprache und besuchte fast jede Klasse in einer anderen Stadt. Das Ergebnis war, daß ich keine Sprache ganz beherrschte. Als ich das erstemal nach Deutschland kam, konnte ich keine Zeitung lesen, da ich keine gotischen Buchstaben kannte, obwohl meine Muttersprache die deutsche ist. Erst mit vierzehn Jahren schrieb ich den ersten deutschen Satz.[1]

Dr. Edmund von Horváth wird einberufen.

ÖDÖN VON HORVÁTH: Als der sogenannte Weltkrieg ausbrach, war ich dreizehn Jahre alt. An die Zeit vor 1914 erinnere ich mich nur, wie an ein langweiliges Bilderbuch. Alle meine Kindheitserlebnisse habe ich im Kriege vergessen. Mein Leben beginnt mit der Kriegserklärung.[2]

1915 Dr. Edmund von Horváth wird von der Front wieder abberufen und noch im selben Jahr wieder nach München beordert.

ÖDÖN VON HORVÁTH: Ganz am Anfang gefiel uns Buben der Weltkrieg ganz ausgezeichnet. Wir hatten viel schulfreie Tage, und es gab immer wieder eine Sensation – deren fürchterliche Ursachen und Auswirkungen wir damals natürlich weder erfassen konnten noch sollten. Wir waren alle sehr begeistert und es tat uns außerordentlich leid, daß wir nicht um fünf bis sechs Jahre älter waren – dann hätten wir nämlich sofort hinauskönnen in das Feld. Natürlich spielte bei dieser Begeisterung auch der Gedanke an ein Zeugnis ohne Prüfungen eine nicht zu unterschätzende Rolle.[3]

1916 Ödön von Horváth besucht (bis 1917/18) die Oberrealschule in Preßburg. Erste Zeugnisse »schriftstellerischer« Versuche in Form von Gedichten, von denen eines *(Luci in Macbeth. Eine Zwerggeschichte von Ed. v. Horváth)* erhalten ist; von anderen »Gelegenheitsdichtungen« (*Professoren in der Unterwelt* u. a.) berichten Freunde aus der Jugendzeit.

1918 Januar: Dr. Edmund von Horváth wird wieder nach Budapest berufen. Dort stößt Ödön von Horváth zu einem Kreis junger Leute (Galilei-Kreis), die mit Begeisterung die national-revolutionären Werke von Endre Ady (1877-1919) lesen. Starkes Interesse an den machtpolitischen Kämpfen in Budapest.

ÖDÖN VON HORVATH: Wir, die wir zur großen Zeit in den Flegeljahren standen, waren wenig beliebt. Aus der Tatsache, daß unsere Väter im Felde fielen oder sich drückten, daß sie zu Krüppeln zerfetzt wurden oder wucherten, folgerte die öffentliche Meinung, wir Kriegslümmel würden Verbrecher werden. Wir hätten uns alle aufhängen dürfen, hätten wir nicht darauf gepfiffen, daß unsere Pubertät in den Weltkrieg fiel. Wir waren verroht, fühlten weder Mitleid noch Ehrfurcht. Wir hatten weder Sinn für Musen noch die Unsterblichkeit der Seele – und als die Erwachsenen zusammenbrachen, blieben wir unversehrt. In uns ist nichts zusammengebrochen, denn wir hatten bislang nur zur Kenntnis genommen.[4]

1919 Frühjahr: Die Familie Horváth verläßt Ungarn und sucht vorübergehend Zuflucht in Wien, später in Bayern. Ödön von Horváth verbleibt in der Obhut eines Onkels in Wien und besucht dort ein Privatgymnasium.

Sommer: Abitur in Wien.

Dr. von Horváth wird zum Regierungsvertreter für Bayern, Baden und Württemberg ernannt.

15. Oktober: Immatrikulation Ödön von Horváths an der Ludwig-Maximilians-Universität in München (bis zum Wintersemester 1921/22).

1920 Begegnung Ödön von Horváths mit dem Komponisten Siegfried Kallenberg (1867-1944), auf dessen Anregung hin *Das Buch der Tänze* entsteht.

ÖDÖN VON HORVÁTH: Durch einen Zufall lernte ich hier in München eines Abends den Komponisten Siegfried Kallenberg kennen, 1920. Kallenberg wandte sich an jenem Abend plötzlich an mich mit der Frage, ob ich ihm nicht eine Pantomime schreiben wolle. – Ich war natürlich ziemlich verdutzt, weil ich es mir gar nicht vorstellen konnte, wieso er mit diesem Anliegen ausgerechnet an mich herantritt – ich war doch gar kein Schriftsteller und hatte noch nie in meinem Leben irgend etwas geschrieben. Er muß mich wohl verwechselt haben, dachte ich mir – und ursprünglich wollte ich ihn auch aufklären, dann aber überlegte ich es mir doch anders: warum sollte ich es nicht einmal probieren, eine Pantomime zu schreiben. Ich sagte zu, setzte mich hin und schrieb die Pantomime.[5]

1922 *Das Buch der Tänze* erscheint im El-Schahin-Verlag, München, in einer Auflage von 500 Exemplaren, die Horváth später (1926) mit Hilfe seines Vaters aufkauft und vernichtet.

7. Februar: *Das Buch der Tänze* wird zusammen mit dem *Buch der frühen Weisen* und *Aus einem Herbst* im Steinicke-Saal in München konzertant aufgeführt.

Weitere schriftstellerische Versuche.

1923 Intensive schriftstellerische Arbeit, die Horváth einer scharfen Selbstkritik unterwirft; viele Manuskripte vernichtet er sofort wieder.

Mutmaßliche Entstehungszeit des Fragments *Dósa* und des Schauspiels *Mord in der Mohrengasse.*

Neben kurzen Prosaskizzen Niederschrift der *Sportmärchen*, die – 1924 und später – in verschiedenen Zeitschriften und Zeitungen abgedruckt werden.

Herbst: Ödön von Horváth hält sich, zusammen mit seinem Bruder, mehrere Wochen in Paris auf.

Jahresende: Ödön von Horváth reist nach Berlin.

1924 26. März: Anläßlich des »III. Literarisch-musikalischen Abends der Kallenberg-Gesellschaft« gelangen wiederum Texte Horváths vor die Öffentlichkeit. Außer der *Geschichte einer kleinen Liebe* und dem *Ständchen* (mit der Musik Siegfried Kallenbergs) auch noch Horváths *Schlaf, meine kleine Braut*, das verschollen ist.
Dr. Edmund von Horváth erwirbt in Murnau am Staffelsee ein Grundstück und errichtet dort eine Villa, die zeitweise auch zum Wohnsitz seines Sohnes Ödön wird, der sich jedoch hauptsächlich auch in Berlin aufhält.
ÖDÖN VON HORVATH: Wenn ich die Frage beantworten soll, warum ich aus der erholsamen Stille des Dorfes nach Berlin gezogen bin, so muß ich gestehen, daß mir die Antwort teils leicht, teils sehr schwer fällt. Es ist natürlich leicht zu sagen, daß die Stadt den Ton angibt und nicht das Land. Daß das Land kulturell tot ist, unfähig zur Erzeugung einer neuen Kultur, daß ich die Antwort im Handumdrehen lediglich oberflächlich formulieren kann und zwar ungefähr so: in der Großstadt habe ich mehr Eindrücke, sehe ich mehr und wichtigeres für unsere Zeit als auf dem Lande. [. . .] Es hat sich allmählich herumgesprochen, daß das Materielle unentbehrlich ist. Und das bietet dem jungen Schriftsteller nur Berlin, von allen deutschen Städten. Berlin, das die Jugend liebt, und auch etwas für die Jugend tut, im Gegensatz zu den meisten anderen Städten, die nur platonische Liebe kennen. Ich liebe Berlin.[6]

1926 20. Februar: *Das Buch der Tänze* wird im Stadttheater Osnabrück uraufgeführt.
ÖDÖN VON HORVÁTH: Wir erstrebten eine innigere Verschmelzung von Dichtung und Musik, die durch tänzerische Darstellung zur Einheit erhoben werden sollte. [. . .] Die Vertonung hielt sich nicht sklavisch an die Bilder der Dichtung, sondern formte allein ihren inneren Gehalt, sozusagen die Atmosphäre. Während also die Dichtung dem Komponisten das Innere gab, gibt sie den Darstellern den Rahmen, die Handlung. Aus Dichtung und Musik schafft so der Tänzer die neue Einheit.[7]
Entstehungszeit des Volksstücks *Revolte auf Côte 3018*.
ÖDÖN VON HORVÁTH: Das Stück hat zum Inhalt den Kampf zwischen Kapital und Arbeitskraft. Zwischen den beiden Parteien steht ein Ingenieur, und durch ihn ist die Stellung der sogenannten Intelligenz im Produktionsprozeß charakterisiert.[8]

In Murnau entsteht die Komödie *Zur schönen Aussicht.*

1927 Im Büro der »Deutschen Liga für Menschenrechte« in Berlin sichtet Horváth Unterlagen für eine Denkschrift zur Justizkrise; dort stößt er auf Material über die Fememorde der Schwarzen Reichswehr.

März: Der Prozeß gegen Oberleutnant a. D. Paul Schulz wegen Anstiftung zum Fememord und der nachfolgende Prozeß (Dezember) gegen Berthold Jacob und Carl von Ossietzky schlagen sich in Ödön von Horváths Historie *Sladek oder Die schwarze Armee* nieder.

4. November: *Revolte auf Côte 3018* wird in Hamburg uraufgeführt. Nach der Uraufführung arbeitet Horváth sein Volksstück um und gibt ihm den Titel *Die Bergbahn.*

1928 Auch *Sladek* wird von Horváth umgearbeitet. Er nennt die Neufassung »Historie aus dem Zeitalter der Inflation« und gibt ihr den Titel *Sladek der schwarze Reichswehrmann.*

ÖDÖN VON HORVÁTH: Sladek ist als Figur ein völlig aus unserer Zeit heraus geborener und nur durch sie erklärbarer Typ. [. . .] Ein ausgesrpochener Vertreter jener Jugend, jenes ›Jahrgangs 1902‹, der in seiner Pubertät die ›große Zeit‹, Krieg und Inflation, mitgemacht hat, ist er der Typus des Traditionslosen, Entwurzelten, dem jedes feste Fundament fehlt, und der so zum Prototyp des Mitläufers wird. Ohne eigentlich Mörder zu sein, begeht er einen Mord. Ein pessimistischer Sucher, liebt er die Gerechtigkeit – ohne daß er an sie glaubt, er hat keinen Boden, keine Front . . .

Die inhaltliche Form meines Stückes ist historisches Drama, denn die Vorgänge sind bereits historisch geworden. Aber seine Idee, seine Tendenz ist ganz heutig. Ich glaube, daß ein wirklicher Dramatiker kein Wort ohne Tendenz schreiben kann. Es kommt nur darauf an, ob sie ihm bewußt wird oder nicht. Allerdings lehne ich durchaus die dichterische Schwarz-Weiß-Zeichnung, auch im sozialen Drama ab. Da ich die Hauptprobleme der Menschheit in erster Linie von sozialen Gesichtspunkten aus sehe, kam es mir bei meinem ›Sladek‹ vor allem darauf an, die gesellschaftlichen Kräfte aufzuzeigen, aus der dieser Typus entstanden ist.[9]

1929 4. Januar: *Die Bergbahn* wird in Berlin uraufgeführt.

11. Januar: Der Ullstein-Verlag schließt mit Horváth auf ein

Jahr einen Vertrag, der ihm monatlich 300 Mark zusichert als Vorschuß auf die »gesamte schriftstellerische Produktion an dramatischen, erzählenden und lyrischen Werken«. Der Vertrag wurde dann später verlängert und ab 1931 auf 500 Mark monatlich erhöht.
Unter Verwendung eines früheren Entwurfs mit dem Titel *Ein Fräulein wird verkauft* entsteht die Posse *Rund um den Kongreß*.
Der Roman *Sechsunddreißig Stunden* entsteht.
September: Horváth reist zur Weltausstellung nach Barcelona. Seine Erlebnisse schlagen sich in dem Roman *Der ewige Spießer* nieder, in den er auch seinen Roman *Sechsunddreißig Stunden* integriert.
13. Oktober: *Sladek der schwarze Reichswehrmann* gelangt in einer Matinée-Vorstellung zur Uraufführung und provoziert heftige Angriffe der Nationalsozialisten.

1930 Horváth beendet den Roman *Der ewige Spießer* und übergibt ihn dem Propyläen Verlag, in dessen Theaterabteilung – Arcadia – auch seine Stücke erscheinen.
ÖDÖN VON HORVÁTH: Der Spießer ist bekanntlich ein hypochondrischer Egoist, und so trachtet er danach, sich überall feige anzupassen und jede neue Formulierung der Idee zu verfälschen, indem er sie sich aneignet.
Wenn ich mich nicht irre, hat es sich allmählich herumgesprochen, daß wir ausgerechnet zwischen zwei Zeitaltern leben. Auch der alte Typ des Spießers ist es nicht mehr wert, lächerlich gemacht zu werden; wer ihn heute noch verhöhnt, ist bestenfalls ein Spießer der Zukunft. Ich sage ›Zukunft‹, denn der neue Typ des Spießers ist erst im Werden, er hat sich noch nicht herauskristallisiert. Es soll nun versucht werden, in Form eines Romans einige Beiträge zur Biologie dieses werdenden Spießers zu liefern. Der Verfasser wagt natürlich nicht zu hoffen, daß er durch diese Seiten ein gesetzmäßiges Weltgeschehen beeinflussen könnte, jedoch immerhin.[10]
Mehrere Autorenabende, u. a. in München.
Personen und Vorgänge aus seinem Erlebnisbereich schlagen sich in dem Volksstück *Ein Wochenendspiel* nieder, dem er schließlich den Titel *Italienische Nacht* gibt.
ÖDÖN VON HORVÁTH: Es geht nicht gegen die Politik, aber gegen die Masse der Politisierenden, gegen die vor allem in

Deutschland sichtbare Versumpfung, den Gebrauch politischer Schlagworte.[11]

Juli/August: Der Fall der Regensburger Lehrerin Elly Maldaque regt Ödön von Horváth zu einem dokumentarischen Bühnenstück um die Lehrerin *Ella Wald* an.

12. September: Ödön von Horváth tritt aus der katholischen Kirche aus.

Mutmaßliche Entstehungszeit des Romanentwurfs *Der Mittelstand.*

1931 20. März: *Italienische Nacht* wird in Berlin uraufgeführt.

5. Juli: Oskar Sima inszeniert in Wien eine entpolitisierte Fassung der *Italienischen Nacht.* Anläßlich der Premiere erklärt Horváth, daß er »soeben« die *Geschichten aus dem Wiener Wald* abgeschlossen habe, an denen er lange Zeit gearbeitet hatte.

22./23. Juli: In Weilheim wird Horváth bei einem Saalschlacht-Prozeß als Zeuge vernommen und von den Nationalsozialisten heftig angegriffen.

24. Oktober: Auf Vorschlag von Carl Zuckmayer erhält Ödön von Horváth – zusammen mit Erik Reger – den Kleist-Preis.

ÖDÖN VON HORVÁTH: Daß ich den Kleistpreis bekommen habe, habe ich aus der Zeitung erfahren. Erst einige Tage später bekam ich die offizielle Mitteilung vom Vorsitzenden der Kleist-Stiftung, Fritz Engel.

Ein Teil der Presse begrüßte diese Preisverteilung lebhaft, ein anderer Teil wieder zersprang schier vor Wut und Haß. Das sind natürlich Selbstverständlichkeiten. Nur möchte ich hier auch betonen, daß auch im literarischen Kampfe, bei literarischen Auseinandersetzungen von einer gewissen Presse in einem Tone dahergeschrieben wird, den man nicht anders als Sauherdenton bezeichnen kann.[12]

29. Oktober: Vor dem Landgericht München II wird der Saalschlacht-Prozeß nochmals aufgerollt; wieder tritt Horváth als Zeuge auf.

Das Volksstück *Kasimir und Karoline* wird noch im selben Jahr abgeschlossen.

1932 Februar: Begegnung mit Lukas Kristl in München, der Horváth die Anregung zu einem Stück über »die kleinen Paragraphen« gibt; *Glaube Liebe Hoffnung* wird aufgrund eines authentischen Vorfalls aus dem Jahr 1929 konzipiert und mehrfach umgearbeitet.

ÖDÖN VON HORVÁTH: Februar 1932 traf ich auf der Durchreise in München einen Bekannten namens Lukas Kristl, der schon seit einigen Jahren Gerichtssaalberichterstatter ist. Er sagte mir damals ungefähr folgendes: ich (Kristl) verstehe die Dramatiker nicht, warum nämlich diese Dramatiker, wenn sie Tatbestand und Folgen eines Verbrechens dramatisch bearbeiten, fast immer nur sogenannte Kapitalverbrechen bevorzugen, die doch relativ selten begangen werden – und warum sich also diese Dramatiker fast niemals um die kleinen Verbrechen kümmern, denen wir doch landauf-landab tausendfach und tausendmal begegnen, und deren Tatbestände ungemein häufig nur auf Unwissenheit basieren und deren Folgen aber trotzdem fast ebenso häufig denen des lebenslänglichen Zuchthauses mit Verlust der bürgerlichen Ehrenrechte, ja selbst der Todesstrafe ähneln.
Und Kristl erzählte mir einen Fall aus seiner Praxis – und aus diesem alltäglichen Fall entstand der kleine Totentanz *Glaube Liebe Hoffnung*. Die Personen Elisabeth, den Schupo (Alfons Klostermeyer), die Frau Amtsgerichtsrat und den Oberinspektor hat Kristl persönlich gekannt. [. . .]
Kristls Absicht war, ein Stück gegen die bürokratisch-verantwortungslose Anwendung kleiner Paragraphen zu schreiben – aber natürlich in der Erkenntnis, daß es kleine Paragraphen immer geben wird, weil es sie in jeder wie auch immer gearteten sozialen Gemeinschaft geben muß. Zu guter Letzt war also Kristls Absicht die Hoffnung, daß man jene kleinen Paragraphen vielleicht (verzeihen Sie bitte das harte Wort!) humaner anwenden könnte.
Und dies war auch meine Absicht, allerdings war ich mir jedoch dabei im Klaren, daß dieses ›gegen kleine Paragraphen‹ eben nur das Material darstellt um wiedermal den gigantischen Kampf zwischen Individuum und Gesellschaft zeigen zu können, dieses ewige Schlachten, bei dem es zu keinem Frieden kommen soll – höchstens, daß mal ein Individuum für einige Momente die Illusion des Waffenstillstandes genießt.
Wie bei allen meinen Stücken habe ich mich auch bei diesem Totentanz befleißigt, es nicht zu vergessen, daß dieser aussichtslose Kampf des Individuums auf bestialischen Trieben basiert, und daß also die heroische oder feige Art des Kampfes nur als ein Formproblem der Bestialität, die bekanntlich weder gut ist noch böse, betrachtet werden darf.

Wie in allen meinen Stücken habe ich auch diesmal nichts beschönigt und nichts verhäßlicht. Wer wachsam den Versuch unternimmt, uns Menschen zu gestalten, muß zweifellos (falls er die Menschen nicht indirekt kennen gelernt hat) feststellen, daß ihre Gefühlsäußerungen verkitscht sind, das heißt: verfälscht, verniedlicht und nach masochistischer Manier geil auf Mitleid, wahrscheinlich infolge geltungsbedürftiger Bequemlichkeit – wer also ehrlich Menschen zu gestalten versucht, wird wohl immer nur Spiegelbilder gestalten können, und hier möchte ich mir nur erlauben, rasch folgendes zu betonen: ich habe und werde niemals Juxspiegelbilder gestalten, denn ich lehne alles Parodistische ab.
Wie in allen meinen Stücken versuchte ich auch diesmal, möglichst rücksichtslos gegen Dummheit und Lüge zu sein, denn diese Rücksichtslosigkeit dürfte wohl die vornehmste Aufgabe eines schöngeistigen Schriftstellers darstellen, der es sich manchmal einbildet nur deshalb zu schreiben, damit die Leut sich selbst erkennen. Erkenne dich bitte selbst! Auf daß du dir jene Heiterkeit erwirbst, die dir dein Lebens- und Todeskampf erleichtert, indem dich nämlich die liebe Ehrlichkeit gewiß nicht über dich (denn das wäre Einbildung), doch neben und unter dich stellt, so daß du dich immerhin nicht von droben, aber von vorne, hinten, seitwärts und von drunten betrachten kannst! –[13]
Autorenlesungen (in München) und ein Interview im Bayerischen Rundfunk (5. April) belegen Horváths wachsende Popularität.
7. November: Der Ullstein Verlag löst »auf Grund gegenseitigen freundschaftlichen Übereinkommens« den Vertrag mit Horváth.
Horváth verhandelt mit dem Gustav Kiepenheuer Verlag in Berlin.
18. November: Uraufführung von *Kasimir und Karoline* in Leipzig und – in derselben Inszenierung – in Berlin. Horváth sieht sich daraufhin veranlaßt, eine *Gebrauchsanweisung* für seine Stücke zu konzipieren.
ÖDÖN VON HORVÁTH: Als mein Stück 1932 in Berlin uraufgeführt wurde, schrieb fast die gesamte Presse, es wäre eine Satyre auf München und auf das dortige Oktoberfest – ich muß es nicht betonen, daß dies eine völlige Verkennung meiner

Absicht war, eine Verwechslung von Schauplatz und Inhalt; es ist überhaupt keine Satyre, es ist eine Ballade vom arbeitslosen Chauffeur Kasimir und seiner Braut mit der Ambition, eine Ballade von stiller Trauer, gemildert durch Humor, das heißt durch die alltägliche Erkenntnis: Sterben müssen wir alle! Unabhängig von den zeitlich bedingten Kostümierungen ist und war es in Berlin immer Sitte zu fragen: ›*gegen* wen richtet sich das?‹ Man hat nie gefragt: ›*Für wen* tritt es ein?‹ Das ›*gegen*‹ war und ist dort immer wichtiger, als das ›*für*‹.[14]
Auf Anregung von Max Reinhardt erarbeitet Ödön von Horváth zusammen mit R. A. Stemmle die Revue *Magazin des Glücks*. Es entstehen mehrere Entwürfe.

1933 Heinz Hilpert wird von den Nationalsozialisten gezwungen, *Glaube Liebe Hoffnung* von Ödön von Horváth, das er bereits zur Uraufführung angenommen hatte, abzusetzen. Auch andere geplante Aufführungen von Horváths Werken an deutschen Bühnen finden nicht mehr statt. In Murnau wird das Haus der Eltern Horváths von einem SA-Trupp durchsucht. Der ungarische Gesandte protestiert. Ödön von Horváth verläßt Deutschland, fährt nach Salzburg und nach Wien.
Die Unbekannte aus der Seine entsteht.
ÖDÖN VON HORVÁTH: Das Stück selbst versucht eine Möglichkeit darzustellen, wie sich das Schicksal der Unbekannten in der Seine, der Selbstmörderin, deren Totenmaske ja allgemein bekannt ist und von deren Tragödie man nie etwas erfahren hat, ja deren Name sogar bis heute ein Geheimnis geblieben ist, abgespielt haben kann. Die Anlage der Handlung ist so, daß ihr Schauplatz nicht unbedingt Paris, sondern jede Stadt sein kann. Das Experiment aber besteht in der Form des Stückes. Am ehesten vielleicht erinnert es an den Versuch, den Frank Wedekind seinerzeit mit seinem Stück *Musik* unternommen hat. Es ist der Versuch, das Komische und Groteske der Tragik aufzuzeigen. Selbstverständlich gehe ich meine eigenen Wege, und der Hinweis auf Wedekinds *Musik* soll nur die Richtung des Experiments andeuten. Ich werde keineswegs verwundert sein, wenn das Publikum bei den erschütterndsten und tragischsten Stellen in Gelächter ausbricht. Es soll eben gezeigt werden, wie die tragischen Ereignisse sich im Alltagsleben oft in eine komische Form kleiden. Das Stück repräsentiert aber

keineswegs das was man eine Tragikomödie nennt. Es ist ein ganz und gar tragischer Stoff und die Komik, die ihm das Alltagsleben verleiht, kann beispielsweise darin liegen, daß ein Dialog erschütterndsten Inhaltes in Unterhosen geführt wird.[15]
Die Posse *Hin und her* entsteht.
Ödön von Horváth: Die Absicht des Stückes läßt sich kurz folgendermaßen formulieren: es soll zeigen, wie leicht sich durch eine menschliche Geste unmenschliche Gesetze außer Kraft setzen lassen. [. . .] Mein Stück behandelt nämlich das Schicksal eines Mannes, der aus einem Staat ausgewiesen wird. Er wird über eine Brücke geführt, die über einen Fluß gelegt ist, der die Grenze zwischen den beiden Staaten darstellt. Er wird aber in den Nachbarstaat nicht eingelassen und ist nun gezwungen, eine Zeitlang auf der Brücke zu hausen.
Ich habe mir diese Fabel in ihre letzten Einzelheiten ausgedacht und auch schon fünf Tage lang daran gearbeitet, als ich zu meiner größten Überraschung eine Zeitungsmeldung las, die genau den Inhalt meines Stückes enthielt.
Diese Meldung war ein Telegramm, aus dem hervorging, daß ein Mann aus der Tschechoslowakei abgeschoben worden war, aber in Polen, wohin man ihn abschob, nicht eingelassen worden war. Auch die Brücke kam in dem Telegramm vor und es hieß, daß dieser Mann mehrere Nächte auf dieser Brücke schlafend zubringen mußte.
Ich habe aus dieser Meldung nichts für mein Stück entnommen – es ist ein reiner Zufall, daß ich eine Handlung ersann, die sich kurz darauf dann wirklich zutrug. In meinem Stück ist freilich von Phantasiestaaten die Rede, es ist dabei an keinen der existierenden Staaten speziell gedacht.[16]
Horváth reist nach Budapest, um die ungarische Staatsbürgerschaft zu behalten.
27. Dezember: Eheschließung mit der Sängerin Maria Elsner in Wien. Karl Tschuppik und Alexander Lernet-Holenia fungieren als Trauzeugen. Im darauffolgenden Jahr wird die Ehe wieder geschieden.

1934 Januar: Horváth prozessiert gegen das Wiener faschistische 12-Uhr-Blatt wegen »Ehrenbeleidigung«.
Geplante Aufführungen der Stücke Horváths an Wiener Bühnen kommen nicht zustande.

Horváth reist nach Berlin.
Sein »Märchen in zwei Teilen« *Himmelwärts* wird von einem Berliner Verlag übernommen.
ÖDÖN VON HORVÁTH: Mein neues Stück soll eine Märchenposse werden, aber ohne Zauberei. Ich halte die Form der Märchenposse gerade in der gegenwärtigen Zeit für sehr günstig, da man in dieser Form sehr vieles sagen kann, was man sonst nicht aussprechen dürfte.[17]
11. Juli: Ödön von Horváth tritt dem Reichsverband Deutscher Schriftsteller (RDS) bei und wird dadurch Mitglied der Reichsschrittumskammer.
Er schreibt Filmdialoge.
ÖDÖN VON HORVÁTH: Du machst Dir ja keine Ahnung, mit welchen Schwierigkeiten hier gefilmt wird, Zensur und dergl. – so, daß alle Leut den Kopf ständig mit Zores voll haben. – [...] Bei meinen sonstigen Filmen geht alles durcheinander. Den *Kuß im Parlament* hat er verboten, in Deutschland ist also damit nichts mehr zu machen. Vielleicht übernimmt ihn die amerikanische Fox, aber das ist nur sehr vielleicht!! Ob ich den *Kean* mache, ist mir noch nicht ganz klar. Er soll erst Anfang April erscheinen, so hätte ich also noch Zeit. Zur Zeit arbeite ich am *Jux*, alles andere ist noch in Schwebe. Ich muß noch 2-3 Wochen hier bleiben, dann komme ich sicher nach München.[18]
13. Dezember: Uraufführung von *Hin und her* in Zürich.

1935 Ab September hält sich Ödön von Horváth in Wien auf. Als Auftragsarbeit schreibt Horváth für den Max Pfeffer Verlag in Wien das Lustspiel *Mit dem Kopf durch die Wand*, das Horváth nach der Uraufführung (10. Dezember) verwirft.
ÖDÖN VON HORVÁTH: Einmal beging ich einen Sündenfall. Ich schrieb ein Stück *Mit dem Kopf durch die Wand*, ich machte Kompromisse, verdorben durch den neupreußischen Einfluß und wollte ein Geschäft machen. Es wurde gespielt und fiel durch. Eine gerechte Strafe.[19]

1936 Das Schauspiel *Der jüngste Tag* wird abgeschlossen und in rascher Folge, zum Teil auf frühere Pläne zurückgreifend, entstehen die Stücke *Figaro läßt sich scheiden* und *Don Juan kommt aus dem Krieg*.
ÖDÖN VON HORVÁTH: Ich habe es mir also erlaubt, einen Don Juan unserer Zeit zu schildern, weil uns die eigene Zeit immer

näher liegt. Scheinbar gehört zwar auch dieser Don Juan der Vergangenheit an, denn er starb während der großen Inflation 1919-23, also in einer Zeit, in der sich, auch im banalsten Sinne des Wortes, alle Werte verschoben haben. Es ist aber, wie gesagt, nur eine scheinbar vergangene Zeit, denn von einer etwas höheren Warte aus gesehen leben wir noch immer in der Inflation, und es ist nicht abzusehen, wann sie zu Ende gehen wird. Es ist typisch für unsere Tage, wie sehr sich jeder einzelne in seinem innersten Wesen ändert, infolge der Katastrophen, die die Allgemeinheit betreffen. So kommt auch Don Juan aus dem Krieg und bildet sich ein, ein anderer Mensch geworden zu sein. Jedoch er bleibt, wer er ist. Er kann nicht anders. Er wird den Damen nicht entrinnen.[20]

Die Komödie *Figaro läßt sich scheiden* beginnt einige Jahre nach Beaumarchais *Hochzeit des Figaro*. Trotzdem habe ich es mir erlaubt, das Stück in unserer Zeit spielen zu lassen, denn die Probleme der Revolution und Emigration sind erstens: zeitlos, und zweitens: in unserer Zeit besonders aktuell. Unter der in dieser Komödie stattfindenden Revolution ist nicht als die Französische von 1789 gemeint, sondern schlicht nur eine jegliche Revolution, denn jeder gewaltsame Umsturz läßt sich in seinem Verhältnis zu dem Begriff, den wir als Menschlichkeit achten und mißachten, auf den gleichen Nenner bringen. In der *Hochzeit des Figaro* wetterleuchtet die nahe Revolution, in *Figaro läßt sich scheiden* wird zwar voraussichtlich nichts wetterleuchten, denn die Menschlichkeit wird von keinen Gewittern begleitet, sie ist nur ein schwaches Licht in der Finsternis. Wollen es immerhin hoffen, daß kein noch so starker Sturm es auslöschen kann.[21]

Als Ödön von Horváth im Sommer seine Eltern in Possenhofen besucht, wird ihm mitgeteilt, daß er binnen 24 Stunden Deutschland zu verlassen habe, da ihm die Aufenthaltserlaubnis entzogen sei.

13. November: *Glaube Liebe Hoffnung* wird unter dem Titel *Liebe, Pflicht und Hoffnung* in Wien uraufgeführt.

1937 24. Februar: Ödön von Horváth wird aus dem RDS ausgeschlossen.

Er distanziert sich von seinem bisherigen Werk und faßt den Entschluß, eine *Komödie des Menschen* zu schreiben.

ÖDÖN VON HORVÁTH: Es ist vielleicht grotesk, in einer Zeit, die wie die, in der ich lebe, unruhig ist, und wo niemand weiß, was morgen sein wird, sich ein Programm im Stückeschreiben zu stellen. Trotzdem wage ich es, obwohl ich nicht weiß, was ich morgen essen werden. [. . .] So habe ich mir nun die Aufgabe gestellt, frei von Verwirrung die Komödie des Menschen zu schreiben [. . .] eingedenk der Tatsache, daß im ganzen genommen das menschliche Leben immer ein Trauerspiel, nur im einzelnen eine Komödie ist.[22]

Entstanden ist inzwischen das Lustspiel *Ein Dorf ohne Männer*.

ÖDÖN VON HORVÁTH: Es ist ein historisches Lustspiel und spielt am Hofe des ungarischen Königs Matthias Corvinus während der Türkenkriege. Es schildert Anfang und Ende, Voraussetzungen und Auswirkungen einer mittelalterlichen Korruptionsaffäre [. . .] mit und ohne Kritik. Ein braver König weigert sich, seine tapferen Soldaten in ein männerloses Dorf zwecks Geburtenhebung zu entsenden, weil die Frauen von abscheulicher Häßlichkeit sind. Mit Hilfe einer List gelingt aber doch das Vorhaben zumindest teilweise.[23]

Nachdem auch die ›Komödie eines Erdbebens‹ *Pompeji* – Horváths letztes Bühnenstück – abgeschlossen ist, beginnt er in Henndorf bei Salzburg mit der Niederschrift seines Romans *Jugend ohne Gott*.

2. April: Uraufführung von *Figaro läßt sich scheiden* in Prag.

24. September: Uraufführung von *Ein Dorf ohne Männer* in Prag.

Im Herbst erscheint bei Allert de Lange in Amsterdam *Jugend ohne Gott* und wird ein außerordentlicher Erfolg; zahlreiche ausländische Agenturen erwerben Übersetzungsrechte.

ÖDÖN VON HORVÁTH: Ich habe das Buch jetzt nochmals so für mich gelesen, und ich kann mir nicht helfen: mir gfallts auch! – Es ist mir dabei noch etwas aufgefallen, nämlich daß ich, ohne Absicht, auch zum erstenmal den sozusagen faschistischen Menschen (in Person des Lehrers) geschildert habe, an den die Zweifel nagen – oder besser gesagt: den Menschen im faschistischen Staate.[24]

Horváth beginnt seinen nächsten Roman *Ein Kind unserer Zeit*.

ÖDÖN VON HORVÁTH: Ich muß dies Buch schreiben. Es eilt, es eilt! Ich habe keine Zeit dicke Bücher zu lesen, denn ich bin arm und muß arbeiten, um Geld zu verdienen, um essen zu können, zu schlafen. Auch ich bin nur ein Kind meiner Zeit. Ich will nicht hungern, ich möcht gut leben. Aber es kommt nicht darauf an, wieviel Bücher man las, denn es dreht sich immer um den Menschen [...] es kommt darauf an, ob man hinhören kann.[25]

5. Dezember: Uraufführung von *Himmelwärts* in einer Matinée-Vorstellung in Wien.

11. Dezember: Uraufführung von *Der jüngste Tag* in Mährisch-Ostrau.

Bis zum Jahresende wird der letzte Roman Horváths *Ein Kind unserer Zeit* abgeschlossen und vom Allert de Lange Verlag übernommen.

1938 Starke Depressionen, Unzufriedenheit im Künstlerischen, verstärkt durch finanzielle Sorgen.

Rückkehr nach Wien. Zahlreiche Pläne, aber kaum mehr Ruhe zur Arbeit.

10. Januar: Horváths Roman *Jugend ohne Gott* wird auf die Liste des »schädlichen und unerwünschten Schrifttums« gesetzt.

16. März: Ödön von Horváth verläßt Wien und folgt einer Einladung in das Palais von Lajos von Hatvany nach Ofen. Beginn der eigentlichen Emigration.

30. März: Horváth folgt einer Einladung der Schauspielerin Lydia Busch nach Teplitz-Schönau, bleibt dort bis in die zweite Aprilhälfte, will von Prag aus nach Amsterdam fliegen, läßt diesen Plan jedoch dann wieder fallen.

Anfang Mai: über Budapest–Jugoslawien–Triest–Venedig und Mailand fährt Horváth von Prag nach Zürich.

18. Mai: Auf der Durchreise Brüssel, Weiterreise nach Amsterdam.

28. Mai: Ankunft in Paris zu Besprechungen mit dem Übersetzer Armand Pierhal und Robert Siodmak.

1. Juni: Treffen mit Robert Siodmak. Horváth will am nächsten Morgen Paris verlassen und nach Zürich reisen. Gegen 19.30 Uhr wird Ödön von Horváth durch einen herabstürzenden Ast, gegenüber dem Théâtre Marigny, getötet.

7. Juni: Ödön von Horváth wird auf dem Friedhof St. Ouen, im Norden von Paris, bestattet.

Anmerkungen

Zeittafel und Dokumente war Bestandteil der *Materialien zu Ödön von Horváth* (S. 181-195) nach dem Forschungsstand 1970. Auf der Basis jener Zusammenstellung wurden die *Daten und Dokumente* nach dem Stand des Jahres 1981 neu erarbeitet.

Die Texte Horváths werden nach der 2. verb. Auflage der achtbändigen Werkausgabe (Ödön von Horváth, *Gesammelte Werke*. Frankfurt/Main 1978) zitiert, zuerst der Band, dann die Seite.

1 *Autobiographische Notiz* 5, 8.
2 Ebd.
3 *Interview mit Ödön von Horváth*. In: *Materialien zu Ödön von Horváths »Glaube Liebe Hoffnung«*. Frankfurt/Main 1973, S. 7-32; hier S. 11.
4 *Autobiographische Notiz* 5, 8.
5 *Interview* 1, 10.
6 *Flucht aus der Stille* 8, 657 f.
7 *Programmheft des Stadttheaters Osnabrück* 6, 537 f.
8 *Interview* 1, 10.
9 Tempo, Oktober 1929, 2, 663 f.
10 *Vorbemerkung* zum *Ewigen Spießer* 5, 147.
11 Wiener Allgemeine Zeitung, 5. 7. 1931; 2, 658.
12 *Interview mit Ödön von Horváth*. In: *Materialien zu Ödön von Horváths »Glaube Liebe Hoffnung«*, S. 31.
13 *Randbemerkung* zu *Glaube Liebe Hoffnung* 1, 327 f.
14 *Entwurf eines Briefes an das Kleine Theater in der Praterstraße* 8, 666.
15 Wiener Allgemeine Zeitung, 11. 1. 1933; 4, 650.
16 Wiener Allgemeine Zeitung, 14. 9. 1933.
17 Ebd.
18 *Brief* Horváths an Hans Geiringer, 16. 9. 1934, 8, 675 f.
19 *Ödön von Horváth. Leben und Werk in Dokumenten und Bildern*. Hg. Traugott Krischke und Hans F. Prokop. Frankfurt/Main 1972, S. 124 f.
20 *Vorwort* zu *Don Juan kommt aus dem Krieg* 2, 591.
21 *Manuskript* im Nachlaß; zit. nach 4, 653.
22 Wie 19.
23 Prager Mittag, 24. 9. 1937; 4, 654.
24 *Brief* Horváths an Franz Theodor Csokor, 26. 10. 1937. Abschrift Csokors im Horváth-Archiv.
25 *Manuskript* im Nachlaß.

Auswahlbibliographie

Im ersten Teil werden, den Erscheinungsdaten nach, sämtliche bisher festgestellten Publikationen zu Lebzeiten Ödön von Horváths erfaßt, ausgenommen die maschinenschriftlich »als unverkäufliches Manuskript vervielfältigten« Bühnentexte.

Im zweiten Teil bleiben jene Publikationen unerwähnt, die entweder nur auszugsweise oder in Anthologien und Periodica veröffentlicht wurden, hingegen sind jene Zeitschriften angeführt, die Übersetzungen von Werken Horváths erstmals abdruckten. Die Anordnung nach Erscheinungsdaten soll der leichteren Übersicht über die Publikationschronologie und über die Rezeption der Werke Horváths dienen.

Das Verzeichnis der Sekundärliteratur ist alphabetisch nach den Namen der Verfasser bzw. Herausgeber geordnet und erfaßt alle greifbaren selbständigen Veröffentlichungen über Horváth und dessen Werke, die wissenschaftlichen Arbeiten aber auch dann, wenn diese nur maschinenschriftlich vervielfältigt vorliegen.

Rezensionen bleiben unberücksichtigt. Sie sind für die Hauptwerke Ödön von Horváths in den Materialienbänden der edition suhrkamp greifbar.

Wesentliche Aufsätze, die in Periodica veröffentlicht wurden, sind in den *Anmerkungen* dieses Bandes nachgewiesen.

1. Publikationen zu Lebzeiten Horváths

1922 *Das Buch der Tänze*, München (El Schahin) 1922. [Von Ödön J. M. von Horváth.]

1924 *Der Faustkampf, das Harfenkonzert und die Meinung des lieben Gottes.* In: Simplicissimus. München 22. 9. 1924 (Nr. 26).

Aus einem Rennradfahrerfamilienleben. In: Simplicissimus. München 13. 10. 1924 (Nr. 29).

Vom artigen und unartigen Ringkämpfer. In: Simplicissimus. München 15. 11. 1924 (Nr. 34).

Drei Sportmärchen [Was ist das? Start und Ziel. Vom artigen Ringkämpfer]. In: BZ am Mittag. Berlin 21. 11. 1924 (Nr. 320).

1925 *Legende vom Fußballplatz.* In: Simplicissimus. München 20. 4. 1925 (Nr. 3).

1926 *Legende vom Fußballplatz*. In: Berliner Volkszeitung 189. 11. 1926 (Nr. 554).

Vom artigen und unartigen Ringkämpfer. In: Berliner Volkszeitung 21. 11. 1926 (Nr. 550).

Start und Ziel. In: Berliner Volkszeitung 5. 12. 1926 (Nr. 574).

Der Herr von Bindunghausen. In: Simplicissimus. München 6. 12. 1926 (Nr. 36).

1927 *Autobiographische Notiz (auf Bestellung)*. In: Der Freihafen. Blätter der Hamburger Kammerspiele. Jg. 10. November 1927 (Heft 3).

1928 *Zwei Sportmärchen: Vom artigen Ringkämpfer. Vom unartigen Ringkämpfer*. In: Die Jugend. München 1928 (Nr. 25).

1929 *Drei Szenen aus »Sladek«* [Erster Akt]. In: Das Theater, Berlin Februar 1929 (Nr. 4).

[Zensur und Proletariat.] In: Die Menschenrechte. Berlin 20. 2. 1929.

Fiume, Belgrad, Budapest, Preßburg, Wien, München. In: Der Querschnitt. Berlin 1929 (Heft 9).

Ein Fräulein wird bekehrt. In: 24 neue deutsche Erzähler. (Hg. von Hermann Kesten.) Berlin (Gustav Kiepenheuer) 1929.

1930 *Der ewige Spießer. Erbaulicher Roman in drei Teilen*. Berlin (Propyläen) 1930.

Wie der Tafelhuber Toni seinen Hitler verleugnet hat. In: Simplicissimus. München 16. 2. 1930 (Nr. 47).

Hinterhornbach. In: Berliner Tageblatt 30. 3. 1930.

1931 *Der mildernde Umstand*. In: Simplicissimus. München 5. 1. 1931 (Nr. 41).

Der ewige Spießer [Vorwort]. In: Das Tagebuch. Berlin 21. 3. 1931 (Nr. 42).

Italienische Nacht. Volksstück. Berlin (Propyläen) 1931.

Geschichten aus dem Wiener Wald. Im 8. Bezirk. In: Der Wiener Tag (Die 6. Seite) 31. 10. 1931.

Geschichten aus dem Wiener Wald. Volksstück in drei Teilen. Berlin (Propyläen) 1931.

Aus den Memoiren des Hierlinger Ferdinand. In: Blätter des Deutschen Theaters. Berlin November 1931 (Heft 3).

1932 *Der Fliegenfänger*. In: Uhu. Berlin Juni 1932 (Heft 9).

[Zu Gerhart Hauptmanns 70. Geburtstag.] In: Heft des Deutschen Theaters zu Ehren Gerhart Hauptmanns. Berlin 1932.

1933 *Ohne Titel. Ein Zeitstück in drei Akten (Theater von heute. Aktuelle Sketsche von heutigen Dramatikern)*. In: Die Literarische Welt. Berlin 20. 1. 1933 (Nr. 3).

1937 *Der junge Lehrer* [Auszug aus *Jugend ohne Gott*]. In: Das Neue Tage-Buch. Paris 16. 10. 1937 (Nr. 42).
Ein Knabe stirbt [Auszug aus *Jugend ohne Gott*]. In: Prager Tagblatt 2. 11. 1937 (Nr. 257).
1938 *Jugend ohne Gott. Roman.* Amsterdam (Allert de Lange) 1938.
Ein Kind unserer Zeit. Roman. Amsterdam (Allert de Lange) 1938.

2. Primärliteratur

1a. Gesamtausgaben

1970 *Gesammelte Werke* [in vier Bänden]. Hg. Traugott Krischke und Dieter Hildebrandt. Frankfurt/Main (Suhrkamp) 1970/71. Band I: 3. Aufl. 1974. Band II bis IV: 3. verb. Aufl. 1978 (mit Daten, Bibliographie und Register).

1972 *Gesammelte Werke* [in acht Bänden]. Hg. Traugott Krischke und Dieter Hildebrandt. Frankfurt/Main (Suhrkamp) 1972 (werkausgabe edition suhrkamp). 2. verb. Aufl. 1978 (mit Daten, Bibliographie und Register).

1b. Ergänzende Werkausgaben

Ein Wochenendspiel. Volksstück in sieben Bildern. In: Ödön von Horváth, *Italienische Nacht.* Frankfurt/Main 1971 (Bibliothek Suhrkamp 410).

Geschichten aus dem Wiener Wald. Volksstück in sieben Bildern. In: Ödön von Horváth, *Ein Lesebuch.* Frankfurt/Main 1976. Sowie: Ödön von Horváth, *Geschichten aus dem Wiener Wald.* Frankfurt/Main 1977 (Bibliothek Suhrkamp 247).

Figaro läßt sich scheiden. Komödie in dreizehn Bildern. In: *Spectaculum 20.* Frankfurt/Main 1974.

Gebrauchsanweisung. [Fassungen und Lesarten.] In: *Materialien zu Ödön von Horváths »Kasimir und Karoline«.* Frankfurt/Main 1973 (edition suhrkamp 611).

Interview. [Fassungen und Lesarten.] In: *Materialien zu Ödön von Horváths »Glaube Liebe Hoffnung«.* Frankfurt/Main 1973 (edition suhrkamp 671).

Randbemerkung zu *Glaube Liebe Hoffnung. [Fassungen und Lesarten.]* In: *Materialien zu Ödön von Horváths »Glaube Liebe Hoffnung«.* Frankfurt/Main 1973 (edition suhrkamp 671).

Elisabeth. Monolog. [Lesarten.] In: *Materialien zu Ödön von Horváths*

»Glaube Liebe Hoffnung«. Frankfurt/Main 1973 (edition suhrkamp 671).

[Briefe.] Ödön von Horváths Briefe in der Suhrkamp-Ausgabe und der tatsächliche Bestand (Ende 1976). In: Wolfgang Lechner, *Mechanismen der Literaturrezeption in Österreich am Beispiel Ödön von Horváths.* Stuttgart 1978.

2. Sammlungen und ausgewählte Werke

1953 *Zeitalter der Fische. Zwei Romane in einem Band.* Wien (Bergland) 1953. (Mit einem Vorwort von Franz Werfel und der Grabrede Carl Zuckmayers.)

1961 *Unvollendet* . . . Graz (Stiasny) 1961. (Stiasny-Bücherei 97. Eingeleitet und ausgewählt von Franz Theodor Csokor.)

Stücke. Reinbek (Rowohlt) 1961. (Rowohlt Paperback 3. Mit einer Einführung von Traugott Krischke und einem Nachwort von Ulrich Becher.)

1965 *Zeitalter der Fische. Zwei Romane in einem Band.* München (Kindler) 1965. (Kindler Taschenbuch 62. Mit einem Vorwort von Franz Werfel und der Grabrede Carl Zuckmayers.)

1968 *Zeitalter der Fische. Drei Romane und eine Erzählung.* Wien (Bergland) o. J. [1968]. (Mit einer Gedächtnisrede Carl Zuckmayers statt eines Nachworts.)

1969 *Dramen.* Berlin (Volk und Welt) 1969. (Ausgewählt von Dora Huhn und Hansjörg Schneider. Mit einem Nachwort von Hansjörg Schneider.)

Zeitalter der Fische. Drei Romane und eine Erzählung. Wien/Frankfurt/Zürich (Büchergilde Gutenberg) 1969. (Mit einer Gedächtnisrede von Carl Zuckmayer statt eines Nachworts.)

1971 *Von Spießern, Kleinbürgern und Angestellten.* Frankfurt/Main (Suhrkamp) 1971. (Bibliothek Suhrkamp 285. Auswahl und Nachwort von Traugott Krischke.)

1975 *Die stille Revolution. Kleine Prosa.* Frankfurt/Main (Suhrkamp) 1975. (suhrkamp taschenbuch 254. Mit einem Nachwort von Franz Werfel. Zusammengestellt und mit einem Nachwort versehen von Traugott Krischke.)

1976 *Geschichten aus dem Wiener Wald und andere Dramen.* (Hg. Traugott Krischke und Dieter Hildebrandt.) Berlin/Darmstadt/Wien (Deutsche Buch-Gemeinschaft u. a.) 1976.

Ein Lesebuch. (Hg. Traugott Krischke.) Frankfurt/Main (Suhrkamp) 1976.

1978 *Zur schönen Aussicht / Die Unbekannte aus der Seine / Figaro läßt sich scheiden. Komödien.* München (dtv) 1978. (dtv 1354. Mit einer Einführung und Notizen zu den Stücken von Traugott Krischke.)

1981 *Mord in der Mohrengasse / Revolte auf Côte 3018.* Frankfurt/Main (Suhrkamp) 1981. (Bibliothek Suhrkamp 768. Mit einem Nachwort von Ansgar Hillach.)

Ein Lesebuch. (Hg. Traugott Krischke.) Frankfurt/Main (Suhrkamp) 1981 (suhrkamp taschenbuch 742).

Ausgewählte Werke (in zwei Bänden). Berlin (Volk und Welt) 1981. (Herausgegeben von Hansjörg Schneider.)

3. Einzelausgaben

1938 *Ein Kind unserer Zeit. Roman.* New York/Toronto (Longmans, Green & Co) 1938.

1948 *Jugend ohne Gott. Roman.* Wien (Bergland) 1948.

1951 *Ein Kind unserer Zeit. Roman.* Wien (Bergland) 1951. (Mit einem Vorwort von Franz Werfel und der Grabrede Carl Zuckmayers.) Auch: Vaduz 1951.

1955 *Der jüngste Tag. Schauspiel in sieben Bildern.* Emsdetten (Lechte) 1955. (Dramen der Zeit. Band 15. Mit einem Vorwort von Helmut Schlien.)

1959 *Figaro läßt sich scheiden. Komödie in drei Akten.* Wien (Bergland) 1959. (Mit einem Vorwort von Traugott Krischke.)

1965 *Der ewige Spießer. Erbaulicher Roman in drei Teilen.* Wien (Bergland) 1965. (Neue Dichtung aus Österreich 119/120. Mit einem Vorwort von Franz Theodor Csokor.)

1968 *Ein Kind unserer Zeit. Roman.* München (dtv) 1968. (dtv 525. Mit einem Vorwort von Franz Werfel und der Grabrede Carl Zuckmayers.)

1969 *[Rechts und Links.] Sportmärchen.* Berlin (Hessling) 1969. (25. Druck der Berliner Handpresse. Mit zwölf vierfarbigen Original-Linolschnitten von Wolfgang Jörg und Erich Schönig. Mit einem Nachwort von Walter Huder.)

1970 *Geschichten aus dem Wiener Wald. Volksstück in drei Teilen.* Frankfurt/Main (Suhrkamp) 1970. (Bibliothek Suhrkamp 247. Mit einer Nacherzählung von Peter Handke.)

1971 *Der ewige Spießer. Erbaulicher Roman in drei Teilen.* Berlin (Volk und Welt) 1971. (Volk und Welt Spektrum 31. Mit einer Nachbemerkung von Hansjörg Schneider.)

Jugend ohne Gott. Roman. Frankfurt/Main (Suhrkamp) 1971 (suhrkamp taschenbuch 17).

1972 *Sportmärchen.* Frankfurt (Insel) 1972. (Mit einem Nachwort von Traugott Krischke. Insel-Bücherei 963.)

Kasimir und Karoline. Volksstück. Frankfurt/Main (Suhrkamp) 1972. (Bibliothek Suhrkamp 316. Herausgegeben und mit einem Nachwort versehen von Traugott Krischke. Mit Vorarbeiten und Varianten. Vorwort von Alfred Polgar.)

1973 *Ein Kind unserer Zeit. Roman.* Frankfurt/Main (Suhrkamp) 1973 (suhrkamp taschenbuch 99).

Der ewige Spießer. Erbaulicher Roman in drei Teilen. Frankfurt/Main (Suhrkamp) 1973 (suhrkamp taschenbuch 131).

Glaube Liebe Hoffnung. Ein kleiner Totentanz. Frankfurt/Main (Suhrkamp) 1973. (Bibliothek Suhrkamp 361. Herausgegeben und mit einem Nachwort versehen von Traugott Krischke. Mit Entwürfen, Vorarbeiten und Varianten.)

1974 *Sladek oder Die schwarze Armee. Historie in drei Akten.* Frankfurt/Main (Suhrkamp) 1974. (suhrkamp taschenbuch 163. Herausgegeben mit Dokumentation und Nachwort von Dieter Hildebrandt.)

Italienische Nacht. Volksstück. Frankfurt/Main (Suhrkamp) 1974. (Bibliothek Suhrkamp 410. Edition und Nachwort von Traugott Krischke. Mit der Erstveröffentlichung *Das Wochenendspiel* sowie Entwürfen, Vorarbeiten und Varianten.)

Jugend ohne Gott. Roman. (Hg. Ian Huish.) London (Harrap & Co Ltd) 1974. (Modern Literature Series.)

1975 *Don Juan kommt aus dem Krieg. Schauspiel.* Frankfurt/Main (Suhrkamp) 1975. (Bibliothek Suhrkamp 445. Edition und Nachwort von Traugott Krischke. Mit Entwürfen, Skizzen und Fragmenten.)

1976 *Jugend ohne Gott. Roman.* Frankfurt/Main (Suhrkamp) 1976. (Suhrkamp Literatur Zeitung Nr. 7/2. Programm. Mit Materialien und einer Einführung von Traugott Krischke.)

1977 *Geschichten aus dem Wiener Wald. Volksstück in drei Teilen.* Frankfurt/Main (Suhrkamp) 1977. (Erweiterte Neuausgabe der Bibliothek Suhrkamp 247. Edition und Nachwort von Traugott Krischke. Mit dem Abdruck von *Geschichten aus dem Wiener Wald. Volksstück in sieben Bildern*, Vorarbeiten, Fragmenten und Varianten sowie einer Nacherzählung von Peter Handke.)

1978 *Kasimir und Karoline. Szenen von Liebe, Lust und Leid und unserer schlechten Zeit.* Einrichtung von Ulrich Heising und Michael Pehlke. Text der Ruhrfestspiele Recklinghausen 1978.

1979 *Italienische Nacht. Volksstück [mit Materialien]*. Ausgewählt und eingeleitet von Dietrich Steinbach. Stuttgart (Klett) 1979 (Editionen für den Literaturunterricht).

Geschichten aus dem Wiener Wald. Ein Film von Maximilian Schell. Frankfurt/Main (Suhrkamp) 1979. (suhrkamp taschenbuch 595. Mit Daten, Notizen und Materialien zur Vorgeschichte des Films von Maximilian Schell. Fotos von Gabriele Brandenstein.)

Sechsunddreißig Stunden. [Die Geschichte vom Fräulein Pollinger.] Roman. Frankfurt/Main (Suhrkamp) 1979. (Bibliothek Suhrkamp 630. Edition und Nachwort von Traugott Krischke.)

1980 *Kasimir und Karoline. Volksstück [mit Materialien]*. Ausgewählt und eingeleitet von Dietrich Steinbach. Stuttgart (Klett) 1980 (Editionen für den Literaturunterricht).

Geschichten aus dem Wiener Wald. Volksstück in drei Teilen. London (Bell & Hyman) 1980. (Hg. Hugh Rank. Introduction, Notes, Vocabulary, Select Bibliography.)

1981 *Stunde der Liebe. Hörspiel.* Baden (Grasl) 1981. (Edition Niederösterreich-Gesellschaft für Kunst und Kultur in Zusammenarbeit mit dem ORF Landesstudio Niederösterreich. Mit Tonkassette.)

Der jüngste Tag. Schauspiel in sieben Bildern. Frankfurt/Main (Suhrkamp) 1981. (suhrkamp taschenbuch 715. Hg. Traugott Krischke.)

4. Übersetzungen

1930 *A kisasszony megtérítése* (d. i. *Ein Fräulein wird bekehrt*). In: Korunk. Klausenburg 1930.

1938 *A Child of our Time and being Youth without God.* (Ü: R. Wills Thomas.) London (Methuen & Co Ltd) 1938.

Er is een Moord begann. (Ü: J. Winkler.) Amsterdam (Arbeiderspeers) 1938.

Młodzież bez Boga. (Ü: I. Berman.) Lwow (Wydawnictwo »Wierch«) 1938.

Mládi bez Boha. (Ü: V. Schwarz.) Praha 1938.

[Argentinische Ausgabe: *Jugend ohne Gott* und *Ein Kind unserer Zeit.* Nähere Angaben fehlen.]

1939 *A Child of our Time.* (Ü: R. Wills Thomas.) New York (Dial Press) 1939.

The Age of Fish. (Ü: R. Wills Thomas.) New York (Dial Press) 1939.

Jeunesse sans Dieu. (Ü: Armand Pierhal.) Paris (Plon) 1939.

Mladež bez Boga. (Ü: M. Leskovac, H. Petris.) Zagreb (Izdanje »Savremente Biblioteke«) 1939.

Gudlos Ungdom. (Ü: Mogens Klitgaard.) København (Povl Branner) 1939.

[Schwedische Ausgabe: *Jugend ohne Gott.* Nähere Angaben fehlen.]

1940 *Soldat du Reich.* (Ü: Armand Pierhal.) Paris (Plon) 1940.

1941 *Soldat del Reich.* (Ü: José Mora Guaraido.) Montevideo (Editorial Salamandra) 1941.

Ti san-ti-kuo-ti ping si (d. i. *Ein Kind unserer Zeit*). Shanghai (Kajtschin) 1941.

1948 *Gioventu senza Dio.* (Ü: Bruno Maffi.) Milano (Bompiani) 1948.

Un Figlio del nostro tempo. (Ü: Bruno Maffi.) Milano (Bompiani) 1948.

Et Barn af vor Tid. (Ü: Gustav Hansen.) København (Povl Branner) 1948.

1949 *Ti san-ti-kuo-ti ping si.* Shanghai (Wen-hua-seng-hue) 1949 und 1953.

1967 *La nuit italienne suivi de Cent cinquante marks et de Don Juan revient de guerre.* (Ü: Renée Saurel.) Paris (Gallimard) 1967.

1968 *Povidky z Videňského lesa a jine hry* (enthält: *Geschichten aus dem Wiener Wald, Die Unbekannte aus der Seine, Figaro läßt sich scheiden;* Ü: Jiří Stach, Karla Kvasničková, Jarmila Hrubešová). Praha (Orbis) 1968.

1971 *Mesél a bécsi erdö* (d. i. *Geschichten aus dem Wiener Wald;* Ü: Mészöly Deszö). In: Nagyvilág Januar 1971.

1972 *Dósa.* (Ü: Walkó György.) In: Nagyvilág September 1972.

1973 *Alląhsiz gençlik* (d. i. *Jugend ohne Gott;* Ü: Burhan Arpad.) Istanbul (May Yayinlari) 1973.

Jumalata noorus (d. i. *Jugend ohne Gott;* Ü: Ain Kaalep). Tallinn (d. i. Reval) 1973.

Notte italiana. (Ü: Umberto Gandini, Emilio Castellani.) In: Sipario. Milano August/September 1973.

Mésel a bécsi erdö. (Ü: Mészöly Deszö.) In: Világszinpad 3. Magvetö Könyvkiadó Budapest 1973.

1974 *Teatro Popolare* (enthält: *Italienische Nacht, Geschichten aus dem Wiener Wald, Kasimir und Karoline, Glaube Liebe Hoffnung;* Ü: Umberto Gandini, Emilio Castellani). Milano (Adelphi) 1974.

L'eterno filesteo. Tutti i romanzi (enthält: *Der ewige Spießer, Jugend ohne Gott, Ein Kind unserer Zeit;* Ü: Giorgio Backaaus, Bruno Maffi). Milano (Bompiani) 1974.

Gioventu senza Dio. (Ü: Bruno Maffi.) Milano (Bompiani) 1974. (i piccolo delfini 19).
Az örök kispolgár (d. i. *Der ewige Spießer*; Ü: Thurzó Gábor). Budapest (Gondolat) 1974.
1976 *La Foi, l'Esperance et la Charité.* (Ü: Renée Saurel.) Paris (L'Avant Scène) 1. 7. 1976.
1977 *Tales from Vienna Woods.* (Ü: Christopher Hampton.) London (Faber and Faber) 1977.
1978 *Don Juan comes back from the war.* (Ü: Christopher Hampton.) London (Faber and Faber) 1978.
The Age of the Fish. (Ü: R. Wills Thomas.) New York (Pomerica Press Limited) 1978.
The Age of the Fish. (Ü: R. Wills Thomas.) New York (Popular Library) 1978.
1979 *La Era del Pez.* (Ü: Eduardo Goligarsky.) Barcelona (Editorial Pomaire) 1979.
1980 *[Stücke]* (enthält: *Sladek oder Die schwarze Armee, Italienische Nacht, Geschichten aus dem Wiener Wald, Kasimir und Karoline, Hin und her, Don Juan kommt aus dem Krieg, Figaro läßt scheiden;* Ü: J. I. Archipow, K. Asadowskij, E. Muchelewitsch, A. Nazarenko, V. Nikitin, N. und D. Pawlowitsch, E. Wengerowa). Moskau (Verlag Wissenschaft) 1980.

3. Sekundärliteratur

1. Einführungen, Monographien und Biographien

François, Jean-Claude: *Histoire et fiction dans le théâtre d'Ödön von Horváth.* Grenoble (Presses Universitaires) 1978.
Hildebrandt, Dieter: *Ödön von Horváth in Selbstzeugnissen und Bilddokumenten.* Reinbek (Rowohlt) 1975 (rororo bildmonographien 231).
Hildebrand, Dieter und Traugott Krischke (Hg.): *Über Ödön von Horváth.* Frankfurt/Main (Suhrkamp) 1972 (edition suhrkamp 584).
Huder, Walther: *Inflation als Lebensform. Ödön von Horváths Kritik am Spießertum. Ein Querschnitt durch das Gesamtwerk.* Gütersloh (Sonderdruck) 1972. (Aus Anlaß der Eröffnung der Ödön von Horváth-Ausstellung in Gütersloh.)
Huish, Ian: *A Student's Guide to Horváth.* London (Heinemann Educational Books Ltd) 1980.
Kahl, Kurt: *Ödön von Horváth.* Velber (Friedrich) 1966. (Friedrichs Dramatiker des Welt-Theaters 18). Neuausgabe München (dtv) 1976.

Kienzle, Siegfried: *Ödön von Horváth.* Berlin (Colloquium Verlag) 1977 (Köpfe des XX. Jahrhunderts, Bd. 87).
Krammer, Jenö: *Ödön von Horváth. Leben und Werk aus ungarischer Sicht.* Wien (Internationale Lenau-Gesellschaft) 1969 (Wissenschaftliche Reihe I).
Krammer, Jenö: *Ödön von Horváth. Monographie.* Budapest (Akadémiai Kiadó) 1971 (Modern Filológiai Füzetek 13).
Krischke, Traugott (Hg.): *Materialien zu Ödön von Horváth.* Frankfurt/Main (Suhrkamp) 1970 (edition suhrkamp 436).
Krischke, Traugott und Hans F. Prokop (Hg.): *Ödön von Horváth. Leben und Werk in Dokumenten und Bildern.* Frankfurt/Main (Suhrkamp) 1972 (suhrkamp taschenbuch 67).
Krischke, Traugott und Hans F. Prokop (Hg.): *Ödön von Horváth. Leben und Werk in Daten und Bildern.* Frankfurt/Main (Insel) 1977 (insel taschenbuch 237).
Krischke, Traugott: *Ödön von Horváth. Kind seiner Zeit. Biographie.* München (Heyne) 1980 (Heyne Biographien 71).
Krischke, Traugott (Hg.): *Ödön von Horváth.* Frankfurt/Main (Suhrkamp) 1981 (suhrkamp taschenbuch materialien 2005).
Ödön von Horváth. Festschrift zum 75. Geburtstag. (Hg. vom Thomas Sessler Verlag. Text und Gestaltung: Tamara Auer-Krafka.) Wien 1977.
Poppe, Andries: *Ödön von Horváth. Monographie.* Brugge (Ontmoetingen) 1965 (Literaire monografieen).
Prokop, Hans F. (Hg.): *Katalog* anläßlich der Ödön von Horváth-Ausstellung im Museum des 20. Jahrhunderts. Wien 1971.
Symposion on Ödön von Horváth (1901-1938). London (The Departement of German, University College London and Austrian Institute) 1976.

2. Darstellungen und Einzeluntersuchungen zum Werk

Ballin, Dolly Elisabet: *Irony in the dramatic work of Ödön von Horváth.* Diss. Washington 1969.
Bartsch, Kurt, Uwe Baur und Dietmar Goltschnigg (Hg.): *Horváth-Diskussion.* Kronberg/Ts. (Scriptor) 1976 (Monographien Literaturwissenschaft 28).
Boelke, Wolfgang: *Die »entlarvende« Sprachkunst Ödön von Horváths. Studien zu seiner dramaturgischen Psychologie.* Diss. Frankfurt/Main 1970.
Carhoun, Peter: *Die Frauengestalten in Horváths Volksstücken.* Hausarbeit Wien 1975.
Cermak, Wolfgang: *Politische Positionen bei Ödön von Horváth (1927-1930).* Hausarbeit Salzburg 1977.

Cyron-Hawryluk, Dorota: *Zeitgenössische Problematik in den Dramen Ödön von Horváths.* Wroclaw 1974 (Acta Universitatis Wratislaviensis 209. Germanica Wratislaviensia XIX). Auch Diss. Wroclaw 1971.

Czerny, Karin Hauss: *Ödön von Horváth; Themen und Technik.* Diss. New York 1976.

Dachs, Werner: *Die Thematik bei Ödön von Horváth und ihre Abwandlungen.* Hausarbeit Salzburg 1972.

Dietrich, Stephan: *Gesellschaft und Individuum bei Ödön von Horváth. Interpretation anhand von Stücken bis zur Emigration.* Diss. Zürich 1975.

Esser, Herbert: *Die didaktische Dramaturgie des Volksstücks bei Ödön von Horváth.* Hausarbeit Köln 1972.

Feigl, Susanne: *Das Thema der menschlichen Wandlung in den Romanen Ödön von Horváths.* Diss. Wien 1970.

Fritz, Axel: *Ödön von Horváth als Kritiker seiner Zeit. Studien zum Werk und seinem Verhalten zum politischen, sozialen und kulturellen Zeitgeschehen.* München (List) 1973 (List Taschenbuch der Wissenschaft. Literaturwissenschaft, Bd. 1446). Auch Diss. Stockholm 1971.

Gehmair, Veronika: *Die Darstellung des Kleinbürgers in den »Volksstücken« Ödön von Horváths.* Hausarbeit Salzburg 1977.

Gelderen, Evelyne van: *Die Rolle der Frau in den Werken Ödön von Horváths.* Diplomarbeit Berlin 1974.

Hackl, Erich: *Kleinbürgertum und Faschismus in den Werken Ödön von Horváths.* Hausarbeit Salzburg 1976.

Hell, Martin: *Kitsch als Element der Dramaturgie Ödön von Horváths* (Arbeitstitel). Diss. Saarbrücken 1981 (in Arbeit).

Herschbach, Robert Alexander: *The »Volksstück« of Ödön von Horváth. Text and context.* Diss. Massachusetts 1973.

Heyne, Arnd: *Der Dramatiker Ödön von Horváth. Zur Demaskierung des Bewußtseins.* Diss. Freiburg i. Br. 1969.

Hollmann, Helga: *Gesellschaftskritik in den Volksstücken Ödön von Horváths.* Magisterarbeit Berlin o. J. [1970].

Hopf, Christa: *Ödön von Horváths Anknüpfung an weltliterarische Stoffe und aktuelles Bildungsgut.* Hausarbeit Graz 1975.

Hummel, Reinhard: *Die Volksstücke Ödön von Horváths.* Baden-Baden (Hertel) 1970. Auch Diss. Berlin 1970.

Kling, Vincent: *Die Illusion des Waffenstillstands. Individuum und Gesellschaft in den Werken Horváths.* Diss. Pennsylvania 1972.

Kofler, Maria: *Sprachform und Erzählstruktur in Ödön von Horváths Roman »Jugend ohne Gott«.* Hausarbeit Innsbruck 1975.

Krischke, Traugott (Hg.): *Materialien zu Ödön von Horváths »Geschichten aus dem Wiener Wald«*. Frankfurt/Main (Suhrkamp) 1972 (edition suhrkamp 533).

Krischke, Traugott (Hg.): *Materialien zu Ödön von Horváths »Kasimir und Karoline«*. Frankfurt/Main (Suhrkamp) 1973 (edition suhrkamp 611).

Krischke, Traugott (Hg.): *Materialien zu Ödön von Horváths »Glaube Liebe Hoffnung«*. Frankfurt/Main (Suhrkamp) 1973 (edition suhrkamp 671).

Kurzenberger, Hajo: *Horváths Volksstücke. Beschreibung eines poetischen Verfahrens*. München (Fink) 1974 (Kritische Informatiion 17). Auch Diss. Heidelberg 1972.

Lechner, Wolfgang: *Mechanismen der Literaturrezeption in Österreich am Beispiel Ödön von Horváths*. Stuttgart (Akademischer Verlag Hans-Dieter Heinz) 1978 (Stuttgarter Arbeiten zur Germanistik Nr. 46). Auch Diss. Innsbruck 1977.

Lensing, Paul: *Die Rolle der Frau im Werk Horváths*. Diss. Münster 1971.

Leoni, Maria Eugenia: *Ödön von Horváth – »Spießertum« e »Demaskierung des Bewußtseins«*. Diss. Bologna 1966.

Lettner, Sylvia: *Horváth, Fleißer, Kroetz: ein Vergleich zum realistischen Volksstück*. Hausarbeit Salzburg o. J.

Lottmann, Birgit: *Das Verhältnis von Bewußtsein und Sprache bei Nestroy und Horváth am Beispiel zweier Komödien* (Nestroys »Talisman« und Horváths »Kasimir und Karoline«). Arbeit zur Ersten Philologischen Staatsprüfung Münster 1974.

Melzer, Gerhard: *Das Phänomen des Tragischen. Untersuchungen zum Werk von Karl Kraus und Ödön von Horváth*. Kronberg/Ts. (Scriptor) 1976. Auch Diss. Graz 1975.

Nagele, Franz: *Die Horváth-Renaissance in der österreichischen Literatur in Verbindung mit einem Vergleich zwischen »Geschichten aus dem Wiener Wald« und »Sauschlachten«*. Hausarbeit Salzburg 1977.

Neikirk, Joan Cantwell: *The role of women in the works of Ödön von Horváth*. Diss. Wisconsin 1971.

Nolting, Winfried: *Der totale Jargon. Die dramatischen Beispiele Ödön von Horváths*. München (Fink) 1976 (Literatur und Presse. Karl Kraus Studien II). Auch Diss. Münster 1974.

Probst, Hans Ulrich: *Dramentheorie und Dramentechnik Horváths*. Diss. Basel 1970.

Reuther, Gabriele: *Ödön von Horváth. Gestalt, Werk und Verwirklichung auf der Bühne*. Diss. Wien 1962.

Roth, Friedhelm E.: *Die Darstellung des Kleinbürgertums bei Marieluise Fleißer und Ödön von Horváth*. Examensarbeit o. O., o. J.

Schleising-Scheffel, Ina-Dolores: *Zum Verhältnis von Individuum und Ge-*

sellschaft in den Volksstücken Ödön von Horváths. Examensarbeit Berlin 1974.
Schröder, Jürgen (Hg.): *»Der Fall E.« oder Die Lehrerin von Regensburg.* Frankfurt/Main (Suhrkamp) 1982 (suhrkamp taschenbuch materialien 2014).
Schulte, Birgit: *Ödön von Horváth – verschwiegen – gefeiert – glattgelobt. Analyse eines ungewöhnlichen Rezeptionsverlaufs.* Bonn (Bouvier) 1980 (Abhandlungen zur Kunst-, Musik- und Literaturwissenschaft; Bd. 303).
Seitz, Renate: *Studien zu den Dramen Ödön von Horváths. Die Technik der ironischen Entlarvung.* Hausarbeit Bonn 1967.
Steets, Angelika: *Die Prosawerke Ödön von Horváths. Versuch einer Bedeutungsanalyse.* Stuttgart (Akademischer Verlag Hans-Dieter Heinz) 1975. Auch Diss. München 1974.
Strelka, Joseph: *Brecht Horváth Dürrenmatt. Wege und Abwege des modernen Dramas.* Wien/Hannover/Bern (Forum) 1962.
Stuhlmann-Laeisz, Gabriele: *Die »Demaskierung des Bewußtseins«, dargestellt an den erotischen Verhältnissen im dramatischen Werk Ödön von Horváths.* Examensarbeit Hamburg 1972.
Walder, Martin: *Die Uneigentlichkeit des Bewußtseins. Zur Dramaturgie Ödön von Horváths.* Bonn (Bouvier) 1974 (Studien zur Germanistik, Anglistik und Komparatistik; Bd. 22). Auch Diss. Zürich 1972.
Weissensteiner, Franz: *Die Bedeutung des Christentums in den Dramen Ödön von Horváths.* Hausarbeit Innsbruck 1973.
Winston, Krishna Ricarda: *Horváth's Studies. Close Readings of Six Plays (1926-1931).* Bern, Frankfurt/Main, Las Vegas 1977 (Europäische Hochschulschriften. Serie XXX; Film und Theaterwissenschaftliche Studien, Bd. 5).

(Stand: August 1981)

Copyright-Vermerke

st 2001 Brechts »Leben des Galilei«
Herausgegeben von Werner Hecht

Erstmals vor fast zwei Jahrzehnten erstellte Werner Hecht einen Materialienband zu Bertolt Brechts *Leben des Galilei.* Daß die Rezeption eines literarischen Werkes Bestandteil seiner Geschichte, seines Fortlebens in der Zeit sei, gilt heute wie damals. Die Neubearbeitung des alten Materialienbandes unternimmt die Verbindung des Aktuellen mit der Tradition, indem sie einerseits das Verbürgte und Beständige wieder bezeugt, andererseits Veränderungen in der Einschätzung, Entwicklungen in Forschung und Theaterpraxis sowie neuen philologischen Funden gerecht wird.

st 2002 Thomas Bernhard, Werkgeschichte
Herausgegeben von Jens Dittmar

Bernhards großem und bereits singulärem Werk – seinen Anfängen und seiner Entwicklungslinie – gilt der zweite Band der neuen Materialienreihe des Suhrkamp Verlages: eine Werkgeschichte, die sowohl germanistischen als auch außerfachlichen Ansprüchen Rechnung trägt. Sie erfaßt alle Texte, die als Einzelveröffentlichungen, in Zeitschriften oder Anthologien erschienen sind und gibt eine Auswahl der kritischen Stimmen mit dem Ziel, das Spektrum möglicher Standpunkte, aber auch Stereotypien der Literaturkritik sichtbar zu machen. Die Werkgeschichte dient damit gleichzeitig als Lesebuch und als Bibliographie der Primär- und Sekundärliteratur.

st 2003 Über Martin Walser
Herausgegeben von Klaus Siblewski

Martin Walser hat seit den Anfängen der Bundesrepublik auf deren Entwicklung schreibend reagiert. Darüber eingehend Aufschluß zu geben, hat sich der neue Materialienband über Martin Walser zum Ziel gesetzt. Bei allen literarischen Detailfragen – nach Romanaufbau oder Sprachkritik – steht Martin Walser als ein Autor von Gesellschaftsromanen, von politischen und sozialen Dramen im Vordergrund der hier vorgelegten Untersuchungen. Eingeleitet wird dieser Band mit einem literarischen Porträt. Ihm folgen Interviews und exemplarische Studien zum Roman-Werk und zur Rezeption seiner Dramen sowie des Romans *Jenseits der Liebe*. Die Faksimilierung fast aller Romananfänge in Manuskriptform – darunter der ersten drei Fassungen von Kapitel I des *Sturzes* – gewährt erstmals Einblick in die Werkstatt des Dichters.

st 2004 Über Peter Handke
Herausgegeben von Raimund Fellinger

Im deutschen Sprachraum wie international hat das literarische Werk Peter Handkes ein großes Echo hervorgerufen. Im Zentrum des neuen Materialienbandes stehen detaillierte und umfassende Analysen der einzelnen Werke. Ein zweiter Teil gilt einmal der Untersuchung übergreifender Zusammenhänge: der Zusammenhänge zwischen Werken aus einer bestimmten Periode, zwischen Texten verschiedener Genres. Zum andern werden hier aber auch die Unterschiede in den Schreibhaltungen herausgearbeitet. Der dritte Teil gibt ein Bild der bisherigen Rezeptionsgeschichte und ihrer Phasen. Den Band beschließt eine komplette Bibliographie der Primär- und Sekundärliteratur.

st 2005 Über Ödön von Horváth
Herausgegeben von Traugott Krischke

Nach dem Erscheinen des Bandes *Über Ödön von Horváth* vor neun Jahren war es an der Zeit, eine neue Sammlung vorzulegen, die die wichtigsten neuen Fakten und Erkenntnisse in Beiträgen namhafter Wissenschaftler gesammelt präsentiert. Besondere Akzente liegen dabei auf der Prosa Horváths, auf der Frage nach seiner thematischen Beeinflussung, auf Spätwerk und Rezeption: Probleme, die erst in letzter Zeit verstärkt ins Blickfeld getreten sind, Fragestellungen, die das Horváth-Bild wieder aus vorschnellen Festlegungen gelöst haben. Ein ausführlicher Anhang mit der auf den letzten Stand gebrachten Zusammenstellung »Daten und Dokumente« sowie einer ausgewählten Bibliographie unter Berücksichtigung der wichtigsten Sekundärpublikationen bis zum Sommer 1981 schließt den Band ab.

st 2006 Geschichte als Schauspiel
Herausgegeben von Walter Hinck

Eine Wiedereroberung der Geschichte hat begonnen; überall macht sich das Bedürfnis nach Aufklärung über unsere Vergangenheit bemerkbar. Keine literarische Gattung aber vermag Geschichte so unmittelbar zu vergegenwärtigen wie das historische Drama. Gegenstand der – teilweise kritischen – Deutungen dieses Bandes sind bedeutende Beispiele eines Geschichtsdramas, das den vergangenen und den gegenwärtigen Zustand so miteinander verknüpft, daß im Geschichtlichen die Gegenwart zu einem vertieften Verständnis ihrer selbst und zugleich zu einem Ungenügen an sich selbst gelangt, aber auch zu einem Bild oder zur Ahnung möglicher Zukunft. Von Gryphius über Goethe, Schiller und Kleist, Büchner und Grillparzer führt die Reihe zu Brecht und Dürrenmatt, R. Schneider und Hochhuth, P. Weiss und Kipphardt, Hacks, M. Walser und H. Müller.

st 2007 Über Ludwig Hohl
Herausgegeben von Johannes Beringer

Auf ungewöhnliche, auf unbedingte Weise ist Ludwig Hohl dem nachgekommen, was er als seine Berufung erkannt hatte: dem Schreiben. Er hat sich nicht dazu hergeben können, aus solcher Berufung einen Beruf zu machen, hat sich zugleich geweigert, vor der Höhe und Schwierigkeit seiner Aufgabe abzudanken und in eine Nebentätigkeit auszuweichen. Der Band stellt die wichtigsten Aufsätze, Rezensionen und Berichte über Hohl aus einem Zeitraum von vierzig Jahren wieder vor. Eine sorgfältig erarbeitete Bibliographie wird neben den Sekundärtexten erstmals auch den ganzen Umfang von Hohls Schaffen erkennbar machen.

st 2008 Die Strindberg-Fehde 1910–1911
Herausgegeben von Klaus v. See

Mit dieser Dokumentation, ausgewählt aus einer Sammlung von nahezu 500 schwedischen Zeitungs- und Zeitschriftenartikeln, ergänzt durch einige deutsche Texte und illustriert mit etwa zehn zeitgenössischen Karikaturen, philologisch erschlossen durch den Herausgeber, tritt die schwedische Dreyfus-Affäre ins Blickfeld. Mißgunst und Verbitterung sind im Spiel, als Strindberg – zwei Jahre vor seinem Tod – eine Pressekampagne inszeniert, die schließlich alles in Frage stellt, was dem offiziellen, monarchisch-konservativen Schweden lieb und heilig ist. Doch kommt in den persönlichen Querelen sogleich immer wieder Grundsätzliches zum Austrag: die Frage nach der politisch-sozialen Rolle des Dichters in der Gesellschaft, die Frage nach der öffentlichen Verantwortung einer subjektiv wertenden Literaturkritik, die Frage nach den Möglichkeiten einer sozialdemokratischen Kulturpolitik und einer proletarischen Ästhetik.

st 2010, 2011 Rilkes »Duineser Elegien«
Zweiter und dritter Band
Herausgegeben von Ulrich Fülleborn und Manfred Engel

Mit diesen beiden Bänden und dem ersten bereits als st 574 erschienenen liegen die Materialien zu R. M. Rilkes *Duineser Elegien* in einer bisher einmaligen Vollständigkeit und Abrundung vor. Der erste Band belegt zum ersten Mal umfassend und genau die krisenreiche äußere und innere Entstehungsgeschichte von Rilkes lyrischem Hauptwerk und enthält alle Selbstdeutungen des Dichters. Während der zweite Band die Forschungsgeschichte von 1930–1981 dokumentiert und daraus die Konsequenzen für ein angemessenes künftiges Verständnis der Elegien in einem eingehenden Vorwort erarbeitet, gibt der dritte Band eine reiche Auswahl der allgemeinen Rezeption. Wie der zweite Band wird auch dieser dritte durch ein Vorwort erschlossen und enthält überdies eine erschöpfende Bibliographie der internationalen Rezeption.

st 2012 Literarische Utopie-Entwürfe
Herausgegeben von Hiltrud Gnüg

Wie eine bessere Welt als die jeweils gegenwärtige zu denken sei, welche Chance auf heilere Zukunft diese in sich berge, darüber sind die Ansichten verschieden. Von mittelalterlicher Gralsutopie bis zur Utopie-Diskussion unserer Zeit spannt sich der Bogen dieses Materialienbandes von über dreißig Essays und Texten namhafter Literaturwissenschaftler, Philosophen, Literaturkritiker und Autoren, der nicht nur den Utopismus der ›hohen‹ Literatur, sondern auch die politische Perversion utopischer Wunschphantasie, auch Genres wie Science-fiction oder Schlager-Utopien thematisiert.

st 2013 Plenzdorfs »Die neuen Leiden des jungen W.«
Herausgegeben von Peter J. Brenner

1972 in der DDR, 1973 in der Bundesrepublik erstmals erschienen, in der Theaterbearbeitung hüben wie drüben zugleich umstrittenes und umjubeltes Ereignis, hat Plenzdorfs »Neuer Werther« den Erfolg seiner klassischen Vorlage eingestellt. Wie diese 200 Jahre zuvor, so enthält auch Plenzdorfs *Werther* das Gefühl, trägt ihn die Strömung seiner Zeit, artikuliert er einer Generation Trauer und Sehnsucht. Den Mythos von Plenzdorfs Werther historisch und kritisch zugleich zu belegen und aufzuhellen, gleichzeitig aber zum ersten Mal Plenzdorfs Erstling einzuordnen in den größeren Zusammenhang eines umfassenderen Schaffens: dies nimmt der neue Materialienband sich zur Aufgabe.

st 2014 Horváths »Der Fall E.« oder Die Lehrerin von Regensburg
Herausgegeben von Jürgen Schröder

Horváths Dramenfragment über »Den Fall E.« fußt auf einem Fall von Berufsverbot und seinen tragischen Folgen im Jahre 1930. Die Voraussetzungen für das Verständnis von Horváths Arbeitsweise als des »Chronisten« der Weimarer Republik bildet eine möglichst genaue Dokumentation des authentischen Falles. Sie ist in den letzten beiden Jahren fast lückenlos gelungen. Neben der Edition des Dramentextes und aller Varianten, ausführlicher historischer und literaturwissenschaftlicher Interpretation bietet der Materialienband u. a. die umfangreichen Personalakten der seinerzeit zuständigen Kreisregierung, die Protokolle des bayerischen Landtags, ein handschriftliches Tagebuch des Opfers, Fotografien und mündliche Äußerungen noch lebender Zeugen.

st 2015 Über Herbert Achternbusch
Herausgegeben von Jörg Drews

Der Bezeichnungen für Herbert Achternbusch, den Mann und das Werk, sind viele: Den Ungebändigten, Wütenden, den Eigensinnigsten, den Anarchisten hat man ihn genannt, zugleich aber den Schwierigen, den Versponnenen. In seinem Werk, ob Dichtung oder Film, entdeckte man den »Sog des Existentiellen« ebenso wie das Sentimentale, das Satirische wie das Utopische, das Volkstümliche wie das Exzentrisch-Esoterische. Auf eines jedoch wird man sich wohl verständigen: Achternbusch steht in der Reihe der wenigen wirklich großen Unzeitgemäßen, der Schöpfer ihres provokant eigenen Lebens, der wahren Poeten. Der Materialienband von Jörg Drews unternimmt eine Annäherung, ohne hinter den Facetten dieses Autors den großen Nenner, dem er sich und sein Schaffen verweigert, zu suchen.

st 2016 Brechts »Mutter Courage und ihre Kinder«
Herausgegeben von Klaus-Detlef Müller

Mutter Courage und ihre Kinder ist Brechts vermutlich erfolgreichstes, mit Sicherheit aber folgenreichstes Stück. Der neue Materialienband mit dem Bestreben, »Einschüchterung durch Klassizität« zu verhindern, ersetzt und ergänzt die ältere Sammlung von Werner Hecht (edition suhrkamp 50). Der Offenheit und Aktualität von Brechts Werk wird er gerecht durch den Abdruck weiterer Dokumente zur Entstehung des Stücks und bisher unveröffentlichter Varianten, eine Zusammenstellung von Äußerungen Brechts zum Werk und zur Aufführung, eine Dokumentation zur Rezeption, den Wiederabdruck wichtiger Deutungen, Bibliographie und Aufführungsverzeichnis. Er versteht sich als Anregung zu erneuter Auseinandersetzung mit dem Stück in Theater, Universität und Schule.